MW01278257

La belleza del mal

La belleza del mal

Annie Ward

Traducción de María Enguix Tercero

Rocaeditorial

Título original: *Beatiful Bad*

© 2019, Annie Ward

Primera edición en este formato: abril de 2020

© de esta edición: 2019, Roca Editorial de Libros, S. L.
Av. Marquès de l'Argentera, 17, pral.
08003 Barcelona
actualidad@rocaeditorial.com
www.rocalibros.com

Impreso por Liberdúplex

ISBN: 978-84-17805-81-4
Código IBIC: FF; FH
Depósito legal: B 5477-2020

RE05814

Para mi familia

Maddie

Doce semanas antes

*T*ecleo: «¿Necesito ver a un terapeuta?».

Según parece, es una búsqueda frecuente en Google. Hay muchísima información sobre el tema. Páginas y páginas de cuestionarios a tu disposición para ayudarte a decidir si te iría bien una terapia. En caso de que así sea, ¿qué clase de terapia te conviene? ¿Un psiquiatra o un psicólogo? ¿Cuál es tu trastorno principal? La información es infinita; podría entretenerme con esto toda la noche, y puede que lo haga en cuanto Ian se haya ido.

Viene hacia mí, abriendo y cerrando cajones.

—¿Has visto el cargador pequeño de mi teléfono? —pregunta con el ceño fruncido—. ¿El portátil?

—No —respondo mientras mi dedo se cierne sobre el ordenador, dispuesto a ocultar la búsqueda y cambiar a Facebook si Ian se acerca demasiado.

Pero se va.

Vuelvo a lo mío y empiezo a desplazarme por los cuestionarios. Algunos son directos, solo tienes que elegir la casilla del «sí» o la del «no».

«En mi vida, muchas cosas me producen ansiedad o miedo.» Vale, sí.

«Estoy asustado y voy a perder el control, enloquecer o morir.» ¡Las tres cosas!

«A veces tengo la sensación de que otra persona o criatura posee mi mente.» Mmm, no. Pero suena divertido.

«Creo que hay algo raro en mi forma de mirar.» No puedo evitar reírme entre dientes. Ay, madre. Tendrían que verme a mí.

Algunas de las preguntas rayan lo extravagante.

Di si te incomodaría 1) Cantar en un karaoke estando sobrio. 2) Bailar solo en un club nocturno poco iluminado. 3) Llamar por teléfono a un extraño desde la privacidad de tu dormitorio sin que haya nadie más escuchando.

Puede que no esté tan majara como creía. Ni muerta me pillarían en un karaoke estando sobria.

Ian hace otra inspección, murmurando: «Tengo el reloj, el teléfono, el pasaporte…». Me mira de reojo, pero está en otra parte, absorto en sus cosas. Intento sonreírle, pero paro. El ojo me duele mucho cuando lo hago. Mi dedo vuelve a cernirse sobre el portátil por si Ian decide acercarse a ver lo que estoy haciendo, por si acaso tengo que clicar en Facebook y enseñarle el vídeo (que uno de mis amigos acaba de colgar) de unos cabritillos preciosos que saltan unos a lomos de otros.

Otra de las preguntas es: «¿Tienes algo que esconder?».

Sencillísimo. Directísimo. Alucinante, diría. Como si alguien de ahí fuera supiese que yo no debería estar pensando las cosas en las que pienso.

Ian no sabe nada de mi plan de buscar ayuda.

No le parecería bien. Diría: «Son un hatajo de charlatanes, déjalo. Y, además, tú estás bien. Estamos bien. Todo está perfecto tal como está».

Aunque también es posible que me dijera lo que me dijo hace dos semanas. Justo antes de lesionarme.

—Menuda putilla malcriada estás hecha.

El día del asesinato

*M*eadowlark es una pequeña ciudad situada a una hora y media al sur de Kansas City. La centralita de emergencias estaba en un claustrofóbico cuarto trasero de una comisaría de una sola planta, enteramente de ladrillo. Parecía el baño de un área de descanso. Eran las diez de la noche. Nick Cooper estaba solo cuando recibió la llamada.

—Nueve, uno, uno, ¿cuál es su...? —dijo despreocupadamente en el auricular del micrófono mientras abría un sobre de azúcar para el café.

No pudo acabar de formular la pregunta.

Un niño chillaba muerto de miedo y una mujer susurraba:

—Vuelve arriba, cariño, por favor. —Su voz era apremiante—. ¡Por favor! ¡Ve! ¡Ve ahora! —Y luego gritó—: ¡Oh, Dios mío!

—¿Cuál es su emergencia, señora? —preguntó Nick, que derramó el café mientras se abalanzaba sobre su ordenador. El agente se dijo que debía conservar la calma, pero oír la voz de un niño aterrorizado resultaba sobrecogedor. Sentía los dedos inútiles. Una dirección apareció en la pantalla—. Por favor, señora, ¿puede...?

—¡Deprisa! —gritó ella—. ¡Por favor, ayúdennos! ¡Deprisa!

A los ocho segundos del inicio de la llamada que recibió desde el domicilio en el 2240 de la calle Lincoln, Nick perdió el contacto. La mujer soltó un grito ahogado y exclamó con desesperación: «¡No!». Lo siguiente fue el sonido del teléfono contra el suelo, dedujo Nick. La llamada se cortó. Intentó restablecerla, pero fue en vano.

A continuación, envió la señal de emergencia por radio.

—Posible robo o agresión en curso en el 2240 de la calle Lincoln —dijo tan atropelladamente que se comía las palabras—. Una mujer y un niño en el domicilio. No tengo más información. La llamada se ha cortado. No he podido restablecer la conexión. Corto.

La agente Diane Varga respondió en cuestión de segundos.

—Central, al habla 808. Voy para allá ahora mismo.

Nick cogió el teléfono y apretó la marcación rápida para Barry Shipps. De los dos detectives de Meadowlark, existían más probabilidades de que Barry respondiera rápidamente, aunque estuviera fuera de servicio y con bastante seguridad lejos de su radio.

—Detective Shipps al habla.

—Detective —dijo Nick—, le habla la central. ¿Puede prepararse para una posible emergencia en el 2240 de la calle Lincoln?

—Puedo hacer algo mejor que eso —respondió Shipps—. Estoy llenando el depósito de gasolina en el Casey's General, un poco más abajo en esa misma calle. —Unos instantes después Shipps se conectaba a la radio de su coche patrulla—. Central, al habla Shipps. En ruta.

Diane se puso en contacto con Nick otra vez.

—Estoy torciendo por el 223 de Victory. Ya casi he llegado.

—Recibido, 808.

Nick estuvo a punto de decirle que tuviera cuidado, pero no lo hizo. Cada vez que se topaba con Diane en el centro, se descubría silbando *Brown Eyed Girl*, de Van Morrison. Respiró hondo y juntó las temblorosas manos en el regazo.

Υ

Meadowlark, una ciudad de gente de clase trabajadora casi toda blanca, tenía un buen cupo de antiguas familias campesinas residiendo en los aledaños. Contaba con un agradable establecimiento, una cervecería artesanal al aire libre llamada El Cuervo Encorvado, que desprendía el encanto suficiente para atraer a los forasteros en los fines de semana soleados. Aparte de la microcervecería, solo había dos restaurantes con servicio de mesa: La Rueda de Carro y Gambino's. Como último recurso, había un restaurante Subway dentro del supermercado Walmart.

En una placa sobre un muro de piedra decorativo en el cruce, se podían leer unas palabras grabadas: «SWEET WATER CREEK» (río de agua dulce). La agente Varga torció y se adentró en aquel vecindario relativamente nuevo, inaugurado apenas seis años antes, con solo la mitad de las parcelas vendidas y numerosas casas sin habitar. Construcciones de madera a precios moderados, eran, sin embargo, espaciosas e insulsamente agradables, ubicadas entre un par de pequeños estanques rurales y algunos magníficos olmos viejos.

Diane rodeó la esquina y vio un triciclo Radio Flyer rojo volcado en la acera. El manillar plateado relucía bajo el brillo del farol del porche dos puertas más abajo de su destino.

La casa del 2240 de la calle Lincoln era una de las más grandes del vecindario y se encontraba en un prado que ascendía en una suave pendiente, con un jardín elegante y una fuente de terracota que sobresalía por detrás de un macizo de rosales pobremente atendidos. Diane tuvo la sensación de que en Sweet Water Creek todo estaba en orden. Más que su vida, desde luego. Al salir del coche y observar la casa, su intuición no le dijo que estuviera en la escena de un crimen.

—Central, estoy en la posición —dijo en el micrófono de la radio que llevaba sujeto al bolsillo delantero de su uniforme.

Diana subió rauda la acera que conducía a la puerta princi-

13

pal, flanqueada por dos esbeltos árboles de hoja perenne. Aporreó la puerta tres veces.

—¡Policía! —gritó, pero no obtuvo respuesta.

Desde algún lugar cercano llegaba la repetición entrecortada del ladrido triste de un perro. Notó que se le aceleraba el pulso. No puede ser nada muy grave, pensó. Estamos en Meadowlark. Y, sin embargo, algo le decía que se apresurara. Pulsó el timbre de la puerta y llamó frenéticamente varias veces seguidas. El «bong» hueco resonó dentro de la casa. No se oyeron pisadas en las escaleras. Nada.

La puerta era de madera, enmarcada a cada lado por ventanas decorativas. Diane echó un vistazo adentro, intentando discernir algo a través del cristal biselado. Lo primero que vio fueron un par de botas militares junto a la entrada. En cierto modo, desentonaban con la casa moderna y con sus relucientes suelos de madera pulida en tonos claros. Parecía que la casa era una suerte de espacio abierto, como un *loft* urbano. Junto a la entrada, una escalera de caracol subía al segundo piso. Un dispositivo electrónico, posiblemente un teléfono fijo, había quedado reducido a trozos de plástico junto al primer escalón. Diane se movió un poco para mejorar su ángulo de visión. Ahora podía ver bien el interior de la casa.

Contuvo la respiración.

El precioso suelo de madera claro tenía manchas: el centro de la estancia estaba teñido de rojo. El corazón empezó a martillearle el pecho. Aquello no iba a quedarse en nada, como había esperado. Y Nick había hablado de la presencia de un niño.

—Central, estoy viendo por la ventana algo que parece ser mucha sangre reciente —dijo en el micrófono, más alto de lo que hubiera querido—. Puede que haya una víctima. Necesito refuerzos y una ambulancia.

Con algo de miedo, desenfundó su Glock semiautomática y la levantó.

Llamó al timbre una vez más.

—¡Policía! —gritó de nuevo, esta vez con un tono más feroz e impostado.

Forcejeó con la puerta y le dio un fuerte empellón con el hombro. Estaba cerrada con solidez.

Diane corrió hacia la sombreada fachada sur de la casa en busca de otra entrada. Mientras corría, oyó que Nick enviaba otra señal de emergencia por la radio pidiendo refuerzos a todas las unidades. Al doblar por la esquina, resbaló en un charco de barro y se sostuvo con la mano que tenía libre. Vio que el perro que ladraba como un loco estaba en el jardín trasero.

Al final de una fila de matas se erguía una verja de hierro forjado, con una puerta doble cerrada con un grueso alambre y un candado. Diane trató de abrir aquel trasto oxidado.

—¡Venga! —susurró, cada vez más frustrada.

Finalmente, la puerta cedió con un chirrido espantoso de los goznes, como unas garras que rastrillaran una pizarra. Cuando empezó a cruzar el jardín, otros dos agentes anunciaron consecutivamente que iban de camino. Diane dijo:

—¿Shipps? ¿Cuánto tardáis?

La voz de Shipps se oyó por el micro.

—Cinco minutos.

—Recibido.

Diane pisó algo que emitió un chirrido agudo. «Mierda», farfulló. Cuando miró el suelo, vio que había pisado un juguete de perro con forma de pato. Conforme iba avanzando y sus ojos se ajustaban a la oscuridad, vio varias pelotas de tenis amarillas, viejas y mordisqueadas, esparcidas por el césped y la maleza. En el extremo del jardín había un gigantesco arenero de plástico verde con la forma de una tortuga. Junto a él, una mesa de juegos de agua para bebés del tamaño ideal para que un niño pequeño se sostuviera en pie, se pusiera a salpicar y utilizara todos los vasos de colorines para hacer rodar el molino de agua.

15

Diane pensó en el triciclo rojo junto al jardín vecino e imaginó las piernas rollizas y revoltosas de un niño. Un triciclo pequeño que vuelca en la acera y luego sale despedido con una patada sin volver la vista atrás, olvidado en pos de una nueva aventura.

De manera que Nick había acertado: Diane pensó que su prioridad era salvar al niño.

La luz se filtraba por los postigos de las ventanas traseras. Se agachó, acercándose más a la casa, mientras cruzaba el jardín hasta la puerta. Vio al perro que ladraba. De hecho, eran dos perros; un par de pequeños Boston terrier blanquinegros. Criaturas ansiosas pero dulces, parecían desconcertadas por que les hubieran cerrado el acceso a la casa. Tenían los ojos agrandados y húmedos; ambos jadeaban y se movían con impaciencia, fuera de sí.

Diane giró el pomo de la puerta.

—La puerta trasera no está cerrada —dijo en su micrófono.

Nick fue el primero en responder.

—Ya hemos avisado a la ambulancia. Saben que estás esperando a otro agente para entrar en la residencia. Les he dicho a los paramédicos que permanezcan en el 2218 de Lincoln hasta nuevo aviso.

—Recibido —respondió Diane.

Nick conocía la rutina. Ella debía esperar la llegada de un segundo agente para acceder a la vivienda. Si entraba, estaría saltándose el procedimiento y se metería en un lío. Diane miró por encima del hombro el cajón de arena. La mesa de juegos de agua. Y tomó una decisión: prefería perder su empleo a perder a un niño.

Empujó la puerta hacia dentro y sacó el pie para impedir que los perros la siguieran. Después la cerró con cuidado tras de sí. Mientras se colaba en la casa, miró atrás. Las patas delanteras de ambos Boston terrier estaban pegadas al cristal, flexionadas y suplicantes, persuadiéndola para que volviera y los dejara entrar.

La puerta trasera daba al rincón más alejado de la planta

baja, junto a una mesa de desayuno redonda de cristal y cuatro sillas. Una botella de vino vacía parecía haber salido rodando hasta terminar contra la pared. Encima de la mesa había otra botella de vino; debajo, en el suelo, una de esas botellas cilíndricas elegantes de vodka Stoli Elit.

Diane no era una sibarita, pero resultaba evidente que allí no se había celebrado una simple partida de póquer amenizada con patatas y aceitunas. En el centro de la mesa vio una gruesa tabla de cortar de madera, con un surtido de aceitunas, salami, saladitos, queso y uvas a medio comer.

Intentó centrarse en la globalidad de la escena, pero la mancha de sangre era difícil de ignorar. Si levantaba la vista hacia el otro extremo de la amplia estancia, allí estaba de nuevo. Hipnótica. Nauseabunda.

A pesar de que era un espacio abierto, había sillas y un sofá, además de librerías, mesitas y lámparas de pie. Escondites por todas partes. Se movió con sigilo, pistola en mano. Los ojos iban de un rincón a otro.

Al pasar por delante de la mesa del desayuno, pisó con cuidado. Había restos de vasos por el suelo, grandes y pequeños. De las cuatro sillas tapizadas de amarillo en torno a la mesa, una estaba volcada y otra manchada con un tono más oscuro en el lugar donde algo se había derramado. Junto a la silla caída, vio una foto mojada.

Diane se agachó para observarla. Se veía a dos mujeres morenas. Eso fue todo lo que pudo deducir de los cabellos revueltos de ambas. Estaban delante de un edificio peculiar cuyo diseño parecía vagamente oriental, algo así como una mezquita sin minarete. Lo que quiera que hubiera formado un charco en el suelo había empapado el papel; los rasgos de las mujeres se habían diluido. Diane imaginó a alguien sentado a esa mesa con la foto en la mano. Poco antes. ¿Estaría recordando algo? «¿Te acuerdas de cuando fuimos a…? Sí, espera, que voy por la foto…»

Una isla con forma de media luna separaba el salón de la cocina. Varios taburetes altos la bordeaban. No fue hasta que Diane pasó por delante de la mesa del desayuno cuando pudo ver por encima de la barra de la cocina.

Los pequeños charcos variaban en tamaño y se parecían a lo que una lluvia torrencial deja en la acera. Salvo por el color carmesí. Las gotitas esparcidas eran como un collar de cuentas, como una fina ristra de perlas sangrientas.

La sangría había tenido lugar entre el frigorífico y el interior de la barra, donde estaban la pila y el lavaplatos. La sangre había salpicado también las paredes de alrededor y los demás aparatos domésticos. Diane notó que se le hacía un nudo en la garganta. La puerta del frigorífico estaba empapelada de dibujos hechos con los dedos, ahora artísticamente moteados de puntitos rojos; una lluvia aterradora caía sobre casas de color claro como cajas, una familia de tres palitos, las nubes esponjosas o un sol con una cara radiante.

La estela de sangre con forma de cuentas iba de los charcos de la cocina a la mancha grande en el centro de la estancia. El suelo estaba embadurnado, como si hubieran querido fregarlo. Diane se imaginó a alguien a cuatro patas, gateando antes de ponerse en pie, intentando sobrevivir.

Sintió el impulso de correr y llamar a gritos al niño, pero ya había incumplido una norma al entrar.

En la pared opuesta, una máscara africana de madera ovalada (con agujeros tallados en el lugar de los ojos y la boca) la miraba fijamente con expresión de horror.

Ansiosa, Diane miró por encima del hombro: la mesa parecía preparada para un inocente picoteo: vino y algo de queso para tomar con unos amigos. Luego miró hacia delante, a aquella sangre derramada que parecía invitarla a acercarse y descubrir algo horrible.

Maddie

Diez semanas antes

Sus ojos siguen volviendo a la esquina superior izquierda de mi cara. Desvía la vista a la ventana, hacia el estanque artificial del vecindario visible desde su despacho, pero luego la dirige otra vez al lugar donde me cosieron.

No sé si esto va a funcionar. En su página web dice que es «por encima de todo una psicóloga sin prejuicios; compasiva y discreta; experta en el uso de la escritura como terapia para controlar la ansiedad». Pues deja de mirarme, hostia ya. Le he dicho que he venido a su consulta porque quiero calmar mis nervios.

Me sonríe. Eso está mejor. Dice con una voz cantarina de anuncio:

—En la escritura terapéutica existen muchos, muchísimos ejercicios extremadamente útiles. Lo que más me gusta de esta terapia es que puedes explorar tanto como te lo permitan tu imaginación y tus inhibiciones. Probaremos distintos enfoques y veremos… —Ladea la cabeza de forma estudiada y, al mismo tiempo, extrañamente atractiva—. Veremos cuál te viene mejor a ti, Maddie.

Asiento con la cabeza; el cabello que llevo repeinado a la izquierda de la cara se mueve un poco. Ella hace como si nada, pero su fascinación salta a la vista. No es algo que me sorprenda. El cardenal ha desaparecido, pero el estropicio general sigue siendo impactante.

Me desanimo. Necesito que esto funcione, pero esta mujer no es lo que esperaba. Para mí era importante hacer escritura terapéutica, y en mi zona no había mucho donde elegir. Cuando elegí a la doctora Camilla Jones, con su consultorio privado en Overland Park, imaginé a una señora con un traje sofisticado y zapatos de abuelita. Ojos amables. Cabellos plateados.

Esta mujer, la Camilla esta, me ha dicho que su nombre rima con Pamela. ¿Qué? No quiere que la llame doctora Jones, sino Camilla. Lleva una camisa floral, holgada y de hombros descubiertos, unos pantalones de yoga y una gorra de béisbol. Detesto la superficialidad, pero debo puntualizar que la visera de la gorra está adornada con pedrería. Casi por completo. Por todas partes. Probablemente, es tan difícil para mí no embelesarme con su gorra como para ella no embelesarse con mi cara. La joya de la corona de la gorra es una flor de lis gigante. Me desconcierta. Aunque se mantiene que te flipas, debe pasar de los sesenta. Pero, sinceramente, lo último que me esperaba era que mi psicóloga me recordara a mi profesora de zumba.

Por fin me mira a los ojos.

—¿Maddie?

—¿Sí?

No sé por qué, pero me doy cuenta de que estoy cerrando y abriendo los puños. Cuando escribía, solía tener el síndrome del túnel carpiano, y hacía este ejercicio cuando me dolían los puños. Dejo de hacerlo.

—Vayamos al grano y empecemos por algo fácil. Quiero que escribas veinte cosas que te provocan ansiedad. —Me pasa una cuartilla con rayas y un bolígrafo—. No lo pienses demasiado, tú solo escribe lo que te asusta o te pone triste o nerviosa. Escribe lo primero que te venga a la cabeza, ¿de acuerdo?

—De acuerdo.

1. Cuando Charlie llora. Cualquier cosa mala que le pase a Charlie.
2. Cuando Ian bebe vodka en el sótano. O cuando no hay manera de que se despierte.
3. Cuando disparan contra niños en un colegio o, en realidad, cuando alguien se pone a disparar al azar a un grupo de personas, pero especialmente a niños. Tampoco me gusta que haya armas dentro de casa.
4. Cuando conducen un camión articulado gigante en medio de un desfile en un paseo marítimo de Francia y se cargan a todo el mundo.
5. El ISIS.
6. Parece una bobada, pero me asusto cuando voy a algún sitio a conocer gente nueva y quieren sentarse en círculo y que les hable de mí. He dejado de ir al *brunch* de las madres de Meadowlark por eso.
7. Cuando el chico de Oriente Medio que utiliza la cinta de correr que tengo enfrente, para y se va dejándose allí la mochila.
8. Cuando llamo a los perros y no vienen y no puedo encontrarlos. (Seguramente, porque me pasó anoche. Excavaron por debajo de la valla, pero no los atropelló ningún coche. He tapado el hueco de la valla por donde se escapan.)
9. Cuando mis padres o Charlie enferman. Nuevas cepas mortales de gripe.
10. Cuando Ian va a trabajar a países peligrosos. Todas las cosas que podrían torcerse.
11. Funerales. Hospitales y lagos.
12. Cuando Ian se enfada con Charlie.
13. Que un caimán salte fuera de la laguna Disney y arrebate a un crío directamente de los brazos de su padre.
14. Cuando el corazón me late descontroladamente. Suele pasarme cuando empiezo a añorar a Joanna y a pensar que lo más seguro es que me odie.

15. Ahogarse, especialmente los niños pequeños sirios que el mar arrastra muertos a la costa. No puedo soportarlo, a veces me dura días y sueño con que Charlie se ahoga. A veces me preocupa que también se ahoguen los perros. Maremotos.

16. Cuando llevo a Charlie al parque y, de repente, desaparece y no consigo encontrarlo.

17. La oscuridad de algunas personas. Como ese tipo de Alemania que pagó a otro tipo para que fuera cortándolo poco a poco, lo cocinara y se lo comiera.

18. Cuando Charlie llora.

19. Cuando tengo que dejar a Charlie con Ian.

20. Pensar que hay algo que no está bien en mí.

Deslizo la hoja hacia Camilla, a quien (ahora que he podido verla mejor, en pantalones de yoga ceñidos y acampanados estilo años setenta) tengo la tentación de llamarla en privado «Camello», por esa moda de ir marcando la raja del coño como si fuera la pata de un camello.

Empieza a leer en silencio.

—Creo que me he repetido. Creo que he escrito «Charlie llorando» dos veces —le digo.

Ella asiente, concentrándose en mi lista.

—La repetición puede ser reveladora.

Al cabo de unos minutos levanta la vista hacia mí y esta vez no pierde el tiempo con sutilezas. Sus ojos hacen una excursioncilla arriba y abajo por el destrozado y sinuoso camino que discurre de mi labio a mi frente.

—¿Te sigue doliendo?

—Cuando sonrío. Un poco.

—¿Por eso no sonríes?

—¿No sonrío? Yo diría que sí que sonrío. —Y sonrío para demostrarlo.

—¿Has ido a ver a un cirujano plástico?

—No, pero supongo que terminaré yendo.

Lo cierto es que siempre he sido lo que mi abuela llamaba *jolie laide*. Una fea guapa. Mis ojos son peculiares, de un gris pálido. Mi sonrisa es asimétrica y la forma de mi cara tiene un aire de zorro. Nunca me ha faltado atención masculina, pero sé que, si poseo un atractivo, está en mi rareza. Aún no he decidido si me gusta o no mi cicatriz. A veces, cuando me miro en el espejo, pienso que es una cubierta mucho más sincera del libro que soy.

Camilla asiente, los ojos húmedos de empatía materna. Da un golpecito en mi hoja.

—Piensas mucho en lo que llamamos «catastrofización».

—No conocía la palabra.

—Ahora, con el flujo constante de malas noticias, es cada vez más común. Es el temor irracional a la catástrofe. Es fácil sobrestimar la posibilidad de que una tragedia extremadamente inusual te sobrevenga a ti o a tus seres queridos.

Me planteo decirle que conozco muy bien eso de las tragedias poco habituales, pero mejor me guardo esa información para mí. Así pues, me limito a decir:

—Los accidentes ocurren. Cualquier cosa, en cualquier momento.

—¿Cualquier cosa? ¿Caimanes? —Sonríe, se inclina hacia delante y me guiña un ojo—. ¿Caníbales alemanes?

Me encojo de hombros y no puedo evitarlo: me río. Caníbales alemanes.

—Pero aquí está pasando algo más —dice. Su buen rollo se esfuma y se pone más seria que un muerto—. ¿Te gustaría contarme algo más de tu relación con Ian? ¿Es el padre de Charlie?

Asiento. Para ser clara, me encantaría contárselo todo acerca de Ian. En serio, porque es una gran historia. Sin embargo, por alguna razón, me quedo sin habla. Pensar en lo que le ha sucedido a Ian es demasiado para mí. Estoy paralizada, mi lengua es un pez limoso encajado en mi boca, agua cenagosa en mi nariz. A veces, sucede. Recuerdo que me retuvieron debajo, la cara unos centímetros por debajo de la superficie, los ojos desorbitados y el aire tan cercano y tentador que abrí la boca para respirar...

El agua me entró a chorro en la boca y por la garganta. Se apoderó de mí y ahí se acabó la cosa. Todo fue diferente.

—¿Dónde está el cuarto de baño, por favor? —logro decir, levantándome—. Creo que voy a vomitar.

Maddie

2001

El padre de Charlie. El amor de mi vida. Ian.

Un momento. Dejadme empezar por el principio.

Yo era una «bienhechora». Muchos de mis amigos también eran bienhechores. En aquel entonces, vivía en una región del mundo que la mayoría de los guías turísticos ni se molestaban en mencionar. Si lo hacían, empleaban palabras como «asolada por la guerra, empobrecida, anárquica». Estos tres adjetivos siempre me habían resultado bastante atractivos. Me parecía emocionante vivir en «el rincón más oscuro y olvidado de Europa», como lo llamaban a veces. Así pues, me encontraba justo en el centro de mi fase bienhechora dando clases de inglés a estudiantes pobres en uno de los países aislados del antiguo bloque comunista. Esos lugares conocidos colectivamente como los Balcanes.

Yo vivía en Bulgaria; mi mejor amiga, Joanna, en un país vecino, un lugar poco conocido pero bastante conflictivo: Macedonia.

Conocí a Ian en un acto para recaudar fondos. Suena aburrido, ¿a que sí? Pues él era de todo menos aburrido.

Estábamos en Ohrid, una ciudad turística veraniega a unas horas al sur de la capital de Macedonia, Skopie, no lejos de la frontera griega. Pintoresca por su decadencia, sus villas de piedra se apilaban en un cerro con vistas a las aguas lacustres bruñidas por el sol. En el punto más alto, orientado al sur, hacia Grecia, despuntaba la abovedada iglesia de San Juan, del siglo XIII, perfecta para una postal, tan adorable y tranquila que desmentía toda la discordia del pueblo que presidía. De no haber sido por la tensión tangible entre las gentes del pueblo que se apiñaba en las sinuosas callejas y plazas, Ohrid habría desprendido un apacible encanto. En cambio, era un destino vacacional atestado de personas de dos religiones que luchaban entre ellas. Tenía la impresión de que todo el mundo se miraba con una mezcla de sed de sangre y sospecha. El país estaba al borde de la guerra civil.

El acto benéfico a favor de la Cruz Roja era una «cena y espectáculo» en una taberna destartalada, dispuesta precariamente sobre unas vigas de madera empapadas de agua, sobre la cenagosa orilla de un lago. Joanna trabajaba con mujeres y niños en campos de refugiados de Macedonia. Su jefa, Elaine, que vivía en Washington, le había pedido que asistiera al acto benéfico y le había dado dos entradas. Joanna me suplicó que pasara allí el fin de semana y la acompañara a la cena.

Jo tenía la costumbre de trenzarse el pelo cuando estaba aburrida o nerviosa. En estos momentos, se inclinaba sobre su vodka con tónica, sus dedos entrelazados, sus ojos de avellana puestos en el puñado de intelectuales retraídos que se arremolinaban en torno a las mesas de comedor comunales y trataban de decidir dónde era más apropiado sentarse.

—Y pensar —dijo— que podríamos estar en otro sitio viendo la pintura secarse y pasándolo en grande.

—Copas gratis —respondí con indiferencia.

—¿Y si nos vamos? —preguntó Joanna, poniéndose recta con una energía y un entusiasmo repentinos.

—Si no te metes en un lío —respondí, encantada con ese plan.

Se desanimó.

—Sí, puede ser. Si me ayudas a besar unos cuantos culos importantes, creo que podremos irnos dentro de una hora.

En ese momento entraron tres hombres. Uno de ellos era muy alto y, al menos desde lejos, impresionantemente guapo. Me incliné para susurrarle:

—¿Ese está en la lista? No me importaría ofrecerme de voluntaria.

Jo se recostó y rio.

—Huy, no. Te aseguro que no lo había visto en mi vida.

—Espera —dije, viendo a quienes acompañaban al hombre—. ¿No es ese tu amigo Buck Bobilisto? ¿De la Embajada estadounidense?

—Es verdad —respondió Joanna, que se levantó y les hizo señas para que se acercaran a nuestra mesa.

Buck Bobilisto era como llamábamos a Buck Snyder, un militar con mostacho que tenía unos llamativos dientes de conejo. Trabajaba como agregado en la Embajada de Estados Unidos. A veces, Joanna contactaba con él para tratar asuntos de seguridad de sus campos de refugiados. Le habíamos bautizado como Buck Bobilisto cierta noche, después de que se hubiera pasado toda la cena borracho, jactándose con su deje sureño de que: «Tío, a todas estas mujeres balcánicas se la trae todo al pairo. Puedes decir lo que sea. Puedes hacer lo que sea, colega: si llevas encima el gran azul, mojas fijo». El «gran azul» era el pasaporte de Estados Unidos.

Mientras fingíamos que no observábamos cada uno de sus movimientos, Joanna y yo esperamos a ver si los hombres se decidían a venir a sentarse con nosotras. Jo alargó un brazo para tocarme y me dijo:

—Gracias por venir. Me alegro mucho de que me hayas acompañado.

La verdad es que no me había hecho mucha gracia subir a

27

aquel horrible autobús. Un enfrentamiento entre la mayoría cristiana de Macedonia y la creciente minoría musulmana había desencadenado diversos episodios de violencia; como en las demás zonas de la región, una niebla de odio y furia se cernía sobre los pintorescos pueblos de montaña como una nube industrial. Macedonia ya no era un lugar seguro para nadie.

Pero Joanna no me había obligado a acompañarla. Me encantaba visitarla y me sentía afortunada porque ambas hubiéramos terminado viviendo en Europa del Este después de graduarnos en la universidad. Aun así, el trayecto en autobús era incómodo, pues duraba entre cinco y ocho horas, dependiendo del tiempo que nos mantuvieran parados en la frontera que dividía nuestros países. Además, estaba cansada del trabajo.

Me encontraba en el tramo final de una beca Fulbright de catorce meses en Bulgaria, que implicaba dar clases de inglés en la Universidad de Sofía al tiempo que trabajaba en un libro de no ficción. Mis días transcurrían entre la escritura, los viajes y las clases, y la verdad es que me sentía feliz.

Había conocido a Joanna Jasinski cuando éramos universitarias, durante un programa de intercambio en España durante el verano. Teníamos un interés común en la lingüística, en hacérnoslo con chicos españoles en las discotecas, en los filósofos rusos y alemanes, y en The Cure. En ese momento, ambas deseábamos «hacernos mayores» para ser intérpretes, y solíamos hablarnos en un batiburrillo de las varias lenguas que estudiábamos, lo que enojaba y dejaba al margen a los demás. Durante mucho tiempo, ni ella ni yo tuvimos más amigas.

Joanna se especializó en estudios internacionales y se hizo cooperante; yo me dediqué al periodismo. Al final, ambas nos sentimos atraídas por trabajar y estudiar en el antiguo bloque comunista, donde podíamos practicar nuestra formación en lenguas eslavas. En el último año, trabajando en nuestros destinos, nos habíamos visitado mutuamente más de una docena de veces. De ese modo, manteníamos los lobos de la soledad aullando al otro lado de la verja.

Después de hablar con unas cuantas personas, Buck Bobilisto y los otros dos hombres empezaron a cruzar el restaurante. Cuando salieron de la oscura entrada y caminaron hacia nuestra mesa, pude verlos mejor. Buck Bobilisto nunca había sido un hombre guapo, pero al lado de sus acompañantes parecía un auténtico roedor. Los otros dos eran altos, anchos de espaldas y finos de cintura. Uno era rubio y angélico, con el cabello rizado y unos ojazos azules más propios de los dibujos animados. El otro era el hombre que nos había llamado la atención a Joanna y a mí al mismo tiempo. Tenía un cuerpo asombroso, la barbilla partida y los hombros como sinuosas colinas. Caminaba con los ojos puestos en el paisaje del lago, absorto en su pensamiento o como si estuviera solo. Impertérrito.

Sus cabellos castaños se recortaban a los lados y se alborotaban en lo alto; vestía vaqueros oscuros, cuidadosamente planchados. Su pecho. Me detuve en él un segundo. Su pecho. Quitaba el hipo incluso debajo de su horrorosa camisa de etiqueta color melocotón. El conjunto tenía algo infantil, como de un chiquillo emperifollado para el musical del colegio. Sus rasgos clásicos eran más propios de una fotografía en blanco y negro, que lo mostrara sentado en la terraza de una cafetería francesa con un expreso. Su atuendo juvenil no le pegaba nada. Recuerdo haber pensado que, si aparecía vestido así, con una camisa melocotón, en mi Meadowlark natal, en Kansas, le harían papilla nada más verlo entrar por la puerta.

Buck Bobilisto hizo las presentaciones gritando tanto que concluí que ya iba bebido.

—Ian, Peter, os presento a Joanna y...

Chasqueó los dedos varias veces en mi dirección.

—Madeline —dije, señalándome.

29

—Eso es. Ya me acuerdo. Ian y Peter trabajan para el embajador británico. Forman parte de su nuevo equipo de escoltas. Acaban de llegar.

Un viejo acordeonista vestido con un traje harapiento comenzó a armar bulla con su música al otro lado del restaurante. Joanna dijo casi chillando:

—¿He de suponer que vuestros jefes también os han hecho venir a esta fiesta de empollones en vuestra noche libre?

Buck Bobilisto asintió irritado, pero Peter, el de los rizos rubios, se inclinó hacia delante y dijo con toda sinceridad:

—¡Me dijeron que iba a haber un espectáculo de bailes populares después de la comida!

Joanna se rio. Su bonita cara se sonrojó.

—Huy, nadie te ha prevenido de la cantidad de espectáculos de bailes populares que vas a tener que aguantar el tiempo que estés aquí. La buena noticia es que no todas las canciones suenan a cordero degollado.

Peter se quedó perplejo. Era adorable. Corpulento, pero mono. Poderoso, pero agradable. Inteligente no.

Joanna le tocó el brazo y le dijo:

—Siéntate a mi lado. Eres oficialmente mi nueva persona favorita.

Le lancé unas cuantas miradas a Ian, que había tomado el asiento frente al mío. Parecía completamente absorto en la carta. No mostraba el menor interés en mí o en Joanna. Leía la carta como si lo hubieran envenenado y pudiera encontrar la fórmula del antídoto ahí. Ninguna carta de una taberna de Macedonia podía ser tan interesante.

Decidí aparentar que yo tampoco estaba interesada en él. Un par de minutos más tarde, Ian se rio entre dientes. Luego se recostó, prendió un cigarro y dejó la carta de plástico abierta sobre la mesa de madera, arañada de pintadas. (Los Balcanes no tenían nada en contra de los cigarrillos, ni en los restaurantes ni en los hospitales siquiera.) Tras levantar una ceja, Ian se enderezó y dijo con un encantador acento inglés:

—Bueno, creo que voy de cagón.

Jo no perdió un segundo.

—En Estados Unidos decimos «voy a cagar», no «voy de cagón». Y creo que te puede resultar útil saber que casi siempre nos guardamos esa información para nosotros.

—¡Qué útil! Muchas gracias. Pero —dijo Ian señalando su carta— me estaba refiriendo al cagón del Mediterráneo. Aquí mismo. O bien eso —prosiguió en un tono de absoluta seriedad—, o bien la especialidad de la casa, que es la caspa del lago Ohrid. —Se inclinó hacia delante y fijó en mí sus ojos de color corteza de árbol.

—¿A ti qué te apetece? ¿La caspa o el cagón?

Me puso la carta delante. Obviamente, habían traducido mal «cazón» y «carpa»: unas erratas bastante desafortunadas.

—Sin duda, la caspa —respondí.

Ian parecía divertirse. De repente, me vi como debía de verme él. Vestía un jersey de cuello vuelto clásico de color beis y no me había soltado el pelo después de terminar la clase de primera hora del día. Además, llevaba puestas las gafas para leer bien la carta. Parecía una bibliotecaria de las de antes.

—¿En serio? —respondió—. Pues jamás lo habría imaginado. Pareces una joven muy moderna.

Se me encendieron las mejillas, y él me dedicó una sonrisa esquiva. Pude verla en sus ojos. Se estaba burlando de mí.

—Bonito jersey —le respondí, molesta. No me conocía.

—Gracias —dijo, echando un rápido vistazo a lo que llevaba puesto.

Luego levantó su silla y la ladeó, apartándose de mí y orientándola hacia Joanna. Ella, que estaba aguantando una de las historias de Buck Bobilisto, miró a Ian y le sonrió ligeramente.

El octogenario acordeonista al que le faltaban algunos dien-

31

tes se acercó a nuestra mesa como un murciélago sobre el ganado. Empecé a rebuscar en mi cartera para darle una propina.

Finalmente, Ian y Peter se marcharon con Buck Bobilisto, que anunció que quería ir a algún sitio «más sofisticado». Joanna y yo nos quedamos en la taberna, bailando durante horas con aquel viejo acordeonista y con sus nietos, que tocaban en la banda que no tardó en llegar.

Así éramos en aquella época.

Maddie

2001

*D*espués del largo fin de semana con Joanna, hice el trayecto de vuelta en autobús cruzando las montañas de Macedonia a Bulgaria, cerrando los ojos cuando oscilábamos por precipicios y avanzábamos a trompicones por angostos caminos al borde de despeñaderos gigantescos. Como de costumbre, el conductor iba demasiado deprisa y las condiciones de la carretera eran muy malas. Sin embargo, por alguna razón, a medio camino de aquel mareante viaje, empecé a preguntarme cuándo podría volver.

De vuelta en Sofía, conseguí dar mi última clase en la universidad muy a pesar mío. Mi tiempo allí se había terminado. Mi beca estaba a punto de expirar, lo mismo que las tardes con mis estudiantes. Pronto tendría que volver a casa, pero no me apetecía en absoluto.

Un gigantesco vestíbulo barroco dominaba el campus urbano. Los peldaños de la entrada conducían a cuatro majestuosas columnas que flanqueaban imponentes ventanas ojivales. El techo era una cúpula gigantesca de cobre con una asombrosa pátina verde jade.

El interior era mucho menos impresionante. Varias plantas de aulas rodeaban un pequeño patio. Los grafitis cubrían las escaleras. La cafetería ofrecía expreso en minúsculas tazas de plástico junto a un estante bien abastecido de cigarros y un surtido de *pretzel*. Desde la cafetería podías seguir un reguero de tazas de expreso desechadas y paquetes de *pretzel* vacíos hacia cualquier lugar del edificio. Las papeleras estaban hasta los topes. No había conserje. No había papel higiénico. No había dinero.

Y hacía frío. Mi aula estaba en la última planta. La mayor parte del invierno había dado clase con el abrigo y los guantes puestos, contemplando un mar de gorros de lana.

El año en Europa del Este había constituido un periodo especialmente mágico de mi vida. Adoraba pasear por las calles de Sofía. En realidad, me habría costado explicar mi fascinación por la gente y la cultura de este país dejado de la mano de Dios.

Miraras donde miraras, había fantasmas. Las esquelas en blanco y negro con fotografías de los últimos fallecidos estaban por todas partes en los países balcánicos; las grapaban a los postes de teléfono, empapelaban con ellas las paradas de autobuses y las paredes, y las clavaban en los árboles. Los perros deambulaban bajo la mirada de todos aquellos ojos muertos fotocopiados, observando a los adolescentes borrachos con sus *döner* kebabs. Un par de hombres arrugados, luciendo viejos y manchados sombreros, jugaban al backgammon en una mesa de plástico bajo una sombrilla de cerveza Zagorka en una abandonada cafetería hecha a base de planchas metálicas. Aspiré los olores de Sofía. Carne y pimientos asados, basura humeante, pino fresco y acre de la montaña, olor corporal mal disimulado, mercados de flores y palomitas recién hechas. No era un lugar para todo el mundo, pero yo estaba perdidamente enamorada de las melancólicas y humildes calles balcánicas. Y estaba a punto de perder a aquella sórdida ciudad, que sentía tan mía; pronto quedaría lejos de mi desesperado abrazo. Habría dado cualquier cosa por quedarme, aunque solo fuera un poco más.

Anochecía cuando subí al desvencijado tranvía para volver a mi piso en el centro de la ciudad. Poco después de soltar las llaves en la mesa de centro, mi teléfono de disco (un artilugio que parecía salido de una película muda o de un museo) emitió su estridente traqueteo.

—¿Diga?

Era Caroline, una editora de las Guías de Viaje Fodor, que me contrató para escribir algunos capítulos sobre España cuando terminé mi posgrado.

—Por fin vamos a dividir la edición de Europa del Este en países —me dijo.

No podía haber escuchado nada mejor.

Me ofreció cubrir Bulgaria para su guía de viajes de 2003. El sueldo no era bueno para los estándares estadounidenses, pero ¿en la baratísima Bulgaria? Acababan de darme las llaves del reino. Me dedicaría a viajar, con todos los gastos pagados, a cada rincón de mi querida patria adoptiva. Estábamos a mediados de mayo, al principio del espléndido verano balcánico. Bulgaria poseía innumerables playas vírgenes y montañas para hacer excursionismo que cortaban la respiración. Jo podría venir a verme y haríamos escapadas de fin de semana a Sozopol, donde ella nadaría mientras yo leía en la playa. Encontraríamos merenderos bien provistos de suculentas chuletas de cordero, ensaladas de tomate y pepino y patatas fritas crujientes cubiertas de feta desmenuzado. Caminaríamos descalzas y la piel se nos pondría morena y pecosa, y beberíamos vino blanco casero en pueblos de pescadores remotos, antiguos y nada turísticos.

Podía quedarme. No cabía en mí de felicidad. Pura libertad. Llamé a Joanna para darle las buenas noticias.

—Al final no tengo que volver a casa cuando se me termine la beca —dije—. Tendré un montón de tiempo para ir a verte. Con el portátil, puedo escribir desde donde quiera. Tenemos todo el verano por delante.

—¡*Síííí!* —exclamó al teléfono—. ¡Dios mío, es el mejor noticion del mundo! ¡Felicidades, amor!

35

ϒ

La noche siguiente me detuve en la acera de enfrente de mi piso con mi vecino, el señor Milov, a quien la vejez había cubierto de manchas. Estábamos charlando sobre los precios inaceptables del pan y del yogur, y yo comenzaba a alejarme poco a poco hacia la entrada de nuestro edificio, cuando un Mercedes negro se detuvo junto a nosotros.

El señor Milov tenía unas pestañas impresionantes, como orugas plateadas. Alarmado, las levantó. La ventanilla del acompañante bajó. Un hombre con gorra y gafas de sol dijo en un marcado acento de Europa del Este:

—¿Señorita Brand? Suba al coche, si es tan amable.

—No voy a subir a su coche —respondí con una sonora carcajada.

El señor Milov estaba aterrado, le costaba respirar.

Lo agarré del brazo. Sin embargo, antes de poder decir nada, la puerta trasera se abrió y Joanna apareció con una botella de champán en la mano.

—¡Lo siento! —exclamó, apeándose de un salto—. ¿Se encuentra bien? ¿Te encuentras bien? ¡Era una sorpresa para Maddie! ¡Vamos a celebrar que no tiene que regresar todavía a casa! Lo siento mucho.

Joanna levantó el champán y dijo con una sonrisa avergonzada y culpable:

—*Iznenada!* ¡Sorpresa!

El señor Milov se recompuso y se alejó arrastrando los pies y murmurando con la mano sobre su corazón.

Una hora más tarde, Joanna y yo estábamos apiñadas en una mesa esquinera, bebiendo bellinis y comiendo *carpaccio* de ternera y salmón ahumado en el Sheraton's Capitale.

—Te debía una visita —dijo, clavando su tenedor en un trozo de salmón—. He tenido muchísimo trabajo. Últimamente, tú has venido a verme muchas más veces que yo a ti. Y tampoco es que estuviera tan lejos. Cinco horas. Como mucho. Pan comido. Y, sinceramente, se está de maravilla lejos de toda esa rabia y ese odio. Aquí lo podemos pasar bien. Por cierto, este salmón está riquísimo.

Luego empezó a describirme sin aliento su plan de que fuésemos juntas en coche a Montenegro al final del verano y pasáramos una semana en la playa de Budva.

—Mi amiga Ana nos pondrá en contacto con un amigo suyo, un tipo que alquila su piso en verano y se va a vivir con su tío sin dientes debajo de un puente…, o algo así. Tiene unas vistas preciosas. Ana me envió la foto por correo… En cuanto volvamos a tu casa, te la enseño, pero, de verdad, Maddie, es superbonito. Y ahora que te quedas, no tendré que ir sola. Tengo vacaciones del 6 de agosto al…

Mientras parloteaba felizmente, le sonó el teléfono. Siguió hablando hasta que lo abrió. Se le demudó el rostro. Tenía una venita que le cruzaba la frente; cuando algo le preocupaba, se hinchaba de sangre y le palpitaba. Le tembló la mano.

—Mierda.

—¿Qué?

Cerró el teléfono y agachó la cabeza.

—¿Qué pasa? —pregunté.

Levantó la vista y dejó escapar un enorme suspiro.

—Tengo que volver a la puñetera Skopie.

—¿¡Qué!?

—Espera.

Llamó a su conductor y después hizo señas al camarero para que trajera la cuenta.

—Lo siento. Al final no puedo quedarme.

—¿Qué ha pasado?

—Nos han retenido un cargamento de leche en polvo y pañales para los refugiados de Stankovac en la frontera griega.

—Pero es fin de semana. ¿No puede esperar hasta el lunes?

—Si pierdo este cargamento, son miles de dólares —dijo rebuscando su monedero en el bolso—. Y, al parecer, la policía macedonia está intentando confiscarlo. Eso significaría que no volveríamos a verlo.

—¿Por qué harían algo así?

—Porque algún agente fronterizo sabe que hay una estadounidense pirada dispuesta a pagar para que liberen el cargamento.

—¿Tú?

—Obvio.

—¿Vas a sobornar a un policía?

—Ya te digo —dijo despreocupadamente, y se bebió el último sorbo de su champán.

—Oh, Dios mío —dije.

—Oh, Dios mío —me imitó, y luego se rio—. No pasa nada, Maddie. Así es como se solucionan las cosas, y punto.

Volvimos en taxi a mi piso. Mientras ella preparaba su maleta, yo hice la mía también. Cuando me vio, Jo me dijo:

—No puedo llevarte conmigo.

—¿Por qué no?

—Esta vez no es una buena idea.

—He terminado las clases y mi encargo de Fodor no llegará hasta dentro de dos semanas. Ni siquiera puedo empezar a trabajar hasta entonces. Déjame ir contigo.

—Las cosas se están poniendo feas en Macedonia. Matanzas. Bombardeos. Todos los estadounidenses tenemos el aviso de no entrar en el país.

—¡Tú vives allí!

—¡No me queda otra! No hagas locuras.

—Voy contigo.

Un segundo después extendió el brazo y me cogió de la mano.

—Gracias.

Durante el primer tramo del viaje, Joanna estuvo ocupada mensajeándose con sus colaboradores sobre la situación. Cuando dejamos atrás la frontera, mis pensamientos divagaron. Mis padres se enfadarían conmigo por haber aceptado el trabajo de Fodor y quedarme en Europa del Este. Sin embargo, imaginé que mi abuela Audrey se pondría muy contenta. La educación rutinaria del Medio Oeste, en una pequeña ciudad universitaria llena de profesores e inmigrantes, también llegó a frustrarla. Sin embargo, aprendió francés en el colegio y alemán de sus abuelos.

Cuando yo tenía trece años, me llevó a Francia para ver arquitectura, sobre todo las obras de Le Corbusier. Los sábados íbamos al Museo de Arte Nelson-Atkins y me hacía repetir con ella: «Aunque el Museo Nelson-Atkins de Kansas se distingue principalmente por su extensa colección de arte asiático, yo siempre he adorado especialmente la preciosa ala este, que está llena de pinturas europeas de Caravaggio, el Greco, Degas y Monet».

Era una de las ensayadas opiniones que debía compartir con las personas sofisticadas y cultas que me presentaba en nuestros viajes. Recuerdo estar sentada frente a ella mientras tomábamos un almuerzo ligero después de uno de esos paseos al Nelson-Atkins. Estábamos en su mesa esquinera preferida, en el privado Carriage Club. Yo sorbía té, haciendo caso omiso de la tentadora cesta de pan y picoteando de mi ensalada, tal como ella me había enseñado a hacer.

—El problema de Sara —dijo, refiriéndose a mi hermana, siempre tan atractiva ella— es que nunca le han roto el corazón. Y Julia. Bueno, Julia es brillante. Pero brillante de libro, no sé si me entiendes. Tú, cariño —dijo perforándome con una mirada ambiciosa—, tú te pareces más a mí, eres de las que se come el mundo. La gente como nosotras no se rige por las normas. Mis abuelos dirían que eres *übermensch*, extraordinaria.

Cogí las venosas manos de mi abuela entre las mías y me incliné hacia ella para compartir su sonrisa conspiratoria. Quizá yo fuese extraordinaria. Eso decía ella, y estaba dispuesta a descubrirlo. Y la ordinaria Kansas no formaba parte de mi futuro ni por asomo. Mis padres no tenían ni la menor idea, pero no pensaba regresar a Kansas.

Fue a raíz de esta conversación con la abuela Audrey cuando empecé a entender las normas como directrices, a burlarme del peligro y a coquetear con el desastre. Supuse que estaba mareada como Ícaro y que me había acercado mucho al sol. Las alas de Ícaro eran falsas, hechas de cera y plumas; tendría que haber sido más listo, porque se derritieron y ardieron, y cayó en picado desde lo alto del cielo a un inmenso mar en el que se ahogó.

Delante, en el asiento del conductor, Stoyan bajó una rendija de la ventana y se puso a fumar. Conducía con una sola mano al volante. Alcanzamos un tramo de carretera descuidado, oscuro y con baches. Los camiones que venían en dirección contraria pasaban a toda velocidad, provocando rachas de viento.

Stoyan empezó a adelantar a un vehículo que avanzaba despacio, mientras los faros del tráfico que venía de frente parpadeaban amenazadores en la distancia. La radio estaba a un volumen alto.

Miré de reojo a Joanna. Ella me ofreció una sonrisa soñolienta y cerró los ojos. Yo hice lo mismo.

Cuando despertamos, las montañas habían quedado atrás.

Maddie

Nueve semanas antes

*I*an está en Nigeria velando por un pequeño grupo de bomberos de Boots & Coots que se dispone a extinguir un enorme incendio en un pozo de petróleo fuera de Port Harcourt, donde hubo un atentado suicida el mes pasado. A veces cuesta semanas apagar esta clase de incendios y luego es necesaria una limpieza masiva. Ian me habló de noventa días, pero la verdad es que no sé cuándo volverá a casa.

Estoy yendo a mi cita con Camilla y me pregunto si una parte de la sesión de hoy también será elaborar una lista de cosas que me asustan. Si es así, esta vez incluiré a los yihadistas de Boko Haram, en Nigeria, y a su fanático líder. Anoche salió brevemente en la televisión y lo rebobiné seis veces. Mascaba chicle y dijo encantado de la vida: «¿Saben qué? ¡He abducido a sus hijas!».

Mientras veía una y otra vez la secuencia documental, pensé en las doscientas niñas que se llevaron como si nada. En esto se ha convertido el mundo. Cero consecuencias. Ian lleva allí las últimas tres semanas y allí es donde permanecerá atrapado un tiempo más.

Como Ian está fuera de la ciudad y mis padres han ido a visitar a mi hermana en San Luis, tengo que dejar a Charlie en el Club Infantil de la YMCA, la Asociación Cristiana de Jóvenes, durante las dos horas que necesito para ir en coche a Overland Park, asistir a mi sesión y volver. No encuentro las zapatillas de Charlie y él no encuentra su pulsera especial de superhéroe que Ian le hizo con cuerda de paracaídas. Vamos con retraso.

Salgo marcha atrás por el sendero de nuestra casa como una lunática. Un poco más y atropello a mi vecino Wayne Randall. Wayne trabajaba en Heritage Tractor and Trailer. Ahora que se ha jubilado se pasa buena parte del día plantando árboles, recortando los setos del jardín y disponiendo elaborados arreglos florales por toda su casa y su terraza dos meses antes de Navidad. Está detrás de mi coche literalmente, de manera que he de frenar en seco. Wayne pasó tres semanas en la costa inglesa hace cuarenta años y también es fan de las películas de Monty Python. Sin excepción, esté Ian o no delante, Wayne me saluda calurosamente con un horrible acento británico.

—Maddie —dice al otro lado de mi ventana, moviendo la mano en círculos frenéticos como si estuviera girando una manivela.

Charlie se inclina hacia delante con interés. Desde luego, Wayne también podría ser un payaso.

Accedo y bajo la ventanilla. Él asoma su cara rubicunda y grita:

—¡A los buenos días, moza! ¡No nos vemos desde el año catapún!

—Lo siento mucho, Wayne, no tengo tiempo. Llego tarde a un compromiso.

—Sin problema —dice sin moverse—. ¿Y cómo está nuestro pipiolo? —Le enseña a Charlie su gran diente marrón.

Charlie frunce el ceño y dice:

—Ya no me llaman «pipiolo».

—¿Por qué eres muy grande?

—No, porque ahora voy al «cuarto de baño». No a «hacer pipí».

Wayne se da una palmada en el muslo dos veces. Esto es la monda.

—¿No es una maravilla?

—Es la verdad —dice Charlie, asintiendo con una enorme sonrisa. Levanta su desnuda muñeca para que Wayne la vea—. Y mire: he perdido mi pulsera.

—¡Los chicos no llevan pulseras! —dice Wayne burlonamente, guiñándome un ojo.

Charlie se endereza en su asiento y sus mejillas se ponen de un rojo encarnado.

—Sí que llevan. Está hecha de cuerda de paracaídas. Los soldados las llevan, y mi papá también.

—De acuerdo, de acuerdo —dice Wayne disculpándose—. Solo era…

—Me la hizo mi padre. Usted no tiene ni idea porque no es un soldado.

—Vale, Charlie —intervengo—. Ya está bien.

Un nubarrón pasa por la cara de Wayne y le entra un tic en un ojo.

—¿Es eso lo que dice tu papá? ¿Que Wayne Randall nunca fue a la guerra? ¿Eso ha dicho?

Wayne empieza a farfullar algo de que intentó alistarse, pero yo, sencillamente, no puedo esperar más.

—Lo siento, Wayne. Debería haberle dicho inmediatamente que llegamos tarde a una cita con el médico.

—Sí, claro, disculpa. Vete, vete —dice reculando.

Cuando me alejo, por el espejo retrovisor veo que frunce el ceño, los brazos colgando a los lados. Me siento un poco mal, pero no puedo dedicarle a nuestro vecino jubilado la atención que reclama. De lo contrario, Charlie y yo nos pasaríamos horas en el garaje de Wayne, viéndolo construir pajareras.

En cuanto dejo a Charlie, acelero en dirección norte atravesando tierras de labranza por la carretera que une Meadowlark

43

con los suburbios más meridionales de Kansas City, la aislada opulencia de Overland Park. A medida que transcurren los minutos, los graneros de madera contrachapada podrida, los cobertizos, los girasoles y las pilas de trastos son sustituidos por sinuosos y cuidados céspedes ribeteados de verjas blancas recién pintadas.

Las casas del vecindario de Camilla son más bonitas que las nuestras. Ian quiso comprar aquí la nuestra, pero yo le convencí de que Meadowlark era una inversión más segura. Yo no quería tener tanto dinero invertido; prefería más vacaciones, restaurantes y noches de diversión en la ciudad. Sin embargo, cinco minutos después, me quedé embarazada: al traste con mis frívolos deseos. Pero Charlie…, el dulce y pegajoso Charlie de mejillas sonrosadas, pequeños abrazos mantecosos y besos babosos, merece cualquier sacrificio.

Solo llego dos minutos tarde. Subo a trompicones los escalones del porche de Camilla. Me abre la puerta, y su aspecto parece un cruce entre David Lee Roth y una mariposa, con los cabellos alborotados, pantalones de campana y pañuelos de colores diáfanos. La he hecho esperar.

—Tu cita era a mediodía —dice, y me llevo las manos a los ojos.

Soy un desastre.

—Lo hago todo al revés. Estoy avergonzada. Guardo el beicon en la despensa, pongo la tetera eléctrica en la placa de cocción y la casa huele a goma quemada y…

—Chist —dice, y me pasa un brazo por el hombro—. Después de todo, has sufrido una lesión cerebral traumática. Date un respiro. A mí me pasa lo mismo a veces, porque tengo la cabeza en otra parte. Estás bien, Maddie, y vas mejorando. Cuidas de un niño de tres años tú sola, y eso no es fácil. Ven, entra, te prepararé un té.

No suelo llorar, pero, si lo hago, suele ser porque alguien me trata bien. Lloro mientras Camilla me prepara el té. Me siento mucho mejor. Decido sin reservas que adoro a mi psicóloga *hippie* pata-camello zumbera con gorra de pedrería. Siento olas de afecto hacia ella. Estoy bastante segura de que, cuando me mira, es a mí a quien ve. Lo sé. A mí, a Maddie, y no al estropicio de cara que tengo.

—Así que has olvidado las fotos —dice una vez que nos hemos sentado en su oficina con el té.

—Las escogí y las dejé en la mesa de la cocina..., pero, en eso, Charlie no encontraba sus zapatillas y llegábamos tarde..., así que sí, me las he olvidado.

—Vale —dice—. No pasa nada. Hoy quería empezar con unos diarios a partir de las fotografías, pero podemos intentar algo distinto. Y no necesitas nada más que tu cuaderno y un bolígrafo.

Me mira con expectación. Me estremezco.

—¿Has olvidado que tenías que traer un cuaderno y un bolígrafo?

—Pues sí.

—¿Serás capaz de recordar el camino de vuelta a tu casa? —pregunta maliciosamente.

—Espero que sí. Espero acordarme de recoger a Charlie.

Se hace un silencio hasta que las dos al mismo tiempo decimos: «No tiene gracia».

Me río con todas mis fuerzas. Sigue doliéndome, pero me sienta bien. Ella se levanta e inspecciona su librería, donde tiene una pila de cuadernos con espiral. Revuelve entre ellos y se gira con una sonrisa socarrona. En la cubierta del cuaderno que ha elegido para mí hay una fotografía de un gato feliz con dos patas de colores distintos. Reza: «La vida es demasiado corta como para preocuparse de llevar calcetines del mismo color».

—Este —dice alegremente—. Escribe tu nombre. De ahora en adelante, utilizarás este cuaderno en el despacho. Será tuyo.

45

Lo guardaré para que lo tengas siempre aquí. Haré fotocopias de las entradas de tu diario para que te las lleves a casa y las consultes cuando quieras. ¿Te parece?

—Gracias, Camilla.

Cojo el cuaderno.

—Entonces lo que vas a hacer es escribirle una carta a alguien. Puede ser alguien que esté vivo o muerto. Puede ser tu abuela o Charlie. Puede ser Ian, si quieres. Básicamente, puede ser cualquier persona con la que te sientas cómoda y en la que confíes. Alguien que te entienda. Para mí no es tan importante a quién escribas como el tema de la carta. ¿De acuerdo? El tema sobre el que quiero que escribas es el problema al que te estás enfrentando, en concreto el problema que te ha hecho pensar que necesitabas mi ayuda. Les cuentas lo que ha estado pasando, ¿vale? Esta carta no se entregará nunca, a no ser que tú quieras. Nadie la verá aparte de mí, así que puedes ser todo lo sincera que te permitas ser.

—Esto parece mucho más duro que lo de la última vez.

—Es un poco más duro, pero no mucho más.

Cierro los ojos y pienso. Mamá. Papá. Julia. Sara. ¿Ian? No. Alguien que me entienda, ha dicho.

Acerco el cuaderno y me inclino sobre él.

Querida Jo:

Bueno, tú sabrás si no quieres unirte a Facebook. Literalmente, no tengo ni idea de lo que has estado haciendo en los últimos cuatro años. Cuatro años. Esa es la última vez que hablamos.

Aquello me dolió de verdad. Te llamé para decirte que estaba embarazada. Quería que vinieras a verme. Quería dejarlo todo atrás y que volviéramos a ser amigas.

Y me colgaste.

Sé lo que piensas de Ian, y «las cosas horribles» que piensas que hizo. Él cuenta otra historia, pero, francamente, ya no me importa. El pasado, pasado está. Tendrías que haber venido por mí. Yo lo habría hecho por ti. Lo habría hecho. Porque tú eres la mejor amiga que he tenido nunca y sé que nunca volveré a tener otra amiga como tú.

Y eso me lleva a la razón por la que te escribo, a la persona que me entiende de verdad. Vale. Mis problemas comenzaron después de mi accidente. Me caí. Sé que eso no te sorprenderá, porque tengo una larga historia de caerme encima de ti, je, je. Esta vez me caí y me golpeé la cabeza cuando Ian y yo estábamos de acampada en Colorado. Iba caminando al baño y no me llevé la linterna, y no veía por dónde pisaba. Había estado bebiendo, como ya habrás imaginado. A partir de este punto, todo es un poco confuso. Ian me ha ayudado a recomponer lo sucedido.

Cuando volví a la tienda, estaba cubierta de sangre. Ian sacó el botiquín de primeros auxilios y empezó a curarme. Iba a ponerme unas tiritas, pero entonces vio la brecha y comprendió que la cosa era más seria. Tengo suerte de no haber perdido el ojo. Ian decidió que él solo no podía curarme y que iba a tener que llamar a una ambulancia.

No te aburriré con todos los detalles del resto de la noche, pero Ian no pudo acompañarme porque Charlie dormía en la tienda y no queríamos que me viera la cara y se asustara. Había un montón de enfermeras y un médico que me suturó la herida. Me dijo que necesitaría cirugía estética en cuanto volviera a casa. También me dijo que había dos policías que querían hablar conmigo.

La policía quería información sobre los antecedentes de Ian en el ejército y en el sector de la seguridad privada. Querían saber si discutíamos. ¿Bebe? ¿Mucho? Me dijeron que mi herida no podía deberse a una caída y que alguien me había dado un porrazo con una roca o una rama. Les dije que se equivocaban. Al final me preguntaron si «esa era mi versión y si la confirmaba», y les dije que sí.

Dije que no a la tomografía computarizada en aquel momento porque nuestro seguro es muy malo y sabía que, probablemen-

47

te, íbamos a deber miles de dólares. Me recetaron un antibiótico e hidrocodona. Luego me llamaron un taxi. Me hice una foto de mí misma con el teléfono mientras volvía a casa en coche. Me sorprendió que me dejaran salir por mi propio pie de la sala de urgencias rural a las tres de la mañana, con la mitad de la cara desfigurada e hinchada, y con veintitrés puntos desde la frente hasta la mejilla pasando por el párpado. Me sorprendió que nadie dijera una palabra cuando el chico del mostrador me envió de vuelta a un *camping* en tierra de nadie, en un taxi de mierda sin licencia y con un taxista furioso.

Desde aquella noche, he sufrido ataques de pánico y vivo con un nivel de ansiedad prácticamente insoportable. No puedo ver las noticias. A cada cosa horrible que pasa —y de repente es como si algo horrible pasara un día sí y otro también— siento que necesito coger a Charlie, tumbarme en la cama con él y echarme una buena siesta sin soltarle, a oscuras en la cama, con las mantas echadas, a salvo. Sé que no es normal. Sabes que yo no era así cuando estábamos juntas. Tuve una mala época antes, en Nueva York, después de que cada una siguiera su camino. Fueron unos años malos, pocos, pero nada comparable con lo de ahora. Me está costando mucho funcionar por culpa de esto. Necesito ser una buena madre. Algo se ha torcido, y mucho. Mi psicóloga está intentando ayudarme a averiguar qué está pasando. Esta carta forma parte de todo esto.

La otra noche le dije a Charlie: «Ven a sentarte a cenar, estoy mugrienta... Quiero decir, hambrienta». Es algo que me pasa muchísimo, que escojo las palabras que no son. Algo se ha desconectado en mi cabeza. Sigo marcando cosas en el calendario los días que no toca. No es tan grave como para creer que estoy loca, pero sí que noto una nube alrededor. Y me cuesta ver a través de ella.

Sobre nosotras. Mira, sé que no me porté bien. Sé que tu trabajo se ha vuelto escalofriante y un descontrol, y también sé que has estado enferma. Necesitabas que yo fuera una buena amiga, de fiar, ¿y qué hice yo? Me tomé las cosas a pecho y me fui.

Jo, esto duele. Espero que no sigas pensando que lo preferí a él antes que a ti. No fue así. Juro por Dios que no fue eso lo que pasó. Fue solo un error, eso es todo. Cometí un error y lo siento. Me encantaría volver a verte.

TE ECHO DE MENOS.

MADDIE

Deslizo el cuaderno hacia Camilla, que me hace una fotocopia. Mientras lee la carta en silencio, pienso en la casa de Jo en Skopie, y en las escaleras que conducían a la parte fea del sótano, que era de hormigón, producía escalofríos y estaba casi vacío; allí solo había una bicicleta elíptica destartalada, un lavavajillas minúsculo, una secadora rota y un viejo sofá de tartán. Allí es donde Jo iba cuando pensaba que se iba a poner a llorar.

Decía que sus vecinos la odiaban. Corría el verano de 2001. Las cosas estuvieron a punto de empeorar mucho más. Cuando pienso en el 11-S, se me vienen a la mente cosas malas. Todo lo malo. Todo al mismo tiempo. En mi pecho, un puño se aferra a mi corazón palpitante como si quisiera aplastar a un polluelo. La sensación vuelve a ser casi la misma que cuando me sujetaron debajo del agua y no podía respirar.

—Eso es asombroso, Maddie. —Camilla y yo estamos en páginas muy diferentes. La mía es negra y me está sorbiendo; la suya tiene chispas y globos. Está eufórica y radiante—. Acabas de contarme más sobre tus ataques de pánico y tu accidente que en todas nuestras conversaciones previas. Estoy muy satisfecha. Buen trabajo, pero...

—Vale —consigo decir, y busco torpemente mi bolso.

Camilla se inclina hacia mí. La inquietud le provoca una arruga mínima en su frente lisa, inyectada de Botox.

—Esta parte sobre tu accidente... me inquieta. ¿Dos policías pensaron que te habían atacado?

—Sí —respondo sin aliento, y miro el reloj.

49

Nuestra sesión solo dura media hora, pero siento la súbita necesidad de marcharme. Tengo que recoger a Charlie. Tengo que recoger a Charlie. La semana pasada, en Gardner, un niño pequeño salió corriendo de su guardería a la calle y un anciano que iba en un camión lo atropelló y lo mató. El anciano ni siquiera lo vio. Tengo que recoger a Charlie. Un chico de diez años bajaba por un enorme tobogán de agua junto al aeropuerto y algo salió mal y perdió la cabeza. Me refiero a que perdió literalmente la cabeza, eso dicen: terminó decapitado; las dos mujeres que se tiraban con él eran extranjeras y acabaron cubiertas de sangre, y su familia (su madre y su padre y su hermano) estaba al pie del tobogán esperando a que bajara después de su divertimento, y nada volverá a ser lo mismo para ellos nunca jamás, y si hay algo que sé es que la vida puede cambiar en un instante, y no quiero estar aquí, quiero estar con Charlie. Tengo que ir a recoger a Charlie.

Me levanto y digo:

—Tengo que ir a recoger a Charlie.

Y, de repente, me pregunto cuántas veces lo habré dicho en voz alta, porque Camilla está haciendo un gesto raro con las manos, para tranquilizarme, y su boca se mueve despacio diciendo:

—Está bien, está bien.

Pero no está bien. Yo no estoy bien. Quiero estar en casa con Charlie a mi lado, con las cortinas echadas y con Skopie y Sophie royendo a mis pies huesos de plástico con sabor a beicon, viendo algo en la tele con Charlie, algo como la serie musical *Jack's Big Music Show*. Lo que de verdad quiero es estar viendo *Jack's Big Music Show* o *Yo Gabba Gabba* y oír la risa de Charlie. La alfombra multicolor del despacho de Camilla empieza a ondularse como las algas marinas.

—¿Maddie? —Su voz me habla, pero estoy mirando la alfombra—. Voy a llevarte a urgencias, ¿de acuerdo, cielo? ¿Maddie?

Levanto la vista y digo:

50

—Ya me encuentro bien.

—Has tenido una pequeña crisis, cariño. Voy a llevarte a urgencias.

—No, no —digo—. A urgencias no. Estoy bien.

—Lo siento, pero tenemos que ir, Maddie. Cojo mi bolso y listo. —Me da la espalda para acercarse a su mesa de escritorio.

Me voy.

Me caigo.

Me levanto.

Arranco el coche. Doy marcha atrás y le doy al contenedor de reciclaje. Camilla está bajando los escalones del porche. Bajo la ventanilla y grito:

—Estoy bien. De verdad. ¡Pero es que llego tarde!

No llego tarde y ella lo sabe.

Camilla tiene las mejillas sonrojadas; el cabello, ondulado; las túnicas que lleva superpuestas están hechas un desastre. Su rostro liso está concentrado de furia mientras se precipita hacia mí. Es veloz para su edad.

—Maddie, te lo ruego, no conduzcas cuando…

Piso el acelerador. Meto el culo en la carretera y casi salgo en dirección contraria. ¡Joder!

Mis ojos miran desorbitados en derredor, adelante y atrás, adelante y atrás. Voy a estrellarme. Si eso pasa, dejarán a Charlie con Ian. Me hago a un lado de la carretera y me obligó a respirar. El corazón me va a mil por hora. Apoyo la cabeza en el volante y le pregunto a Dios si puede ayudarme. Enciendo la radio y coreo una canción de Rihanna que habla de encontrar el amor en un lugar sin esperanza. Al cabo de unos momentos, me siento mejor. Respiro. Normal. Charlie no me espera hasta dentro de una hora. Bien.

Estoy lo bastante serena como para caer en la cuenta de que no es mala idea aprovechar que he terminado antes la sesión para acercarme al Premium Stock de camino a la Asociación

Cristiana de Jóvenes, bajar un momento y comprar una de las botellas grandes de vodka Stolichnaya. Prefiero no llevarme a Charlie a la licorería, aunque repartan chupa-chups a los niños en la caja registradora.

Más tarde, por fin estoy en casa, en mi espacio de felicidad, el cómodo sillón. Charlie está acurrucado a mi lado jugando con el teléfono, haciendo un puzle; los perros duermen a mis pies. *House Hunters International* acaba de empezar y mi pizza congelada con setas «silvestres» está inesperadamente buena.

Mi maxibolso, hasta los topes con los refrigerios de Charlie, toallitas húmedas, tiritas y varios recibos arrugados de Walmart, yace medio abierto encima de la mesa de centro. En el teléfono, tengo ocho llamadas perdidas, cuatro mensajes de texto y un mensaje de voz, todos de Camilla. La carta fotocopiada que escribí para Jo también está ahí dentro, plegada y metida en el fondo, a un lado. La saco y empiezo a leerla otra vez.

—¿Qué estás leyendo, mami? —pregunta Charlie, que levanta la cabeza y me mira con sus ojos melosos color chocolate.

Dios, qué pestañas. Si el cielo existiera, sería un lugar donde pudiera estar siempre con Charlie.

—Es una carta que le he escrito a una vieja amiga.

—¿Vieja como la abuela?

—No esa clase de vieja, cariño. Vieja como alguien que conocí en el pasado.

Asiente como si lo que acabo de decir fuera fascinante y vuelve a centrarse en su puzle.

Leer la carta me deja un vacío en el estómago que acaba con mi seguridad y mi tranquilidad. Skopie tiembla y gruñe mientras sueña, probablemente, con desenterrar y vapulear a todos los topos ciegos con sus diminutos dedos humanos. Este episodio de *House Hunters International* transcurre en Croacia. Me apoyo en Charlie. El pelo le huele reconfortantemente a «Johnson No Más Lágrimas». Eso me ayuda.

Me miro la mano. Está temblando. La carta no para de moverse en ella. ¿Tendré el coraje de teclearla y enviársela a Jo por correo electrónico? Tal vez. Entre nosotras, quedan asuntos por resolver.

Cojo el puñito de Charlie y me lo llevo a los labios para darle un beso rápido.

—Doy las gracias a Dios por tenerte —digo.

Él me mira con asombro, pero le gusta que se lo diga. Incluso parece un poco ufano.

No puedo evitar hacerme una pregunta: ¿tendrá Joanna a alguien que la haga feliz?

Probablemente.

Y, la verdad, no sé cómo me sentaría.

Maddie

2001

Stoyan nos dejó a Joanna y a mí en su casa estilo bungaló en las afueras de Skopie. Yo me dormí y ella se fue antes del amanecer directamente a la frontera griega, donde se pasó el día entero rastreando el cargamento que le habían confiscado. Cuando finalmente volvió a casa, yo la estaba esperando con una olla grande de pasta para cenar. Ella abrió una botella de vino, nos sirvió una copa a cada una y dijo:

—El. Puto. Peor. Día. De. Mi. Vida.

—¿Lo tienes todo bajo control?

—Los bebés dormirán con pañales esta noche, así que sí.

Levanté mi copa para brindar.

—Eres fantástica.

Ella echó un vistazo a su salón.

Mis bolsas de té y mis toallitas sucias seguían en la mesa de centro. Junto a mi ordenador había tres botellines de cerveza vacíos.

—¿Y tú qué has hecho hoy? —preguntó.

—No mucho —reconocí.

—Eso suena bien —dijo, y por un segundo pensé que me estaba tomando el pelo.

Vacilé y señalé la olla de pasta.

—¿Tienes hambre?

Ella le dio un buen trago al vino y sonrió.

—¡Estoy hambrienta! Vamos a comer.

Unas noches más tarde, descubrí que Joanna había hecho «buenas migas» con Ian, Peter y los otros cuatro hombres que habían aterrizado en Macedonia para proteger al embajador británico en medio de la creciente violencia que asolaba al país. Joanna los llamaba afectuosamente «los guardaespaldas británicos» y juró y perjuró que, a pesar de las apariencias, eran gigantes ingeniosos, divertidos y amables. Presumí que esta conclusión, a todas luces ilusoria, debía deberse a que ella raras veces pasaba tiempo en compañía de nadie que chapurrease siquiera nuestro idioma.

El embajador había sido reclamado en Londres, y los guardaespaldas fuera de servicio nos habían invitado a mí y a Joanna a tomar una copa en el sórdido centro de Skopie, en un antro para expatriados que se llamaba Irish Pub.

Ian vestía como un joven pop extravagante, con el pelo engominado y revuelto a la moda, pero miraba por la ventana con el ceño fruncido. Era el primer hombre que conocía con una cara de pocos amigos tan personal. Revisé mi primera conclusión de que su estilo pop le habría valido una buena paliza en Kansas. Tenías que estar extremadamente seguro de ti mismo, ser increíblemente estúpido o estar hasta las cejas de esteroides para ir así por la vida.

Me asombró que Joanna pasara por alto el evidente estado depre de Ian y lo envolviera con sus brazos en un abrazo muy juguetón. Las sombras de Ian se esfumaron y le dio a Jo un beso en lo alto de su reluciente pelo castaño.

Fui a la barra y pedí un chupito de vodka.

—Oh, deja que te invite a eso —me dijo Ian amablemente por encima del hombro.

Esa era otra de las cosas que Joanna me dijo adorar de los guardaespaldas británicos: que no te dejaban pagar ni una copa. Tan caballerosos ellos.

—No hace falta, gracias —respondí, viendo otra vez su imagen besando con sus labios perfectos el cabello de Joanna.

«¿Y tú qué has hecho hoy? No mucho. Eso suena bien.»

Después de unas cuantas rondas y varias raciones de la versión europea oriental cargada de mayonesa de las patatas rellenas, Joanna dijo:

—¡Eh, mirad! Ha venido Eddie.

—¿Quién es Eddie? —preguntó Ian, mirando de reojo.

—Es mi conexión albanesa para las fundas de almohada y las compresas. Ahora vuelvo. —Joanna nos lanzó un besito mientras cogía su copa de vino y se escabulló al fondo gritando—: ¡Eddiiiie!

—Conoce a todo quisque, ¿verdad? —preguntó Ian, que la siguió con los ojos mientras ella abrazaba a un hombre moreno en la otra punta del bar.

—Se llama red de contactos.

Ian me miró y me preguntó a bocajarro:

—¿Crees que son solo amigos?

—¡No es asunto tuyo! ¡Por el amor de Dios!

No pareció que mi respuesta le gustara. Bajó la mirada a su teléfono y se puso a escribir un mensaje de texto, lo cual tampoco le impidió dejar de hablar.

—Está comprando productos del mercado negro y ofrece sobornos a agentes de policía. ¿No te parece peligroso?

—Se preocupa por los refugiados que no tienen nada.

—Vale, entonces soy el único que teme por ella. —Me lanzó una mirada sincera y desafiante.

—Soy su mejor amiga —dije—. Y creo que está bien.

—Olvídalo —dijo, tratándome con una última mueca de desdén.

Los otros guardaespaldas se habían dispersado por el pub y charlaban con chicas macedonias, de manera que me quedé a solas con Ian, que desde ese momento no me hizo el menor caso y empezó a escribir mensajes a una velocidad frenética debajo de la mesa. Yo también lo traté con desinterés…, hasta diez minutos más tarde, cuando sus dedos seguían volando y ya no pude contenerme ni un segundo más.

Me aclaré la garganta:

—¿Estás dándole instrucciones a alguien sobre cómo desactivar una bomba de relojería?

—No —respondió inmediatamente, como si le hubiese preguntado algo perfectamente razonable—. Eso fue ayer. —Luego sus labios se abrieron en una sonrisa.

Volvió a centrarse en su teléfono.

—Cojones —dijo, negando con la cabeza.

Finalmente, se guardó el teléfono en el bolsillo. Miró a Joanna, que estaba tomando chupitos con un grupo de hombres vestidos básicamente de cuero. Al cabo de un rato, se volvió y me miró a los ojos durante un rato que se me antojó una eternidad. Le sostuve la mirada.

Al final rompió el silencio y me dijo con educación:

—Creo que no sé de dónde eres.

—De Estados Unidos. Kansas.

—¿Kansas? —repitió en voz alta.

Pareció desconcertado, como si acabara de decirle que mi padre también era mi abuelo y que me había criado en una guarida de perros en las praderas.

—Sí, Kansas.

—¿No es ese el lugar de los tornados y la bruja malvada?

—*El mago de Oz.*

—¡Exacto! Y la chica guapa. Con los calcetines blancos y las trenzas, ¿verdad?

—Dorothy.

—Tú y Joanna siempre lleváis pantalones y botas recias. No digo que sea malo, para nada. Pero quitaríais el hipo con uno de esos vestiditos elegantes de Dorothy.

Como no tenía claro qué responder, empecé a caminar hacia Jo, que, en el fondo del pub, parecía estar divirtiéndose mucho con el rey albanés de las compresas de contrabando.

—¡Espera! —me llamó Ian—. ¡Lo siento! Mira, vi *El mago de Oz* cuando tenía siete años o así, y a esa edad es totalmente comprensible que me enamorara de Dorothy. Y, desde luego, no necesitas un vestido azul o calcetines.

—Gracias.

—Puede que solo trenzas.

Me detuve y me volví, boquiabierta. Estaba riéndose tontamente, con esa sonrisa suya torva. Tenía algo. El hoyuelo. El guiño.

—Siéntate —dijo, dando una palmadita en la silla que acababa de dejar libre—. Voy a invitarte a una buena copa de ese vino macedonio malísimo que te gusta y me cuentas un poco de tu lugar de origen. El de *El mago de Oz*. ¿Vale?

Dos copas de vino más tarde, me incliné hacia delante y reconocí:

—Si quieres que te sea sincera, me moría de ganas de salir de Meadowlark.

—¿De verdad?

—Me moría de ganas. Había viajado un poco con mi abuela y sabía lo que me estaba perdiendo. De hecho, fundé el club de intercambio internacional de nuestro colegio para poder pasar seis meses en España.

Ian se rio con ganas y pillé a Joanna, que seguía conversando en el fondo del pub, volviendo la cabeza rápidamente para mirarnos.

—Vivíamos muy lejos al sur de Kansas City, en el quinto pino. Llega un día en que te despiertas y te das cuenta de que estás cansada de ver las mismas caras en el colegio año tras año, la 4-H, empujar a las vacas, las fiestas campestres y el cuarto paso.

Ian se dio un golpecito en la barbilla.

—Sé lo que es una fiesta campestre y estoy vagamente familiarizado con la idea del colegio, pero el resto me resulta incomprensible.

—Cuatro-H es un club agrícola, ganadero, de artesanía y arte popular, con incentivos anuales para sus socios, como la feria 4-H. La feria se anuncia como un carnaval saludable y familiar, pero, en realidad, es una reunión muy modesta con todo tipo de ganado comiendo y cagando en sus establos durante días enteros.

—¿Qué más se puede pedir?

—¿Verdad? Y en estas tiendas tóxicas, chicos y chicas vestidos con sombreros Stetson, vaqueros Lee, botas camperas y camisas a cuadros limpiando con la manguera toda la mierda de sus respectivos animales.

—¡Qué morbo! Entonces, ¿el festival estaba completamente orientado a la mierda?

—No, completamente no. También se organizaban concursos. El más sobresaliente era el de la mazorca de maíz. El nabo más grande. La novilla del año.

—Oh, lo siento mucho por la chica que ganara eso.

—Una novilla es una vaca.

—Lo sé. Estaba bromeando.

—Te aseguro que se lo tomaban muy en serio.

—Te pido disculpas por mis comentarios de antes. No tenía ni idea de que Kansas fuera tan sofisticado. Si hubiera sabido desde el principio que eras tan pija, seguramente no me habría prendado de ti en absoluto.

—¡Ja! —repuse a la ligera—. ¿No como ahora?

—Sí —dijo Ian con ternura, extendiendo la mano para cogerme el collar y moverlo detrás de mi cuello. Me estremecí e instintivamente incliné la cabeza hacia su mano—. No como ahora.

Joanna nos asustó cuando le dio una palmada a Ian en el hombro.

—Me aburro. ¿Por qué no volvemos todos a mi casa?

A los otros guardaespaldas les pareció una gran idea. Joanna y yo fuimos delante de los hombres por la tortuosa y empinada carretera que llevaba de la ciudad a su pequeño bungaló blanco. Le eché un vistazo a Ian, que nos seguía de cerca por detrás. Estaba ocupado. No me lo podía creer: estaba escribiendo mensajes de nuevo.

Ya estábamos sirviendo el vino en copas en la cocina de Jo cuando Ian apareció en el vestíbulo.

—Te has dejado la puerta abierta de par en par —le ladró a Jo, señalando hacia el recibidor de forma acusatoria—. De par en par. Una invitación a que te maten.

—¡Lo siento!

—¡Jo! —gritó, y me sobresalté—. ¿En qué estás pensando? ¿No corres suficiente peligro ya estando aquí? ¡Dios! —Luego cruzó con decisión le estancia con una mueca mientras Jo pasaba por delante de él despreocupadamente—. ¿Solo hay vino entonces? —la interpeló—. ¿O tienes algo de vodka?

—Mmm, me debato entre «Anda y sírvete tú mismo» y «Anda y que te den».

—Soy guardaespaldas, Jo. No puedo evitarlo.

—Tu botella de vodka está en el congelador.

¿Tu botella de vodka? Le lancé a Joanna una mirada interrogante que ella ignoró por completo. Estaba claro que lo había oído mal.

Panda, el gato blanco y negro que Jo había recogido de la ca-

lle, vino a saludarme a la cocina y formó ochos entre mis piernas. Le acaricié el cuello y el lomo durante un minuto, mientras
Joanna y los otros hombres se ponían cómodos en la terraza del
salón. Ian y yo éramos los últimos que quedábamos en el interior de la casa. Cuando salí de la cocina con mi copa de vino
para unirme a los demás, él estaba apurando su vaso de vodka
en silencio.

Veinte minutos después entré para coger unas patatas de
la despensa. El bungaló de Jo tenía una segunda área pequeña al aire libre, detrás de la cocina. A través de la ventana pude
ver la ceniza de la punta del cigarro de Ian. Titubeé, pero le di
un golpecito al cristal antes de abrir la puerta y salir. Ian estaba en una de las sillas cojas de plástico blanco que Joanna usaba para el jardín.

—Hola —dije.

—Hola.

—¿Entonces ya tienes aquí tu propio cajón? ¿Un sitio donde
dejar el cepillo de dientes?

Él levantó la cabeza y me miró con dureza.

—¿De qué estás hablando?

—Tienes tu propia botella de vodka en el congelador.

—Ah, eso —dijo, volviendo a mirar su teléfono—. Joanna
dio una fiesta y traje la botella.

—Ah.

Deslizó rápidamente el móvil en su bolsillo. Parecía triste.

—¿Te encuentras bien? —pregunté. No era la pregunta más
oportuna.

—¿Quiero cinco minutos de paz y silencio, y por eso me
pasa algo?

—No te preocupes, ya me voy.

—No. Soy un capullo. No me hagas caso. No tienes por qué
irte.

—No, no. Tómate tus cinco minutos.

61

—Quédate, por favor.

Permanecí allí de pie un momento, incómoda, hasta que al final me reí y me senté en una silla enfrente de él.

—¿Qué? —preguntó.

—Pareces, no sé, muy tenso.

—Puede que en eso lleves razón.

—Es lógico. Cualquiera que haga lo que tú haces tiene que estar un poco de los nervios.

Ian miró a un lado y chasqueó la lengua.

—¿Qué? ¿No lo piensas?

—No. Soy un imbécil bastante más patético que la mayoría.

—Exacto. Aunque está claro que tienes un lado agradable, desde luego hay una especie de bastardo siniestro acechando en la sombra.

Ian fingió sorpresa.

—¿En serio? ¿Y está aquí ahora? A lo mejor ese cabrón malhumorado puede traerme otro vodka si no tiene otra cosa que hacer.

—Por lo menos no pierdes el sentido del humor.

—Lo intento. —Levantó su copa vacía—. Ahora en serio, ¿sabes preparar copas, elfa?

—¿Elfa?

—Sí, sí. Tienes los ojos de Leeloo. Me di cuenta la noche que nos conocimos en el banquete de caspa y cagón.

Sonreí.

—¿De la película *El quinto elemento*? Gracias.

—Desde luego, eres una caja de sorpresas, ¿eh? Ven aquí.

Me levanté, caminé despacio y me detuve delante de él. Me miró la boca y se mordió el labio inferior. El móvil le vibró en el bolsillo, pero ninguno de los dos se movió. Solté aire.

Una sombra nubló su rostro. Alguien se había acercado a la ventana y bloqueaba la luz. Eché un vistazo hacia la casa. Jo nos estaba mirando, los ojos relucientes, la vena de su frente visi-

LA BELLEZA DEL MAL

ble como una varilla de zahorí. El estómago se me encogió un poco y empecé a levantar la mano, pero ella ya nos había dado la espalda.

Permanecí así durante un segundo y, después, sin decir palabra, dejé a Ian y volví a entrar en la casa. Los otros guardaespaldas estaban en la terraza grande, pero Joanna no estaba con ellos.

Esperé. Hice las veces de anfitriona. Al final, los despaché a todos a casa. Al parecer, Joanna se había ido a la cama sin darnos las buenas noches.

Maddie

2001

*E*l balcón acristalado de mi piso en el centro de Sofía tenía orientación norte y daba a unos bloques de pisos grises engullidos por la vegetación urbana. Los pétalos separados, sucios y blancos, de las antenas parabólicas pendían de todos los balcones. Cables como enredaderas atravesaban las deslucidas fachadas de hormigón. Las antenas asomaban desde recovecos mirando al cielo. A mis pies había una plaza deprimente donde jugaban los chiquillos de la guardería de la planta baja. Una verja de hierro los protegía de los perros callejeros que merodeaban por el perímetro y jadeaban con avidez con las fauces abiertas mirando a los niños como si fueran a merendárselos.

Mi horizonte, sin embargo, cortaba la respiración. Cuando dejaba de escribir un momento, levantaba los ojos hacia la montaña que señoreaba la ciudad de Sofía en la distancia. Pintorescas villas de tejados rojos serpenteaban aquí y allá por la ladera del Vitosha hasta que la montaña cedía a la tupida y verde espesura. Sabía, por mis numerosas excursiones allí, que en esta estación del año las flores alpinas cubrirían los vastos prados en pendiente del Vitosha.

Me sentía satisfecha. Había concluido un cuarto de mi trabajo en un mes. Era muy fácil; incluso tendría tiempo libre para ir a ver a Jo. Y a Ian, me susurró una vocecilla. Procuré silenciarla, pero mi imaginación siempre había sido tortuosamente activa. Los imaginaba encontrándose en el Irish Pub, y a él invitándola a una copa. La veía a ella dándole las gracias con un abrazo, puede que hasta con un beso. Las noches eran cada vez más calurosas. Los hombros y los brazos de Joanna siempre estaban al descubierto. Si Ian llegaba a tocarla, lo más probable es que tocara su piel caliente.

Durante las semanas de mi ausencia, la tensión entre los rebeldes musulmanes y el ejército macedonio crecieron. Se habían producido varios atentados con bomba en el centro de la ciudad, no solo en los pueblos de montaña. Mis padres me habían hecho prometer que no iría a ver a Joanna, pero estaban lejos y nunca se enterarían si lo hacía. En cualquier caso, no podía aguantar más. Tenía que ir.

A estas alturas, los guardias fronterizos estaban más que escamados por mis reiteradas visitas a las entrañas del infierno.

—¿Por qué venir ahora a Macedonia? —me preguntó furioso el guardia fronterizo, un tipo barrigón mientras bajaba la cremallera de mi mochila y empezaba a revolver entre los bolsillos—. ¿Por qué tantas veces? ¿No saber que no es seguro?

Ya me había acostumbrado a un largo y tedioso despacho de aduanas cuando cruzaba la frontera, pero este viaje estaba siendo el peor. Previamente, los agentes de aduanas habían buscado licor, cigarrillos o combustible ilegales. Ahora esperaban algo más siniestro, como armas de Oriente Medio cuyo destino fueran los campamentos de rebeldes musulmanes.

Por lo general, hacía el trayecto en autobús desde Bulgaria con una pandilla parlanchina de mujeres contrabandistas que traficaban con perfume, cigarros y sostenes del mercado negro entre ambos países. Esta vez, no se veía por ninguna parte a esas chismosas con chicles en la boca, toneladas de maquillaje, puntas del pelo teñidas y cejas perfiladas. Solo estábamos unos pocos hombres jóvenes de mirada furtiva vestidos con chándales desgastados y yo.

El agente le entregó mi pasaporte a su colega, un hombre esquelético de ojos hundidos, que pasó mis páginas con sellos macedonios, búlgaros, turcos y griegos. Se encogió de hombros y me lo devolvió con desdén. Ambos se pusieron a reñir y les interrumpí.

—*Mnogo mi haresva Makedonia* —dije impostando la voz, sintiéndome ridícula, mientras miraba los montones de basura humeante a mi alrededor y a una manada de perros callejeros babosos y famélicos de dientes negros.

«Me gusta mucho Macedonia.» Eso es lo que había dicho.

El panzudo entornó los ojos y asintió con la cabeza, chupando un caramelo que entraba y salía desde el interior de su labio mientras me miraba de arriba abajo.

—¿Dónde quedarte?

—En Skopie. En casa de mi amigo.

—¿Buen amigo?

—Sí —dije, devolviéndole la salaz sonrisa—. Muy buen amigo.

—Aaah —dijo, poniendo los ojos en blanco y encogiéndose como si dijera: «¿Por qué no me has dicho antes lo de este amante balcánico y nos habríamos ahorrado todo este interrogatorio?»—. Entonces vale. —Me guiñó un ojo.

Tomé un taxi desde la estación de autobuses hasta el centro. Quedé con Jo después de su baño de todas las noches en la piscina municipal.

Fuimos a pie a cenar a Pizza Maria. La pizzería daba a la plaza mayor de Skopie, que era un tontódromo sin parangón en la ciudad. Joanna y yo solíamos compartir una ensalada, una pizza, una botella de vino y su postre favorito: la crepe de fresa con nata fresca pero sin nueces, pues era alérgica a los frutos secos. Nuestra cuenta nunca superaba los quince dólares. Habíamos empezado a perder interés por cocinar en casa.

Levanté los ojos de la carta y vi que Peter e Ian estaban sentados a la mesa de al lado.

—¡Qué casualidad encontraros aquí! —dijo Peter, que, con sus rizos de granjero sueco y la devoción que sentía por su mujer y su hija pequeña, era, con diferencia, el más agradable de los guardaespaldas.

Ian parecía algo incómodo. Murmuré un saludo y procuré sonreír. El corazón se me había acelerado y no me atrevía a hablar por si metía la pata. Joanna guardó un inusitado silencio. Al final, Peter dijo:

—¿Os parece si nos sentamos con vosotras?

—¡Cómo no! ¡Por supuesto! —respondió Joanna, con un sarcasmo propio de un miembro de la familia real británica.

Ian frunció el ceño, pero Peter sacó felizmente una silla y se sentó.

—Simon vendrá en breve —dijo radiante—. A Simon lo conoces.

—Sí, sí —respondió Joanna, seca pero educadamente.

—¡A ver! —Ian deslizó con torpeza su silla más cerca de Peter—. Nos habían dicho que este local tiene una cocina excelente y camareras con faldas muy cortas. —Joanna lo miró—. Pero dudo que sea eso lo que os ha traído aquí esta noche.

—Nos gusta el cuarto de baño —dijo Jo, inexpresiva.

Ian asintió.

—He oído que está inmaculado.

Percibí que, debajo de la mesa, Jo movía nerviosamente una pierna, sobre la punta de su zapato. Preocupada, le toqué la rodilla. Ella movió los labios para decirme «estoy bien», y empezó a masajearse la pantorrilla con una mano.

En ese momento apareció Simon, un tipo calvo y grandullón. Nos saludó a todos. Lo primero que hizo fue pedir una botella de vodka para la mesa.

Dos horas más tarde salí a trompicones de un taxi ilegalmente atestado detrás de Jo, Simon, Peter, Ian y Nina, una de las camareras de Pizza Maria. Fuimos al club Lipstick. Durante el trayecto del restaurante a la discoteca, descubrí unas cuantas cosas interesantes: Simon tenía tatuado el ying y el yan en el interior de su labio inferior, donde yo ni siquiera sabía que se pudiera llevar un tatuaje, y Peter había sido peluquero antes de alistarse en el ejército. Últimamente, Nina llevaba bragas con abertura de piel sintética, de las cuales se sentía muy orgullosa.

Nina nos llevó a la entrada VIP, donde, a cambio del equivalente macedonio a unos pocos dólares, nos colaron a todos por delante de la creciente horda de discotequeros macedonios que se empujaban entre sí en torno a un cordón de seguridad aterciopelado que discurría a lo largo de una calle sembrada de basura, sombras y perros. El trato preferencial que nos dispensaron no pasó desapercibido. El más grandote de tres hombres fornidos que lucían camisetas Diesel, vaqueros gastados y ostentosas joyas, nos gritó a la espalda con un marcado acento:

—¡Volved a casa, putos yanquis, que os den, volved a casa! ¡Aquí no se os quiere!

Nina le sacó un dedo y nos dijo:

—Ni caso. Vamos, entremos.

Aquel local era una versión cutre de Ibiza, con pedestales, balcones, jaulas y dibujos animados triposos, que un viejo proyector de cine reproducía en paredes salpicadas de luces estroboscópicas y láseres. Jo señaló a un par de hombres apostados en la barra sumidos en su conversación y gritó por encima de la música: «Ahí está Stoyan». Miré y vi a su conductor, al cual reconocí por la larga gabardina de piel negra que parecía ser su atuendo permanente. Jo me dio una palmadita en el hombro.

—Voy a saludarlo.

Nina se había reunido con un par de amigas para bailar en uno de los pedestales y ofrecerle a todo el que tuviera ojos diversas panorámicas de su extravagante ropa interior. Me acerqué a la barra.

Ian y Peter me detuvieron antes de que pudiera pagar la copa.

—¡Esta corre a nuestro cargo, Maddie! —gritó Peter con un guiño—. Esta noche, vodka y Red Bull.

El pinchadiscos empezó a mezclar la canción que estaba sonando con un remix de *Storm Animal*. Ian, Peter y yo fuimos a la pista de baile. En cuestión de segundos, Jo se unió a nosotros y empezó a moverse arriba y abajo como un pogo saltarín. Ella y yo nos separamos de los chicos y volamos por la pista como si estuviéramos solas: nos daba igual si parecíamos unas locas o unas zorras; no era nuestro país el que estaba al borde de la guerra, teníamos el dinero y los pasaportes que podían llevarnos a cualquier sitio. Además, éramos, a un mismo tiempo, profundas y rematadamente superficiales. Podíamos hacer lo que quisiéramos y hacíamos cosas que otros no habrían hecho, y lo reconocíamos como perras. No era extraño que los demás nos odiasen y que nosotras nos adorásemos.

Media hora después encontramos a Ian, Peter y Simon sentados a una mesa en un rincón. Teníamos el pelo sudado y apelmazado en la cara y el cuello. Nos hundimos en las dos sillas que quedaban libres con nuestras botellas de agua.

Jo fue la primera en darse cuenta.

—¿Se puede saber qué ha pasado?

69

Entonces lo vi: Simon tenía la nariz hinchada y la parte inferior de la cara roja, con sangre seca. Ian tenía el labio abultado.

—Nada serio —gritó Simon por encima del ruido ensordecedor.

—Un roce de nada —chilló Ian.

—Estos dos decidieron tener unas palabras con los tres mequetrefes de la entrada —dijo Peter con los ojos azules muy abiertos: parecía bastante disgustado.

Simon se inclinó hacia delante.

—Nos habían insultado. ¡Pensaron que éramos yanquis! Ni de coña. Había que corregir eso.

—No, no, no —negó Ian. Eso no es lo que ha pasado.

—¿Y entonces qué ha pasado? —pregunté.

—No ha sido nada —respondió.

Simon se rio.

—¡Os estaban insultando!

Finalmente, Joanna levantó la vista.

—¿Qué? ¿Quién? ¿A nosotras?

—Calla, Simon. No tiene importancia.

—¿Qué han dicho de nosotras? —insistió Joanna.

—Putas americanas —respondió Peter, y juro que me pareció que su voz se quebraba—. Entonces Ian agarró a uno. ¡El otro se me lanzó con un cuchillo! —Peter hizo un gesto hacia la mesa, donde vi un cuchillo de tamaño medio y el mango de madera—. Ian y Simon empezaron a pelearse con ellos. Y va y me sacan el cuchillo a mí. ¡A mí!

—No iba a hacerte daño, Peter —dijo Ian riendo—. Apuñaló así.

Cogió el cuchillo e hizo ademán de clavarlo con la mano mientras ponía cara de tonto, como de espadachín delicado. Simon se rio con él.

—Ninguno de vosotros tiene hijos, ¿verdad? —preguntó

Peter con cierto desdén y cruzando los brazos en el pecho—. No tiene gracia.

—Madre mía, Peter —dijo Simon—. Puede que te hayas equivocado de trabajo, compi.

—¿Dónde se han metido? —pregunté, echando un vistazo al cuchillo y luego al abarrotado club.

—Se habrán ido a casa —dijo Simon—. No les hizo mucha gracia que les quitáramos su cuchillo de untar mantequilla.

Aquello arrancó más risas a Ian y Simon. Peter se levantó y se fue.

—Sois una panda de capullos, chicos —dijo Jo—. Asustarle así para «defender nuestro honor». Menuda bobada.

—¿Lo estás viendo, Ian? —preguntó Simon—. Por eso la caballerosidad ha muerto.

—Joanna —dijo Ian—. No eran peligrosos, ¿de acuerdo? El tío del cuchillo no sabía ni cómo usarlo. Tienes que sujetarlo así —explicó, inclinando la hoja hacia abajo— si quieres herir a alguien, si quieres hundirle la hoja entre las costillas y perforarle los pulmones. El tío ese quería pinchar a nuestro maravilloso Peter Pan como lo haría un colegial con un lápiz.

—¡Por el amor de Dios, eres un puto pervertido! —exclamó Simon, y los dos casi se caen de sus sillas.

—Cretinos —dijo Jo despectivamente—. Psicópatas.

—Es algo que se puede certificar, desde luego —respondió Ian con tono amable y recomponiéndose.

—*Mmmmmm*. Mejor para ti.

—En serio. Un médico me dijo que estaba loco. Un psicólogo del ejército —prosiguió Ian, con los brazos cruzados en el pecho y asintiendo con la cabeza.

—¡Vaya!

—Lo estaba.

—¡Te creo! —dijo ella como si hablase con un crío.

—Maddie, ¿te gustaría escuchar mi historia?

—Adelante —dije yo, arrimando mi silla para oírle por encima de la nueva canción, cuyo ritmo del bajo era ligeramente menos estridente que el de antes.

—Me seleccionaron para un despliegue en Uganda como parte de un equipo de seis hombres que debían velar por el embajador británico Edward Davis.

—Ed-vard Davis —dijo Simon con un toque fanfarrón—. ¡Ooh, *là, là*!

—Pues sí, efectivamente. Y lo estaba deseando. Hice mi instrucción previa al despliegue; después, un psicólogo tenía que examinar y dar el visto bueno a mi equipo. Nos dio un test. ¿Has mojado la cama alguna vez? ¿Te da miedo la oscuridad? ¿Has leído *Alicia en el País de las Maravillas*? Escribe una redacción sobre tu familia.

»Más tarde el médico vino y dijo: «Me gustaría entrevistar al cabo Wilson». El resto de mi equipo empezó enseguida con los «Oooh».

»El médico era muy amable. Me senté y me dijo: «Estoy satisfecho con sus respuestas. Es de su familia de lo que me gustaría hablar. Veo que es el más joven de diez hermanos. Verá, se ha realizado un estudio con chimpancés. El macho dominante y la hembra dominante tienen una cría, y la quieren y juegan con ella. Luego tienen otra cría, y esta segunda cría no recibe tanto amor y atención. Para cuando tienen a su última cría, ya no sienten ningún interés por ella. Nunca la alimentan. Dejan que otros chimpancés la acosen y le peguen. ¿Eso es lo que le pasó a usted al ser el último hijo?».

De repente, Ian se puso en pie. Yo me recliné hacia atrás de forma instintiva, era consciente del cuchillo que seguía encima de la mesa y que me incomodaba. Levantó un puño.

—Y le dije: «¿Está intentando decirme que mi madre es un maldito chimpancé? ¿Que soy un sociópata porque mi madre no me quería bastante? Mi madre me quería, ¿está claro?

¿Quiere ver un comportamiento sociópata? ¡Pues diga una puta palabra más sobre mi madre, y se lo demostraré! ¡De donde yo vengo no hablamos así de las mujeres!».

Respiré hondo y eché un vistazo a Joanna, que lo estaba mirando con un odio tan desnudo que me puso nerviosa. Durante mi última visita, ambos se habían deshecho en abrazos y risas. Estaba claro que algo se había roto entre ellos.

A continuación, el rostro de Ian recuperó su color habitual. Sonrió amistosamente, volvió a sentarse y empezó a juguetear con el cuchillo con la mano izquierda. Sorbió casi con delicadeza su vodka con Red Bull.

—Menudo cabrón impertinente. Puto gilipollas. El tipo tenía como noventa tacos y se creía todo lo que leía. Era un puto colgado. Espero que se haya muerto.

Joanna ya no lo miraba. Estaba desplomada en su silla de metal moviendo sus pulseras arriba y abajo por el brazo. ¿Cuándo se había vuelto tan retraída? ¿Tan hermética y enroscada como una serpiente minúscula, venenosa y preciosa? Ah, y sus ojos. Aceitunas y almendras. Reptiles.

De repente, me sentí muy infeliz. Habíamos sido íntimas. Lo sabíamos todo la una de la otra. Al parecer, eso estaba cambiando.

Joanna puso los ojos en blanco y abarcó la mesa con la mirada: yo estaba encorvada y con cara de perro apaleado sin ninguna razón aparente; los hombres, ensangrentados, satisfechos y engreídos. Y entonces Jo volvió en sí. Se levantó y dijo:

—Voy a bailar.

Estaba claro que no me pedía que fuera con ella. Y, mientras todos la mirábamos, bailó sola.

Maddie

Ocho semanas antes

*C*amilla está en la puerta.

Aprieta el timbre como si quisiera romperse el dedo.

Ahora retrocede hacia el jardín y hace el gesto de «llámame» mirando hacia las ventanas. No es nada profesional. Es ridícula. Pírate.

No puedo ocuparme de esto ahora. Oficialmente, no estoy en casa.

Charlie y yo estamos medio escondidos detrás de la yuca que goza de la luz que entra por el balcón, mientras yo observo y él juega. Camilla es una fuerza de la naturaleza, sinceramente. De verdad que la admiro. Y me encantan nuestras sesiones. Me resultan vigorizantes, todo un reto. A veces incluso son divertidas, pero no puedo volver a verla hasta que haya reflexionado seriamente, por eso he cancelado la sesión de esta semana. No está contenta con mi decisión y se desvive por mi bienestar, uno de sus nuevos temores.

Yo tampoco estoy contenta. Estoy mirando los últimos correos de la exnovia de Ian, Fiona. Es la mujer que estaba al otro lado de los frenéticos mensajes de texto que Ian escribía hace años en Macedonia y, por muy inverosímil que parezca, sigue presente en nuestras vidas. En aquella época, siempre lo estaba amenazando con quitarse la vida para retenerlo. Ahora ha adoptado nuevas estrategias para intentar que vuelva con ella. La cosa está durando bastante y, la verdad, estoy harta de esta historia.

Siempre he sabido que Ian tiene dos ordenadores. Uno lo usa estrictamente para el trabajo, y el otro, que es mucho más potente, para sus videojuegos, que requieren un mayor soporte gráfico. Siempre he sabido que tiene dos direcciones de correo electrónico. Lo mismo: una la usa exclusivamente para el trabajo; la otra es muy antigua, de sus días de novato en el ejército.

Guerreroespartano69@yahoo.com

Me río cada vez que la veo. Cada vez.

Sin embargo, no fue hasta que llegaron algunas cartas misteriosas y algo inquietantes, después de que él se hubiera incorporado a la misión anterior a esta, cuando decidí probar a entrar en su correo electrónico.

En el minúsculo espacio detrás de la planta de yuca, Charlie está hurgando en las bolsas de plástico que contienen todo tipo de cuerdas de paracaídas que Ian ha mandado enviarle. Aún no sabe hacer una pulsera, pero las trenzas simples no se le dan mal. Él prefiere jugar con todas las cuerdas de colores antes que con cualquier juguete caro que yo le pueda comprar. Sobre todo le gusta abrir las cuerdas para desenredar e inspeccionar las hebras mágicas del interior.

A través de las hojas de palmera, las puertas acristaladas y el balconcillo, veo que Camilla cruza la calle para ir a casa de Wayne. Llama a la puerta, pero nadie le abre. Sorpresón. Lleva su combinación habitual de pantalones de yoga, sandalias y pañuelos. Wayne pensará que es una prostituta drogadicta, sin duda; ese hombre se relaciona muy poco con nadie que no tenga un camión o una escopeta.

Al final vuelvo a mi tarea. Estoy repasando los correos más recientes en la bandeja de entrada de Guerreroespartano69@ yahoo.com.

Me ha costado un rato acceder a su antiguo correo electrónico. Primero lo he intentado con sus dos portátiles. Me ha resultado fácil abrir su correo de trabajo en estos ordenadores, pero no me interesan lo más mínimo los reportajes largos para las grandes compañías petroleras, que versan sobre si es seguro o no tender un oleoducto de punta a punta del desierto tribal en Yemen. (Pista: no lo es.)

Ian deja su portátil de juegos en su funda debajo de su mesa de escritorio cuando se marcha a una misión. El ordenador está protegido con contraseña. Por suerte, Ian es un antiguo soldado sentimentaloide que utiliza su número de regimiento militar como contraseña para la mitad de sus dispositivos. Yo no sabía cuál era su número militar, pero recordaba que me había dicho que lo llevaba impreso en sus medallas de guerra, las cuales había metido en un cajón del sótano, donde estaban acumulando polvo. No tardé mucho en ponerme al día con sus travesuras en línea. Y con su antiguo correo electrónico.

Así que ahora estoy viendo fotografías de los *piercings* en el clítoris de Fiona y de sus labios externos afeitados y engarzados en plata. Mi favorita, cómo no, tenía que ser la que sale a cuatro patas. Me está mirando con una sonrisa dulce y radiante mientas utiliza la otra mano para apartarse las braguitas y revelar su cremosa y blanqueada raja del culo. Según parece, está progresando en sus planes para alejar a Ian de su esposa y de su hijo. He de reconocer que me costaría competir con ella.

Marco el correo como no leído. Que te follen, Fiona.

En eso, Charlie aparece a mi lado y cierro el portátil de golpe. Charlie señala al otro lado de la calle, a la puerta de Wayne, que se está abriendo.

—Mira, mami. Wayne Randall está dejando entrar a la mujer que no te gusta.

—Sí que me gusta —digo. Embobada, observo que Wayne invita a pasar a Camilla a su casa—. Es solo que no me apetece

LA BELLEZA DEL MAL

verla en este momento. —Me pregunto qué pensará la esposa de Wayne (una mujer discapacitada) de esta celestial ruiseñora de colorido plumaje que acaba de colarse revoloteando en su hogar que hace las veces de hospital con olor a vómito—. Estoy intentando poner algunas cosas en orden ahora, Charlie. Necesito tomar decisiones importantes y tiempo para pensar.

Charlie pestañea. ¿Se puede saber qué estoy haciendo? Es demasiada información para él. Suspiro. Aparte de mamá y papá, no tengo a nadie con quien hablar realmente, y supongo que lo trato como a un igual más veces de las que debería. Al menos no le he dicho toda la verdad. No le he dicho que el mensaje escrito debajo del trasero de Fiona era: «No es demasiado tarde para que te deshagas de esa aburrida zorra y te vengas conmigo».

—Vale —dice al fin Charlie, que vuelve a centrarse en su proyecto de trenzado de cuerdas. Le levanto la camiseta y le cosquilleo la espalda.

¿Cuánto tiempo piensa pasar Camilla en la maloliente casa de Wayne?

¿Podría meterse en un lío por venir hasta aquí? ¿Por hablar con un vecino?

Me parece que sí.

Los imagino en su garaje, examinando las pajareras que ha construido y susurrando cosas sobre mí y sobre Ian.

Maddie

2001

*L*a primera vez que Joanna me habló de Fiona fue en el Club Lipstick de Skopie. Mientras Simon e Ian fanfarroneaban sobre su pelea con el cuchillo, Jo volvió de la pista de baile y me tocó el hombro. Se inclinó y me susurró al oído: «Ven al baño conmigo».

Me levanté y la seguí. Mientras caminábamos vimos a una multitud de agitados discotequeros gritando y empujándose unos a otros mientras se dirigían a la terraza exterior. Los esquivamos y seguimos hasta el baño, donde había seis retretes turcos separados por delgadas barreras de madera contrachapada. Los baños estaban atestados de adolescentes borrachas, pero Joanna se abrió paso entre ellas hasta el último retrete y se coló cuando la chica que estaba dentro salió. Me dio su bolso y no se molestó en cerrar la puerta. Después de vomitar dos veces, dijo:

—Tengo pañuelos en el bolso. ¿Puedes cogerlos?

Le di el paquete de clínex y le apoyé una mano en la espalda.

—¿Te encuentras bien?

—Me he tomado unos chupitos con Stoyan en la barra. Estaban asquerosos. Ahora me encuentro mejor.

Apoyó las nalgas en la mugrienta pila del baño, las manos hundidas en los bolsillos delanteros de sus pantalones de pana naranjas. Cuando no estaba trabajando, Jo se vestía como una mochilera que compraba en Goodwil, con camisas de botones retro y capas de pañuelos y abundantes brazaletes, como si tuviera dieciséis años.

—Así que he cometido una estupidez.

—¿Qué?

—Justo después de tu última visita, salí con uno de esos chicos. Fuimos a ver a una de esas bandas de heavy-metal mierdosas y me puse ciega. Al final de la noche, le pregunté a Ian si quería venir a mi casa.

—¿Los dos solos?

—Sí, señora.

—Ay, Dios, vale.

—Lo sé. Muy loco.

—¿Y qué dijo?

Jo miró hacia abajo e hizo girar uno de sus anillos de plata alrededor de su dedo. Se aclaró la garganta y se atusó el pelo.

—Dijo que no. Digamos que no me lo tomé como una señorita.

Se rio y yo logré emitir algo falso que sonó casi como que me reía con ella.

—Resulta que tiene novia. Se llama Fiona. Es con ella con quien se está escribiendo mensajes todo el tiempo. Ella estuvo en el ejército con ellos. También era policía militar.

—¿Tiene novia?

—Sí.

¿Y policía militar también?

—Pues parece salida de la nada, ¿no? —dije.

—Tiene su gracia, porque ¿sabes qué? Un día apareció de la nada, y por eso nos enteramos todos.

—Estás de coña.

—No. Estábamos tomando algo en el Irish Pub. Yo, Buck Bobilisto, Stoyan y los otros guardaespaldas británicos. Y en eso se acerca una mujer.

—¿Y era ella? —pregunté absorta en la historia.

—Ian casi se cae de la silla.

—¿Cómo era?

—Exactamente como tú y como yo, con un cruce de Juliette Lewis en *Asesinos natos*, pero con tetas gigantes y como si lleváramos tatuado en la frente «estoy como una puta cabra».

—¡Calla! —dije—. ¿En serio?

—Ya te digo —respondió Jo, asintiendo categóricamente—. La muy zorra me puso la zancadilla para que me cayera.

—¿Qué?

—Sí, como lo oyes. Se sentó con nosotros y estaba la mar de simpática, muy emocionada con la sorpresa que le había dado a Ian. Entonces, cuando me levanté para ir al cuarto de baño, ¡me puso la zancadilla! Tal cual: estiró la pierna en el último momento cuando yo pasaba. Como una niña de diez años en el comedor del colegio.

—¡Dios! ¿Y por qué iba a hacer algo así?

Joanna me estudió de forma extraña, como si intentara averiguar de qué me conocía.

—Ni idea —respondió.

—¿Y se pilló un avión a Skopie? ¿Sin decírselo?

Aunque yo entraba y salía a mi antojo de aquel peligroso país, enterarme de que había otra mujer que se atrevía a hacer lo mismo me enfurecía de un modo inexplicable.

—Sí. ¡Y él tenía que trabajar! Buck Bobilisto me dijo que Ian le dejó pasar la noche con él.

—¿En la residencia del embajador? —Me salió un gallo en la voz. Problema.

—Ya —dijo ella, que meneó la cabeza—. O sea, al jefe de Ian no le haría ninguna gracia.

Silbé. A mí tampoco me hacía ninguna gracia. Sentía hasta náuseas.

—En fin —prosiguió—, quería que lo supieras. Aunque no

pasó nada. Pienso que es mejor que nos tomemos un respiro y dejemos de ver un tiempo a los guardaespaldas británicos.

Me quedé mirando la mugre de debajo de mis zapatillas gastadas.

—Pues sí —logré decir, centrada en lo asqueroso del suelo—. Creo que deberíamos dejarlo por hoy.

Me sujetó el brazo con el suyo.

—Me has leído los pensamientos.

En ese preciso momento notamos un temblor en el cavernoso club. Uno de los pestillos con gancho empezó a martillear. Distinguimos un feroz zumbido metálico sobre nuestras cabezas y todas miramos a ese techo con manchas de agua. Un trozo hundido del panel de yeso se soltó, bailó y cayó. Las chicas borrachas y colocadas salieron de los retretes en tropel, reajustándose la ropa y dando pisotones con sus zapatos de plataforma. Jo y yo nos cogimos de la mano y seguimos a las demás a la terraza, donde ya se había congregado una multitud.

Todo el mundo miraba al oeste. A unos kilómetros de distancia, los bosques del monte Vodno estaban ardiendo. Helicópteros militares sobrevolaban nuestras cabezas como inmensos búfalos negros, en bandada, ocultando las estrellas.

La montaña apenas era una sombra ligeramente más oscura que el mundo detrás de ella, y se cernía sobre el centro urbano como una pirámide, un gemelo casi idéntico pero aterrador al monte Vitosha de Sofía. Había numerosos incendios menores y uno más grande, y parecía que todos estaban creciendo. La clientela del Lipstick miraba boquiabierta y con ojos glaciales el cielo palpitante y el bosque en llamas. Podían verse los cohetes que se arqueaban desde las faldas de la montaña y alcanzaban prácticamente la cima.

—El ejército está bombardeando a los rebeldes —dijo Jo con una nota de terror inequívoco mientras hurgaba en busca de su teléfono—. Más les vale no acercarse a los malditos campamentos.

Noté una mano en mi hombro y levanté la vista. Ian se había acercado por detrás. Sin apartar los ojos del cielo, empezó a alejarnos de allí, con un brazo alrededor de Jo y el otro alrededor de mí.

—Vamos, chicas —dijo en voz baja, tirando de nosotras—. Vamos a casa.

Dejamos que nos alejara de quienes seguían observando el cielo y la montaña. Miré de un lado al otro; a ella, a él, y de nuevo a ella. Ninguno podía apartar los ojos de la destrucción. De repente, Jo se zafó de la mano de Ian con disgusto. Me alejó de él y me susurró al oído:

—Solo quiero que nos deje tranquilas a las dos.

Maddie

2001

*E*staba en mi piso de Bulgaria, trabajando en la guía de viajes, y no tenía previsto visitar a Joanna a corto plazo. Me dije que estaba siendo responsable, que me estaba centrando en mi carrera, pero lo cierto era que, después de que hubiéramos decidido «tomarnos un respiro y dejar de ver a los guardaespaldas británicos», la idea de recorrer las sórdidas calles de Skopie había perdido bastante gracia. Me imaginé paseando por las aceras de la ciudad, entrando en restaurantes y sentándome en el parque, constantemente al acecho de atisbar su cara. Se me hacía insoportable.

Finalmente, no tuve más excusas. La idea de volver a Estados Unidos me rondó de nuevo. Mi tiempo se consumía y yo no había querido verlo. Joanna me echaba de menos. Me decía que se sentía sola y que su trabajo la deprimía.

—No sé cuánto tiempo más voy a ser capaz de hacer esto —dijo—. Lo cierto es que ya no quiero estar aquí.

Finalmente, fui.

En Europa del Este, los autobuses nunca llegaban a su hora. A veces, los paraban en la frontera. A veces, el conductor hacía un alto en un restaurante para tomarse un bocadillo y varias cervezas. Los autobuses se averiaban, se quedaban sin gasolina.

Podía pasar cualquier cosa, pero Jo siempre estaba en la estación de autobuses para recibirme. A mí no me importaba subir a un taxi de día, pero ambas pensamos que de noche era mejor que ella me recogiese.

En esta ocasión, llegué mucho después de anochecer.

En esta ocasión, Jo no estaba esperándome.

Pagué a un taxista ilegal una suma exagerada para que me llevara a casa de Joanna. Llamé al timbre tres o cuatro veces antes de que respondiera. Estaba pálida y confusa.

—¡Lo siento, Maddie! —dijo cogiéndome del brazo y tirando de mí para darme un abrazo—. Lo siento un montón. He puesto la alarma, pero no la habré oído.

—¿Estabas dormida? —Por lo general, trabajaba hasta las tantas.

—Es que he estado enferma —dijo barriendo el aire con la mano para restarle importancia—. Ya me encuentro bien. Lo peor pasó hace unos días. Deja que te prepare un té.

Al día siguiente, se encontraba mejor.

Al parecer, mientras yo había estado ocupada con mi guía de viajes, nada había cambiado mucho en Skopie, a excepción de los hombres en la vida de Jo: había plantado a los guardaespaldas británicos por una «banda mierdosa de heavy-metal». Sus nuevos amigos eran cuatro macedonios veinteañeros que tocaban en un grupo que se llamaba Vengante; palabra que, insistían ellos (erróneamente), existía. Lo que más me gustaba de esos músicos alternativos era cómo trataban a Panda, la gata callejera que Joanna había adoptado. La mimaban y le traían latitas de pescado maloliente. Daba igual lo sarnosa que fuera, la rascaban y le acariciaban su apelmazado pelaje blanquinegro como si fuera una esponjosa princesa persa.

El cuarteto, que no parecía tener oficio ni beneficio, se reunía con frecuencia en la terraza de Jo para fumar y beber cuando ella volvía a casa del trabajo. Aquello siempre enfadada a la vecina de Jo, una anciana pequeña y mezquina a la que ellos llamaban «vieja arpía». La mujer nos echaba mal de ojo por encima del murete mientras asaba pimientos, sacudía el polvo de sus alfombras o, simplemente, guisaba indignada, todo ello mientras mascaba algo con su poderosa y vieja mandíbula de hiena manchada.

—¿Qué es lo que la enfada tanto? —pregunté a los chicos de Vengante.

Uno de ellos se encogió de hombros y dijo:

—La vida. La guerra. Los gatos.

Otro señaló a Panda, que estaba tumbada, gorda y encantada de haberse conocido.

—Va a tener gatitos. Más bichos sucios por todas partes.

—¿Está preñada? —pregunté alegre, y me arrodillé y la acaricié hasta que ronroneó.

Por alguna razón, esto les hizo reír.

A veces, cuando me detenía en sus *jam sessions* de torso desnudo al aire libre, les ofrecía amablemente un té a los cuatro, y ellos me decían: «Sí, por favor, gracias. Genial». Comprendí en qué podía resultarle útil a Joanna tener de amigos a estos jóvenes nacionalistas descontentos: era la clase de gente que protestaba contra los campos de refugiados y complicaban su trabajo.

El viernes posterior a mi llegada, cuando Jo volvió a casa del trabajo, me dijo:

—Hay una fiesta esta noche. Lugareños. Estudiantes, escaladores, músicos, gente de verdad. Para variar, nada de extranjeros. —Sonrió—. ¿Te parece bien?

La desilusión que me invadió me sorprendió. Estaba claro que había estado deseando ir al Irish Pub para cruzarme casualmente con Ian. Sin embargo, dije:

—Por supuesto.

Joanna y yo bebimos vodka con tónica hasta que Bogdan, el baterista de Vengante, y Dragan, el bajista, nos recogieron en un Lada ruso al que le faltaban tantas partes que dudamos de que pudiera subir la calle, y menos aún llegar a la fiesta. Dragan condujo y Jo se sentó en el regazo de Bogdan. Lo bueno fue que el Lada ruso consiguió transportarnos al aparcamiento de un bloque muy alto y cubierto de grafitis en la zona occidental de la ciudad.

El bloque entero parecía habitado por estudiantes que celebraban fiestas, y muchas puertas estaban abiertas de par en par. Subimos a la novena planta por las escaleras porque el ascensor no funcionaba, cargando con varias bolsas de algún tipo de *rakí* pirateado al que yo no pensaba ni acercarme y unos cuantos botellones de cerveza tostada.

Jo entró en la fiesta susurrándome en un aparte:

—Igual me voy a casa de Bogdan, pero tú puedes pillar un taxi en la esquina, y ya sabes dónde está la llave.

—Vale —le dije con naturalidad, aunque me sentía molesta.

Jo acudió enseguida junto al sudado cantante de Vengante, que ganduleaba en un sofá sucio, una vez más con el pecho al desnudo. Estaba tocando la guitarra y entonando una balada de heavy-metal macedonia, coreada por un puñado de personas repantigadas por los sofás.

Me abrí paso entre un grupo de hombres pendencieros, jóvenes, guapos, sucios y con unas rastas impresionantes; supuse que serían los escaladores. Abrí la puerta del balcón y, al salir, me encontré con otro grupo de borrachos que no paraban de rebuznar. Acababa de alcanzar el descansillo de la baranda cuando alguien me dio un tirón en la coleta.

Me volví furiosa, y ahí estaba Ian: tambaleándose, feliz, sonriendo de oreja a oreja.

Las mariposas revolotearon como locas en mi estómago e hice cuanto pude por no ponerme a dar saltos y palmas.

—Cielos, mujer —dijo asombrado y eufórico—. ¡Eres tú! Lo dije una vez y volveré a decirlo. Eres una caja de sorpresas. ¿Se puede saber qué haces tú aquí?

—¡Joanna conoce a los chicos de la banda! —grité por encima del clamor—. A los chicos de Vengante.

—¡Anda, pues claro! Ven conmigo —dijo—. Conozco un sitio más tranquilo.

Me hizo una seña para que lo acompañara mientras caminaba hacia el fondo del balcón, donde una escalera metálica de incendios subía al balcón superior. Empezó a trepar por ella.

—Ven.

—¿Adónde vamos?

—Conozco a la chica que vive en este —dijo señalando el piso de arriba.

—Pero yo no la conozco.

—No pasa nada. Sale con Jason. Es muy simpática. Trabaja de veterinaria en un refugio animal. Ven.

Lo seguí por la escalera y, desde el balcón, pude ver el interior del otro piso, mucho más acogedor que el de abajo. Jason, el guardaespaldas que había terminado pareciéndome «el más tranquilo», y un puñado de personas hablaban sentados a la mesa de la cocina.

—¿Me esperas aquí un segundo? —me dijo Ian.

Me quedé escuchando a hurtadillas la salvaje escena de abajo. Al cabo de un minuto, Ian apareció con una copa de vino. Me la dio y me propuso un brindis.

—Por los encuentros casuales —dijo sonriendo—. Y por las chicas estadounidenses que no tienen la menor idea de lo que es bueno para ellas.

—Me parece que no voy a brindar por eso.

—¿Por? —dijo, inclinándose hacia mí y mirándome fijamente—. ¿Has hecho algo de lo que te arrepientas? ¿O te viene de familia? ¿Tienes algún cadáver horrible en el armario? O quizá tú no hayas hecho nada malo, pero puede que algo malo te haya pasado a ti.

—Ya te lo he dicho, Joanna conoce a los chicos de Vengante.

—¡No! ¿Qué estás haciendo aquí? ¡Aquí! ¡En este país que está al borde de una guerra civil! ¿Tienes idea de lo... —buscó la palabra— irrazonable que es que siga topándome contigo? ¿A unas pocas horas de un genocidio? Te veo y soy feliz, pero luego me pongo furioso porque no deberías estar aquí. Feliz. Furioso. Feliz. Furioso. Me tienes completamente alterado, jovencita.

Una parte de mí quería decir: «Estoy aquí porque tú estás aquí», pero me contuve.

—No hay nada oscuro, loco o escandaloso. Siento decepcionarte. Me dieron una beca Fulbright para escribir un libro sobre la vida en el bloque comunista y luego me contrataron para escribir una guía de viajes sobre Bulgaria.

—Ay, Dios, eres la artista torturada con ganas de morir.

—No. Soy la periodista y la profesora. Ya me gustaría ser la mitad de interesante de lo que te imaginas.

—De acuerdo —dijo finalmente—. Entonces eres normal.

—Tampoco he dicho eso.

—Pero no estás loca. Eres una buena escritora, sencillamente.

—No estoy mal.

—¿No has escrito dos malditos libros?

—Sí, pero no son *Harry Potter*, ¿no? Pero cuando haya terminado este, sí, habré escrito dos malditos libros.

—¿Tienes autorización para hacer algo así a tu edad?

—No sé cuál es la edad para escribir en Inglaterra, pero en Estados Unidos te aseguro que soy completamente legal.

—Vale, pues la verdad es que me sorprende mucho que nos honres con tu visita en este circo ambulante. —Levantó la vista y miró por la ventana hacia el piso, que estaba aún más atestado. Parecía buscar a Jason o a otra persona.

—¿Por qué has venido? —Seguía esquivando mi mirada—. Porque las becadas Fulbright y las escritoras de libros no suelen juntarse con aficionados al heavy, escaladores y guardaespaldas.

—Eso es una chorrada. Pues claro que lo hacen. —Puse los ojos en blanco—. Todo el mundo quiere juntarse con gente así.

—Bueno, en Inglaterra no pasaría jamás. Tenemos el sistema de clases.

Cuando dijo «el sistema de clases», me lanzó una mirada pícara, como si yo fuera una chica traviesa por ignorar tan importante institución secular.

Me sonrojé al pensar que me veía así. Sin embargo, la idea me gustaba mucho más que cuando, la noche que nos conocimos, me había dicho que le parecía una «joven muy moderna».

Eché un vistazo por la ventana y vi que Jo entraba en el piso por la puerta delantera. Se abrió paso a través de la estancia y vino hasta nosotros.

—Hola —dijo dándome una servilleta con rodajas de *lukanka*, un salchichón que olía a pies—. ¿Cómo está tu novia, Ian?

—Está bien, gracias. Eres muy amable por preguntar.

Jo lo fulminó con la mirada, pero él la ignoró.

—El sistema de clases existe, Maddie —prosiguió Ian—. Dejé el colegio cuando tenía dieciséis años, y antes apenas iba. No te puedes imaginar la de cosas chungas que pasaban en el patio de esa escuela. Mi madre me dijo: «Se acabó. Te vienes a trabajar conmigo limpiando pubs».

Jo lo miró con una ceja arqueada.

—¿Qué? ¿En serio? Qué pena. Me pegas más como uno de los Artful Dodger que como un Oliver Twist, ya ves, Ian. Espero que no estés pensando que Maddie va a caer rendida a tus pies solo porque eres el primer barriobajero que conoce.

—Vaya. Y si te confieso que, aunque me van más X-*Men* y

Star Wars, también he oído hablar de Charles Dickens, entonces ya...

—Entonces tu cuento trágico sobre tu falta de educación se queda en... ¿Cómo dices tú? ¿Un montón de patrañas?

—Mmm. —Ian se examinó la marca de una quemadura en el interior del dedo y luego levantó la vista—. ¿Sabes cuál fue una de las primeras cosas que me gustaron de ti, Joanna? Tu sentido del humor. Tiene algo del sarcasmo británico, eso si tuvieras idea de cuándo parar. Pero... no sabes cuándo parar, ¿verdad?

Ella le sostuvo la mirada, pero al final perdió y la apartó.

Stoyan, el conductor, se acercó sigilosamente hacia nosotros. Como siempre, vestía de cuero negro y con su trinchera de malote, los ojos tan oscuros como su ropa y colocado con alguna sucia anfetamina de Europa del Este.

—Nos vamos a Seksi —dijo, y su voz sonó como un gruñido de perro—. Hay sitio en el coche, si queréis venir.

Me pareció que Ian esperaba mi reacción, cosa que irritó a Jo.

—Es un club de *striptease*, Mad —dijo—. He estado un puñado de veces con ellos. No es gran cosa. No te gustará.

Miré directamente a Ian. Al principio esbozó una sonrisa medio contenida y una mirada de curiosidad. Había algo pueril en su expectación por ver cuál sería mi respuesta. Luego me guiñó un ojo, como retándome. Se me hizo un nudo en el estómago. Me costaba respirar. Algo hizo clic y lo deseé. Deseé estar contra él o debajo de él, con las manos en su pelo o en los bolsillos bajos traseros de sus vaqueros, arrimándolo hacia mí. No quiero ni pensar en cómo tuve que mirarle, repasándolo con los ojos, demorándome en el oscuro hoyuelo bajo el labio inferior, en los músculos que unían el cuello a aquellos anchos hombros. Su camiseta se adhería holgadamente a sus fuertes pectorales inferiores, y esas grandes manos descansaban en sus caderas con pose retadora. Mientras aguardaba, me repasó con la mirada. Luego volvió a mirarme a los ojos. Me sobrevino una sensación de mareo: algo feo, desesperado y vergonzosamente carnal. Me sonreía como si supiera lo que estaba pensando y como si supiera exactamente qué hacer conmigo. Mis mejillas se encendieron por segunda vez en cuestión de minutos.

—Voy —dije.

—¿Eh? —dijo Jo, confusa.

—Fijo. Voy.

—¿En serio? —Se había quedado boquiabierta—. ¿Entonces te quedas en casa de otra persona esta noche?

—¿Por qué?

—Déjalo. ¿Sabes qué? Me da igual lo que hagas.

—¿Por qué te comportas así solo porque yo quiero ir y tú no? Ya me has dejado claro antes que me las arreglara para volver a casa sola si a ti te salía otro plan.

—¿En qué momento te has puesto tan ciega, Maddie?

—¿En qué momento te has vuelto una persona tan transparente, Jo?

—Por favor. ¿Qué?

—¡Venga ya! ¡Todo esto es por él!

Ian hundió las manos en los bolsillos y se enderezó más.

La consternación de Jo cedió rápidamente a la ira. Miró a Ian de reojo.

—¿Por él? Claro. Cuando los cerdos echen alas y vuelen, cariño. En fin. Diviértete. —Empezó a alejarse, pero luego se volvió con una sonrisa mordaz—. Ya me contarás si consigues finalmente ese *gang bang* con el que has fantaseado esta noche. Maddie es un imán secreto. Créeme, no quisiera perderme detalle.

—Vete al infierno —le solté.

Ian y yo bajamos en silencio los últimos tramos de escalera hasta alcanzar el aparcamiento de gravilla del edificio. En la parada de autobús había un banco de madera e Ian me invitó a sentarme.

—¿Dónde está todo el mundo? —pregunté mientras revolvía en mi bolso para sacar el pintalabios—. ¿Quién nos lleva al club de *striptease*?

—Prefiero que no vayamos —dijo—. No estoy de humor. ¿Te importa?

—No —respondí, secretamente aliviada. La cosa era pasar tiempo con él—. Pues claro que no.

Era una noche de verano perfecta, pero corría una brisa fresca.

—¿Tienes frío? —preguntó.

—No —dije, aunque noté que un escalofrío me recorría la espalda.

—Pues mi primera impresión de ti no fue acertada —dijo con una sonrisa agradecida.

—¿Y eso?

—Eres muy dulce, pero puedes ser feroz.

—Siento lo que ha pasado.

—No lo sientas. La amistad no es un camino de rosas. Ni la familia. La sinceridad me parece más atractiva que la ingenuidad.

—Y a mí —asentí.

—Mira eso —dijo, señalando la entrada de hormigón del siguiente edificio. Una manada de perros dormía acurrucada junto a los interfonos—. Tan cómodos y calentitos como si estuvieran en su casa. Dios. Entre los perros, los incendios y el dichoso odio latente, es como si hubiera vuelto a África.

—Tengo entendido que no fuiste allí de safari.

Negó con la cabeza con una sonrisa triste.

—Ojalá. Me hubiera encantado ver un rinoceronte o un guepardo. Eso sí, vi unas tres mil gacelas. Son unos animales preciosos —dijo pensativo—. Tú tienes algo de gacela.

—Eso sí que no me lo habían dicho nunca.

—Gráciles. Ojos saltones. Asustadizas. En cuanto te acercas un poco, salen huyendo.

—No he salido huyendo.

Rio a carcajadas.

—No, ahora no. Pero aquella noche sí que te asusté con mis comentarios sobre *El mago de Oz* y los calcetines blancos de Dorothy. Dios, qué pensarías de mí... Tengo que hacer algo para atraerte otra vez.

No pude evitar sonreír.

—Esa sonrisa. —Hizo una pausa, afligido—. Pero no fui allí de safari.

Se frotó la cara. Me pareció algo avergonzado y se secó una lagrimilla.

Su teléfono emitió un bip, y lo sacó del bolsillo. Había recibido un mensaje de texto y respondió deprisa; su dedo gordo sobrevolaba los botones.

—Maldita Fiona —susurró—. Va a conseguir que la maten.

—Es tu novia, ¿no?

—Sí —dijo sombríamente—. Está en Londres.

—Si necesitas hablar con ella ahora, no pasa nada, puedo irme.

—No, no —dijo metiéndose el teléfono en el bolsillo—. ¿Dónde estábamos?

—Que no fuiste a África de safari.

—No. Me seleccionaron para ir a Ruanda a proteger a una mujer que se llamaba Helena Rowley, una médica británica que trabajaba en Kigali. Fue justo después del genocidio.

—¿Tú solo? ¿Sin un equipo?

—Yo solo. El trabajo oficial de la doctora Rowley era ayudar al Gobierno británico a suministrar cosas que mejoraran la calidad de vida de los lugareños. Ella pedía libros para los colegios y cosas así, pero, en realidad, estaba allí para documentar secretamente qué había pasado durante el genocidio. Las masacres. Fue la peor misión de mi vida.

Se estremeció y la barbilla se le desencajó hacia un lado.

—¿Qué?

—Espera. —Se masajeó la nuca, cabizbajo. Permaneció en esta postura un buen rato—. Helena cruzó por delante de un camión en Londres y murió el año después de que volviéramos. Era una persona maravillosa y amable a la que quise ayudar. Un poco como Joanna, pero no tan fuerte. No salió de aquella. Recuerdo una noche, después de una excursión a una fosa común, en que la acompañé a la puerta de su casa. Se volvió y me dijo: «Así que es verdad, Ian. Dios ha muerto».

Miré hacia abajo un momento y me armé de valor.

—Si Dios está muerto, entonces todo está permitido.

—Algo me dice que has leído algunos de los libros que leía Helena. Eres una friki de cuidado. Eso es lo que me enamora de ti.

Dijo «enamorar». Refiriéndose a mí.

—Pues a Fiona que la follen.

Esperé.

Me rodeó la nuca con la mano y me cogió la coleta de nuevo.

—No es a ella a quien quiero follarme ahora mismo, y lo sabes.

Esperé. Apenas podía respirar. Si hubiera sido capaz de hablar, me temo que le habría suplicado. Él no me soltaba y me miraba la boca.

—Tienes los labios más bonitos que he visto en mi vida. Has sido una enorme sorpresa para mí, ¿lo sabes? La flor extraordinaria que crece en una grieta de mi pesadilla de hormigón. ¿Qué se supone que tengo que hacer? —Con un rastro de angustia, me tocó el centro del labio inferior mientras me miraba a los ojos—. Como un pétalo —añadió dulcemente— que lo revienta todo. Te habrás marchado antes de que me dé cuenta.

Aquello era demasiado.

—Ian, por favor. —Lo atraje hacia mí.

—No —dijo, soltándome—. Sería un error, créeme. Quiero hacer las cosas bien.

Tragué saliva y aparté la mirada.

Ninguno de los dos habló durante un rato. Me acompañó a la calle principal. Como Jo había dicho, había varios taxis en la esquina. Ian subió a la parte trasera conmigo y recorrimos los cinco minutos que nos separaban hasta la casa de Jo. Su brazo me arropó durante el trayecto. Yo apenas podía soportarlo. Todo me daba vueltas y, sin embargo, todo era inocente. Y entonces se acabó. El taxi se detuvo.

—Gracias por traerme a casa.

—Un placer.

Pagó al taxista y también él se apeó del coche. Su casa no quedaba lejos de allí.

Esperó a que sacara la llave. Me despedí con la mano desde el vestíbulo bien iluminado de Jo. Mientras bajaba por la calle, me llamó para decirme:

—A partir de ahora, solo historias divertidas, ¿vale?

Después de cerrar la puerta, me volví. Allí, junto a la escalera, estaban las botas negras de plataforma de Joanna, casi idénticas a las mías. Había vuelto a casa. Me senté en las baldosas blancas y me descalcé. Entré de puntillas en el salón. La luz al pie de las escaleras del sótano estaba encendida. Debía de haber bajado a dormir en el sofá de tartán para no tener que verme. Nuestras habitaciones eran contiguas. De todas formas, últimamente solía dormir allí.

Me serví un vaso de agua y subí deprisa a mi cuarto. Cerré la puerta y, por primera vez en mi vida, eché el pestillo. Mientras me desvestía para acostarme, descubrí que me había venido la regla antes de hora. Después de probar varios planes ineficaces para intentar solucionarlo, decidí armarme de valor e ir al cuarto de baño de Joanna.

Descorrí el pestillo silenciosamente, comprobé que su dormitorio seguía vacío y recorrí presurosa el pasillo. Entré en su dormitorio a oscuras y solo encendí la luz del cuarto de baño. Por lo general, era un caos. Joanna tenía debilidad por la lencería de encaje, y ponía a secar y colgaba sus coloridos sostenes y bragas en todas las barras y ganchos del baño.

Me arrodillé y abrí el armario de debajo de la pila. El hedor me sobresaltó tanto que me tambaleé sobre mis talones. Era herrumbroso y dulzón; no sabía por qué, pero me hizo pensar en el agua del lago y empecé a notar una sensación de asfixia. Cerré el armario, que escondía una de las toallas blancas grandes de Joanna, ahora prácticamente teñida de marrón por la sangre seca incrustada.

Paseé la mirada de la bañera al suelo, y viceversa. El color marrón perfilaba delicadamente los surcos entre las baldosas blancas octogonales. Eran los residuos que quedan después de una limpieza. Extrañamente, mi primer pensamiento no fue qué había sucedido, sino preguntarme qué había hecho. La distancia que ya existía entre nosotras se tornaba poco a poco en un abismo. El silencio con el que me mantenía lejos de sus secretos acababa por convertirse en gritos en mi cabeza.

Apagué la luz y corrí a mi dormitorio. Luchaba por recuperar el aliento. Como si fuera una niña pequeña, me metí en la cama, me hice un ovillo y me escondí debajo del edredón. Había olvidado echar el pestillo. Cuando saqué las piernas, la puerta se abrió contra la pared.

Joanna no estaba durmiendo.

Se plantó en el vano de la puerta, con la barbilla gacha, los ojos sucios del maquillaje negro y el cabello desparramado en unos hombros hundidos.

—¿Se puede saber qué leches hacías en mi habitación?

Ian

2001

*J*oanna vivía a solo diez minutos de la casa donde habían alojado a Ian y sus compañeros.

El vecindario estaba en calma, y las ventanas, a oscuras. La luna salió de detrás de un grupo de nubes. De repente, las modestas casas blancas de tejas rojas adoptaron un aire pintoresco y hogareño. De seguridad. No obstante, Ian no aflojó el paso para disfrutar del aire nocturno y la soledad. Sus ojos erraban por los callejones que había entre los edificios y prestaba especial atención a las zonas arboladas.

No fue hasta que distinguió la vereda que conducía a la villa alquilada por el equipo cuando se permitió recordar cómo había empezado esa noche.

El comportamiento de Joanna con su mejor amiga le había desconcertado. Podía odiarlo, pero ¿atacar a Maddie de ese modo? ¿Qué le había hecho ella?

Simplemente, mostrar cierto interés en pasar tiempo con él, ni más ni menos.

Ian sacó las llaves. Ni él ni ninguno de sus compañeros de piso cometerían el error de no cerrar la puerta con llave o dejarla abierta, como había hecho Joanna. Dentro se oía música. Ian miró el reloj.

Las dos y media de la madrugada. Todavía era pronto.

Entró en la cocina, donde Peter, que llevaba puestos unos pantalones de pijama como Dios manda, con cordón en la cintura y todo, se dedicaba a construir lo que parecía una torre de tostadas.

—Eh, tío —dijo Ian.

—¡Hola! Vienes solo, ¿no?

—Los otros se han ido al club de *striptease* ese que hay en la carretera.

Peter frunció los labios y dijo:

—Seksi.

—Ese. Tendrías que haber venido. La fiesta ha estado muy bien..

—Le había prometido a Ashley que hablaría un buen rato con ella y con Polly —dijo, chupando la mantequilla del dedo—. Pero ojalá no lo hubiera hecho, sinceramente. ¡Se ha agujereado las orejas!

—Pero ¿Ashley no tiene ya las orejas agujereadas? —preguntó Ian mientras sacaba una botella de zumo de naranja del frigorífico.

—Ashley no, tío. ¡Polly! Ashley le ha hecho agujeros a Polly. No tiene ni cinco años.

Ian asintió, aunque no era un tema que le interesara lo más mínimo.

—¿Un vodka con naranja? —preguntó mientras abría el armario de cristal.

—Venga —respondió Peter—. Gracias. Voy a tener un montón de tostadas con queso listas dentro de un minuto.

—Suena bien. —Ian preparó las copas y después se acercó a Peter. Había migas por todas partes. Una barra de mantequilla se deshacía en el banco—. No me había dado cuenta de lo dejado que eres.

Peter se rio.

—¡Del pedazo de chef que soy, querrás decir! No te habías

98

dado cuenta del pedazo de chef que soy. —Colocó el pan en una bandeja y luego se puso a cubrir con queso amarillo las rebanadas.

Ian se sentó a la mesa de la cocina y dio un trago. Le sonó el teléfono y apoyó los codos en las rodillas, contemplando el suelo.

Peter lo miró de reojo.

—¿Esa será Fiona, imagino?

—Pues sí.

—¿Está bien? —preguntó, agachado sobre el horno con la bandeja.

No. Es violenta, suicida, homicida y una ninfómana autodestructiva.

—Si quieres que te diga la verdad, Peter, no sé si está bien —respondió Ian despacio—. No creo que haya estado bien en su vida.

—¿En serio? —Peter cogió la copa que Ian le había preparado y fue a apoyarse en la encimera—. Bueno, tampoco puedo decir que me sorprenda mucho. A Jason y a mí nos pareció que Joanna te atraía.

Ian levantó la vista, intrigado.

—¿Y eso?

—No sé. Si yo no tuviera a Ashley, Joanna me atraería.

—Bueno —dijo Ian enderezándose—, eso sí que me sorprende. Yo habría jurado que te iban más del tipo «Baby Spice», de las Spice Girls.

Peter puso cara de horrorizado.

—¡No! Baby Spice es igualita que mi hermana. ¿Yo? ¡Qué va! Me mola más Posh Spice.

—¡Aaah! —dijo Ian recostándose y moviendo un dedo—. Eso es lo que te pone de Joanna. Te gustan sus piernas.

—Culpable de todos los cargos, señoría —respondió Peter levantando la copa—. Pero no es solo eso. Se preocupa por to-

99

das esas madres y sus hijos. Y no olvides que, la noche de la obra benéfica, me dijo que era «oficialmente su nueva persona favorita».

—Por Dios, hombre —dijo Ian, balanceándose en su silla y riendo con ganas—. Eso lo dijo a los diez segundos de conocerte. Te estaba tomando el pelo porque estábamos frivolizando con ese espectáculo de los bailes folclóricos. —Hizo una pausa y añadió—. En fin. Pues da la casualidad de que a mí me gusta Maddie.

—No la conozco mucho —dijo Peter mientras se ponía dos manoplas—. Eso sí, tiene una sonrisa bonita.

—Sí, ¿eh? —Ian olfateó el aire—. Creo que el chef está a punto de quemar las tostadas.

—Mierda. Gracias. —Peter se acercó al horno.

—Tiene algo… Llevas razón con lo de la sonrisa. Me pone… —Se le fue apagando la voz.

Peter puso las tostadas en una bandeja y dijo:

—Perdona, tío, ¿qué decías? Su sonrisa te pone… ¿Qué? ¿Cachondo?

—¡No! Por Dios, Peter. No. Su sonrisa me pone contento. —Ian hizo una pausa teatral—. Lo que me pone cachondo son sus tetas.

Peter se rio con ganas; las mejillas se le sonrosaron más aún.

—Vale. Hora de comer. —Deslizó la bandeja hacia Ian y luego se sentó frente a él.

—¿No crees —dijo Ian despacio, mirando la comida— que sería una pérdida de tiempo ir detrás de una mujer como Maddie o como Joanna? Me refiero a ir detrás de ellas en serio.

—¿Por qué?

—A ver, ¿tú crees que les caemos bien de verdad? ¿O solo les divierte coquetear con las clases bajas de vez en cuando?

Peter dio una palmada en la mesa.

—¡No me habían ofendido tanto en mi vida! —Sonrió—.

No lo sé, tío. No puedo ayudarte en eso. Ashley no tuvo mucho de pequeña. Siempre hemos estado en la misma onda, ya sabes a qué me refiero.

—Yo tampoco he tenido que preocuparme de eso con Fiona. Tenía otras mil movidas por las que preocuparme, créeme, pero que Fiona fuese demasiado buena para mí nunca fue una de ellas.

Las tostadas estaban buenísimas. Masticaron en silencio durante un minuto, sus enormes hombros hundidos, el pan minúsculo en sus manos. Finalmente, Ian dijo:

—Se han peleado por mi culpa. Maddie y Joanna.

Peter sonrió con los labios cerrados. Tenía la boca llena.

—¿Ha molado? —logró farfullar.

—Más o menos —respondió él un tanto avergonzado—. Tengo que reconocer que no me ha disgustado.

En ese momento, la puerta de la entrada se abrió de golpe. Al cabo de unos segundos, Simon irrumpió en la cocina diciendo:

—¿Eso que huelo son tostadas con queso?

Peter le guiñó un ojo a Ian y se levantó a preparar una segunda hornada.

El día del asesinato

$\mathcal{M}$ientras rodeaba el charco de sangre, Diane pensó que esa casa silenciosa tenía algo surrealista. Siniestro y surrealista, con el pequeño y espantoso reguero de pistas a lo Hansel y Gretel. Sigue los juguetes y encuentra al niño, porque todo indicaba que se trataba de un niño. Aquí, una caja de herramientas de plástico amarilla; allá, una tartera con piezas de Lego. Una pistola de la marca Nerf y un puzle. Coches en miniatura y una pista rota.

Un niño que se negaba a ordenar. ¿Un niño en apuros?

Shipps se enfadaría con ella por no haber esperado los refuerzos. No era que no respetara a su jefe; al contrario, Diane lo admiraba mucho. Pero si alguien tenía que sacar a un niño de esa casa, quería asegurarse de que era ella y no el coronel.

Una luz parpadeó en la ventana delantera. Supo que era el detective Shipps, que llegaba en su todoterreno. Ya no estaba sola.

—Shipps al habla —le dijo por la radio—. Estoy aquí.

Diane inclinó la cabeza hacia el micrófono.

—Estoy dentro.

—¿Qué? —Sonó enfadado.

Se lo esperaba.

—Acabo de entrar.

—¿Estás bien?

—Sí. De momento, solo he encontrado un rastro de sangre.

—Nick ha dicho algo de un niño. ¿Lo has encontrado?

Barry Shipps y su mujer, Megan, tenían dos niños gemelos de doce años. No le extrañó que su primera preocupación fuera el niño.

—No —susurró—. Está todo tranquilo. Un montón de sangre, pero nada más.

Tras rodear el centro de la estancia y el grueso de las pruebas, Diane distinguió varias manchas de sangre en el hueco de la escalera. Las huellas de una mano. También pudo comprobar que el aparato aplastado al pie de la escalera principal era un teléfono, como había sospechado. Pero no era un teléfono móvil, sino uno fijo inalámbrico, más voluminoso. La tapa de plástico se había desprendido y las pilas habían salido rodando por el suelo. El plástico transparente de la pantalla estaba rajado.

De nuevo, Diane vio las botas militares junto a la puerta. Eran enormes. Aquí vive un hombre corpulento, pensó. Su padre calzaba botas similares y solía dejarlas en la puerta cuando volvía a casa. Su padre había sido soldado.

Ese olor. Algo que emulaba el verano. El sol. Diane lo asoció al olor de sus clases de natación de cuando era pequeña en el mismo instante en que vio el traje de baño de la marca Puddle Jumper y los camiones húmedos apilados al otro lado de la puerta.

Un niño había estado jugando en la piscina.

Sintió un súbito escalofrío en la nuca, como si alguien le susurrara al oído. Algo la obligó a levantar los ojos hacia arriba, más arriba.

Colgado de la pared, sobre la escalera, había un espejo grande con un marco de madera tallada. En el tercio superior del espejo, pudo distinguir el reflejo de los tornillos de hierro de la barandilla superior, idénticos a los de la escalera que tenía delante. Eran finos y negros; sin embargo, la zona entre los tornillos largos era sólida en dos puntos.

Diane levantó la pistola. Comprendió que estaba mirando un par de piernas. Había una persona encima de ella, en la barandilla de las escaleras, muy quieta. Observaba y esperaba a ver cuál era su siguiente movimiento.

Fuera, a lo lejos, atravesando velozmente los irregulares y serenos campos, una ambulancia anunció su llegada y despertó con sobresalto al vecindario. Los perros seguían protestando en el jardín. Diane no apartó los ojos del espejo, aspirando la última fragancia persistente de la infancia y el protector solar de coco. El olor a cobre de la sangre la embriagó lentamente.

Diane respiró hondo. Se volvió para encarar la barandilla.

—¡Policía! ¡Arriba las manos! —gritó, apuntando con su Glock a las sombras.

En una milésima de segundo, la vaga figura retrocedió hacia el pasillo, esfumándose.

Diane rebuscó su linterna. Segundos después la enfocó hacia la zona donde había visto las piernas. Sabía que era demasiado tarde.

—¡No corra! —gritó, aunque no había nadie.

Estaba en un tris de empezar a subir las escaleras cuando se produjo un golpe fuerte por encima de su hombro. Se sobresaltó.

Detrás del cristal esmerilado de la puerta principal pudo ver el perfil borroso y corpulento del detective Shipps. Diane le abrió. Empuñaba la pistola y respiraba deprisa.

—Tendrías que haberme esperado.

—Lo siento.

No lo sentía. Notó una descarga de adrenalina y tuvo el impulso de subir los escalones de dos en dos. Comenzó a transpirar sudor en el nacimiento del pelo. Las palabras le salieron con torpeza.

—Rastro de sangre abajo. Acabo de ver a alguien arriba. Tengo que ir.

—Tranquilízate. Di, ¿a quién has visto?

—Lo he visto solo de refilón. Era alguien pequeño. Una mujer o un niño.

—Vale. Tú cubre la planta de arriba y yo cubro el sótano. Bill y C. J. estarán al caer. —Shipps se alejó, siguiendo el rastro de sangre por la puerta que daba al sótano, y bajó.

Por más que quisiera apurarse, Diane se obligó a proceder con precaución. Con una muñeca descansando sobre la otra, apuntó a la oscuridad con la linterna y el cañón de la pistola al mismo tiempo. Empezó a sudar. Una gotita le corrió por la mejilla y cayó al suelo de madera. Miró hacia abajo mientras subía el primer escalón. De inmediato, comprendió que, si bien Shipps había seguido el rastro de sangre más grande, no era el único.

Su linterna alumbró unas cuantas gotas de sangre. Vio algo en medio de la escalera. Parecía una pila de ropa sucia. Diana la enfocó con la linterna: era una manta mullida de color amarillo con el borde satinado, echa un ovillo y apartada a un lado. Tenía manchas de sangre.

Diane se detuvo. Según quién estuviera arriba, podría intentar saltar por una ventana.

—¿Agentes? Aseguren el perímetro.

C. J. fue el primero en responder.

—Recibido. Yo cubro el noreste.

Bill atendió el micrófono medio segundo después.

—Recibido. Yo cubro el suroeste.

Diana avanzó pegada a la pared, con la pistola empuñada y creando un círculo de luz con la linterna para no ir a tientas. Vio tres puertas y un recoveco al final del pasillo. La primera puerta, a su izquierda, estaba abierta. Iluminó la rendija entre la bisagra de la puerta y la pared. No había nadie escondido detrás. Encendió la luz de la habitación. Parecía un cuarto de invitados. Tres sitios donde esconderse. Miró debajo de la cama y al otro lado, y luego dentro del armario. Vacío.

Salió de la habitación y siguió por el pasillo hasta la siguiente puerta abierta a la derecha. Comprobó si había alguien en la oscuridad, entre la bisagra de la puerta y la pared. Nadie.

Oyó unos sollozos. Tragó saliva y esperó. ¿Alguien estaba llorando o era algún sonido de la noche? Maldita casa. Daba miedo. Costaba hasta respirar. No, eran sollozos. Venían de detrás de una puerta cerrada. Diane se acercó con sigilo. Con un hilo de voz, un niño repetía sin cesar una frase. Era una acusación balbuceada con una incredulidad desolada.

—¡Me has hecho daño! ¡Me has hecho daño!

Maddie

Siete semanas antes

—Charlie, ¡corta el rollo! —gritó.

Pero me conoce de sobra. Sabe que realmente no estoy enfadada con él. Su nuevo amiguito y él seguirán luchando y tirando sus juguetes Happy Meal por el tobogán. Les hago el gesto con la mano de «os estoy viendo», lo que les arranca unas risitas. Vuelvo a centrarme en el teléfono y en el café con hielo.

Hay seis horas de diferencia entre aquí y Nigeria, lo cual, sumado a que no puedo mandarle mensajes cuando está en el yacimiento petrolífero, significa que solo tengo noticias de Ian una vez al día. Hoy, sin embargo, un vehículo se ha averiado, y él no se ha movido del hotel. De pronto, está muy parlanchín.

El teléfono me suena otra vez.

«Ya he cumplido más de la mitad de esta misión», escribe.

Tecleo: «¡Síííí!».

«¿Se está portando bien Charlie?»

Levanto la vista y ahí está Charlie, en el área de juegos de McDonald's, con las manos abiertas sobre la ventana del pequeño avión que hay en lo alto de la estructura de escalada. Está haciendo muecas de pez contra el plástico transparente; probablemente también lo está chupando. Genial, Charlie. Infección de garganta en la agenda de la semana que viene.

«Sí —tecleo—. Se está portando de maravilla.»

«Jo, me dais envidia ahí en McDonald's, para que te hagas una idea de la calidad de la comida que tenemos aquí. Te echo de menos, Pétalo. Dale a Charlie un abrazo de mi parte. X.»

Revuelvo mi McCafé con hielo aguado y hago una mueca cuando veo las manzanas marrones que quedan en la bandeja de Charlie.

«Ian —tecleo—. No hagas como si no pasara nada, por favor. No estamos bien. Sé lo que pasa con Fiona. Y está la noche de mi accidente y la pelea que tuvimos antes. Me estás ocultando demasiadas cosas, y no soy feliz viviendo de esta manera. Te quiero, pero mira cómo se ha deteriorado la relación. Algo tiene que cambiar. Tengo miedo por Charlie.»

Me quedo mirando el texto y mi dedo se cierne sobre «Enviar». ¿Nos ayudará esto? ¿Cambiará algo? Quizá.

Lo borro todo.

—¿Charlie? —digo poniéndome en pie—. Baja y ponte las zapatillas. Nos vamos.

Maddie

2001

*N*unca había visto a Joanna comportarse de esa manera.

Todavía no había recobrado el aliento cuando irrumpió en mi habitación. Verla allí de pie, observándome con esa maldad, no ayudó. Estaba aterrorizada. Indefensa, solo se me ocurrió que la mejor manera de sortear la situación era utilizar mi estado de embriaguez.

—Lo siento —conseguí susurrar—. Me has dado un susto de muerte.

Ella puso los ojos en blanco, lo que me supuso cierto alivio. En ese momento deseé con todas mis fuerzas que volviera a ser la adolescente de dieciséis años que perdía la cabeza por los chicos, mi compañera del curso avanzado de lengua en España. Mi mejor amiga, la empollona.

—No, de verdad —proseguí, aprovechando el tiempo para ordenar mis pensamientos—. Me has asustado.

—Lo siento. Pero, en serio, ¿qué coño estabas haciendo en mi habitación?

Mi primer impulso fue contarle la verdad. No había nada malo en lo que había hecho, sino en lo que había descubierto. Pero si le contaba la verdad, ella imaginaría enseguida que yo había abierto su armario y había visto la toalla ensangrentada. ¿Y qué? Seguro que había una explicación la mar de sencilla.

Sin embargo, no era solo que fuera demasiada sangre para una herida común; también era que últimamente se estaba comportando de un modo muy extraño. Era su actitud defensiva y agresiva. Además, participaba en negocios turbios con policías corruptos y criminales por el bien de un interés mayor. Pero, sobre todo, en los últimos tiempos actuaba como con maldad, algo que parecía tener que ver con Ian. Además, no soportaba cómo me miraba. Seguía pálida tras haber estado mala y dos medias lunas negras colgaban de sus hermosos ojos, que ahora eran fríos, estaban inmóviles y me acusaban.

—He entrado para verte y disculparme. Quería darte las buenas noches. Como no estabas, he decidido irme a la cama.

Joanna entró en la habitación, cruzó los brazos y se apoyó en la cómoda. En ese momento, pude tragar y respirar. El miedo se desvanecía. Me había creído, no pasaría nada.

—Bueno —dijo, inspeccionándose las uñas con un ademán refinado nada propio de ella. Entonces, en vez de seguir discutiendo, dijo—: Las dos hemos bebido demasiado esta noche.

—Sí —respondí, asintiendo con ganas—. Hemos bebido demasiado y hemos dicho cosas que no sentíamos.

—Excepto…

—¿Excepto qué?

Miró el techo. Por un instante, creí ver que le temblaba el labio inferior. Luego se recompuso.

—No quiero que pienses que estoy celosa. Al principio, Ian me gustaba. Mucho. Es verdad. Pero, Maddie, no es un buen tío. No lo es. Es un cabronazo sin escrúpulos y está pirado. No te lo deseo por nada del mundo. ¿A mi peor enemigo? Puede, pero a ti no. ¿De acuerdo?

—De acuerdo.

—En serio. No es como nosotras. Solo puede hacerte daño.

—No puede hacerme daño si yo no le dejo.

Me lanzó una mirada interrogante con una leve sonrisa.

—Vale, Maddie. Buenas noches.

Apagó la luz de mi dormitorio y empezó a cruzar la puerta.

—¿Jo?

—Dime.

—¿Estamos en paz? No quiero que sigamos enfadadas. No creo que pueda dormir a menos que sepa que estamos en paz.

—Seguimos siendo tú y yo, Mad —dijo, sonando como la Joanna que yo recordaba: cálida, leal. Estaba completamente oscuro, por lo que no pude verla cuando susurró una última cosa antes de cerrar la puerta. Creo que estaba llorando—. Solo nosotras. Nosotras contra el mundo.

Nos reconciliamos, pero algo había cambiado. No nos reíamos con tanta facilidad y, cuando hablábamos, una de las dos, o ambas, desviaba la mirada. Una voz egoísta y débil en mi cabeza me decía que me quedara a pesar de las incómodas secuelas de la riña, que me quedara con la esperanza de volver a ver a Ian. Podría haber hecho caso a esta voz si no hubiese sido evidente que Joanna no tenía la menor intención de cruzarse con los guardaespaldas británicos por Skopie. Al cabo de un par de días, le dije que tenía que volver a Sofía y ponerme a trabajar.

El proyecto para Fodor me mantuvo ocupada. Estuve viajando e investigando durante dos semanas; luego volví a mi piso para escribir. Una vez en Sofía, sentada en mi balconcillo con mi portátil, me di cuenta de que, prácticamente, estaba sola. En el lento discurrir de estas dos últimas semanas, no había dejado de pensar en Joanna y en Ian.

Cuando Joanna y yo nos conocimos, era como si lleváramos dentro la semilla de la anarquía, latente en nosotras, a la espera que la otra la regara. Pasamos diez años muy buenos. Tuvimos amantes. Aventuras. Éxito. Devoción. Caos. Luego, eso que te-

111

níamos dentro y que nos había hecho gravitar la una alrededor de la otra, cambió su curso. Nos convertimos en dos imanes que se deslizaban indefensos hacia Ian, un bloque de hierro pesado y oscuro.

Dos veces empecé a marcar el número de Jo, y dos veces cambié de opinión. Tampoco tenía el número de Ian. Justo cuando pensé que no iba a poder soportar el silencio de Jo ni un segundo más, ella me llamó.

—Hola, soy yo. —Su voz denotaba una falta de emoción que me asustó. ¿Me había llamado para discutir?

—Hola.

—Panda ha tenido gatitos. —Intentaba sonar optimista, pero no me engañaba. No estaba contenta.

—¡Anda! ¿Cuándo?

—Hace dos semanas. Están empezando a abrir los ojos y a gatear. Son monísimos. Tienes que venir a verlos.

Gatitos. Las excusas que teníamos que poner para tragarnos nuestro orgullo.

Creo que me llevó menos de una hora ducharme, hacer la maleta, tomar un taxi, comprar un billete y subirme al autobús. Esta vez, en la frontera, a Panzudo no le sorprendió verme. Selló mi pasaporte con una sonrisa lasciva y un guiño que, implícitamente, me deseaban numerosos y alucinantes orgasmos balcánicos.

—Disfrute de su visita, señorita.

Como si nunca hubiera pasado nada entre nosotras, Jo había comprado dos botellas de vino tinto, queso y saladitos, que sirvió en la terraza trasera. Les hicimos mimos a Panda y a seis minúsculos bebés en el palacio de alumbramiento felino que Joanna había construido en el jardín con una caja de cartón gigante y mantas. Al final, Panda empezó a mutar del orgullo a la agitación, por lo que la dejamos tranquila y fuimos a la terraza de la cocina.

—¿Cómo te va el trabajo? —me preguntó, mirando su copa de vino, no a mí.

Parecía una versión apagada de sí misma. ¿Habría empezado a fumar hierba con el cuarteto Vengante?

—Muy bien —respondí—. Cumpliré el plazo.

Hizo girar su copa de vino y no me miró.

—¿Y supongo que después harás las maletas y volverás a casa?

—No tengo prisa. Mi madre sí. Pero yo no.

—Bien —dijo, pero hablaba como un robot.

No había sonreído ni una sola vez desde mi llegada, ni siquiera cuando habíamos estado jugando con el gato y sus cachorros.

—¿Y tú qué? Sé que estás trabajando muy duro…, y a lo que te enfrentas. ¿Te va bien?

Jamás olvidaré su semblante cuando me respondió. Vi derrota, desesperanza y confusión.

—No. La verdad es que no. Creo que estamos perdiendo, Maddie.

Dio un buen trago de vino.

—Perdona, se me había olvidado que tengo que ir a comprobar algo.

Se levantó y se fue.

Si echo la vista atrás, creo que sé cuál fue la última vez que Joanna todavía era ella, la adolescente sin pelos en la lengua y segura de sí misma que conocí en España. Apenas fue un breve atisbo de la persona que había sido y que jamás volvería a ser. Me dijo que tenía una reunión de trabajo con alguien importante en Grecia; alguien que podría ayudarla a conseguir una buena remesa de botiquines de primeros auxilios para las familias que pronto abandonarían los campos de refugiados macedonios para volver a la realidad apocalíptica de sus antiguos pueblos en Bosnia. Tenía que ir en coche a Neos Marmaras el fin de semana y me dijo que le encantaría que la acompañara al pueblecito pesquero, donde pasaríamos la noche.

Bebimos café helado de la gasolinera mientras conducíamos hacia la frontera griega en su todoterreno, con las ventanillas bajadas, cantando a coro, con el viento de cara.

Paramos en una taberna rústica con vistas al Egeo, en las afueras de Kalamariá, para tomar un almuerzo tardío. Nos sentamos en un merendero de madera, en la terraza. La música griega sonaba por un altavoz del jardín y un grupo de turistas polacos bailaba la *jora* en círculo con algunos lugareños y los empleados del restaurante. Por un momento fugaz, parecieron unas vacaciones en toda regla.

114

Comimos *tsatsiki* y pulpo a la brasa con ensalada de garbanzos. Además, compartimos una botella de *rosé*. Joanna se rio cuando imité a Panzudo comprobando mi pasaporte en la frontera y rememoramos un puñado de viejas historias de novios españoles que habíamos tenido cuando nos conocimos. Nuestro camarero griego, de ojos seductores y pelo largo, que se llamaba Conde, ni más ni menos, nos trajo unos chupitos extras de *ouzo*. Después de que nos lo tomáramos, Jo me miró apenada.

—Siento lo que pasó la última vez que viniste.

—Yo también. Lo siento mucho.

—Ya no se interpondrá entre nosotras nunca más.

—¿Ian?

Emitió un sonido tipo «pfff» y volvió a beber de su chupito, aunque no quedaba nada.

—Sí, Ian.

—Pues claro que no —dije—. De todos modos, no ha vuelto a aparecer. Ha pasado casi un mes.

Tres semanas y cuatro días, pensé.

Joanna ya estaba morena. Cruzó los brazos y apoyó la barbilla en su bonita y delgada muñeca llena de pulseras. Su sonrisa resultaba enigmática.

—Oí algo el otro día. Creo que lo han enviado de vuelta a Inglaterra.

—¿Qué? ¿Por qué?

—El jefe del equipo descubrió que había pasado la noche con Fiona en el trabajo. Buck Bobilisto me lo contó. No veas qué movida. Imagino que tendrán que haber prescindido de él.

Asentí en silencio. Ella se levantó y dijo:

—Voy al baño.

La observé mientras atravesaba el jardín, donde se unió espontáneamente a la *jora* y formó un coro de brazos unidos con el resto de los turistas polacos. Para deleite de estos, bailó con ellos un círculo completo y después se soltó, desapareciendo por el sendero.

Las olas rompían en la costa. El autobús de polacos empezó a llenarse. Contemplé el mar y recordé que había estado a punto de arrebatarme la vida hacía muchos años. No pude evitar preguntarme quién le habría contado al jefe de Ian su indiscreción con Fiona.

Esa noche, Jo fue a cenar con «alguien» en el Miramare Hotel. Cuando volvió a nuestro apartamento de alquiler, yo estaba leyendo en la cama. Ella entró en el cuarto de baño diciendo:

—Estoy cansadísima. ¿Tú no?

Se preparó un baño con la puerta cerrada. Llamé una hora después y dijo:

—Estoy bien, Maddie. Ve a dormir.

Lo intenté. Dos veces resbalé de la cama, y las dos veces me desperté sobresaltada por una pesadilla en la que Joanna salía del cuarto de baño y se me acercaba con la cara cubierta con una toalla ensangrentada. Finalmente, me venció el sueño con la luz encendida. No tengo ni idea de si ella llegó a acostarse en la cama.

No tenía motivos para volver a Bulgaria. Joanna parecía feliz de tenerme en su casa y yo podía hacer mi trabajo desde el portátil, sentada en el sofá. Ella se marchaba por la mañana, a las ocho y media, y volvía a las cinco. Siempre se quedaba despierta hablando, trajinando o viendo la tele hasta medianoche. Íbamos al centro en contadas ocasiones. A veces se me pasaba por la cabeza la idea de que no me iría sin haberlo visto antes.

Aunque hacía muy buen tiempo, Jo mostraba escaso interés por relacionarse, como habíamos hecho antes. Cociné kilos de pasta. Dimos paseos después de cenar por los parques urbanos. A veces, durante el día, cuando ella estaba en el trabajo, yo dormía la siesta. El zumbido del aire acondicionado amortiguaba el de los helicópteros que iban y venían sobre mi cabeza.

El segundo sábado de mi visita, estaba durmiendo en mi cuarto cuando unas voces que venían del piso de abajo me despertaron. Alguien estaba gritando. Un hombre.

—Mierda —farfullé mientras buscaba mi ropa.

Maldije más cuando di un traspié al ponerme los pantalones. Abrí la puerta de mi dormitorio, despacio y con sigilo. Me deslicé en silencio al rellano que daba al salón y vi que Joanna e Ian estaban abajo. Él apretaba la mandíbula y ella tenía la mano levantada en un ademán de empujarle hacia atrás.

Yo estaba justo encima de ellos y podía oír las palabras que se escupían.

—Sé que fuiste tú —dijo Ian.

—Ni de coña.

—Pero también sé por lo que estás pasando. Y te compadezco.

—Chorradas. Déjalo ya.

—Mira, no ha funcionado. Sigo aquí. El jefe de mi equipo me valora lo suficiente como para saber que no valía la pena despedirme por eso.

Corrí al pasillo y me detuve en mitad de las escaleras.

—¿Qué está pasando aquí?

Joanna levantó la vista y me dijo, como si fuera mi madre:

—Vuelve a tu habitación, Maddic.

—Ha intentado que me despidieran —dijo Ian, que parecía sorprendido de verme—. Ha intentado arruinarme la vida.

—Por Dios —dijo ella, con los brazos en jarras—. ¿Arruinarte la vida? Por favor.

Esto enloqueció a Ian.

—¡Yo no he podido estudiar! ¿Qué otra cosa voy a hacer? Lo único que se me da bien es trabajar en esto. Es la única manera que tengo de sacarme un sueldo decente. Pago los cuidados de mi madre. Si hubieras logrado lo que te proponías, habría sido el fin de mi carrera. Ni una misión más. ¡Adiós a mi vida! ¡Y adiós a la vida de mi madre! ¡Tiene setenta y siete años!

Bajé los últimos seis escalones hasta el vestíbulo y me volví hacia Joanna, que estaba, pálida y encorvada, junto a la puerta del salón.

—Eso no es verdad, ¿no? —pregunté.

Una tormenta arrasó lo que ya era un tormento.

—¡Le crees a él! ¡Cómo no!

—No...

Un segundo después, un jarrón griego voló en mi dirección. Joanna perdió varias de sus pulseras con aquel lanzamiento. El jarrón se rompió contra la pared a mi espalda. Ian me cogió y me empujó hacia la puerta de la entrada, interponiéndose entre las dos.

117

Mi amiga se echó a llorar a moco tendido. Parecía rota.

—¿Cómo puedes creerle? ¡Tú me conoces!

—Jo —dije, intentando rodear a Ian para llegar a ella.

Él no cedió y me bloqueó con el brazo.

—Fuera de aquí —dijo ella con los ojos llorosos, mirando al suelo. Luego, con voz temblorosa, añadió—: De todas formas, me estaba poniendo mala ver que te pasas todo el santo día durmiendo mientras yo me parto el lomo currando las veinticuatro horas de los siete días de la semana.

—¿Qué? —Extendí los brazos. No me lo podía creer—. Yo creía...

—¡Fuera de aquí! —Golpeó la puerta con su uña larga y morada—. Los dos, largo de mi casa, cagando leches.

—Necesito mis...

Joanna se agachó, cogió mis botas y me las tiró.

—¡Largo!

Y nos largamos.

Maddie

2001

*I*an y yo salimos de casa de Joanna como unos niños a los que hubieran castigado. Cabizbajos, brazos a los costados, mirando el suelo. A mí me temblaba el labio inferior, pero Ian echaba humo, creo.

Ninguno de los dos tomó la decisión de ir caminando en silencio hasta el Irish Pub, fue cosa de la inercia. Atravesamos el bosque y llegamos al puente peatonal cubierto de grafitis que cruzaba un afluente del río Vardar. Sin mediar palabra, recorrimos el paseo que llevaba al centro. Dejado y sucio, contaba, sin embargo, con los ocasionales bloques de edificios limpios y modernos, donde los tenderos habían logrado mantener valientemente alegres expositores en escaparates relucientes.

Detrás del centro comercial y al otro lado del río, entre la mezquita y las montañas, despuntaba la prominente y llamativa Skopsko Kale, una fortaleza romana del siglo x que dominaba la ciudad. El largo muro de piedra, iluminado por docenas de farolillos que salpicaban la ladera, serpenteaba por la cima y terminaba en una torre medieval con tres ventanas negras que parecían ojos de cerradura en la piedra ambarina, reluciente como el oro.

Avanzamos en silencio hacia el centro, él fumando y yo mirando las esquelas grapadas a los postes de teléfono y los tablones de corcho con anuncios públicos. Se contaban por docenas. Los ojos de los muertos balcánicos estaban omnipresentes, siempre vigilantes.

El Irish Pub no había cambiado: luminoso, ruidoso y a reventar de expatriados. Era como entrar en una fiesta navideña; solo que la ocasión no era especial. Nos recibieron con palmadas en la espalda y saludos.

Pedimos de beber y nos sentamos. Tuve que contener las lágrimas.

—Tranquila —dijo Ian, apoyando una mano en mi nuca y arrimándome a él hasta que mi mejilla reposó en su hombro. Me abrazó y me acarició el pelo por detrás. Al cabo de un rato, se puso recto y me sonrió con ojos brillantes—. Siento lo que acaba de pasar, pero me alegro de estar a solas contigo.

Puede que, de todo este dolor entre Joanna y yo, saliera algo bueno.

—Yo también —respondí, y era verdad.

—Quería preguntarte algo. Aquella cita sobre la muerte de Dios, de la que habló Helena y que tú también conocías. ¿De quién es?

—De Nietzsche —respondí en voz baja.

—Me parece una coincidencia tan extraña que dos de mis personas favoritas lean el mismo libro oscuro...

Al cabo de un segundo, dije:

—Bueno, Nietzsche no es tan oscuro. Sobre todo si tienes un padre ateo, como yo.

—¿En serio? —dijo Ian con sorpresa.

—Y tan en serio. Una de sus citas favoritas era: «Para que sea eficaz, el comportamiento ético del hombre debe basarse en la compasión, la educación y los vínculos y necesidades sociales: no necesita ninguna base religiosa. Sería muy triste que la humanidad solo se refrenara por miedo al castigo y por la esperanza de un premio después de la muerte».

—Así pues, tu padre es como tú: nada convencional.

—Pero yo no soy atea —dije—. Cuando tenía diez años, estuve a punto de morir. Después me sentí diferente, protegida. Como si fuera una elegida. Siempre he dicho mis oraciones para mí debajo de las sábanas, porque no quería que mi padre se enterara. Temía que pensara que era una más del rebaño. Supongo que, en el fondo, lo soy.

—Nunca podrías ser una más del rebaño —dijo Ian acercándose a mí un poco más y mirándome a los ojos. Uno de sus dedos se enroscó en mi pelo—. Tu lana es demasiado oscura.

Iba a besarme finalmente. Permaneció así, mirándome a los ojos, como si estuviera leyendo algo escrito en letras minúsculas. Al cabo de unos segundos, dijo:

—Una pregunta: ¿eres tan auténtica como pareces? Nunca había conocido a nadie que le asustara tan poco mostrar sus emociones a flor de piel.

—No sé ser de otra manera.

—No soy una persona confiada.

—Me doy cuenta. Quizá yo pueda ayudarte.

Negó con la cabeza.

Me acerqué y apoyé la mano en su brazo mientras le devolvía la sonrisa. Podía oír mi propia respiración, entrando y saliendo.

—Ian. Vamos.

Él miró hacia abajo.

—No quiero hacer las cosas mal. Lo siento. Necesito tiempo para solucionar mis cosas.

Aquello fue como una bofetada. Asentí y dije que de acuerdo. Bueno, creo que fue eso lo que dije, pero la verdad es que no lo recuerdo. Me levanté para excusarme y tuve la sensación de que la taberna daba vueltas.

Sé que tropecé y que él me sostuvo. Luego me solté y me fui.

121

ϒ

Esa misma noche en casa de Joanna, me deslicé con sigilo cerrando con llave al entrar. Era cerca de la medianoche. Deseé que Jo estuviera dormida, preferiblemente en el sótano. No estaba de humor ni para interrogatorios ni para broncas.

¡Maldita sea!

Estaba despierta.

La vi desde el otro lado del salón, con los hombros caídos, sollozando sobre la pila de la cocina. Todo mi enfado desapareció en el acto. Parecía desesperada. Corrí hasta ella.

—Lo siento, Jo. No me habría ido con él si no te hubieras puesto a tirar cosas. Jo. ¡Por favor! Mírame.

Intenté rodearla con los brazos, pero me apartó. Luego señaló hacia la terraza, al pequeño palacio que había construido para Panda y los gatitos. La lámpara exterior estaba encendida y pude ver a Panda en su sábana. Como de costumbre, estaba tumbada de lado, amamantando a sus crías. Me volví hacia Jo y la miré sin entender.

—Está muerta.

—¿Qué?

—Fui a echarles un vistazo antes de irme a la cama. Al abrir la puerta de cristal, me di cuenta de que las crías estaban llorando. No sabían lo que estaba pasando. Su mamá está muerta. Hay… —titubeó, buscando las palabras, y juntó los dedos en un nudo apretado para controlar el temblor. De repente, la quise más todavía—. He encontrado… Alguien ha puesto veneno en su cuenco.

—Alguien. ¿Quién?

Lanzó las manos al aire y me miró con tanta malicia que cualquier habría dicho que la responsable de su muerte era yo.

—*Starata veshterka sosed, koj drug?* —gritó.

«La vieja arpía de al lado, ¿quién si no?» En ese momento se me vino a la cabeza, con extraña claridad y brevedad, que yo había empezado a soñar en búlgaro, y ella me estaba gritando en macedonio. Nos estábamos volviendo nativas, como decían los expatriados más veteranos; seguramente había llegado la hora de volver a mi país por una buena temporada.

—Puede haber sido ella o cualquiera. Nos odian. No nos quieren aquí. Odian a los estadounidenses, a todos los cooperantes y al resto de los occidentales, y especialmente a los refugiados. ¡Nos odian!

—¿Qué hacemos con los gatitos? —susurré con un horror creciente.

Jo chasqueó la lengua.

—¿Y yo qué coño sé?

—Podemos cuidarlos —dije, plantándome delante de ella y obligándola a mirarme—. Cuando era pequeña, una de nuestras gatas murió y salvamos a dos de las crías. Lo buscaré en Internet. Encontraré lo que hay que hacer. Me quedaré y te ayudaré.

—Oh, ¿quieres quedarte otro par de semanas? ¿Pasar un tiempecito disfrutando de Ian? Fantástico. Tengo que reconocer que tu calendario me da envidia. La artista. No. Puedes coger tu portátil y largarte a escribir tu preciosa guía de viajes a otra parte. Búscate otro patrocinador.

—Joanna, deja de comportarte así. Nosotras podemos solucionar esto.

—«Nosotras» —dijo, alejándose un paso de mí— no vamos a hacer nada juntas. Tienes que irte por la mañana. Si vas a creer a Ian y no a mí después de todo este tiempo, de todo lo que hemos pasado juntas, es que estaba equivocada contigo.

—Yo no he dicho que le creyera. Me tiraste las botas y me dijiste que me largara de tu casa.

—Le crees. Venga, dilo.

Suspiré.

—Hace una semana me dijiste: «Lo van a enviar a Inglaterra». Lo sabías. Lo dijiste. En el restaurante, en Grecia.

Se rio.

—¡Lo sabía! Sabía que pensabas que había sido yo. Pues no, no fui yo. Pero eso ahora no importa. ¿Sabes qué? Creí que tú eras lo único verdadero en mi vida. Pero me equivocaba. No tienes ni idea del daño que me haces… Pero, oye, buena suerte con Ian, con sus dientes ingleses de color marrón, con sus horribles tatuajes y con su falta de educación. Ah, y con su novia bipolar, la de Londres. Buena suerte con todo. Ya has tomado tu decisión.

Cuando salí de casa camino de la estación de autobuses antes de que amaneciera, pasé por delante de una bolsa de plástico: dentro estaba el cuerpo de Panda. No pude soportar pensar en los gatitos.

124

Estaba de vuelta en Sofía, pero mi preciosa ciudad, mi adorado hogar, había perdido su brillo. Los carnosos tomates, antes perfectos, me sabían insípidos. El aroma de las flores en el parque resultaba empalagoso. Los árboles se retorcían y la risa de los niños que jugaban bajo mi balcón sonaba como burlas sarcásticas. Nunca lo tendrás. Nunca tendrás lo que quieres.

El tiempo se alargaba. Me puse a buscar billetes baratos de avión en Internet. Sofía ya no era un paraíso. Los colores se habían deslucido. Caminaba con los ojos puestos en el suelo.

Después de varias horas de escritura en la cafetería-pastelería de la esquina, me paré en el quiosquillo que vendía comestibles debajo de casa. Me asombró el aspecto de la mujer que me vendía agua mineral, chocolatinas y vino, por lo general de rostro sonrosado. Parecía confusa y horrorizada. Tartamudeaba. Daba la impresión de que se había rastrillado la clara melena pelirroja con permanente y raíces grises hacia atrás y luego hacia delante con los dedos.

Como de costumbre, estaba viendo su vieja televisión en blanco y negro con las antenas de percha torcidas. Siempre era muy buena conmigo. Le encantaba charlar con esa amable estadounidense de acento gracioso que daba clases en la universidad. Ahora parecía que se estaba atragantando o algo parecido. Su dedo rollizo se movía sin parar, apuntando el televisor.

—*Kakvo stava?* —pregunté—. «¿Qué ocurre?» Miré la tele y un avión estaba chocando contra el World Trade Center. Sin duda, estaba viendo una película de ciencia-ficción. Le sonreí—. *Kakvo gledash?* «¿Qué está viendo?»

—*Milichka* —dijo con voz trémula. Solía decirme «cariño», pero hoy me miraba con ojos tristes y hastiados, como si yo fuera una niña—. *Triyabva da se kachish i da se obadish na tvoite roditeli. Vednaga.* «Será mejor que subas a casa y llames a tu familia. Cuanto antes.»

Maddie

Seis semanas antes

—¡*T*e he traído algo, chiquirritín! —dice Wayne con entusiasmo cuando abre la puerta.

Ay, Dios mío, otra vez no, pienso. En el último año se ha presentado en la puerta de casa un sinfín de veces con regalos desconcertantes. A Charlie le envolvió en papel de regalo un par de calcetines y calzoncillos Harley-Davidson a juego, una pala tamaño niño y la serpiente de goma más asquerosa del mundo. A mí me trajo dos frascos de perfume que dijo haber comprado para su esposa de setenta años, pero que no le habían gustado: Red Sin y Midnight Heat. Ian le dijo amablemente que yo estaba bien surtida de colonias. Y luego añadió:

—Pero, Wayne, ¡no se corte y tráigame algo bonito para variar!

Wayne no se rio.

Ahora ha venido con una olla de cocción lenta.

—Mi esposa me estaba diciendo lo cansada que debías de estar, tú sola a cargo de todo. «Llévale un poco de ese chili que has hecho —me ha dicho—. ¡A ella y a Charlie les encantará!» Y te encantará, Maddie. Te lo prometo. No es que quiera echarme flores, pero solo lo hago un par de veces al año y todo el mundo dice que es la octava maravilla.

Al parecer, el hijo de Wayne ha matado un ciervo y por

eso él ha hecho una olla enorme de chili de venado. *Mmm…, mmm.* Me llevo el estofado de Bambi a casa de mis padres y les digo que se lo coman.

Mi madre transfiere el contenido de la olla exprés de Wayne a una tartera mientras charla conmigo.

—¿Cocinas para Charlie?

—Cocino —respondo—. Que sepas que no dejamos de comer cuando el hombre de la casa está fuera.

—Pero no solo refrigerios, espero. No solo pizza congelada.

—No. Solo brécol y tofu.

Mamá se ríe y desparrama un poco de estofado rojo por el suelo.

—¡Lo digo en serio! Tienes que cuidarte más. Estás demacrada. Tienes que comer más carne.

—¿Demacrada? —repito o, más bien, balbuceo—. ¿Demacrada?

—Sí. Demacrada.

—¿En serio, mamá? —digo, utilizando mis manos para enmarcar mi desastre de cara—. Creo que te estás perdiendo la colisión de cinco coches porque solo te fijas en el rasguño de la puerta.

Se agacha con un puñado de servilletas de papel para recoger los restos. Prefiere no mirar el estropicio que la está mirando, a la espera de una reacción.

Lo dejo estar.

Mamá y papá se han ofrecido a quedarse con Charlie esta tarde mientras voy a ver a Camilla. Skopie y Sophie han venido conmigo a la finca, a cazar ardillas y a escarbar en busca de topos. Charlie es un sol y se queda extasiado cada vez que venimos a ver a mis padres, como si fuera una ocasión especial, y no algo que ocurre semanalmente. Mi madre lo mima con cubos de helado y mi padre lo ayuda a cazar ranas y sapos con una caña de pescar. Las zapatillas de Charlie siempre están em-

127

barradas cuando vengo a recogerlo, y él siempre tiene las mejillas encarnadas de haber estado al aire libre, feliz como una perdiz.

Es hora de irme.

Saludo por la ventana a Charlie y a mis padres mientras arranco el coche, y bajo por el sinuoso sendero de la casa. Charlie está en los escalones de la entrada, y mi madre, detrás de él, lo abraza por la espalda rodeándole los hombros. Mi padre ya está en el columpio que cuelga del nogal gigante en el jardín, llamando a Charlie para que salga.

Llevo mis gafas de sol extragrandes de *Desayuno con diamantes* y un vestido de verano; las gafas me cubren la cicatriz casi por completo. Cuando llego a Hometown Liquor and Video hay un jovencito nuevo atendiendo a los clientes que no sabe que he venido unas cuantas veces en el último mes, así que eso me anima a ir al grano y comprar, no una, sino dos botellas de vodka Stolichnaya de dos litros cada una. El chico ni pestañea, salvo para mirarme de la cabeza a los pies. Me sonríe como queriendo que lo invite a mi fiesta del vodka.

Ian me ha hablado por Skype antes para decirme que espera estar de vuelta de Nigeria a finales de mes. Me siento de buen humor.

Toda va sobre ruedas hasta que Camilla, a quien empezaba a tener muchas ganas de ver, insinúa que convendría que me viera otro médico.

—Entiendo que estés enfadada conmigo porque la última vez salí corriendo —digo como si yo fuera el médico, y ella, la paciente.

Hoy lleva unos vaqueros rotos y una camiseta sin mangas de los Rolling Stones con una camisa de cuadros *grunge-rock* atada a la cintura. Luce su emblemática gorra de pedrería sobre la larga cabellera ondulada y entrecana. Está regando los helechos y me mira con tristeza y afecto.

—No estoy enfadada contigo. Estoy preocupada por ti. Por más de una razón, creo que eres consciente de ello.

Hago como que no la he oído. Siempre intenta que le hable de Ian y de la noche que me lesioné en el *camping*, pero yo me niego a entrar en ese terreno.

—Es que no quiero ver a nadie más —digo, y al instante me horroriza mi voz enfurruñada, como si estuviese hablando con un amante reacio a seguir conmigo.

—Maddie, no quiero dejar de trabajar contigo, pero, si estoy en lo cierto, lo que te sucedió al final de nuestra última sesión fue un ataque parcial…

—¡Un ataque! —grité prácticamente—. Me dijiste: «Has tenido una pequeña crisis, cariño».

—Vale, lo sé. Asusta, está claro, pero puede que no sea nada. Pero si es algo más grave, ¡deberías saberlo! Tienes que hacerte un electroencefalograma.

—¿Es un trabalenguas? ¿Eso qué es?

—Un electroencefalograma es un procedimiento que se usa para vigilar la actividad eléctrica en el cerebro.

—¿Para descubrir qué?

—Para descubrir si hay algo que no funciona. Algo que pueda estar causando tus arranques de ansiedad. Podría ser una magulladura o una hemorragia. Algunas personas que han tenido una lesión cerebral pueden desarrollar ataques, y los hay de distintos tipos, Maddie. Uno de los tipos se llama ataque psíquico, y puede provocar todo tipo de sensaciones de desorientación y miedo. Yo no soy la persona indicada para diagnosticarlo, cielo. Mira, soy psicóloga. Tengo un título en escritura terapéutica, pero, para lo que a ti te pasa, necesitas a un neurólogo.

—Me dijeron que tenía una lesión cerebral traumática leve.

Una conmoción. Nadie dijo nada de que tuviera que ver a un neurólogo.

—Nadie podría haber anticipado que tuvieras un ataque. Ni siquiera estoy segura de que lo tuvieras, pero el otro día, cuando no dejabas de repetir «tengo que ir a buscar a Charlie, tengo que ir a buscar a Charlie», me recordó que en nuestra primera sesión abrías y cerrabas los puños.

—¿Qué significa eso?

—¡No lo sé! Eso es exactamente lo que intento decirte. No lo sé. Tienes que ver a un neurólogo. Debes mirarte la cabeza.

—No puedo creer que acabes de decir que tienen que mirarme la cabeza. —Rompí a reír—. Vale —digo finalmente—, si voy a un neurólogo y me hacen el electro ese, ¿puedo seguir viniendo aquí a escribir?

—Pues claro que puedes, Maddie. Por supuesto.

—Bien. —Me quedo allí un segundo, procesando todo aquello: es sobrecogedor. De repente, lo recuerdo—: ¡Oh! He traído los deberes y las fotos para el ejercicio. ¿Todavía estamos a tiempo?

—Por supuesto.

Mi tarea consistía en elegir tres fotografías y traerlas a la sesión. No tenían que ser las mejores fotos del mundo. Daba igual que fueran de personas o de lugares. Lo importante, había dicho Camilla, era que fueran fotografías que«me impactaran emocionalmente y me hicieran sentir de verdad» cuando las miraba.

La primera que le paso le arranca una sonrisa. Da un golpecito con la uña brillante en la cara de Charlie y luego levanta la vista hacia mí.

—Que niño tan guapo.

Es un trozo de papel con un borde rojo de la cadena de entretenimiento Chuck E. Cheese y un dibujo en blanco y negro de los dos en el centro. El fotomatón me costó dos dólares, y fueron los dos dólares mejor empleados de mi vida. Charlie está sentado en mi regazo, mirándome con los ojos muy abiertos y con la boca abierta porque acabo de contarle el chiste más gracioso de la historia. Sonrío tanto que me sale un hoyuelo.

Camilla me pasa mi cuaderno del gatito y un bolígrafo y me dice:

—¿Qué te ha hecho elegir esta foto?

Elegí esta foto porque plasma el primero de tantos momentos fantásticos con Charlie. Yo quería tener un hijo. Lo quería con todas mis fuerzas.

Pero...

Era un bebé muy difícil. Gritaba y se enfadaba, y no era dulce como pensamos que sería. Ian y yo nos peleábamos mucho por su culpa. Yo siempre estaba cansada e Ian no me ayudaba gran cosa, si es que me ayudaba algo. Charlie nunca podía estarse quieto. Si yo lo dejaba solo, se ponía a llorar. Si paraba de cantar, se ponía a llorar. Si dejaba de acunarlo o de mecerlo, lloraba. Y si, Dios me libre, cerraba los ojos solo un segundo, lloraba sin parar y, lo peor de todo, CHILLABA. No me daba la impresión de que me quisiera de verdad, solo que necesitaba que yo hiciera cosas para él. Ian nunca quería salir a ningún sitio cuando Charlie era un bebé. Las pocas veces que lo hicimos, a Charlie le daban rabietas e Ian se levantaba y decía: «Vamos a casa. No sé ni por qué nos molestamos».

Pero cuando Ian aceptó una misión muy larga en Afganistán cuando Charlie tenía dos años, empecé a sentir que estábamos completamente solos. Charlie y yo empezamos a ir a todas partes. Íbamos al área de juegos de McDonald's. Íbamos al centro comercial de Oak Park y subíamos al tiovivo. Hacíamos todas las cosas para niños que se les ocurren a las madres. Los castillos hinchables Jumpin'Jaxx y Little Monkey Business. El parque. Las zonas de juego infantiles. Chuck E. Cheese. Y el día de la foto supe que nos habíamos enamorado. Fue el día más importante de mi vida, descubrí que mi hijo era mi alma gemela. Tardamos casi tres años en llegar a este punto, que era donde necesitábamos estar, pero por fin conectamos y era perfecto, y yo era oficialmente la madre que siempre había querido ser: sonriente, cariñosa e inmensamente feliz porque Charlie y yo nos teníamos el uno al otro. Fue un día que lo cambió todo, porque sentí que estábamos a salvo y bien, que éramos normales y que la vida solo podría ir a mejor.

—Tienes dos minutos más si quieres seguir —dice Camilla.

—No, así me basta.

Lo lee un segundo y dice:

—Muy dulce. Esto es un vínculo especial. Hablaremos más de ello la semana que viene después de que lo lea con más detenimiento.

Asiento con la cabeza.

Camilla hace una copia en la impresora y me la da.

—Muy bien —dice—. ¿Puedo ver la foto siguiente?

Esta es una de mis fotografías preferidas. Es una foto en blanco y negro, de veinte por veinticinco y se ve la espectacular iglesia ortodoxa de Sveta Nedelya detrás de nosotras. Jo y yo estamos guapas, la verdad. Ninguna de las dos tiene madera de modelo, pero en esta foto salimos tan favorecidas que parece un montaje. En aquella época, ambas vestíamos los mismos trapos urbanos que se usaban en Europa del Este: pantalones de pana de pierna ancha, camisetas de tirantes minúsculas, toneladas de baratijas y botas negras altas. Lucíamos la rizada cabellera castaña con el mismo peinado también, en cascadas que caían con desenfado sobre los hombros. Podríamos haber sido hermanas. Yo tenía las caderas más generosas y los pómulos más marcados (gracias a mi madre, que tiene sangre comanche), pero Jo era alta y esbelta, con unos ojazos de impresión. En la foto, el pelo nos azota la cara como si hubiéramos alquilado una máquina de viento para una sesión fotográfica. Además, éramos jóvenes y temerarias, y estábamos dispuestas a todo, y esta clase de intrepidez es irresistible.

Me pongo a escribir y digo:

—¿Quieres que escriba por qué he elegido esta?

—Vamos a hacer algo distinto con esta —responde—. Quiero que me hables de la persona que sale en la foto contigo.

Esta es Joanna. Es la amiga a quien escribí la carta en nuestra última sesión de escritura terapéutica. Cuando la miro, tengo una sensación de pérdida. Siento tristeza porque yo volví a casa y ella se quedó allí sola. Siento vergüenza. Culpabilidad.

También siento rabia. Se equivocó. La cosa iba conmigo. No iba solo con él, sino con nosotras dos. Ella siempre ha sido mejor que yo en todo, y por una vez que parecía ganar yo, porque Ian me prefirió a mí, ella me dio la espalda por completo. No fue capaz de distanciarse un poco y de ver que ella era la exitosa, la divertida. Era más lista y más interesante, y tenía un cuerpazo y siempre era la primera opción. Tenía un trabajo de ensueño y siempre se le han dado mejor las lenguas sin tener que esforzarse lo más mínimo. Lo tenía todo. ¿Por qué me racaneó un pequeño triunfo?

No sé por qué Ian no se enamoró de ella. Los otros chicos lo hacían. No puedo explicarlo; simplemente, había algo especial entre Ian y yo. Si me hubiera dejado tener esto para mí, en vez de arremeter contra ello, seguiríamos siendo amigas. Y también si hubiese sido capaz de hacer las cosas bien, en vez de echarse a llorar y colgarme el teléfono cuando le dije que iba a tener un hijo y que quería que viniese a verme.

Pero estaba furiosa conmigo.

Empujo el cuaderno.

—No has escrito mucho.

—He terminado.

—¿Puedes escribir un minuto más? —pregunta Camilla.

133

Niego con la cabeza.

—¿Te encuentras bien, Maddie?

—Sí, estoy bien, pero me siento...

En mi cabeza hay imágenes que dan vueltas en círculos. Los murciélagos y la sangre, el lago y las mentiras.

—¿Qué? ¿Qué sientes?

—Que quiero terminar e irme a casa.

—De acuerdo —dice amablemente—. Si más tarde tienes ganas, escribe sobre la última foto y me lo envías por correo electrónico, ¿vale?

—Vale —digo levantándome—. Lo siento.

—No lo sientas, Maddie. No sientas nada.

Prometo intentarlo.

Maddie

2001

Subí de dos en dos las desnudas escaleras de cemento que conducían a mi piso, y en un punto tropecé y caí. Apenas pude girar los números de mi teléfono de disco con el dedo. La tendera me había dicho que llamara corriendo a mi familia, y llamé a Jo. No estaba pensando en las cosas horribles que me había dicho, ni siquiera en que podría colgarme. Mi único pensamiento fue llamar a la persona que más me importaba. Sabía que para Joanna las noticias serían insondables. Para cualquiera. Pero ella ya estaba en un lugar hostil, aislado y deprimente.

135

Para mi alivio, respondió enseguida.

—¡Maddie! ¡Oh, Dios mío, Maddie! ¿Qué está pasando?

Era algo que transcendía y zanjaba las desavenencias entre nosotras. Me eché a llorar. Estaba siendo amable conmigo.

—Me vuelvo a casa, Jo —dije—. A casa casa. A Estados Unidos. ¿Puedo ir a despedirme de ti? Quiero verte antes de marcharme, si te parece bien. Por favor. Quiero pedirte perdón.

—Yo también lo siento —dijo, y supe que se estaba quebrando—. Pues claro que puedes venir. No quiero que te vayas sin que nos hayamos visto, ¿vale? Ven, por favor. Estoy destrozada.

Todo el mundo lo estaba.

ϒ

Llegué a Skopie el 12 de septiembre, el día despúes. Esa misma noche, un grupo de macedonios celebraron una vigilia con velas fuera de la embajada de Estados Unidos. No duró mucho, porque otros macedonios menos agradables lanzaron piedras y gritaron que nos habíamos llevado nuestro merecido. Los de las velas corrieron por sus vidas, y los otros, los enfurecidos, rompieron ventanas con ladrillos y tiraron basura y cócteles molotov contra la verja de seguridad.

Los musulmanes de Oriente Próximo acababan de atacar Estados Unidos, y los cristianos de los Balcanes nos atacaban porque estábamos del lado de los musulmanes en Bosnia, pero aparentemente esta alianza no significaba nada para los musulmanes en Oriente Próximo. Como Ian me había explicado una vez: «No creo que los musulmanes en los Balcanes y en Oriente Próximo se comuniquen entre ellos, ¿sabes?». Era confuso, pero una cosa estaba clara: estábamos condenados.

Se suponía que mi visita iba a durar cuatro días antes de volver a Bulgaria para hacer las maletas y regresar a casa en avión, pero al final me quedé dos semanas. No dijo una palabra de que estuviera abusando de su hospitalidad. Me habían retrasado el plazo de la guía de viajes y pensaba terminarla en Estados Unidos. Pensaba en Ian todo el tiempo, pero no intenté ponerme en contacto con él. Me había dejado claro que iba a quedarse con su novia, y, de todas formas, yo no quería más problemas con Jo. El cielo acababa de derrumbarse. Me había quedado colgada de él. Tal vez me pareció amor, pero no era correspondido. Resultaba deprimente, doloroso y desesperanzador. ¿En qué difería esto de todo lo demás? Me convencí de que no me importaba. Alimenté mi semilla de anarquía. Pena. Desprecio. Indiferencia. Furia. Una desilusión total. Ian no era nada. En el fondo, ¿por qué me había importado?

Joanna y yo pasamos la mayor parte del tiempo apalancadas delante de las noticias, intentando comprender cómo había cambiado nuestro mundo. En un punto, llamó al trabajo para decir que estaba enferma, cuatro días seguidos. Era algo inaudito en Jo, conocida por llamar a Stoyan en mitad de la noche para que la llevara a los campamentos si había una urgencia. Dejó de bajar al sótano y de ovillarse en el sofá de tartán para llorar. Ahora llorábamos juntas en silencio, viendo las imágenes de aquellas personas desesperadas que se tiraban de lo alto de las torres. Las noticias mostraron estas imágenes en bucle. Sentimos que era el final de todo.

Era mi última noche, se hizo tarde y Joanna y yo decidimos que ya era hora de volver caminando a casa desde el Irish Pub. Mientras pagaba la cuenta, un hombre calvo que llevaba un deslucido uniforme del ejército me tocó el culo. Intenté darle un guantazo y fallé. «Puta zorra», dijo, lo bastante alto para llamar la atención de Joanna, que se puso furiosa.

—¿Qué ha pasado? —inquirió ella.

El hombre y yo nos miramos.

—Nada —dije.

Las cosas en esa parte del mundo se salían de madre con mucha rapidez, así que lo mejor era largarse.

Le dije a Joanna que iba al baño y que volvía enseguida. Cuando salí, Ian recorría furtivamente el pasillo arriba y abajo, con semblante alterado.

—Peter acaba de decirme que estabas aquí —dijo con enfado.

Yo no sabía qué responder.

—¿Cuánto tiempo te quedas?

—Me voy a casa mañana.

—¡Dios! —dijo con aire desconcertado—. ¿No puedes quedarte un poco más?

—La verdad es que no. Tengo que coger un avión en Sofía.

—¿Adónde vas?

—A casa —dije, sintiendo que se me formaba un nudo en la garganta—. Me vuelvo a casa.

—¿Qué quieres decir? ¿A Estados Unidos? ¿Vas a volver?

Se me empañaron los ojos y negué con la cabeza.

—Vaya, mira. ¿Qué hay? —Joanna se acercó por detrás—. Perdona, Ian —dijo casi con dulzura—. ¿Nos vamos?

—Sí —respondí, y hasta a mí me sonó obediente.

Joanna se volvió para irse y me cogió del brazo.

—¿Maddie? —dijo él, implorando.

Joanna respondió haciéndole la peineta.

Fuera del Irish Pub, torcimos por la calle principal y nos dirigimos a casa. Miré hacia el callejón y vi la silueta de dos hombres. Uno tenía cogido al otro de la garganta. Llevaba un abrigo largo. Un abrigo largo como el que Stoyan, el amigo y conductor de Joanna, vestía siempre.

—Jo —dije, tirando de su manga—. Creo que es…

—¿El tipo que te tocó el culo? Sí, es él. No te pares —dijo—. El muy imbécil se lo tiene merecido. Tiene que aprender a estarse quietecito con las manos. Stoyan solo va a darle un susto.

—Vale —dije, y la voz me hizo un gallo.

¿Era miedo?, me pregunté. No, decidí que no. Era un asombro incómodo.

Cuando ya casi estábamos llegando a su casa, Joanna me preguntó:

—¿De verdad te apetece? ¿Volver a Estados Unidos?

—Sí —dije con franqueza—. Quiero volver a casa de una vez por todas.

—¿Y qué piensas hacer?

—Recuperar mi piso del subarrendatario. Comer comida mexicana decente. Dormir. Buscar trabajo.

Anduvimos en silencio hasta que dije finalmente:

—¿Y tú?

—Tendremos unos meses de inventario y papeleo después de desmontar las tiendas, y luego… Seguiré trabajando para Elaine, supongo. Imagino que en algún país africano.

—Creí —dije con cuidado— que me habías dicho que no querías dedicarte más a esto.

—Lo dije, pero…

—Pero ¿qué?

—Luego comprendí que este trabajo es lo único que tengo.

Empecé a responderle y me cortó.

—Pasó algo, Maddie. Pasó algo que me habría obligado a dejar mi trabajo. Intenté convencerme de que era para bien. Pero al final no pasó nada en realidad. Y no pasa nada. Soy buena en lo mío.

Suspiró con fuerza. La abracé. Como era más bajita que ella, cuando me habló, lo hizo sobre mi hombro.

—No pasa nada, estoy bien.

—¿Qué fue? ¿Qué pasó?

—Te prometo que te lo contaré. Un día de estos. Es solo que ahora no me siento preparada.

Eran las diez de la mañana siguiente. Hacía un rato que Joanna se había ido al trabajo, y yo me disponía a ir a la estación de autobuses. Sonó el timbre. Supuse que sería el taxi que había llamado poco antes. Cuando abrí la puerta, vi a Ian, vestido con el traje que me había dicho que se ponía para trabajar, pero que nunca le había visto. Estaba tan guapo y tan serio que fue como si me dieran una patada en la boca del estómago. Sentí ese aleteo tan familiar que me hacía querer tumbarlo y poseerlo.

Me saludó con la cabeza, con los labios apretados, los ojos tristes. Después de un segundo, intentó sonreír. De repente, tuve miedo de perder la cabeza y de cogerlo de las solapas y acercármelo de un tirón. Estaba fuera de mi zona de confort y me sentía ligera. Necesitaba una señal por su parte de que no todo eran imaginaciones mías.

Ninguno de los dos se movió ni dijo palabra. Después de una larga mirada, tensa, pesada y que recorrió cada parte de mi rostro, me tocó la mejilla y luego hundió los dedos en mis cabellos para remeterlos detrás de la oreja. Me estremecí y sentí el principio del vacío que en adelante sería mi agonía. Casi digo en voz alta: «Dios, no. Esto no puede ser el final».

—He venido a despedirme como es debido, Pétalo.

—¿Eso es todo?

—Y a que me des tu número de teléfono en Estados Unidos.

Se lo di. Tecleó los números en el móvil. Pestañeé y me sentí paralizada. Esperé con el cuerpo rígido, conteniendo la respiración.

—Te llamaré.

¿Te llamaré? Me tapé la boca con la mano. Es probable que diera la impresión de que iba a vomitar. Sabía que eso iba a ocurrir, pero no había anticipado qué sentiría al tenerlo delante, tan cerca, sabiendo que, fuera lo que fuera lo que había entre nosotros, todo había acabado. Ian dio media vuelta y se alejó.

Lo observé e intenté no llamarlo a gritos, esperando a que sacara sus cigarrillos y levantara la vista al bajar la calle, mientras pasaba por delante de la casa romaní, donde niños, perros y aparatos rotos poblaban el patio. Intenté reprimir una rabieta propia de una cría de dos años. Sus pasos eran lentos y comedidos. Caminaba cabizbajo. Vuélvete, pensé. Párate y arregla esto. Tú, hijo de la gran puta, vuélvete y arregla esto. No me dejes. ¡No me dejes así! ¿Volveré a verte alguna vez? Di algo. ¡Vuélvete!

Me quedé allí plantada, con los ojos fijos en sus hombros caídos, hasta que desapareció por la esquina al final de la calle, por entre los bosques y el sinuoso sendero que lo llevaría al centro. No levantó la vista ni una sola vez y, aunque contuve la respiración y lo deseé, aunque me quedé de puntillas, estiré el cuello y supliqué por que lo hiciera, no volvió la vista atrás ni una sola vez.

Mientras hacía cola para subir al autobús que me llevaría a Sofía, Jo me llamó. No respondí. Una vez en mi asiento, a la espera de que el autobús arrancara, apoyé la mejilla contra el sucio cristal y contemplé aquel lugar desolado, preguntándome si volvería y cuándo lo haría.

Mis ojos vagaron por la pared de piedra fuera de la puerta rota de la cafetería, donde había un tablón de corcho empapelado de obituarios; fotocopias cuyos bordes y esquinas crujían en la brisa. Había múltiples crucecitas negras junto a los entrañables retratos y las hermosas letras cirílicas, todo en honor y en memoria de los difuntos. Un par de ojos me resultaron extrañamente familiares. Me pregunté dónde podría haber visto a aquella mujer misteriosamente hermosa, de mediana edad, de los labios carnosos y nariz romana. Su mirada tenía algo predatorio, como de halcón; una intensidad asombrosa y familiar que hicieron que me enderezara en mi asiento. Se parecía un poco a mí.

Después del encuentro con Ian, me sentía muerta, furiosa y acabada. Ian estaba en lo cierto cuando había dicho que yo no era más que un pétalo que pasaba volando por su pesadilla. «Te habrás ido antes de que me dé cuenta.»

Jamás le devolví la llamada a Joanna. Jamás escuché su mensaje siquiera.

Al cabo de unas semanas, ya en casa de mis padres en Kansas, recibí un mensaje de texto de Jo en mitad de la noche. Decía: «¿Así que esto es todo? Pues vale. Te arrepentirás».

Transcurrirían años.

Maddie

2002

*T*ras decidir que quería volver a Estados Unidos después de los atentados del 11-S, fui ver a mi familia a Kansas, donde pasé unas semanas tranquilas y relajantes.

Después volví a Nueva York y recuperé mi piso del subarrendador. Era un pequeño estudio en West Fourth Street, justo en la esquina de Jane, encima de una hamburguesería muy frecuentada cuyo nombre era Corner Bistro. La mayoría de las noches, todo mi edificio olía a sangre, ternera y grasa de la cocina. Era una combinación que me devolvía, sin falta, a la casa de Joanna en Skopie y al olor de la toalla debajo de la pila.

Encontré un empleo. El periodismo en papel tocaba lentamente a su fin, e Internet empezaba a sustituir las guías de viajes, sucias, sobadas y de bolsillo. En vez de escribir, me incorporé a una empresa de formación de alto nivel llamada Unique U. Las familias pudientes de Manhattan querían «mentores» con licenciaturas de instituciones de la Ivy League para dispensar consejos y sabiduría a sus díscolos adolescentes.

Mi horario era variable. A veces trabajaba una hora por la mañana, una hora durante el almuerzo, dos horas después de clase y tres horas antes de acostarme. Daba clases particulares en los hogares de las familias ricachonas de mis alumnos: pisos oscuros, enormes y sinuosos junto a Central Park West, *lofts* espaciosos y artísticos en Tribeca y bohemias casas de piedra en Brooklyn, repletas de antiguallas, velas, cojines y animales de compañía. A veces no me quedaba tiempo para volver a casa entre estudiante y estudiante. Empecé a beber de día.

Usé mis contactos de Europa del Este para frecuentar un par de sórdidos tugurios para reubicados balcánicos y para inútiles de cualquier ralea. El Trakia Bar era, sin lugar a dudas, el cuchitril de mierda más decadente e infestado de cucarachas de todo Greenwich Village. Se convirtió en el único lugar en el que quería estar. Me reconfortaban la falta de prejuicios y la aceptación final que emanaba de las personas que iban allí a beber en las tardes soleadas.

Llegué a la puerta del bar a las tres de la tarde de un martes. Venía de dar clase al heredero adolescente de una farmacéutica; más tarde, tenía a una bailarina bulímica. Decidí pasar el tiempo muerto entre ambos con mi amigo Stefan, el camarero, a quien yo cubría las espaldas algunas veces, cuando se llevaba a una de las «parroquianas» a la bodega para fumarse una pipa de hierba y echar un polvo.

—Hola, Stefan —dije al entrar, mientras dejaba mi ordenador y el maletín en la barra—. ¿Qué crees que estaríamos haciendo ahora mismo si estuviésemos en Bulgaria?

Stefan mató una mosca con un paño.

—Estaría pensando en la mejor manera de acabar con mi vida si no consigo salir de este país donde la gente usa pantalones de mierda.

Estaba claro que no todo el mundo compartía mi ridículo amor por la mierda de pantalones que se llevaban en Bulgaria.

Me sirvió una copa de vino y eché un vistazo para ver qué majaretas formaban parte del séquito. Los habituales. Saludé con la cabeza a una mujer pelucona que tenía una harapienta pila de viejas revistas *People* y saludé con una mano amistosa a un septuagenario mostachón y drogadicto que, inclinado sobre su mesa de una esquina, se rascaba los tristes y famélicos tobillos.

—Hoy tenemos una bandeja de galletas con rayas de coca en el horno —dijo Stefan, como si me estuviera hablando de la bebida especial del día—. Sírvete tú misma.

Trakia era un establecimiento pestilente y corrupto, mal administrado por turbios búlgaros y frecuentado por bribones, traficantes de drogas y vagabundos. En la calle, la gente paseaba perros, reservaba en restaurantes para cenar, acudía a sus primeras citas y compraba flores para celebrar aniversarios. Personas radiantes de felicidad que se parecían a mí físicamente, más o menos, y se las arreglaban para hacer las cosas más normales del mundo, como almorzar con sus padres y jugar con sus hijos.

144   Yo, en cambio, sentada detrás de una ventana sucia y resquebrajada, le daba la espalda a todo. Pensaba en Ian más de lo que hubiera deseado y revivía nuestras conversaciones. Recordaba su brazo alrededor de mí en un taxi ilegal, el sabor del vinacho en el Irish Pub y el aroma de su loción de afeitar cuando atrajo mi cabeza a su hombro y me acarició el pelo. Podría no haberme marchado nunca de los Balcanes. Ojalá no lo hubiera hecho, pensaba.

Siete horas más tarde, entré en casa con un recipiente de plástico del bufé de comida de la tienda de comestibles que había junto a mi parada de metro en la Octava Avenida. Me senté en el futón, encendí la tele y empecé a meterme mierda en la boca. Cuando sonó el móvil, pensé en no contestar a ese «número desconocido».

—¿Diga? —respondí.

—¿Qué hay, Pétalo?

Era él. Ni siquiera puedo empezar a describir el impacto y el delirio al escuchar su voz. Mi hombro golpeó la copa de vino y el contenido se desparramó por el edredón. Había pasado más de un año.

—¡Hola! ¡Oh, Dios mío, hola!

Debía tranquilizarme.

—¿Dónde estás?

—Estoy bien. ¿Y tú?

—He preguntado «dónde estás», no «cómo estás».

—Estoy en Nueva York.

—Pensé que a lo mejor te pillaba en Kansas, ¿sabes? Que a lo mejor te pillaba entre cebar a los pollos y esquilar a las ovejas.

—No. Estoy en Nueva York. Me has pillado cenando un bufé tardío de la tienda de comestibles, compuesto de ensalada de atún y un rollito de primavera revenido. Al menos era un rollito de primavera, o eso creía yo, pero ahora no estoy segura.

—Por el amor de Dios, ahora entiendo por qué siempre hablabas maravillas de la comida cutre en los Balcanes.

—No era cutre para nada. La echo de menos.

—Tendrías que ver la porquería que me dan de comer en Bosnia. Todo metido en un pimiento. Carne dentro de un pimiento. Arroz dentro de un pimiento. Queso dentro de un pimiento. No quiero volver a ver otro maldito pimiento en mi vida.

—¿Estás en Bosnia?

—Estoy. ¿Te gustaría oír lo que he estado haciendo desde que nuestros caminos se separaron?

—Por favor.

—Vale, pues sí, estoy en Bosnia ahora mismo. El notición es que ya no trabajo en el ejército.

—¿Qué? ¿En serio?

—Me he retirado. Soy independiente. Un aventurero, de hecho. No llevaba mucho tiempo en Londres trabajando de ofi-

145

cial de adiestramiento cuando mi hermano John me llamó por teléfono.

Ian solía hablar bastante de su hermano mayor John cuando estábamos en Skopie. Al parecer, era su ídolo. Un tipo duro con una moral incorruptible. Había sido el jefe del clan Wilson hasta que su padre falleció, a pesar de que era el tercero más joven de diez hermanos. Después de ser militar del ejército británico durante más de veinte años, lo dejó para dedicarse a la seguridad privada cuando nosotros estábamos en Macedonia.

—John me consiguió un trabajo de escolta en Bosnia con la empresa estadounidense Dynamics. Así que fui a mi unidad y presenté los papeles para mi renuncia voluntaria. Dos semanas más tarde y doscientas libras más ligero, estaba fuera del ejército. Y aquí me tienes ahora.

—¡Felicidades!

—¡Gracias! Protejo a un jefazo, alto representante en Brčko, así que es un tanto a mi favor.

—¿Y qué tal es Bosnia?

—Se parece mucho a Macedonia…, solo que no hay chicas divertidas de Estados Unidos por aquí.

Me reí y me sonrojé.

—Maddie, no lo creerías. Gano una pasta. Por primera vez en mi vida, he estado pensando en la vida después de ser un guardaespaldas. Todavía queda mucho, pero es posible que pueda comprar una casa. Mi propia casa, que podré decorar o profanar como me plazca, ¿sabes? Una buena bañera. Nada de tinas de metal, una buena bañera de verdad. Un lugar donde dejar todos mis trastos.

—Eso es fantástico, Ian.

Soltó un suspiro.

—Estoy viendo tu sonrisa. La echo de menos.

—Gracias. Y hablando del tema, ¿cómo está Fiona?

—¡Qué indiscreta! Me gusta.

—¿Y bien?

—Pues lo hemos dejado.

Un chorro de adrenalina me invadió, y esperé. Tras una pausa durante la cual pude oír cómo exhalaba humo, añadió.

—Estaba celosa de ti, según parece.

—¿Lo estaba?

—Estaba convencida de que la había engañado contigo.

—Dios, pero si fuiste un santo. ¿Por qué iba a pensar eso?

—Porque le hablé de ti, imagino. También hablé de Joanna. Estaba convencida de que me acostaba con las dos.

—Vaya. Pero ¿en plan al mismo tiempo o en general?

—No estoy seguro de eso.

Se aclaró la garganta. Lo imaginé en algún pisito sombrío, con empapelado floral de mala calidad, desconchado, con baratos y tentadores pósteres superpuestos de estrellas de pop serbias medio desnudas. Imaginé que los otros guardaespaldas andarían cerca, mezclando batidos de proteínas, haciendo flexiones o viendo vídeos de música en la tele. Imaginé a Ian ahuecando las manos alrededor del teléfono y vuelto hacia la pared.

Se hizo una pausa muy larga.

—Pétalo —dijo despacio—. Hay algo que quiero decirte.

—¿Qué?

—Quiero verte.

Intenté dormir esa noche, pero la euforia resultó narcótica. Sentía un hormigueo en la piel. La cabeza me daba vueltas. Me convertí en Ian y empecé a tocarme, y por fin me besó y me empujó de espaldas contra mi futón, y por fin. Por fin. Éxtasis.

Cuando me fue imposible tolerar una más de mis fantasías, me levanté y abrí la pequeña ventana blanca que daba al río Hudson. Me colé por ella y me agazapé en la escalera de incendios de hierro forjado para contemplar la borrosa mezcla de colores urbanos nocturnos y los cuadrados de luz cálida en los rascacielos y edificios de piedra rojiza. Oí las bocinas de los coches y a una chica más abajo que se reía. Era una sinfonía y un despertar. La vida estaba sucediendo. De hecho, estaba pasando aquí y me estaba pasando a mí. Me levanté y sentí que el viento me acariciaba el pelo y levantaba la larga camiseta que me cubría los muslos. Flotaba, y sentí que si me caía y me quedaba hecha un guiñapo, seguiría siendo feliz porque…

Ian quería verme. Lo amaba, y estaba segura de que él me correspondía.

Era como volver a ahogarse desde el principio. Era la pequeña muerte más mágica de todas.

Maddie

Cinco semanas antes

$\mathcal{M}$ientras descargo los comestibles y el vodka, Mary, del Club Infantil de YMCA, telefonea para contarme que Charlie se ha metido una gominola por la nariz. Estoy en el garaje, con la puerta abierta. Wayne está segando la hierba alrededor de la «estatua de jardín del ángel custodio» que le regaló a su mujer en las últimas Navidades. Lo saludo con la mano, pero me da la espalda y se retira furtivamente a su garaje, en el cual desaparece. Frunzo el ceño. Me pregunto de qué hablarían él y Camilla el otro día. Debería ser más amable con él.

Mary está sobrexcitada con la historia de la gominola. Quiere que sepa dos cosas. Una, que piensa que es muy mala idea darles gominolas a los niños; la otra, que a Charlie le duele. Me recomiendan que lo lleve directamente a Urgencias.

¿En serio?

Miro la hora. Es mediodía, y no tengo la cita con Camilla hasta dentro de dos horas y media. Puedo ocuparme del asunto. ¿Tan gordo es el problema?

Enorme. Antes de cruzar siquiera la puerta del YMCA con Charlie, el director viene trotando detrás de mí para soltarme el rollo de todos los formularios que debo firmar. Charlie gime como si le estuvieran torturando. Resulta que las gominolas eran parte de un nuevo juego de niños «para dar asco»; el sabor que tiene metido en la nariz podría ser cualquier cosa, desde leche agria hasta huevos podridos, pasando por comida de perro enlatada o pescado muerto. Me entran arcadas mientras lo llevo a Urgencias.

La sala de espera está llena de padres exhaustos y de niños desganados; cuando el médico ve finalmente a Charlie, la gominola se ha deshecho en un baba azucarada y se le ha colado por la garganta. No es necesario ningún tratamiento; no es necesario hacer nada..., aparte de pagarles ciento quince dólares por haberle mirado la nariz.

A mis padres les parece bien que nos reunamos en el McDonald's para una transferencia rápida. Estarán un rato en el área de juegos, se tomarán un par de cucuruchos y luego se lo llevarán a casa, donde le permitirán comer más porquerías y ganar unas cuantas veces al tragabolas.

Por todo eso, vuelvo a aparecer en mi sesión con Camilla sin haberla preparado. Llegados a este punto, casi resulta cómico. Hoy se supone que debía llevar un regalo de Ian. El que fuera. Está claro que se muere de ganas de escarbar algo de mierda sobre Ian.

Estoy sentada fuera de casa de Camilla, revolviendo en mi coche como una cocainómana que ha perdido una bolsita. De rodillas en la parte trasera, encuentro patatas fritas prehistóricas, canicas y joyas de oro falsas que ganamos con la máquina de gancho en Chuck E. Cheese. Toallitas húmedas, guantes viejos y los envoltorios y los soportes de papel de al menos veinte tiritas. Un calcetín lleno de barro, un poco de chicle arrugado en un pañuelo de papel y unas gafas de sol rotas. Estoy tratando de inventarme literalmente alguna historia dulce y cursi sobre Ian y el día que me regaló unos viejos guantes o unas gafas de sol rotas.

Abro la consola. Dentro está la pulsera de cuerda de superhéroe que Charlie había perdido. La cojo. Puedo mentir. Puedo contar que Ian me la hizo a mí.

En mi cuaderno del gatito, encorvada sobre el escritorio antiguo y grande escribo:

Esta es mi pulsera de cuerda. Ian me la hizo el año pasado.

Miro de reojo a Camilla, que sonríe ligeramente y mira por la ventana con cierta alegría. Me pregunto si tendrá novio.

Nunca había oído hablar de las pulseras de cuerda de paracaídas hasta que Ian hizo una. La verdad es que son chulísimas. Esta significa mucho para mí, porque Ian la hizo con hebras de mis colores favoritos. Fue todo un detalle por su parte y le llevó bastante tiempo terminarla.

Miro de reojo a Camilla otra vez. Me observa de una forma un poco rara. Suspiro hondo. Me dispongo a escribir cuando me levanto y digo:

—¡Una pausa para ir al baño!

En su cuarto de baño con aroma a flores, los jabones de conchas y el trío de pequeños cuadros de hadas, comprendo que no puedo hacerlo. No me cuesta nada hacer mis tareas cuando sé que las hago por mi bienestar, por el futuro con Charlie. Esto es ridículo. Quizá debería sincerarme.

Camilla está en la cocina preparando té. Me siento a la mesa del escritorio y cojo mi cuaderno.

Lo de antes era mentira. Ian no me regaló la pulsera a mí, sino a Charlie. Estas son algunas de las cosas que Ian me regaló a mí: un reloj Breitling, una olla exprés, una casa. Charlie.

Pero esta pulsera que Ian le regaló a Charlie es muy importante. Me burlé de Ian por sentarse en el sótano y trenzar estas pulseras, pero puede que fuera por celos. Habría preferido que me hiciese una antes que regalarme un reloj caro.

151

El asunto es el siguiente: cada pulsera está tejida con cuerda. Dentro de cada cuerda hay numerosas hebras pequeñas, y cada una de ellas tiene un uso especial.

Me doy cuenta de que escribo cada vez más rápido.

Observé a Ian hacerla mientras explicaba la finalidad de cada hebra. Charlie estaba pendiente de cada palabra suya.

—Esta es por si te haces pupa y necesitas puntos. Esta pulsera es curativa. ¿Y ves esto?

Ian levantó un alambre muy fino.

—Esto es cobre. Puede usarse de cable trampa alrededor de tu campamento mientras duermes. Esta pulsera puede protegerte de tus enemigos.

Le dijo a Charlie que la próxima vez que fuéramos de acampada le enseñaría a usar el hilo de yute encerado de su pulsera, para encender un fuego.

—Esta pulsera puede mantenerte caliente.

Charlie las llama sus pulseras de superhéroe. Ian le hace sentirse seguro. Ha convencido a su hijo de que, si nos pasa algo malo, él nos salvará con un trozo de cuerda. Siempre ha sido muy protector. Es una de las razones por las que me enamoré tanto de él.

Pero entonces...

Ian dijo:

—También sirve para matar, Charlie.

Charlie no estaba seguro de qué hacer con esa información, y yo tampoco. Y entonces Ian prosiguió. Sacó una de las hebras y le dijo a nuestro hijo:

—Esta es la que usas para hacer un lazo. ¡Te enseñaré a cazar en la naturaleza! Atraparemos una liebre.

Yo pensé que Charlie adora los conejos del zoo de mascotas.

Y entonces Ian dijo:

—En cuanto la hayamos atrapado con el lazo, le pincharemos

solo un poco de la piel del lomo. Como la piel de la liebre es bastante fina, el cuchillo la corta fácilmente.

—Tiene tres años —dije, pero demasiado bajo.

—Luego, Charlie, hundes los dedos en el agujero que has hecho y lo abres, como cuando apartas las cortinas para ver quién se esconde fuera.

Mientras hacía una demostración, sentí una onda de repugnancia.

—Y luego, colega, lo que haces es que tiras del pellejo hacia abajo hasta liberar las patitas. Tiras muy fuerte y arrancas la piel del cuerpo por ambos lados.

Charlie estaba horrorizado.

—La liebre se quedará con dos zapatillas peluditas, un poco como mami con sus pantuflas.

Dejé de escribir y contemplé el techo, intentando recordar.

—Charlie —dije alegremente con una sonrisa—. Es hora de ir a bañarte.

No era la hora del baño. Eran las dos de la tarde de un domingo.

—Charlie, ven conmigo. Charlie, ven. ¡Charlie, ven ahora!

Camilla grita:

—¡Mierda, Maddie!

Y entonces desvío la mirada del techo y la miro. Está justo ahí, abalanzándose sobre la mesa para dejar el té. Una de las tazas se tambalea en el borde. Se cae y se hace añicos. La otra vierte agua hirviendo en su mano. Me siento fatal. Va a perder la taza del té con el unicornio y el arcoíris; por otro lado, esa quemadura le dolerá.

—¿Estás bien? —pregunto, levantándome.

Camilla se acerca la enrojecida mano al pecho y me mira como si acabara de pillarme meando en un rincón del despacho. De hecho, yo me miro para comprobar que llevo puesta toda la ropa.

—¿Y tú? —pregunta con cuidado, acercándose a mí, aunque vacilante.

No lo sé. No hay nada que hacer, la verdad, aparte de esperar y ver.

Maddie

2003

*H*icimos planes durante meses y hablábamos por teléfono todas las semanas. Yo estaba en el séptimo cielo. Hasta el día en que me fui de Nueva York para ir a ver a Ian a la otra punta del mundo.

Llegué a Zagreb en uno de los vuelos más aterradores de mi vida. Mientras bajábamos en picado en lo que parecía un ángulo de noventa grados, una auxiliar de vuelo croata, con la estatura y la cara de una supermodelo, me dio una chocolatina como si tal cosa, mientras recorría el pasillo aferrándose al respaldo de cada asiento, pugnando contra la gravedad en sus tacones de quince centímetros. «*Dobar tek*», decía repetidamente, lo que significaba «*Bon Appetit*». Era elegante y amable, e iba sonriendo a todos los pasajeros, que la mirábamos con ojos desorbitados y la boca metida dentro de una bolsa para vomitar.

El vuelo de Nueva York a Zagreb había durado quince horas, incluidas las cuatro de escala en París. El trayecto del autobús que me llevaría de Zagreb a Ian, en Brčko, duraba otras cuatro horas. Podría haber salido esa misma noche a las diez, en el último trayecto del día, pero Ian y yo pensamos que era demasiado peligroso y agotador. Pasaría la noche en Zagreb y saldría en el segundo autobús de la mañana.

Ian me había reservado habitación en el Zagreb Double Tree Hilton. La tarde era calurosa en el centro de Zagreb cuando el taxi me dejó delante del Double Tree. Estaba deseando tumbarme en una habitación tranquila, fresca y oscura e intentar olvidar el infierno de vuelo. Cuando las taladradoras se pusieron literalmente en marcha frente a la entrada del hotel, sencillamente me alejé.

Llevaba mi vapuleado equipaje de mano conmigo. Como no quería tener que dar caza a otro taxi, empecé a caminar por la acera para huir de la construcción. En cuanto la taladradora no fue más que un leve y lejano zumbido, elegí el primer hotel con el que me crucé. Se llamaba «Hotel». Me daba igual, solo iba a pasar allí una noche.

Ian me había pedido que lo llamara al llegar para quedarse tranquilo. Intenté llamarlo desde mi teléfono, pero no funcionaba. Había una adolescente en recepción.

—*Dobra vecher* —dije.

—*Dobra vecher.*

—¿Hablas inglés?

—Sí —dijo con una sonrisa amistosa.

—¿Puedes ayudarme? No tengo cobertura de móvil y me preguntaba cuál sería el mejor sitio…

La chica me interrumpió.

—¿Qué? ¿Déjeme ver?

Le di mi móvil estadounidense, e inició una concienzuda inspección.

—Europa ha empezado a utilizar la telefonía por satélite con cobertura global. No creo que este sea un móvil por satélite global. No tiene nada que ver con la cobertura. —Me lo devolvió y dijo con cierta altanería—: Croacia tiene un servicio excelente.

—¿Dónde está el cibercafé más cercano?

Estaba a solo unas manzanas. Quise abrazar al muchacho

que cogió mi dinero, me dio una cerveza y acceso a un ordenador. Empecé a teclear los datos de mi correo electrónico con una sensación triunfal, anticipando lo que iba a pasar. Le enviaría un mensaje a Ian para confirmarle que había llegado bien y que tomaría el segundo autobús de la mañana, tal y como me había pedido.

Mi contraseña era incorrecta.

Lo intenté de nuevo. Incorrecta.

Me acerqué al chico del mostrador, cada vez más frustrada. Su inglés no era tan bueno como el de la chica del hotel.

—¡Mi contraseña no sirve!

—¿Tú olvidar?

—No, no la he olvidado. ¡No la he olvidado! Soy una de esas idiotas que utiliza la misma contraseña para todo. ¡Así que no es eso!

—Deja ver. —Se acercó a mi ordenador y tecleó algo durante un segundo. Luego me sonrió—. Sin problema. Estaba con teclado croata. Ahora inglés. Ahora funciona, ¿ok?

—Gracias.

De manera nada impredecible, cuando intenté acceder, volvieron a decirme que mi contraseña era incorrecta. Esta vez, no obstante, también me dijeron que, como había hecho tres intentos fallidos de acceso en un ordenador que no era mi portátil, me enviarían un mensaje con una pregunta de seguridad para que confirmase mi identidad. Cómo no, me enviarían el mensaje a mi puto teléfono tercermundista americano de mierda y sin satélite global. Luché contra el pronto de levantarme y tirar la pantalla del ordenador de una buena hostia.

En mi interior se fraguaba la inquietante y supersticiosa sensación de que, con la idea optimista de un futuro con Ian, me había maldecido a mí misma. ¿Por qué me había permitido imaginarme despertares tardíos el domingo por la mañana con él ovillado a mi espalda? No tendría que haber abrigado esas esperanzas. Debería haber sabido que algo se torcería.

A la mañana siguiente, el quiosco que había delante del «Hotel» estaba abierto. Compré una tarjeta de prepago croata para cabinas de teléfono. Había una dentro de la estación de autobuses: descubrirlo me llenó de alborozo y de una fe renovada en nuestro reencuentro. Deslicé la tarjeta en la ranura y marqué el número, sintiendo que me fallaban las piernas. Esperé no vomitar.

—¿Diga? —contestó Ian casi antes de que el primer timbrazo hubiera concluido.

No estaba preparada. Seguía respirando hondo para tranquilizarme.

—Hola —logré decir—, soy yo.

—¿Diga? —repitió.

—Soy yo, Maddie. ¿Me oyes?

—¿Diga? —gritó de nuevo.

Lo supe. Su voz era distinta. Fría. Algo iba mal.

—Soy yo, Ian. Maddie. ¡Soy yo! —me desgañité.

La gente que pasaba por la calle me miró.

No se cortó la línea, pero empezó a oírse un bip hueco y horrible, como cuando alguien tiene un paro cardiaco.

«Coge el segundo autobús de la mañana. Coge el segundo autobús de la mañana», me repetí mentalmente mientras cruzaba la estación hacia el hombre de la ventanilla y compraba el billete… para el segundo autobús de la mañana. Era hipnótico y reconfortante. Ian sabía qué autobús iba a coger. Todo saldría bien. Estaría allí esperándome.

Me hice un ovillo en el último asiento, como solía hacer en el viaje entre Sofía y Skopie. Intenté tranquilizarme. Simplemente, no me había oído. Estaba exagerando, ¿no? Eran cosas mías. Ridículo. El teléfono público no funcionaba, pero eso no significaba nada: Ian estaría esperándome al llegar. Una voz en mi cabeza siseó: «No seas tonta. Esto va a terminar mal».

La estación de autobuses de Brčko no era más que una chapa metálica en medio de un aparcamiento. Fui la última en salir del autobús, pero había buscado a Ian por la ventana en cuanto llegamos.

No estaba.

Apenas tenía energía para bajar los escalones del autobús y recoger mi pequeña maleta. No quería ni pensar en lo que haría a continuación. Intentar llamarle otra vez, supuse.

Y entonces vi a un hombre. Tenía el pelo rubio arena y era guapo. Guapo a la manera de Ian. Fuerte y seguro de sí mismo. Estaba en el otro extremo del aparcamiento y venía hacia mí.

—¿Madeline? —me llamó.

—¿Sí?

Entonces se apresuró con un trote corto. Cuando lo tuve más cerca, supe quién era. Era el hermano de Ian. Me cogió una de las manos entre las suyas. Mi mano desapareció. John era un hombre grande, incluso más que Ian.

—Soy John, el hermano de Ian. Ha habido un problema —dijo, y su sinceridad me impresionó. Sus ojos verdes eran atractivos y tristes. Parecía completamente hundido en la miseria, y ni siquiera me conocía.

—¿Ian está bien?

—Sí y no —respondió, y noté la sangre que irrigaba mi cabeza.

—¿Qué ha pasado?

—Quiere hablar contigo.

Me dio su teléfono. Lo miré con aprensión. Al parecer, Ian estaba al otro lado de la línea.

Me tembló la voz. Había deseado que no sucediera.

—¿Hola?

—Oh, gracias a Dios. Gracias a Dios —dijo.

—Ian, ¿qué pasa?

—Estás a salvo. Estás bien. Estás con mi hermano.

—¡No estoy bien! ¡Me muero de miedo! ¿Estás bien?

—Me he vuelto loco intentando localizarte.

—Mi teléfono no funciona.

—Me lo imaginé. Te dejé tres mensajes en el hotel.

—Tuve que quedarme en otro sitio. Lo siento. Por favor, dime qué pasa.

Miré a John, que me estudiaba con tal preocupación que pensé que estaba a punto de ponerme a arder.

—Dios, Maddie —dijo Ian con exasperación.

—Deja de decir Dios y dime algo real.

—Lo siento mucho. Quiero que sepas que nunca he querido defraudarte. O herirte.

—Me estás empezando a preocupar.

—Me temo que vas a odiarme. Por favor, no me odies.

—Es... ¿Es que ya no quieres verme?

—Quiero verte más que nunca, Pétalo.

—¿Entonces qué pasa?

—Me han hecho una oferta que no podía rechazar. Me han dado un ultimátum. No he tenido elección.

—¿Quién? ¿Qué clase de oferta?

—Dinero. Lo siento. Sé que suena mal, pero, Maddie, tengo que irme. Necesitan a alguien de inmediato. Si digo que no, contratarán a otro y habré perdido esta oportunidad.

—¿Ir adónde? —Ahora estaba gritando.

John empezó a impacientarse y a mirarme con recelo.

—No quería hacerte esto y he intentado solucionarlo, pero al final no ha habido manera. No he podido rechazarlo.

—¿No puedes venir simplemente a buscarme para que podamos tener esta conversación en persona? ¿Por favor? ¡Esto es una locura! Estoy aquí. Si tienes que irte, pues vete, pero ven a verme primero. Aunque sean cinco minutos. Quiero tocarte. Por favor, Ian. No he dejado de pensar en ti. Necesito verte. Lo sería todo para mí.

John empezó a alejarse para darme cierta privacidad. Estaba desesperada.

Cuando Ian volvió a hablar, supe que se había acabado.

—Ya me he ido, Maddie. Estoy en el aeropuerto de Sarajevo esperando un vuelo. He aceptado un trabajo en Irak. He tenido que hacer lo que es mejor para…

Me invadió la ira y rugí con una voz que no sabía que tenía.

—¡Eres un capullo egoísta! ¡Pues claro! ¡Has tenido que hacer lo que es mejor para ti!

Colgué.

John estaba a diez pasos de mí. Sacudió tristemente la cabeza y dijo:

—Lo siento.

Después comenzó a acercarse a mí, con los brazos extendidos, como para darme un abrazo.

Un abrazo.

Parecía un buen hombre y no se lo merecía, pero lo hice de todas maneras: le tiré el teléfono y, a pesar de mi mala puntería, conseguí darle en la espinilla. Se agachó e hizo una mueca. Sentí una punzada de satisfacción en medio de aquella situación increíble y surrealista.

Agarré mi andrajosa maleta de mano y me largué, tirando de ella a mi espalda. Le hice señas a un taxi ilegal. Allá donde fueres, haz lo que vieres. Estaba en Bosnia: buscaría a algunos soldados y bebería esa maldita cerveza de contrabando.

161

Maddie

Cuatro semanas antes

*T*odavía le debo a Camilla una de las tareas de escritura. Nunca llegué a escribir por qué la última foto era importante para mí. Me fui antes de hora. Una de tantas veces. Esta terapia no se me da muy bien. No tengo ni idea de por qué le gusto tanto, al parecer.

Me siento al ordenador mientras Charlie se pone a hacer una «escultura» caótica a base de malvaviscos y palillos en la mesa del desayuno. En el jardín, los perros dormitan felizmente al sol.

Toco la fotografía. Soy yo delante de mi piso en Nueva York, donde vivía cuando era profesora. Echo de menos esta versión de mí, la de una persona entera. Echo de menos mi ojo bonito y la cara sin arrugas. He envejecido. También he cambiado en otros aspectos.

Empiezo a escribir.

Aquí es donde vivía cuando Ian me llamó para pedirme que fuera a verle a Bosnia. Aquí es donde vivía cuando volví de aquel viaje. Había pasado muy buenos momentos en ese piso antes de subirme a aquel avión rumbo a Croacia. Lo sé. Era tan pequeño que no podías ni organizar una cenita con amigos, pero Stefan se pasaba a veces a tomar una copa de vino antes de que bajáramos a la calle, al Art Bar. Al principio, el piso tenía muy buena vibración. Antes había vivido con una modelo que estaba zumbada. Se llamaba Shayna y me alquiló su guardarropa por ochocientos cincuenta a la semana. Era mala gente, y quería largarme de allí, y encontré este estudio por casualidad, cuando daba un paseo. Fui la primera persona en verlo y le caí bien al propietario; parecía que todo salía a pedir de boca. Pero al final no resultó ser un sitio con buenas vibraciones. Cuando volví de Croacia, se transformó en una casa sombría, un lugar donde esconderme.

Me dediqué a dormir y a beber cuando no estaba trabajando. Como muchas mujeres después del 11-S, me traía a casa prácticamente a cada policía o bombero que me encontrara en la calle. Cuando me sentía sola, bajaba al Corner Bistro, a eso de las diez, y me acoplaba en la barra. Soñaba mucho con Ian. A veces le gritaba por haberme abandonado, y me despertaba temblando y empapada en sudor. Otras, en cambio, soñaba con nuestro primer beso, el que nunca había tenido lugar, el que tanto había esperado. El que seguía anhelando más que nada en el mundo. Boca abajo, apretando la nariz contra las sábanas manchadas de vino, el aroma de su recuerdo regresaba a mí una y otra vez. Como una barbacoa en el monte. Humo. Vodka, zumo de naranja y café dulce mezclado con caramelos de mantequilla.

163

Aquel día en Bosnia le colgué el teléfono. Habría dado cualquier cosa por retirar mis palabras, cambiar mis actos, recomenzarlo todo desde el principio y obrar bien. Pero el pasado, pasado estaba, pensé. No sabía si tendría otra oportunidad.

Probé Match.com y conocí a un tipo que daba auténtico miedo, y entonces renuncié a mis deseos de juntarme con nadie más.

Este es el piso donde, al volver del trabajo, me apalancaba en el futón. Fue en este piso, en mi futón, donde vi una foto horrible en Internet. El cuerpo ennegrecido de Ian hecho pedazos y colgado de un puente, y un adolescente riendo y bailando debajo para celebrarlo. No era Ian, pero por un escalofriante y entrecortado segundo lo fue. Al menos, en mi cabeza.

Aún recuerdo sus nombres. Scott, Wes y Mike. Guardaespaldas. Después de que sus vehículos saltaran por los aires por una bomba casera en una carretera secundaria, sacaron sus cuerpos, los apalearon, saltaron sobre ellos y los despedazaron. Los quemaron, los arrastraron con coches y carros, y los colgaron para que todo el mundo pudiera verlos. Estos chicos se habían encargado, como habría dicho Ian, de «velar» por los conductores de un convoy de camiones de suministro.

Este es el piso en el que luché contra las pesadillas. Hombres agazapados con petos naranja, arrodillados ante hombres con machetes gigantes y capuchas negras. Ciempiés y ratas. A veces salía para comprarle coca a un amigo de Stefan. Me subía a su furgoneta y circulaba con cualquiera que estuviera dentro hasta que conseguía lo que quería y me dejaban en casa. Este es el piso en el que renuncié a la esperanza. Mucho más tarde, cuando Ian vino al piso, lo odió. Supongo que lo que ocurre es que esta foto me impacta emocionalmente de forma muy negativa. Después de todo, no era la foto más indicada para llevar a la sesión.

Es demasiado revelador, pienso. Demasiada información.

Pero en algún sitio muy dentro de mí quiero que ella lo sepa. Que sepa la verdad. Algo verdadero de mí.

Le doy a «Enviar».

Al cabo de unos minutos, recibo un correo de respuesta. Camilla está ahí de verdad para mí.

Dice: «¿Y se puede saber qué hacía Ian durante todo el tiempo que duró eso?».

Respondo: «Bueno, por lo poco que sé, estaba ganando un pastizal mientras veía morir a todo el mundo a su alrededor e intentaba no perder completamente la cabeza».

Su respuesta es: «Lo siento de veras, Maddie».

Como todos.

Ian

2003

*I*an llegó a la base militar estadounidense de Kirkuk después de un aterrizaje mareante en un avión de transporte Hercules. Lo escoltaron de la aeronave al hangar. Reinaba un aire de alarma generalizado; los soldados se diseminaban en tropel y hablaban sin cesar a través de varios dispositivos. Ian se preguntó qué sabrían esos estadounidenses que no estaban compartiendo. Llevaba diez minutos en su nuevo trabajo y no estaba contento precisamente.

Pidieron a los pasajeros del Hercules que esperaran en el hangar, presumiblemente hasta recibir información sobre su trayecto de cinco minutos por la base hasta el alojamiento donde iban a pernoctar.

Un soldado estadounidense orejudo y con una mejilla dilatada por una bola gigante de tabaco de mascar pasó tranquilamente por delante de Ian. Tendría poco más de veinte años y llevaba una escupidera alojada en los pantalones. Caló a Ian y sus ojos viajaron por su ropa de paisano con envidia. Él fingió estar absorto en su iPod y logró ponerse los auriculares en los oídos antes de que el soldado se le acercara.

—¿Cómo vas?

La voz le llegó por detrás. Se volvió despacio y vio a aquel joven soldado.

—Tirando. ¿Y tú?

—Aburrido como una ostra esperando que me recojan, Aparte de eso, no puedo quejarme. Me llamo Ben.

—Encantado de conocerte, Ben. Soy Ian.

—Pareces un contratista.

—¿Sí?

—Todo vestido de Gucci.

—Créeme, he tenido que saltar por varios aros de fuego para conseguir esto.

—Ajá. ¿Y cómo te lo has montado?

—Trabajo para una compañía militar privada.

—Joder, tío. Qué flipe. Eres el amo.

Ian desvió la mirada hacia el otro extremo de la sala. Su semblante mudó del aburrimiento a la curiosidad. Un hombretón rubio de pelo corto rizado y barba rubicunda hurgaba en una bolsa de lona en medio de la zona de espera.

Ian se levantó de golpe, boquiabierto.

—¿Peter?

Ben miró sorprendido por encima del hombro.

—Pero ¡qué me estás contando! —Ian corrió hacia Peter y prácticamente lo tiró al suelo.

Peter miró a Ian y se echó a reír.

—¡Dios mío, Ian, eres peor que un cachorro!

Ian sonrió.

—Yo también me alegro de verte.

El soldado estadounidense se alejó mientras Ian y Peter se abrazaban.

—¡Qué bueno verte aquí! —dijo Peter.

—¿Adónde vas? —preguntó Ian.

—A Bagdad.

—¡Yo también! —respondió Ian, moviendo la cabeza—. ¿Qué probabilidades hay, colega?

—¿Qué tal en Bosnia? —preguntó Peter.

—Basura. ¿Y Afganistán?

—Una puta cagada.

Ambos se echaron a reír.

—¿Salimos a fumar? —preguntó Ian.

—¡Lo he dejado! —dijo Peter—. ¿Te lo puedes creer? ¡Lo he conseguido! —Se dio una palmadita en el bolsillo de la chaqueta—. Pero llevo uno aquí, por si se presenta el peor de los escenarios.

—Bien hecho, colega —asintió Ian—. Yo no he podido.

—Ya. ¿Crees que Bagdad será de lo peor?

—Mejor que África. No tan bien como Macedonia.

Peter hizo una pausa.

—¿Sigues en contacto con Joanna?

Ian guardó un segundo de silencio.

—No, qué va.

Peter se encogió de hombros.

—Lo siento, tío. Sé que erais amigos.

Ian asintió.

—Sí, es complicado. La verdad es que acabé implicándome un poco con Maddie al final. Una locura, pero…

—Espera, Ian —dijo Peter. Su teléfono estaba sonando—. Es Ashley.

—¡Salúdala de mi parte! —dijo Ian—. Dile que quiero la revancha a los dardos.

—Fijo, pero llevas las de perder. —Peter le hizo una seña a Ian antes de irse hacia las ventanas—. Luego te busco.

Poco después, le despertó la voz de uno de los soldados de la fuerza área por el sistema de altavoces Tannoy.

—Los transportes han llegado —anunció con tono monótono—. Reúnanse fuera del hangar y los escoltarán a sus vehículos.

Ian buscó a Peter con los ojos, pero no lo vio. Salió del edificio a un cielo negro que envolvía la enorme base estadounidense. Al alejarse del hangar, miró el verde campo que se difuminaba en un muro de negrura. Dos bolas de luz roja se movían erráticamente arriba y abajo, adelante y atrás. Los escoltas se aproximaban con linternas.

Poco a poco, los perfiles emergieron de la oscuridad. Al final pudo verles la cara. «Deben de estar de coña», pensó Ian. ¿Tendrían esos chavales vello en sus partes? Por el amor de Dios, a su lado, Ben, el chico estadounidense, parecía un veterano con canas.

—Estamos listos para escoltarles a los camiones —dijo jadeando el más alto de los dos—. Están a quinientos metros de aquí.

Ian cogió su bolsa y volvió a buscar a Peter entre la multitud. Quería despedirse de él. Los chicos empezaron a guiarlos hacia el campo, y todos los pasajeros se diseminaron para coger sus equipos y seguirlos. Ian hizo lo mismo. Se aproximaban a la marca de doscientos cincuenta metros, casi ya entre el hangar y los vehículos, cuando una estrella ardiente sobrevoló el cielo, aterrizó y sacudió el desierto. Cuando sonaron las sirenas, los civiles entraron en pánico y buscaron orientación en los escoltas de la fuerza aérea. En algún punto detrás de los hangares vieron una esfera roja inflamada, seguida de una explosión tremenda. Las sirenas continuaron aullando con frenesí y un par de personas del grupo comenzaron a arrastrarse por el campo, sin esperar a las instrucciones de los muchachos que los habían guiado. La luz de una linterna enfocó al grupo durante un instante; Ian pudo ver sus caras, infantiles, asustadas y recién afeitadas.

Mierda. Había conocido a más de un sargento del ejército británico incapaz de calmar a unos borrachos en una cervecería, pero al menos tenían edad para beber. Esos oficiales granujientos que los conducían al desierto no tenían ni idea de lo que hacían.

Estaba solo. En el mejor de los casos, el bombardeo retrasaría su traslado; en el peor, lo haría saltar en pedazos por los aires. Uno a uno, los miembros del grupo iban tumbándose en el suelo, sobre sus estómagos.

Vio una sombra rectangular a su derecha. Se acuclilló y corrió hacia ella. Era un *jeep* militar abandonado. Oyó otra explosión a lo lejos. Echó una nueva ojeada al todoterreno y pensó que, si iba a morir, se fumaría un cigarro.

Corrió hacia el vehículo, patinando hasta detenerse en el polvo. Se lo sacudió de encima y rodó hasta al *jeep*. Se puso en cuclillas, con la espalda apoyada en una de las ruedas, y sacó la cajetilla de cigarrillos. En el gran esquema de las cosas, ponerse a cubierto junto a un vehículo era una estupidez, porque podría ser un blanco. Por otra parte, si le caía una bomba cerca, podría ser bueno, porque tendría cierta protección contra la metralla. Cincuenta por ciento de posibilidades de morir. A tomar por saco.

169

Prendió el cigarrillo y ahuecó las manos para esconder la llama naranja, por si acaso. Las sirenas continuaron con su ensordecedora escala de falsete, puntuada por percusiones explosivas en la distancia. Los soldados de la base empezaron a devolver el fuego a las colinas meridionales y sus ráfagas intermitentes relucían como láseres entrecortados.

Ian fumaba y prestaba oído desde su sitio. El fuego intermitente había indicado de qué dirección procedía el ataque y alguien lanzó una bengala para localizar a los atacantes. A Ian le sobresaltó una sombra enorme que se le acercaba a grandes zancadas. Era Peter. ¿Qué hacía corriendo ese riesgo? Ian se incorporó conmocionado. ¿Qué pretendía?

La bengala flameó e iluminó a Peter corriendo.

Y Peter cayó al suelo como una mosca.

Por el balazo de un francotirador.

—¡Pete! —gritó Ian frenéticamente al tiempo que se agachaba y se arrastraba hacia su amigo. Lo agarró de las muñecas y tiró de él hacia el jeep.

—¿Qué ha pasado? —preguntó Peter.

—Un francotirador —respondió Ian—. ¿Qué estabas haciendo?

—Te he visto. He visto que estabas a cubierto y pensé que podía llegar hasta ti.

—Podrías haberlo hecho, colega. El cabrón ha tenido suerte.

—¿Cómo hostias...? —Luchaba con algo en su garganta—. ¿Cómo ha podido pasar? —Pestañeó rápidamente y respiró con dificultad—. Ashley va a tener otro..., otro...

—¿Hijo? —preguntó Ian, sentando a Peter de espaldas a la rueda. Lo cogió de la barbilla e intentó que lo mirara a los ojos—. Pete, ¡estás bien! Estás conmigo, tío. Estás conmigo. Recuerda las cifras: quince por ciento muerte instantánea, todo lo demás puede arreglarse o sustituirse. Si no te has muerto ya, es que no vas a morirte. Mírame, Pete.

Peter no era capaz de centrar la mirada; su camisa, alrededor de la cintura, se teñía de rojo.

—¿Pete? —dijo Ian—. Vas a salir de esta.

Tenía un kit de primeros auxilios personal atado al muslo. Revolvió en la bolsa y abrió un paquete que contenía un vendaje de emergencia. Apretó la almohadilla contra el estómago de Peter y dijo:

—Tengo un vendaje aquí mismo. Te pondrás bien. Esto detendrá la hemorragia. Inclínate un poco hacia delante para que pueda enrollártelo. Te pondrás bien.

Peter hizo lo que Ian le pedía y se inclinó hacia delante. Ian comprobó que no hubiera un orificio de salida. Pero cuando levantó la camisa de Peter, vio que la bala le había perforado y había salido por debajo del omóplato: un agujero del tamaño de su puño.

El vendaje de Ian podía absorber hasta una jarra de sangre. Si la bala hubiera seguido alojada en el cuerpo de Peter, habría tenido alguna posibilidad, pero no era así.

Peter intentó decir algo, pero no se le entendía.

—¿Ashley espera otro hijo? —preguntó Ian con desesperación mientras seguía vendando a Peter, aunque fuera en vano—. Eso es maravilloso, colega. Me alegro muchísimo por ti. Vamos a curarte. —El sentimiento de impotencia era insoportable—. Tienes una familia estupenda. Siempre he creído que eras muy afortunado.

La mano de Peter se movía como un pez en su costado.

—Vas a salir de esta.

Ian recordó la noche que había conocido a Maddie en la estúpida gala benéfica y las ganas de Peter de ver el espectáculo de bailes populares. Ian y los otros muchachos se habían burlado de él sin piedad. Ojalá pudiera volver a aquella época y ver a Peter reír de nuevo.

171

Vio una chispa en los ojos de Peter.

—Ashley —logró decir.

—Sí, Pete. Se lo diré, colega. No te preocupes. Lo sabrá.

Peter se introdujo los trémulos dedos en el bolsillo y sacó el cigarrillo. Extendió el brazo y se lo dio a Ian, antes de que su cuerpo convulsionara.

Ian luchó por encenderlo, pero, cuando finalmente consiguió deslizarlo entre los labios de Peter, su amigo ya había muerto.

Se quedó sentado arropándolo y escuchando el fuego cruzado. Peter no volvería a casa con su mujer embarazada. A Ian le costaba respirar.

Y pensó en Maddie.

Y pensó que, seguramente, no volvería a verla.

Maddie

Tres semanas antes

*M*i madre y mi padre me dicen que me tome mi tiempo. «Ve», me dicen, llevándome hacia la puerta con una alegría en la voz que me suena falsa. A través de la ventana de la cocina, puedo ver a Skopie y Sophie trotando hacia la parte trasera de la casa, sobre la pista de algún pobre roedor condenado. Charlie ya se ha sentado a la mesa de la cocina para tomarse un refrigerio. Está jugando con ese horrible queso apretujado que sale del tarro en pequeños gusanos amarillos para untar en las galletas. A mí también me chiflaba de pequeña. Mi madre nunca ha sido una *gourmet*. La abuela Audrey solía poner mala cara siempre que ella le daba a probar cualquier cosa.

—Adiós, Charlie —me despido con la mano.

No levanta la vista, pero dice:

—Hasta luego, mami. Espero que no te disparen.

Me quedo boquiabierta durante un segundo, imaginando absurdamente la pistola de Ian. ¿Por qué diría Charlie algo así? Y entonces caigo en la cuenta: debe de estar recordando su última vacuna y la espantosa visión de la larga aguja.

Todos empezamos a reír.

—¿Tienes miedo de que disparen a tu mamá? —pregunta mi padre.

—Es que va al médico y los médicos disparan vacunas.

Mi madre me coge la mano y me da un fajo de billetes plegados.

—Vete de compras, ¿de acuerdo? Ya que vas al centro comercial Plaza, necesitas algo nuevo y bonito que te alegre —dice, toqueteándome los botones de la camisa, pues no se atreve a mirarme a los ojos—. Y a lo mejor ese doctor nuevo te da algunas ideas sobre cómo recuperar la normalidad, ¿de acuerdo? Sobre cómo arreglar las cosas.

Recuperar la normalidad: un sueño fantástico, hermoso, inconcebible.

—Mamá, no tienes por qué hacerlo. Tengo dinero.

—Lo sé. Quiero dártelo. Cógelo. Necesitas entretenerte, hacerte algún regalo. Yo solía comprar en Talbots cuando iba a ese centro. Tenía una pequeña sección muy bonita.

—Y no tengas prisa —dice mi padre—. Charlie y yo nos vamos a pescar después, ¿a que sí, chaval?

—Eso, tú no tengas prisa por volver. Busca una cafetería al aire libre que te guste y tómate una copa de vino. Vive un poco —dice mamá, tocándome las puntas del pelo que me cae sobre los hombros, no sobre la cara.

Siento pena por mi madre. Creo que es más duro para ella que para mí.

Me subo al coche y conduzco los cuarenta y cinco minutos que tardaré en llegar al céntrico despacho de Consultores Neurológicos de St. Luke, que Camilla me ha recomendado. Tienen una clínica más cerca de mi casa, pero debía esperar seis semanas para una cita, y, obviamente, estoy impaciente: quiero que todo este proceso termine antes de que Ian vuelva de África.

El despacho está cerca del hospital, que, como ha señalado mi madre, solo queda a unos minutos del centro comercial Plaza. Aquí, en esta pequeña y lujosa población de Kansas City, mi

173

abuela Audrey despilfarró la herencia de las acciones de gas natural de su marido. Se la gastó en obras de caridad y en clubes privados rodeada de falsos lacayos y aduladores. Cuando paso con el coche por delante de *boutiques*, fuentes, flores y cafeterías, me doy cuenta de que ha pasado mucho tiempo desde la última vez que estuve en un sitio más adulto o cosmopolita que algún restaurante de la cadena Applebee. Tal vez deba darme una vuelta por aquí después de la cita. Podría ir de tiendas. Probar un bocado. No quitarme nunca el sombrero y las gafas de sol.

Como me indicaron, llego treinta minutos antes de mi cita con el neurólogo, el doctor Stephen Roberts, y relleno los formularios rodeada de un puñado de pacientes, ninguno de los cuales parece menor de setenta y cinco años. Recuerdo los días pasados en el Trakia Bar de Nueva York, cuya fauna, que yo frecuentaba, no presentaba un aspecto menos depravado que estos pobres pacientes de bocas abiertas y ojos ausentes. De pronto, me siento tremendamente aliviada. No tengo párkinson. No he sufrido un infarto. No sé qué me pasa, pero siento que, sea lo que sea, todo va a salir bien.

El doctor Roberts resulta ser un africano muy delgado, guapo y amable, con unos holgados pantalones marrones y un marcado acento. Lleva gafas de sol caras y zapatos de piel. Cuando me da un apretón de manos, observo que tiene los dedos más largos y suaves que he visto en mi vida. Al instante, me gusta su ancha sonrisa. Tiene los mismos ojos color chocolate de Charlie, pero sin sus impresionantes pestañas.

—Por favor, siéntese en el borde de la mesa de exploración, Madeline —dice.

Crujo al andar, pues llevo el vestido de papel con lunares que les dan a los pacientes.

El doctor saca una silla y junta las manos.

—Esto le parecerá un poco extraño, pero suelo empezar mis exploraciones preguntándole al paciente si sabe qué día es hoy.

—Martes.

—¿Y qué ha desayunado esta mañana?

Ante esta pregunta me quedo un segundo en blanco.

—Café. Un par de mordiscos de gofre y dos palitos de esos de queso de mi hijo.

Se ríe.

—Una comida de madre ocupada. Mi mujer también come cosas horribles de esas. De acuerdo. Deme un minuto. —Hojea mis documentos durante un buen rato—. Bien —dice finalmente, levantado la vista. Señala vagamente mi cicatriz—. Ha sufrido una lesión en la cabeza recientemente.

—Sí.

—Veo que apenas ha estado enferma en el pasado. Sus únicas hospitalizaciones fueron por una apendicectomía a los dieciocho y un accidente de barco a los diez, ¿es eso?

—Sí.

—Seis días en la UCI, pone aquí.

—Casi me muero.

—Pero se recuperó del todo.

—Así es.

—¿También se lesionó la cabeza entonces?

—No.

—¿Y estos episodios de pánico que está experimentando ahora son completamente nuevos?

—Sí.

—Hábleme de la causa de la lesión.

—Me caí. Por lo que entiendo, me caí y me di un buen golpe…, en ángulo, contra una roca… o más de una. Fue desde cierta altura, porque iba andando desde nuestra tienda hacia la carretera; la caída sería desde casi un metro. Estaba oscuro y tropecé.

—De acuerdo. ¿Y qué pasó después?

—Creo que estuve un rato desorientada. No perdí el conocimiento, solo estaba desorientada, porque no dejé de caminar. Ni siquiera sabía que estaba herida. Había ido a los aseos, pero supongo que estaba confusa. Al final encontré el camino de vuelta a la tienda, junto a mi marido. Él levantó la mirada y me vio llegar con la cabeza cubierta de sangre.

—Pero ¿usted no recuerda nada de eso?

—Para serle sincera, ni siquiera recuerdo haberme caído. No me acuerdo de nada con claridad hasta que llegó la ambulancia. No es amnesia, ¿sabe? Me di un golpe muy fuerte en la cabeza, pero es que también había bebido mucho vino. Seguramente me tomé una botella, pero tampoco estoy segura, porque venía en caja.

—¿Qué venía en caja?

—El vino.

—Ah, sí, algo he oído. Vino en caja. Muy curioso. —Hizo una pausa—. No bebo mucho, la verdad.

Me encojo de hombros y sonrío.

—De acuerdo. Ahora empezaremos la exploración, ¿vale?

Empieza a explorarme de una manera que solo puedo describir como tierna. Me sujeta las manos y me dice que apriete. Me cosquillea los brazos, uno cada vez, y me pregunta si siento algo. Nos hacemos muecas graciosas el uno al otro y me observa caminar por la habitación. Cuando apaga las luces y se inclina para mirarme a los ojos, me llega el olor de su loción de afeitado. Me recuerda a la naranja pinchada con clavos que hice en Girl Scouts y que colgué en mi armario para que mi ropa oliera bien. Mi examen físico de treinta minutos es más táctil y emocionalmente placentero que varias de las relaciones que tuve a los veinte años.

Cuando ha concluido, cruza los brazos en el pecho y me mira con semblante severo.

—Quiero estar seguro de que lo entiendo del todo. Usted

fue a ver a la doctora Jones por una ansiedad severa y repentina después de la herida en la cabeza.

—Correcto.

—Y mientras la doctora estaba trabajando con usted, observó algo que creyó que podría ser un ataque parcial.

—Si le digo la verdad, no sé lo que vio. Empecé a repetir lo mismo, supongo. Yo creí que solo era el principio de una crisis de pánico.

—Pero ¿no fue a urgencias?

—No.

—Tendría que haberlo hecho.

—Eso es lo que dice Camilla.

—¿Camilla?

—La doctora Jones. Ella quiso llevarme, pero me entró el pánico y me fui. Quería ir a recoger a mi hijo. Ella vino detrás de mí, pero yo solo quería marcharme.

—Interesante. Sugiere una conducta impulsiva, así como ansiedad.

—Verá, no pensé que fuera un ataque. Y si le soy sincera, sigo sin pensarlo. Creo que me mareé durante un segundo como cuando me pongo muy nerviosa.

—¿No perdió la conciencia, ni por un segundo?

—No.

—Así que nada de ataque complejo. ¿Olió algo extraño mientras sucedía?

—¿Oler algo?

—Como un producto químico. O algo quemándose. ¿Un perfume o flores?

Pienso en decir alcantarilla o sangre, pero respondo:

—No.

—¿Y no experimentó ningún sentimiento profundo en ese momento? ¿Euforia? ¿Ira?

—Pánico. Solo pánico, miedo y ganas de marcharme.

—De acuerdo. —Me mira durante un buen rato, pensativo—. Supongo que podría ser una crisis de ausencia —dice finalmente.

—¿Cómo?

—Crisis de ausencia. Pero son más comunes en niños. —Se le arruga la frente—. Hay decenas de tipos de ataques parciales. Pediré un análisis de sangre completo. Para excluir cosas. Y podemos hacerle algunas pruebas para ver si todo va bien en su cerebro, ¿de acuerdo?

—¿Ahora?

—No, no. Me temo que la cola para estos procedimientos es larga. Tenemos varias opciones que son buenas, Madeline. Hay más de una manera de buscar los problemas que pueda haber en el cerebro. Yo sugeriría que pidiéramos una resonancia magnética para ver su estructura. Además de eso, sugiero que pidamos un electroencefalograma, que nos dirá cómo funciona su cerebro observando su actividad eléctrica. La resonancia puede que sea mejor para detectar daños y lesiones. Pero debo decirle, no obstante, que muchas veces terminamos los dos exámenes sin tener una respuesta definitiva.

—¿Puedo pensármelo? Mi marido es contratista privado y yo, ahora mismo, no trabajo. Me quedo en casa con mi hijo pequeño y tenemos que pagar mucho a pesar del seguro. Probablemente tendré que ocuparme del coste íntegro de lo que escoja, y sin garantía…

—Lo entiendo perfectamente, Madeline. —De nuevo, me ofrece su maravilloso apretón de manos—. Pero antes de irse…

—¿Sí?

—Siempre me interesa indagar cómo ciertas áreas dañadas afectan a la conducta. —Alarga el brazo y apoya suavemente la mano en mi mejilla, justo al lado de la cicatriz. Me mira entornando los ojos con fascinación—. No me sorprendería que descubriésemos que ha sufrido una lesión del lóbulo frontal.

—¿Es muy grave?

—No siempre, pero puede serlo. Especialmente en el caso de una lesión reiterada, lo cual no es su caso, afortunadamente. Hay casos muy raros de personas que se han despertado de una lesión cerebral con una nueva habilidad. Un hombre en Nueva Jersey se golpeó la cabeza buceando en una piscina y cuando despertó del coma sabía tocar el piano.

—Vaya —digo en voz alta, impresionada.

Al doctor Roberts le emociona tanto mi reacción que da una palmada y dice:

—Es verdad. Pero es la excepción, no la norma. Lo más frecuente es que las lesiones cerebrales traumáticas produzcan dolencias y problemas más comunes: agresión, negatividad, intolerancia… Y, como en su caso, ansiedad.

—Interesante.

—Sí, es interesante comprobar que la disrupción del control del impulso en el lóbulo frontal puede afectar a toda clase de conductas: apuestas, promiscuidad, abuso de sustancias, violencia. Siempre me ha fascinado.

Se vuelve y hace un ademán de asir el pomo de la puerta, pero se detiene.

—¿Siente… una falta de control? ¿Alguna diferencia con respecto a antes de la caída?

—No lo creo.

—¿Y qué me dice de su negativa a ir a Urgencias, a pesar de que la doctora Jones insistió en ello? ¿Era algo poco común para usted?

—No. Pero después de ir a Urgencias tras el accidente en Colorado, por mí como si no vuelvo a pisar jamás otra sala de Urgencias.

—¿Entonces cree que sus impulsos son normales?

—No estoy segura de que mis impulsos siempre hayan sido normales.

Mi respuesta le parece muy ingeniosa y me dedica una amplia sonrisa mientras me abre la puerta.

—Llame a Betty cuando tome una decisión con respecto a las pruebas. Le deseo la mejor de las suertes, Madeline.

—Gracias, doctor Roberts.

Después de aparcar en el Plaza, me siento a una mesa de hierro forjado en la terraza del Classic Cup con una copa de chardonnay Far Niente. La pequeña terraza está completamente rodeada por cestos rebosantes de petunias trepadoras color lavanda. Con las enormes gafas de sol negras que me cubren casi toda la cara y el pelo peinado hacia delante en torno a las mejillas bajo una bonita pamela blanca, me siento anónima y feliz. Decido que, después de todo, voy a ir de compras.

Mi abuela solía llamar al Plaza «la Ciudad de las Fuentes». Paso por delante de algunas en mi recorrido de la calle Cuarenta y Siete a Anthropologie. Me paro delante de una pequeña escultura incrustada en el muro de piedra que hace esquina con Broadway. Es una pieza de bronce llamada «Charla tranquila»: una madre de rodillas sostiene a su hijo cerca de ella mientras ambos se buscan con la mirada. Pienso en el doctor Roberts. Quizá debería de haberle contado lo del día anterior.

Charlie había desparramado sus galletas Goldfish por la alfombra de debajo de la mesa del salón. No me habría enfadado tanto con él si no se hubiera dedicado a aplastarlas con las suelas de sus zapatillas encima de la alfombra hasta reducirlas a una polvorienta mancha naranja. Me dijo que pensó que, si «las aplastaba bien», no se notaría. Lo cogí e hice que se agachara conmigo con la nariz pegada al suelo, y le grité: «Yo puedo verlo, Charlie. ¿Puedes verlo tú?». Negatividad. Intolerancia. Me alejo de la madre guapa y sensible de ojos amables, y sigo caminando.

En la ventana de Anthropologie, me llama la atención un vestido de campesina compuesto de retazos negros. Es la clase de prenda que a Ian le gusta verme puesta. Mi madre me ha dicho que me compre algo bonito que me alegre. Me lo llevo al probador; cuando he terminado de atar la faja, una vendedora joven retira la cortina y asoma la puntiaguda cabeza rubia en mi probador.

—¿Cómo le queda...?

Se ha equivocado de probador, pero, cuando me vuelvo, se me queda mirando con una cara que me entran ganas de darle una bofetada. El sombrero, las gafas, el bolso y la ropa están tirados por el suelo. Me ve la asustada y desnuda cara y dice: «¡Uy, joder!», antes de horrorizarse ante su propia reacción y volver a cerrar la cortina.

Me vuelvo hacia el espejo. Me echo el pelo hacia atrás y me acerco al cristal. La mañana siguiente a la caída, la parte izquierda de mi cara era una mezcla de verde y morado, con un arañazo que cruzaba en carne viva aquel estropicio. Los puntos negros sobresalían como patas de mosca. Tenía el ojo hinchado y completamente cerrado debajo de un bulto del tamaño de una pelota de golf en la ceja. La mejilla se me había inflado como una grotesca ardilla listada, dividida en dos por la profunda herida. Resultaba repulsivo. Cuando se despertó y me vio, Charlie se puso a gritar descontroladamente hasta que casi no pudo respirar. Lo mecí y susurré: «No pasa nada, *shhh*, no pasa nada, *shhh*». Parecía que no fuera a callarse nunca.

Llevo un tiempo curándome. Ya he dejado de percibirlo cada vez que me miro al espejo. Pero he visto la conmoción y el disgusto. Lo he visto en los ojos de la vendedora. Me falta el centro de la ceja, como si se hubiera chamuscado. El zigzag con forma de rayo entre ambas mitades es una combinación de colores que abarcan del violeta al blanco. El rabillo del ojo es lo que sale peor parado. Está pellizcado, con un pellejo arrugado donde co-

181

sieron apretando más de la cuenta; el resultado es que ahora mi ojo izquierdo es un cuarto más pequeño que el derecho. En la mejilla, la cicatriz se pasea azarosamente aquí y allá, hasta detenerse medio centímetro sobre la comisura de los labios.

El vestido de campesina hecho a base de retazos es un manojo de telas y cuesta doscientos setenta y cinco dólares. Es bonito, pero yo ya no lo soy. Me lo saco por la cabeza y se desgarra.

Me gusta esa sensación.

El teléfono sigue sonándome en el bolso. No hago caso hasta que caigo en la cuenta de que alguien necesita dar conmigo. ¿Cómo es posible que tenga cuatro llamadas perdidas? ¿Y si son mis padres? Se me acelera el corazón. Tengo dos mensajes de voz. Mis pensamientos se desmigajan en trocitos de significado. Charlie. Le ha pasado algo a Charlie. Algo muy malo, me dice mi intuición. Ha pasado algo muy malo.

Es Joanna.

Finalmente, le envié el correo electrónico. Esa carta que le escribí en el despacho de Camilla. Reuní el valor de enviársela. Y ahora quiere hablar.

Ian

2003

*I*an estaba sentado en un cubículo de la opulenta sala de conferencias del palacio de Saddam Hussein en Bagdad. A su alrededor había ostentación y lo contrario. Techos con molduras, candelabros, madera pulida, mármol y mosaicos. También olor corporal. Arena en el suelo. Soldados con caras manchadas de tierra y la atmósfera general del asedio reinante en un despacho inútil, repleto de zánganos, estrés y una ira apenas velada.

Ian intentó desconectarse de todo con sus auriculares mientras tecleaba en su portátil, con el ceño fruncido y sudando.

De: Ian Wilson
A: Madeline Brandt
Enviado: Viernes 8 de agosto de 2003
Asunto: Hola, Pétalo

Hola, Maddie, soy Ian.

Sé que tengo mucho que explicarte. El día antes de que llegaras a Croacia, mi hermano John recibió una llamada de una empresa estadounidense, Atlas. Querían contratar a John para una misión muy importante en Irak. Lo nombraron jefe de seguridad del Gobierno de transición en el norte de Irak. Consiguió que me contrataran a mí también. El problema era que requerían mi incorporación inmediata. Por eso tuve que irme. De no haber ido yo, sencillamente habrían contratado a otra persona en mi lugar.

Tenía que ir, Maddie, pero no fue por lo que tú pensabas. Aquel día al teléfono, pensaste que iba a decir: «Tengo que hacer lo que es mejor para mí». No era eso en absoluto. Iba a decir: «Tengo que hacer lo que es mejor para los dos».

Me moría de ganas de verte. Nunca he querido hacerte daño. Lo que sentía por ti en Macedonia no ha cambiado.

Pensaste que lo hice por dinero. Sí, es cierto. No mentiré, es verdad. Nunca he tenido dinero. Cuando comprendí que quería estar contigo, lo primero que pensé es que no era lo bastante bueno para ti. No he ido a la universidad. No podía darte la vida a la que estás acostumbrada y que te mereces.

No soy tonto. Sé que te gusto. Sé que me gustas. Pero, al ser yo un soldado, ¿era la clase de persona que habrías tomado en serio a la larga?

Puede que ahora lo sea. Eso es lo que me anima a seguir.

El trabajo no es exactamente lo que esperaba. La empresa no es muy buena y velo por un general muy importante al que no parecen importarle una mierda sus guardaespaldas. Sigue yendo a cenar todas las malditas noches a un cuchitril del centro frecuentado por occidentales, y solo es cuestión de tiempo que un adolescente con explosivos en la cintura cruce la puerta corriendo y gritando: «*Allahu akbar!*».

He empezado a soñar con dispararle yo mismo, ja, ja.

Pero el dinero está bien.

John llega la semana que viene; si no, ya habría abandonado el trabajo. En cuanto llegue, me iré de Bagdad y me convertiré en su socio a cargo de la seguridad para la coalición en el norte.

Eso será mucho mejor, creo.

Durante un tiempo renuncié a lo nuestro, pero no puedo vivir así. Voy a superarlo. Voy a encontrarte y a compensar lo que te he hecho. Voy a decirte lo que siento y vamos a hacer que esto funcione.

Solo necesito un poco de tiempo.

Pero Ian nunca llegó a enviarle este mensaje a Maddie.

Dos semanas más tarde, se reunió con su hermano en el norte de Irak y se convirtió en su mano derecha y segundo en la seguridad de la coalición regional.

El calor rodaba en ondas sobre la sinuosa ladera. Era una visión mareante, como mirar, con ojos entrecerrados, el fondo de una piscina a través de las suaves ondulaciones del agua. El viento apestaba a ruedas quemadas, y se oía el rumor ocasional de los helicópteros, que aparecían de dos en dos o de tres en tres en el horizonte, zumbando como bichos, y después desaparecían de la vista.

Los hermanos conducían a una velocidad de vértigo mientras dejaban atrás la monotonía del campo con colores de cartulina y los ocasionales restos calcinados de un vehículo abollado, o la señal que advertía de la proximidad de campos minados. A lo largo de esta carretera, vieron también palmeras, chozas de barro, ovejas y vacas famélicas, y tres de las antiguas prisiones de Saddam, enormes construcciones de ladrillo, dantescas y aisladas en medio de un mar de hierba muerta y pajiza.

Ian llevaba un buen rato callado. Al final, inclinó la cabeza hacia su hermano.

—No tenemos que seguir trabajando para estos imbéciles. Podríamos trabajar para nosotros.

John hizo un ruido.

—Ya estamos con lo mismo.

—¿Qué?

185

—Te lo dije en Bosnia —le espetó John—. No voy a abrir un negocio.

—Ahora tiene más sentido que nunca. ¿Crees que no podemos dirigir una operación mejor que estos tipos?

—No es eso. Vale que seguramente un puñado de monos lo haría mejor, pero ¿de dónde sacaríamos el dinero? ¿Cómo conseguiríamos nuestro primer contrato? ¿A quién emplearíamos?

—Conocemos a toneladas de tipos de nuestra época en el ejército.

—Sí, vale. Pero nómbrame a diez que querrías tener trabajando para nuestra empresa y en quienes confiarías tu vida y un contrato multimillonario.

—Vale. Andy Fremont. Vic Davies. Brent Halifax. —Ian hizo una pausa, con los dedos en alto mientras enumeraba nombres.

186

Llevaba dos años soltando a intervalos la idea de abrir un negocio propio. Cada vez que sacaba el tema, John le recordaba el enorme compromiso que tendrían que contraer.

A pesar de todo, Ian soñaba con ser el presidente o vicepresidente de una exitosa empresa de seguridad privada internacional. Se imaginaba con un reloj Breitling reluciendo en una muñeca y gafas de sol Cartier de color oliva sujetando su pelo peinado hacia atrás. Vestido con un traje de Armani, se veía bajando de un Mercedes SL convertible. La transformación de escolta militar a empresario internacional sería completa. Dejaría de ser un soldado raso. Sería lo bastante bueno como para darle un apretón de manos al padre de Maddie y sentirse seguro cuando le sonriera diciéndole: «Encantado de conocerle, señor».

—¿He dicho ya Andy Fremont? —preguntó Ian.

—Sí, es el primero que has dicho.

—Vale. Sigo pensando.

—Llevas tres de momento.

—Lo sé. Dame un segundo.

—No se te ocurren ni cinco. Ni a mí. ¿Tres tipos de confianza? Con eso no creamos una empresa.

Ian bajó las manos, derrotado.

—Está bien. Puede que tengas razón. No sería fácil. —John asintió con complicidad y se sumieron en el silencio.

Tras cinco minutos de desierto monótono y calor sofocante, Ian se aclaró la garganta y dijo:

—Joder, tío. Da igual que esté en Ruanda, en Irlanda del Norte, en Bosnia o en Irak, este trabajo es un noventa y nueve por ciento soporífero: siempre esperando a que pase algo. Y el uno por ciento restante es caos y anarquía. Perros y gatos conviviendo.

—Pues sí.

—Odio este sitio.

—Estás muy locuaz hoy.

—A veces, lo único que quiero es alejarme de la gente, ¿sabes? Por completo. Perderme en una cabaña en el bosque.

187

Con Maddie, pensó. Se imaginó debajo de una colcha; a través de una pequeña ventana con marco de madera, verían montañas nevadas.

—Si pudiera encontrar un sitio donde pudiera estar a solas con un poco de vodka, cigarrillos y mi ordenador, me importaría una mierda si no vuelvo a ver a otro ser humano en mi vida. En serio te lo digo —mintió.

Porque pensaba en Maddie.

—¿Sabes que deberías hacer?

—Cerrar el pico.

—No. Creo que deberías volver a ponerte en contacto con la chica estadounidense.

La chica estadounidense. Ian notó que se le erizaba el vello de la nuca. ¿Había hablado en voz alta? ¿Tan bien lo conocía su hermano? Casi lo sintió como una invasión de su privacidad, como si John le hubiera leído la mente.

—Como si las cosas no se hubieran torcido lo suficiente la última vez. ¿Crees que debería invitarla a venir a Irak? Esta vez, en lugar de lanzarte un teléfono a la pierna, con suerte te da una pedrada en la cabeza.

—Creo que por esa chica vale la pena intentarlo de nuevo.

Ian se puso serio.

—Sí, es cierto.

—Queda con ella en Chipre.

Ian meditó esto último.

—Es periodista. Tengo entendido que su familia tiene algo de pasta. Sus dos hermanas son médicas. Míralo desde mi punto de vista: que las cosas no funcionaran en Bosnia, simplemente aceleró lo inevitable. ¿Crees que una chica como ella me tomaría en serio?

—Pues no, pero ¿qué sé yo de mujeres? Monica dice que eres un buen partido, y creo que tiene buen gusto.

—Ya, pero tu mujer no es imparcial, ten en cuenta que secretamente está enamorada de mí. En cualquier caso, no es tan fácil.

En otro vehículo que acompañaba a los hermanos Wilson, iba un capitán antiguo gurka y su conductor. De los soldados de Nepal que habían combatido para el ejército británico desde finales de siglo, numerosos exgurkas habían ofrecido sus servicios a empresas de seguridad privadas. El capitán Rai tenía sesenta y pocos años y probablemente no había participado en un despliegue bélico desde las Malvinas, allá por el año 1982.

Sin venir a cuento, Ian dijo:

—Me gusta el capitán Rai. Es un buen tipo.

—Sí, tiene su punto, ¿verdad? —dijo John, asintiendo.

—Aunque es demasiado mayor para estar aquí. Debería irse a casa y jubilarse, aprovechando que aún sigue entero.

—¿Sabes el sueldazo que podría cobrar Rai en Nepal? —preguntó John, silbando—. Dios.

—Supongo. Pero es que es tan educado… y simpático y… pequeño. Todo un abuelito. Me gustaría verlo en el parque, fumando en pipa y mirando a la juventud con el ceño fruncido. O en una noche de trivial en el pub con sus colegas.

—Hay un coche adelantándonos por la izquierda —dijo John.

—Sí, lo veo. —Ian se inclinó hacia delante para mirar por el espejo retrovisor a su derecha—. ¿Qué te parece? —preguntó al ver que el polvoriento Volkswagen Passat aceleraba sin complejos—. ¿Qué narices está haciendo?

—¿Quién va en el coche?

Ian volvió a mirar.

—El conductor es un hombre. Hay alguien más pequeño en el asiento del pasajero. No son cuatro esbirros enarbolando banderas de «odiamos a la coalición» en su coche.

—¡Imagínatelo!

—Lo sé. Algún líder de una célula está remoloneando en algún lugar.

—¡Ja!

Ian se volvió en su asiento y entrecerró los ojos mientras el coche se les acercaba más. El conductor tenía el pelo entrecano y barba; el pasajero apoyaba sus manos menudas en el salpicadero, como inclinándose hacia delante con curiosidad, para ver mejor a Ian y a John.

—Vamos a dejarlos pasar —dijo Ian, que seguía observando el coche por el espejo—. Puede que esté perdiendo la cabeza, pero no estoy preparado para sacar de la carretera a un abuelo y a su nieta en nombre de la reina.

—¡Blasfemo! —dijo John mientras se hacía a un lado para dejar pasar el coche.

Justo cuando el coche se acercaba a la altura de los hermanos, una explosión ensordecedora sacudió el desierto. Un géiser de tierra estalló en el aire desde la mediana de la carretera, don-

189

de habían enterrado una bomba. Ian y John salieron expulsados hacia los lados cuando la deflagración voló el cristal de seguridad de sus ventanillas. Piezas del coche civil llovieron sobre el capote y el parabrisas en mil añicos.

John pisó a fondo el acelerador, anticipando los posibles disparos que vendrían después. Miró por el retrovisor y vio lo que quedaba del Volkswagen, un armazón gris ennegrecido y consumido por las llamas, volcado en la cuneta. Ian se pasó la mano por el borde de la cara y el cuello. La piel le burbujeaba y sangraba. ¿Estaba vivo? Sí. Miró a John y vio que tenía trocitos del cristal de seguridad incrustados en el brazo, la mejilla y la sien.

Ian estableció contacto con el capitán Rai para asegurarse de que estaba bien.

—¡Estamos bien! ¡Ha estallado un coche! ¡Sigan conduciendo, conduciendo, conduciendo! —respondió absurdamente.

—De acuerdo —dijo Ian—. De acuerdo, capitán Rai. Sigo aquí. Estamos todos bien.

Pero no era verdad. Sucedía como con aquellos restos que habían volado tras la bomba. Ian estaba como desperdigado, perdiendo preciosas piezas pequeñas de sí mismo mientras rodaba por Irak.

Después de eso hubo un borrón. Ian recordaba que, varias millas más adelante, John detuvo el coche, se acercó tambaleándose al borde para vomitar y después retomó el volante y siguió conduciendo, conduciendo, conduciendo.

Maddie

Dos semanas antes

Camilla lleva los bolsillos de su sudadera negra de Aerosmith llena de bolitas para peces. Estamos en la fangosa orilla del estanque artificial que tiene detrás de su casa.

Lanza un poco de comida al agua y las carpas se acercan a comérselas con sus gigantes bocas feladoras. «Mira esas bocas», estoy a punto de decirle, pero me contengo. No digo lo primero que me pasa por la cabeza. Puede que tenga averías técnicas, pero suelo controlarme.

A excepción de ayer en el gimnasio. Eso fue raro. Sin duda, es una lata tener que conducir todo el trayecto desde Meadowlark hasta Overland Park para llegar con treinta minutos de antelación a tu clase de cardio *kickboxing* en Lifetime Fitness. Es una lata tomarte tu tiempo para apaciguar a tu inconsolable hijo de tres años antes de dejarlo en la guardería que huele a caca y lejía, coger la esterilla, las mancuernas, la toalla y la botella de agua, todo para que una mujer arrogante con un título se pasee ante ti con la espalda encorvada y se presente en clase dos minutos tarde. Es una lata cuando se coloca a tres centímetros de ti y deja una bolsa Fabletics y agua vitaminada justo donde se supone que tú estás haciendo tu dichosa llave de agarre con las piernas. Cualquiera estaría de acuerdo conmigo. Una puta lata.

Se me había acercado demasiado. Llegó tarde y se me había acercado demasiado, así que sucedió. Dije que había sido un accidente. Se lo dije a la mujer de la espalda encorvada que estaba llorando, se lo dije a la entrenadora del gimnasio que se la llevó corriendo con una bolsa de hielo y se lo dije incluso a la infeliz instructora que, para empezar, no debería haber permitido que se le llenase la clase de bote en bote. Perdón.

—¿No quieres echar comida a los peces? —pregunta Camilla.
Niego con la cabeza.
—¿Has hablado con el neurólogo del electroencefalograma?
Asiento.
—¿Y?
—No hay vacantes hasta agosto.
—¡Cómo es posible! ¿Y la resonancia magnética?
—Igual.
—Estás muy callada hoy.
—No he dormido bien. He tenido una pesadilla muy triste. Sobre Panda, la gata que tenía Jo.
—Me has hablado de ella. La gata que envenenaron. Con todas las crías. ¿Murieron?
—La verdad es que no —digo, recordando lo que Ian me había contado—. Al parecer, Ian se llevó a los gatitos a un refugio. Un par de ellos sobrevivieron.
Camilla parece perpleja.
—¿Ian hizo eso por Joanna? ¿Por qué? Después de todo lo que has escrito, creí que se odiaban.
La respuesta a esta pregunta seguramente le haría explotar la cabeza, como a mí. Pero no es asunto suyo.
—También he tenido una crisis de pánico esta mañana.
—¿Por qué no me lo has contado?
—Iba a hacerlo, pero hemos empezado la sesión.

Camilla echa al estanque los restos de bolitas que le quedan en el bolsillo, lo cual provoca un motín limoso.

—Entremos pues. Lo siento. Vamos a trabajar.

Entramos por la puerta trasera y nos quitamos las zapatillas. Supongo que ya me siento muy a gusto en este espacio. Mientras prepara una manzanilla, me pregunta por encima del hombro:

—¿Qué ha desatado la crisis de pánico?

—Me he puesto a fisgonear.

—¿Sí? —Se vuelve hacia mí.

—Sí. Ian tiene dos ordenadores portátiles. Uno para el trabajo y otro para sus juegos de alta calidad gráfica ultraespeciales. También tiene dos correos electrónicos. Uno nuevo para el trabajo, y el viejo, de hace años. He abierto una carta que iba dirigida a él. Al parecer, ha comprado una propiedad de la que no me ha hablado, así que me he puesto a fisgar entre sus pilas de papeles. Al final he sacado su portátil de juegos, he pirateado su contraseña y le he echado un vistazo a su antigua cuenta de correo electrónico.

—¿Y?

—Su ex ha estado enviándole *selfies* provocadores.

—*Uuff.* Mi hija me dijo que nunca hiciera eso. Existe una aplicación para tu teléfono que los borra después de un minuto o así.

Así que tiene novio. O novios. Le sonrío. Mira la abuelita.

—A ver, esa no es la cuestión, claro —dice, dando marcha atrás y ordenando un bolígrafo y un paquete de notas adhesivas en la encimera de la cocina.

Me hace reír. Me encanta.

—Dudo que esta mujer siga teniendo su número de teléfono —digo, incapaz de aguantarme la risa—. Aunque lo he intentado, tampoco he podido encontrar pruebas de que él le corresponda con fotos de su polla. Lo que he visto es una tarjeta digital apta para menores deseándole a ella y a sus padres feliz año nuevo.

193

—Pero no ha borrado las fotos guarras.

—No. Al menos no todas. Y guarda algunas en una carpeta que llama «Atracción fatal».

—*Humm*. ¿Y cómo te sientes tú?

—Puaj —digo, haciendo una mueca—. Pero no estoy enfadada. A ver, es un hombre. Son muy visuales, ¿no? Eso es lo que todo el mundo dice. No quiere decir que me esté engañando.

—Muy maduro por tu parte —dice, y me hace una seña para que la siga. Lleva el té a su despacho—. Ponte cómoda.

Me siento cruzando los pies bajo las piernas en la amplia y mullida butaca.

—Sinceramente, no ha sido eso lo que me ha provocado la crisis de pánico.

—¿Y qué fue? —pregunta.

—Mirar entre sus cosas en el sótano me ha llevado un tiempo. Nunca bajo ahí. ¿La carta esa rara que te estaba comentando? Era de una empresa que construye búnkeres. Parecía que estaba interesado en que le construyeran uno. ¡Son caros!

Camilla entrecierra los ojos sospechosamente y se da un golpecito con la punta del bolígrafo en la sien.

—¿Búnkeres? ¿En plan refugio subterráneo?

—Sí, supongo. Por eso he pensado: voy a ver qué anda tramando. He encontrado las fotos de Fiona por casualidad. Tampoco es que Ian hubiera intentado esconderlas. Pero lo que ha ocurrido es que, al levantar la vista, he visto la puerta que da a la parte fea del sótano. Y he tenido una sensación muy rara. Solo he estado allí unas cuantas veces, nada más mudarnos a la casa. De pronto, he sentido muchísimas ganas de averiguar lo que guarda…

Camilla levanta una mano y dice:

—Un momento. Esto es mejor que lo escribas, ¿no te parece?

—Vale.

Me da el cuaderno del gatito. Mientras acerco el bolígrafo

al papel, tengo unos segundos para pensar. Eso es importante. Necesito pensar con claridad. Miro a Camilla y digo:

—Me da pereza escribir y es tan fácil hablar contigo... ¿Y si hoy hablamos?

Se siente halagada.

—Claro. Hoy solo seremos dos chicas que charlan entre ellas.

—Como decía, de pronto, me ha intrigado mucho la parte fea del sótano. Ian hace como si ahí no hubiera nada. Yo pensaba que la llamaba la parte fea porque está sucia y da miedo. Creía que no había mucho dentro, solo la caldera, la bomba del sumidero, el barreño de plástico con el falso árbol de Navidad y todos los adornos y un puñado de arañas y ratones. Pero he entrado y, al abrir la puerta..., tiene una pared de agua.

—¿Una pared de qué? —Está claro que no es lo que se esperaba.

—Ladrillos de agua. Recipientes de plástico que apilas después de llenarlos de agua; puedes construir una pared de agua con ellos. Tiene allí agua suficiente para meses y meses. Y barriles de comida liofilizada. Suficientes huevos y patatas deshidratadas para un año o más. Cientos de latas de comida. Cuando digo cientos, podrían ser miles. Sopa, chile, carne enlatada y bolsas de arroz y cajas de insecticida y pilas, cuchillos, linternas, paneles solares, faros, tres series de arcos y flechas, bolsas de emergencia para sacos de dormir de los que solo usas para acampar en la nieve... y trampas. Trampas para animales. He alucinado. ¿Sabe Ian algo que yo no sé? Luego he pensado que no, que no sabe nada. Está loco. ¿Qué le espera a Charlie con un padre catastrofista? Y luego me he enfadado mucho conmigo misma. Tendría que haber ido con más cuidado. Sabía que no era... —Hago una pausa—. Sabía que no era la persona ideal que eliges como padre de tus hijos. Sabía que podía tener... sus cosas. Y... y... he decidido...

A Camilla le relucen los ojos; por fin va a obtener lo que ha estado esperando. Cuando habla, parece el personaje de un culebrón.

—¿Síííí? —susurra.

Estoy temblando. No puedo hablar. Tengo la certeza, la más absoluta certeza, de que algo triste y doloroso va a suceder. Y sé que no hay nada que Charlie o yo podamos hacer para detenerlo.

—No puedo contártelo.

—Sí que puedes, Maddie. Sabías quién era y lo elegiste de todas maneras. Decidiste tener un hijo con él sabiendo que es inestable. Puedes contármelo. ¿Qué has decidido?

Las lágrimas corren por mis mejillas y no me atrevo a mirarla a los ojos. No quiero que nadie sepa la verdad, pero necesito decirla.

—Vas a pensar muy mal de mí.

—No, no lo voy a hacer.

—Yo lo quería, pero sabía que no estaba bien del todo. Pensé que, si me casaba con él, a lo mejor tendría un hijo. Sé que suena fatal, traer un hijo al mundo con un hombre irascible, conflictivo, pero me dije que si Ian no se ponía mejor, entonces lo que pasara después sería… negociable.

—Oh, Maddie.

—Lo sé. Que Dios me ayude si alguna vez se entera de que he pensado en dejarle y en llevarme a Charlie conmigo. No sé qué sería capaz de hacernos.

—¿Lo sabe él?

—No lo creo.

—¿Lo sabe alguien?

Entierro la cabeza entre las manos y respondo:

—Sí.

—¿Quién?

—Sara, mi hermana.

—¿Y nadie más? —pregunta, inclinándose hacia mí como si le estuviera susurrando y le costara oírme.

—Solo ella —digo—. Solo Sara. Y hace unos días se lo conté a Joanna.

Decidí llamarla. Por la mañana.

Me quedé tumbada con Charlie un buen rato la víspera, acariciándole la espalda. No quería ir a mi dormitorio y quedarme mirando el techo, dándole vueltas a la idea de invitar a Joanna a casa, preguntándome si estaba cometiendo un error.

Lo que no quería era que se repitiera lo que había sucedido la única vez que habíamos hablado desde mi última visita. Había sido cuatro años antes, puede que más. Yo estaba embarazadísima y con las hormonas disparadas. Esa fue mi excusa. Por eso fui tan inocente y pensé que se alegraría por mí, que quizá vendría a verme y podría abrazarla de nuevo.

—¿Diga? —respondió al primer timbrazo.

Se oía el tap-tap de fondo; sabía que Joanna era capaz de simultanear tareas con eficacia. Contestó al teléfono mientras tecleaba en su ordenador.

—¿Jo? —dije con timidez.

Ahí estaba otra vez: esa voz tímida, obediente, que no era nada propia de mí. Esa pequeña y asustadiza parte de mí que solo me salía con Jo.

—¡Maddie! —exclamó tan fuerte que se diría que había ganado la lotería—. ¡Estaba pensando en ti ahora mismo!

—¿Cómo? —me quedé sorprendida—. ¿En serio? ¿Por qué? —La conversación estaba tomando un derrotero que no era el que yo había imaginado en absoluto.

—Juro por Dios que sí. Estaba aquí, en Misisipi...

—¡Misisipi! —Joanna siempre se había preguntado en voz alta cómo conseguía ir a ver a mi madre y a mi padre todos los años a Kansas sin cortarme las venas, ¿y ahora ella estaba en Misisipi?

197

—¡Sí! —dijo con entusiasmo—. Estoy trabajando para una organización de reasentamiento de refugiados, y adivina adónde va nuestra primera familia siria el año que viene... ¡A Kansas City! ¡Ueeee! ¿No es de locos? Estaba diciéndole al chico de la oficina que pasé mucho tiempo allí con mi vieja amiga Maddie. ¡La mejor barbacoa del mundo! Estaba hablando de ti, literalmente. ¿Tenías un cosquilleo?

Seguía teniendo el cosquilleo. No me salía la voz. Era incapaz de responder como una persona normal.

—¿Qué? —dije sin sentido—. ¿Cómo estás? —pregunté mirándome la enorme barriga de embarazada y tocando el suelo. Bultos y actividad volcánica.

—Estoy bien —dijo. Seguí oyendo el teclado. Joanna estaba priorizando. Esta conversación no era tan importante para ella como para mí. Típico—. ¿Cómo estás? ¿Qué te cuentas? ¡Qué bonita sorpresa, es de locos!

Yo solo tenía algo nuevo que contarle. Solo había ocurrido un acontecimiento trascendental en mi vida.

—Voy a tener un hijo, Jo. Un niño. Me preguntaba si podrías venir a verme. Me preguntaba...

Me callé. ¿En qué estaba pensando? Oí que había dejado de teclear; puede que hasta hubiera dejado de respirar. El silencio era absoluto.

—¿Entonces tú e Ian os casasteis, después de todo? ¿De verdad? —Su voz era suave, contenida.

—Sí. Jo, escúchame, por favor. Estoy un poco asustada y te echo de menos...

Colgó, pero no antes de que yo pudiera oír el comienzo de un sollozo furioso que se le escapó de la garganta.

El bebé dio una patada.

Υ

Y, por cosas de la vida, hace solo unos días estaba acurrucada junto a ese mismo bebé —ahora un niño pequeño de casi cuatro años que crecía muy rápido— y de nuevo me aterrorizó la idea de llamar a mi mejor amiga, Joanna.

Me levanté y bajé a servirme una copa de vino.

A la mierda, pensé, voy a solucionar esto de una vez por todas. Marqué su número de teléfono.

Joanna no estaba en el trabajo. No estaba tecleando ni atareada, ni siquiera pareció incómoda después de tanto tiempo.

—Estaba esperando tu llamada —dijo—. Cuéntamelo todo.

Ian

2006

*I*an estaba temblando. Nadie se daba cuenta, o eso esperaba él. Nadie sabía que oía chasquidos bajo sus botas al caminar. Le ocurría todo el tiempo. Todas las noches soñaba con la iglesia africana. La iglesia a la que había ido con la doctora Rowley. Se había vuelto cauto. Hablaba menos. No quería que nadie le molestara.

Se sentó en el vestíbulo del Khanzard Hotel a redactar en su ordenador portátil un correo electrónico de despedida para Maddie. Volvía a pensar que no saldría de allí con vida. Era una montaña rusa. Voy a ir a buscarte. Sobreviviré a esto. Nunca volveré a verte. Lo siento. Tenía buenos días y malos días.

John se sentó a su lado.

—El coronel acaba de llamarme por teléfono para pedirme un favor.

—¿Sí? ¿Qué favor? —Ian hablaba casi como una persona normal. La voz apenas le temblaba.

—Quiere que hagamos una valoración de uno de los recintos de la coalición. Los han atacado varias veces y quiere mejorar su seguridad.

Ian se irguió. El trabajo lo centraba y le daba un objetivo.

—Pues parece que nuestro deber es ir y comprobar lo que nos han pedido.

—¿Y mañana qué, entonces?

—¿Mañana? —preguntó Ian con una mueca.

—Lo siento. ¿No querías ir a broncearte a la piscina mañana?

—Uf, tendremos que irnos al alba.

—No es como si te hubiera pedido que pasaras por casa de mamá para jugar a las cartas con Helen y Lynn, ¿verdad? Sé que es una cosa de último minuto, pero es importante.

—Vale, vale. —Ian se puso en pie y se estiró—. Pues no hay más que hablar. Te veo a las cero quinientas.

John señaló una bebida clara con hielo que había en la mesa al lado de la silla.

—Cero quinientas.

—Eso es exactamente lo que acabo de decir.

—¿Es vodka?

—¿Lo es? —preguntó Ian, retrocediendo teatralmente—. ¡Puaj! ¡Por el amor de Dios, apártalo de mi vista!

—Cuento contigo. No quiero tener más problemas. No me obligues a ir a sacarte a rastras de la cama.

—Vete a tomar por culo, mami. Estoy bien. ¡Dios! Ni que fuera un crío.

Se alejó despreocupadamente y se sacó del bolsillo el paquete de tabaco mientras se acercaba al grupo de reservistas que charlaban en la recepción.

—¡Eres un crío! —gritó John, captando el interés general en la sala—. Y dentro de quince minutos iré a cambiarte los pañales y a arroparte.

Ian le hizo la peineta mientras las tropas estadounidenses reían a coro.

De: Ian Wilson
A: Madeline Brandt
Enviado: Viernes 8 de agosto de 2006
Asunto: Adiós, Pétalo

Querida Maddie:

Dije que haría una fortuna e iría a buscarte. Dije que volvería al colegio y me sacaría un diploma para no tener que volver a hacer esto nunca más y poder vivir una vida normal contigo. Dije muchas cosas. Lo siento. Al menos nunca llegué a enviarte ninguno de esos mensajes.

Resulta que mentí y no podía soportar que pensaras que había vuelto a mentirte.

No voy a volver. Estoy muy lejos de llegar como un príncipe salvador a lomos de un caballo blanco hacia ti con un falso ramo de flores.

Alguien le disparó a la perra preñada a la que yo daba de comer. Fui a Halabjah y una mujer me dijo que primero los pájaros dejaron de cantar y luego los niños empezaron a morir.

Y antes de todo esto, pasó lo de Ruanda y la iglesia y la historia que no me atreví a contarte. Helena y yo tomamos un atajo a la iglesia desde nuestro coche y, cuando íbamos por medio de aquella pradera, nos dimos cuenta de que estábamos caminando sobre huesos. Había un *body* de bebé; creo que vosotros lo llamáis mono. Y un vaso de destete. Y un coche de juguete. Y huesos.

Me temo que después de esto estaré muerto aunque no muera.

Algunas personas se reían de nosotros, ¿lo sabías? A los guardaespaldas nos llamaban «sacos de arena humanos». No servimos para otra cosa que para bloquear las balas. Tú me hiciste sentirme importante y querido. Tú me veías. Eso significa para mí más de lo que nunca podrías imaginar. Una flor luminosa inesperada. Me lo digo por las noches. Pétalo.

Siempre recordaré Skopie, ese lugar lleno de odio y el increíble regalo de tu aparición y de hacerme sentir vivo. Gracias.

Lo que yo deseaba era inocente y fantasioso. No voy a dejarte marchar. Estoy aceptando que nunca estuviste a mi alcance…

Pero Ian nunca envió el correo.

Ni murió.

Al contrario, tres días después de haberle hecho el favor de valorar el recinto, el coronel llamó a los hermanos, que se entretenían limpiando sus armas en el balcón de su hotel. Les dijo que habían bombardeado el recinto y que, de no haber sido por las mejoras que Ian y John les habían aconsejado, decenas de personas estarían muertas. También les dijo que le habían llegado rumores de que querían crear su propia empresa. Le pareció un proyecto brillante y tenía cierta idea de dónde podrían conseguir su primer contrato.

Dos meses más tarde, los hermanos habían fundado su propia empresa privada, a la que llamaron Bastion Defense, y consiguieron su primera licitación con ayuda del coronel. Fue un negocio de once mil dólares que les dejó cuatrocientos dólares de beneficio. Pero, al cabo de otros seis meses, durante los cuales agotaron sus tarjetas de crédito, compitiendo por licitaciones y perdiéndolas, ganaron un contrato multimillonario con una constructora estadounidense que necesitaba protección para reconstruir centrales eléctricas por todo Irak.

Pasaron los años y, en la carpeta de borradores del correo electrónico de Ian, el número de cartas no enviadas a Maddie crecía sin cesar.

El día del asesinato

*E*ra un sonsonete desgarrador.

—Me has hecho daño. Me has hecho daño.

El niño dentro del cuarto de baño sonaba tremendamente sorprendido, roto, traicionado. Por muy duro que fuera oír su dolor y su miedo, también resultaba esperanzador: estaba vivo. Diane apoyó la mano en el asa de la puerta y empezó a girarla, intuyendo que el niño estaba solo.

—*Shhh*. No te asustes…

Abrió la puerta del cuarto de baño y ahí estaba. Ojos marrones y una maraña de pelo rizado. Él la miró, con los ojos muy abiertos, inmóvil, agazapado en un rincón. Al cabo de un segundo, Diane comprendió que el niño estaba paralizado por el miedo.

Diane empezó a cerrar la puerta detrás de ella y él aprovechó ese momento para huir. Era un cuarto de baño que daba a dos habitaciones; el crío salió corriendo por la segunda puerta. Diane consiguió agarrarlo del brazo a tiempo.

Él intentó zafarse y se puso a chillar.

—Lo siento —susurró Diane, y se llevó un dedo a los labios—. ¡*Shh*! ¡Lo siento mucho! Pero tenemos que hablar bajito, ¿me oyes? Solo susurros.

Se acallaron sus gritos y el niño miró a Diane a los ojos, que eran tan oscuros como los suyos.

—¿Está tu mami en casa?

Él asintió.

—¿Está herida?

El niño se encogió de hombros, miró al suelo del baño y recogió un juguete de plástico para la bañera.

—Este es Delfín —dijo.

—Me encantan los delfines —susurró ella—. Nadé con un delfín cuando era un poco mayor que tú. En México.

El chico esbozó una tenue sonrisa.

—¿Puedes contarme qué ha pasado esta noche?

Se lo pensó, moviendo el delfín con las manitas.

—Mami tenía un invitado cuando papi volvió a casa.

Su barriguita asomaba por encima del pañal de noche y tenía los ojos soñolientos. Estaba traumatizado. Diane lo reconoció como el niño de la galería de fotografías de momentos felices en familia que había visto en el recibidor. El niño de los ojos dichosos en el zoo de mascotas. El niño que se reía con Santa Claus. El niño que jugaba en la playa.

A solas en ese cuarto de baño con él, tuvo una repentina sensación de claustrofobia y vulnerabilidad.

—¿Tienes hermanos o hermanas?

Él negó con la cabeza.

—¿Me dejas que te coja en brazos y salimos de aquí, cariño? ¿Te parece bien? Creo que ya es hora de que salgamos.

Él asintió.

Diane levantó al niño y pasó sus piernas a horcajadas sobre sus caderas. Con la pistola a un lado para no asustarle, se dirigió con cautela hacia el pasillo. Diane oía las sirenas en la calle y vio las luces rojas intermitentes que latían en las ventanas. A un lado del pasillo, divisó un hueco y una barandilla.

—¿Son unas escaleras? —preguntó, haciendo un gesto con la barbilla.

El niño asintió.

Diane lo llevó silenciosamente por la oscura y estrecha es-

205

calera de madera. Cuando llegaron abajo, antes de entrar en el salón, le dijo:

—¿Te han vendado alguna vez los ojos? ¿En alguna fiesta de cumpleaños con piñatas?

—Una vez —respondió.

—¿Puedo taparte los ojos con la mano durante unos segundos? Como un juego. ¿Te parece bien?

Él asintió. Diane tenía que enfundar la pistola para poder taparle el rostro con la palma y los dedos de la mano mientras pasaba rápidamente por la zona de la cocina hacia la entrada trasera. No quería que el niño viera la sangre.

Sujetaba al niño con una mano debajo de sus nalgas. Hubo un movimiento en el jardín. ¿Los perros? Después oyó un arañazo débil. Diane miró hacia el lado donde había una ventana. ¿Había arañado el cristal la rama de un árbol? No recordaba que soplara viento al llegar. Las luces de la cocina estaban encendidas y fuera era noche cerrada. La puerta de cristal era una combinación de reflejos del interior de la casa y el opaco perfil de los árboles y la fronda que bordeaban el jardín. Diane ahuecó junto a sus ojos la mano que tenía libre y la apretó contra el cristal, buscando con la mirada.

Los perros seguían jadeando al otro lado de la puerta, donde los había dejado, esperando impacientes a que les permitieran entrar. Vio el cajón de arena. La mesa de juegos de agua. Los arbustos.

Y el perfil de un hombre, a unos pasos de ella en el jardín, junto al árbol que había arañado la ventana. Vio la visera de una gorra de béisbol y, debajo, una barbilla picuda y un cuello estirado. El hombre, que al parecer había intentado esconderse de espaldas entre los árboles y los arbustos que rodeaban la casa, volvió la cara hacia Diane.

—¡Hay un hombre en el jardín! —gritó Diane a pleno pulmón.

Dejó al niño en el suelo y abrió la puerta trasera. El hombre con la gorra de béisbol salió corriendo hacia los árboles y tropezó con la caja de arena, cayendo sobre una planta; concretamente, una prehistórica hierba de la Pampa.

—¡Hombre huyendo por detrás! —gritó Diane en el jardín antes de cerrar la puerta. Había un interruptor al lado de la puerta y lo encendió, deseando que fuera la luz del jardín—. ¡Bill! —dijo sin aliento en el micrófono—. Tenemos a un hombre que huye. Acabo de verlo fuera. Se dirige a la parte sur.

Bill contestó por el micrófono:

—¡Lo veo!

Shipps, que estaba en el vestíbulo, gritó:

—¡Voy a cortarle el paso por delante! —Salió por la puerta delantera, dejándola abierta.

El niño temblaba y tragaba saliva.

Diane volvió a subirlo en brazos y dijo:

—Voy a llevarte en brazos otra vez y vamos a jugar un segundo más a taparte los ojos, ¿vale?

Le tapó los ojos con la mano otra vez y avanzó hacia la puerta delantera. Cuando llegó, Bill le habló por el micro:

—¡Lo tenemos! ¡Shipps y yo lo tenemos! Está esposado.

—Recibido —respondió Diane—. C. J., ¿puedes venir a la puerta principal?

C. J. apareció unos segundos después. Diane le pasó al niño en brazos.

—¿Puedes llevarlo a la ambulancia y que lo examinen? Tengo que terminar de revisar la parte de arriba.

—Claro.

Se volvió para irse y entonces miró atrás. El niño la miraba como si lo hubiera traicionado.

—No te pasará nada —dijo ella, y se fue.

Diane entró de nuevo en la casa, subió a saltos los escalones y volvió sobre sus pasos hasta llegar al dormitorio principal. Primero comprobó el vestidor y luego pasó al cuarto de estar. Por último, trepó los tres escalones que conducían al dormitorio grande. Con la linterna y el arma en posición, echó una ojeada a su alrededor.

Vio una butaca cómoda y mullida. Un montón de colada. Un banco al pie de la cama. Había dos mesillas de noche a cada lado de la cama, en una de las cuales reposaban una pila de libros. Diane enfocó la linterna hacia el espacio entre la mesilla de noche y la pared. Lo primero que vio fueron dos pantorrillas desnudas, delgadas, cadavéricas. Espinillas huesudas y largas, juntas, pies descalzos. Una mujer inmovilizada en aquel angosto espacio; tenía las rodillas plegadas contra el cuerpo, rodeadas por los brazos. Tenía los ojos cerrados, a pesar de la potente luz de la linterna, y la cabeza echada hacia un lado. Llevaba una camiseta de tirantes y pantalones cortos. Sus cabellos lacios y ondulados parecían gusanos negros reptando por sus pálidos hombros.

Diane dijo en voz baja:

—Policía.

La mujer no se inmutó.

Diane se arrodilló delante de ella y apoyó los dedos en su arteria carótida. Tenía pulso.

Mientras Diane lo comprobaba, los ojos de la mujer, de un rojo monstruoso, se abrieron desmesuradamente. Cogió a Diane de la mano. Abrió la boca y de ella salió un chillido gutural espeluznante que hizo retroceder a Diane. Apuntó con la pistola a la mujer, que cerró la boca como una marioneta.

Una luz se encendió en el pasillo. Una sombra dibujó una mancha negra en la pared color crema. Hubo un golpe sordo en las escaleras. Y luego otro. Una silueta encorvada, con una pala elevada sobre su cabeza, apareció en el vano de la puerta. La silueta avanzó pesadamente. Diane se volvió hacia ella empuñando el arma, dispuesta a disparar.

—¡Tire el arma! —gritó—. ¡Tírela ahora mismo o es hombre muerto!

Al otro lado de la ventana, el jardín era una vibración de luces rojas y azules proyectadas rítmicamente sobre el rostro de Diane, que tenía los ojos bien abiertos, sin apenas pestañear.

Maddie

Doce días antes

$\mathcal{E}$n mi última sesión con Camilla, no tenía ganas de escribir, y me dejó salirme con la mía. En parte. Porque me mandó deberes para casa: quiere que escriba sobre una época en la que perdí los estribos.

¡Vaya tela!

¿Por dónde empiezo? Nuestro servicio de televisión por cable. El seguro médico. El crío ese, Blake, que chincha a Charlie en el Club Infantil. Los adolescentes que conducen por nuestro vecindario a toda velocidad. Las noticias. Los políticos. Las personas que torturan animales. Ian. Ian me ha cabreado muchas veces. Probablemente, la peor fue cuando me plantó en Bosnia. Recuerdo el cabreo.

No, esa no fue la peor. Ahora lo recuerdo.

Deberes para la doctora Camilla Jones

Una vez que me enfadé mucho

Por Madeline Wilson

Estábamos jugando.

Así es como empieza la historia. Esto es lo que recuerdo: estábamos jugando. Charlie y yo. No recuerdo dónde estaba Ian. ¿En Kazajistán? ¿Corea del Sur? La verdad, no tengo ni idea. Puede que no estuviera fuera. Puede que estuviera en el sótano y lleváramos un tiempo sin verlo.

Yo iba detrás de Charlie. Iba diciéndole: «¡Corre que te pillo!».

Él se reía y corría, y yo estaba un poco preocupada porque no dejaba de volverse a mirarme por encima del hombro y me daba miedo que se diera un tortazo contra la pared o algo parecido y se lastimara. Le dije: «Ya vale, Charlie. Vamos a parar un poco. Ven que te corte una manzana».

Pero no paró. Subió corriendo las escaleras, sin dejar de hacer esas curiosas respiraciones profundas que hace cuando se emociona y se lo pasa pipa.

Quería que lo persiguiera. No quería que el juego se acabara. Me deslicé por el vestíbulo y vi sus piernas reflejadas en el espejo que hay en lo alto de las escaleras. Estaba esperándome, junto a la barandilla, mirando.

Corrí escaleras arriba detrás de él. Dije: «¡Que te pillo!».

Soltó una risita y huyó.

Cuando llegué a lo alto de las escaleras, él saltó al otro extremo. Llevaba su pistola.

—¡Oh, no! —grité, levantando las manos en alto—. ¡No dispares!

Pero disparó de todas maneras. El tapón me dio en el brazo.

—¡Ay! —grité, y me tiré al suelo—. ¡Me has matado! ¡Estoy muerta!

Charlie recorrió el tramo del pasillo con la pistola colgando a un costado, con un aire de pequeño cazarrecompensas. Me miró tirada en el suelo, y yo sujetándome el brazo, pero no se rio. Estaba pensando en algo.

—No estás muerta —dijo—. No te he dado en la X.

Me senté.

—¿Qué es la X?

Trazó una X en su torso, del hombro a la cadera opuesta, y lo mismo del otro lado.

—Esto es la X. Solo ganas si le das a la X.

Lo miré a los ojos.

—¿Quién te ha dicho eso?

—Papi —respondió.

—¿Cuándo? —pregunté.

—Cuando me enseñó a disparar bien.

—No sabía que papi te había enseñado a disparar.

—Tú estabas en la tienda. Era un secreto.

Me concentré en lo que me contaba.

—¿Tú y papi tenéis secretos que no me contáis?

—No.

—Pero acabas de decirlo. Has dicho que era un secreto. ¿Dijo papi «No se lo digas a mamá»?

—Dijo que no te gustaría.

—¿Por qué no iba a gustarme que jugarais con una pistola de broma? —Y entonces lo comprendí—. Oh —dije.

Charlie movió adelante y atrás sus piernas rollizas. Nervioso.

—¿Te estaba enseñando papá cómo disparar esta pistola? —pregunté, dándole un manotazo tan fuerte a la pistola que Charlie tuvo que esforzarse por que no se le cayera.

—No.

—¿Entonces qué pistola era, Charlie? ¿Qué pistola era esa con la que papá te enseñó a disparar?

—Su pistola.

—¿Su pistola? —me temblaba la voz. Charlie estaba asustado—. ¿Qué pistola? ¿La grande o la pequeña?

El pecho de Charlie subía y bajaba. No quería responderme.

—¿Cuál? —grité.

—¡El rifle! —respondió por fin—. ¡El rifle como el que tendré cuando cumpla ocho años!

Y esto, Camilla, me enfureció de la hostia.

Ian

2009

De: Ian Wilson
A: Madeline Brandt
Enviado: Domingo 13 de enero de 2009
Asunto: Hola

Hola, Maddie:

Te he escrito varias cartas, pero no te he enviado ninguna. Me asustaba un poco no tener respuesta tuya o notarte distante e indiferente, o enterarme de que te habías casado o, peor aún, que me mandaras a la mierda.

Sigo lamentando mucho lo que ocurrió cuando te dejé en Bosnia, pero la verdad es que tomé una buena decisión.

John y yo hemos creado nuestra empresa. Ganamos un dineral, Maddie. No tendré que volver al colegio. Ahora tengo suficiente dinero. Estamos dejando las operaciones en manos de nuestros empleados y nos tomamos un largo descanso, larguísimo. Puede que incluso lleguemos a cerrar la empresa.

Nos hemos limitado a transferir una parte del dinero de la empresa a nuestras cuentas bancarias y, de momento, lo único que he comprado es un par de espadas antiguas y una nueva bañera terapéutica para mi madre, en Birkenhead, que mi hermano Robbie le va a instalar a petición mía. Lo que quiero de verdad es comprar algo bonito para ti.

Siento haber estado desconectado tanto tiempo. He tenido subidas y bajones, pensando que iría a buscarte para enamorarte perdidamente; luego, durante un tiempo, creí que no volvería jamás a casa. No tenía sentido seguir acosándote.

Ahora tengo tiempo libre. He pensado que a lo mejor te apetecería venir a verme. Tengo una bonita casa en Chipre. O a lo mejor podría ir yo a verte. Siempre he querido ver Kansas. O a Nueva York. Iré donde tú estés.

Estoy un poco nervioso, Maddie. Hay algo que debería decirte. Algo que sé desde hace mucho tiempo. Te quiero.

De no haber sido por estas dos últimas palabras, Ian podría haberle enviado el correo a Maddie.

Pero no lo hizo.

En lugar de eso, Fiona le hizo una de sus extrañas visitas sorpresa a su nueva casa de Chipre. Ian estaba saliendo a la piscina en sandalias cuando ella apareció.

—¡Sorpresa! —exclamó ella, seductora, con su larga cabellera reluciente, unos *shorts* vaqueros mínimos y tacones, saludándolo con la mano desde la calle mientras pagaba al taxista—. ¡Fergus y yo hemos roto!

La última vez que la había visto, ella se había emborrachado y lo había acusado de intentar acostarse con su cuñada, que estaba embarazada. Luego le mordió. Ian llevaba tiempo sospechando que era bipolar y cortó con ella por enésima vez. Cada vez que él la dejaba, ella amenazaba con suicidarse y le enviaba largos mensajes de texto con los detalles de lo que pensaba hacer para lograr su propósito, a veces con fotos incluidas. Una vez intentó conseguir una orden de alejamiento contra ella, pero como no había guardado ninguna prueba, no lo consiguió.

No se alegraba de verla, aunque debía reconocer que la treintena le sentaba de maravilla. Después de tantos coqueteos con la muerte, le pareció que Fiona suponía una amenaza mucho menor. Y él no había tocado a una mujer en mucho tiempo. La dejó entrar en casa, con una sensación de oscuro placer y penosa vergüenza. Se la folló en la mesa más próxima a la puerta de entrada. Luego ella preparó unas copas.

Una semana más tarde, seguían en las mismas.

La mano llena de cicatrices de Ian envolvía un vaso de plástico gigante colmado de vodka y hielo, y la otra sostenía a duras apenas un cigarrillo que se sumergía dentro y fuera del agua. El cigarrillo estaba empapado y echado a perder, pero, aun así, él seguía sujetándolo entre los dedos mientras entraba y salía de sí mismo.

El flotador de plástico tenía una cabeza de caballo rosa que asomaba entre sus musculosas piernas. Cuando el agua de la piscina se movía suavemente con el movimiento del filtro flotante, Ian parecía un vaquero borracho luchando por permanecer a lomos de su vieja yegua renqueante.

La música tronaba desde el interior de la villa, pero pudo percibir el súbito sonido del cristal rompiéndose. Tiró el cigarrillo a la piscina y se cayó de bruces en el extremo que menos cubría. Al cabo de un segundo, se levantó, se sacudió el agua del pelo y salió a gatas de la piscina. Avanzó dando tumbos hacia la cocina, y se golpeó el dedo del pie contra una *chaise longue*. Mientras se detenía con un grito silencioso, miró por la ventana entornada de la cocina.

Una pila de cubertería de plata relucía en medio del suelo de linóleo. Fiona, revelando con un gruñido los dientes felinos y las encías rojo sangre, estaba desencajando el tercer cajón del armario. Cuando consiguió soltarlo, se lo levantó por encima de la cabeza y lo aplastó contra la encimera.

Ian se deslizó por las baldosas mojadas y casi se cae en su carrera hacia la puerta de la cocina.

—¿Se puede saber qué estás haciendo? —gritó.

Ella no dijo nada. Sus ojos pintados de kohl daban miedo. Fue tambaleándose al salón contiguo y utilizó el brazo entero para barrer la lámpara de una mesita. Se hizo añicos contra el suelo.

—¡Para! —gritó Ian, pero ella continuó en silencio.

Lanzó un cenicero contra la pared. Le dio una patada a una silla. Justo cuando se disponía a arrancar una fotografía enmarcada en cristal, Ian llegó a tiempo y le sujetó los brazos, inmovilizándolos a los lados.

—¡Suéltame! —escupió ella, intentando liberarse—. Me pones enferma. Eres patético y estás pirado.

—¡Eres tú la que está destrozando la casa!

—Me has mentido.

—¿Sobre qué?

—Me dijiste que no te estabas acostando con Maddie.

Ian le quitó las manos de encima y dijo:

—No lo hice.

—¡Mentiroso!

Fiona corrió a la cocina y tiró una gran sartén de acero por la ventana. Pesaba mucho y golpeó la encimera antes de caer al suelo con un ruido sordo.

—Se acabó. Te vas ahora mismo.

—¡No tengo ningún sitio adonde ir! —De repente, Fiona se desmoronó en el suelo y rodó a un lado. Comenzó a sollozar y se enroscó en posición fetal—. No tengo ningún sitio adonde ir.

—Fiona… —Ian se agachó y le apartó con dulzura el pelo de los húmedos ojos verdes. Tenía la cara manchada y le temblaba todo el cuerpo—. Estás comportándote como una loca de remate, y quiero que te metas en la cama. Mañana te reservo un vuelo de vuelta a Escocia.

—Voy a suicidarme y será culpa tuya.

—¿Sabes lo que te digo? Llevas amenazándome con eso desde nuestra tercera cita. A estas alturas, si así es como quieres resolver esta relación, adelante. Yo me desentiendo.

—La odio. La odio con todas mis fuerzas.

—Será mejor que duermas.

Ayudó a Fiona a levantarse y pasó uno de los brazos de la chica por sus hombros. Cargó a medias con ella por las sinuosas escaleras hasta el dormitorio y la dejó encima de un montón de ropa sucia apilada en la cama.

Apagó la luz, bajó las escaleras y volvió a la piscina. El sol se había puesto mientras ellos discutían, y encendió una vela antimosquitos. Pensó en ir a por el vodka, pero las luces del pueblo pescador más abajo empezaban a diluirse, como vehículos que circulan por una autovía.

Reinaba una calma casi absoluta, pero no era como estar en una cabaña enclavada en un valle bucólico entre montañas boscosas. No era el santuario que Ian quería. Si bien la villa estaba aislada, encaramada entre edificios vacíos y proyectos de construcción inconclusos, seguía teniendo vecinos. Tala, el pueblo más cercano, quedaba a quince minutos en coche, pero había familias chipriotas diseminadas por la ladera. Por la sinuosa carretera que cruzaba la montaña seca y polvorienta, casas blancas de adobe a medio acabar se cocían al calor mediterráneo. Más abajo, donde los resecos cerros cedían a las aguas azul turquesa, se hallaba el festivo Pafos, bullicioso lugar de veraneo muy frecuentado por británicos y alemanes. A pesar de que Fiona le había suplicado que la llevara al pueblo a comer o a tomar una copa en uno de los pubs para turistas, Ian se negaba a acercarse a los lugares concurridos. Él se quedaba en su cerro y observaba desde lo alto el pueblo atestado de gente y lanchas, motos acuáticas, sandalias y quemaduras solares. No quería ningún trato con ellos.

Cuando él y John decidieron delegar la mayoría del trabajo administrativo de Bastion, trasladaron su base de operaciones a

217

Chipre. Ian acababa de firmar el arrendamiento de aquella villa proyectada en serie, curiosamente ubicada en un cementerio de proyectos de viviendas vacacionales inacabadas en medio de un descampado abandonado, invadido por gatos y lagartijas.

Poco antes de la visita sorpresa de Fiona, había bajado en coche al supermercado de Tala y había llenado un carrito de alcohol y carne.

Contemplando el Mediterráneo a sus pies, y la península más allá, donde Siria lo separaba de sus hombres y de su trabajo en Irak, se maravilló de seguir vivo. Hora de otro vodka.

Caminando lentamente por la cocina hacia el armario de los licores, echó un vistazo a su ordenador y vio que tenía abierto el correo electrónico. Cuando se acercó a mirar, vio que se trataba de su carpeta de «Borradores». Era una carpeta que no usaba. Nunca había guardado sus correos como borradores; simplemente los cerraba antes de terminarlos y luego se olvidaba de ellos. Pero allí estaban: más de un centenar de cartas para Madeline inacabadas. Ahora entendía por qué Fiona le había dicho, no sin razón, que era patético y estaba pirado. Se preguntó hasta dónde habría llegado Fiona con su aparentemente interminable alijo de cartas de amor a Maddie antes de ponerse hasta arriba de alcohol y destrozar la casa.

Se enderezó y caminó hasta la parte de la piscina que menos cubría. Casi se cayó al intentar agacharse para sentarse en el borde.

De todos los desenlaces que había imaginado, este no era uno de ellos. Cuando su consejero escolar le preguntó, años atrás, cómo veía el futuro, jamás hubiera respondido: «Pienso proteger a la supuesta buena gente de la supuesta mala gente, y luego tengo pensado amasar una fortuna a costa de una trágica guerra. La coalición jamás se coaligará y los países que se hayan negado a ayudar se cabrearán por no haber recibido ningún botín de guerra. Después de que nada de esto haya acabado, nada pero nada, decidiré quedarme en mi piscina sin más, con una mujer que he aguantado a mi lado como una lapa durante años por ninguna otra razón que la de no querer que otra persona muera. Así que estaré con ella, en vez de estar con la mujer que amo. Y luego me pasaré borracho la mayor parte del tiempo, preguntándome si mañana será el día que no me levantaré».

La primera vez fue cuando acababa de cumplir los veinte. No se había reído exactamente de ello, pero tampoco había reflexionado al respecto con la curiosidad mórbida que sentía ahora. Desde entonces, escaparse por los pelos se estaba volviendo más frecuente y serio, y era más difícil despacharlo con el sentido del humor de un soldado.

En una noche oscura, en un camino solitario fuera de unas barracas militares en Bielefeld, Alemania, apareció el gigante ebrio de ojos feroces que Ian había estado persiguiendo en su coche de policía.

Atiborrado de alcohol y adrenalina, el hombre se abalanzó sobre la ventana abierta del conductor y rodeó con sus manos rollizas el cuello de Ian. Este no tuvo más opción que apretar el acelerador y avanzar a toda pastilla mientras el hombre colgaba medio cuerpo por la ventana. Le aplastó las piernas contra una hilera de vehículos aparcados a un lado de la carretera, cuyas alarmas se activaron una detrás de otra. Finalmente, el hombre cayó y rodó como un leño hasta que se detuvo en el suelo boca abajo.

No mucho después, ocurrió lo de aquella noche extrañamente tranquila, cuando trabajaba en Burundi. Ian acostumbraba a leer un libro mientras trataba de no hacer caso de los esporádicos disparos de otro intento de golpe de estado. El equipo había terminado de cenar y hablaban de los acontecimientos del país con un mínimo de esperanza. Ian salió a fumarse su último cigarrillo antes de irse a dormir. Al cabo de unos segundos, una explosión tremenda sacudió el suelo. El humo salió en espiral de detrás de las palmeras que jalonaban la carretera, y tapó la luna. Ian se quedó mirando hacia la explosión, con la mano en la pistola, esperando y respirando con fuerza.

Habían puesto una mina terrestre fuera de la residencia del embajador. Iba dirigida contra el primer coche que cruzara la carretera a la mañana siguiente. Alguna persona desafortunada y desconocida había tomado la fatídica y arbitraria decisión de pasar por allí después del toque de queda. El primer coche en la carretera a la mañana siguiente habría sido el de Ian y el embajador. Así pues, un desgraciado acababa de salvarle la vida pagando con la suya.

Ian nadó hasta el caballo de plástico rosa que se meneaba arriba y abajo en la piscina.

—¿Por qué sigo aquí? —preguntó—. ¿Yo? No soy nada.

El caballo lo miró con ojos gigantes, negros e inertes.

Permaneció mucho tiempo en silencio. Finalmente, salió de la piscina y fue dejando un rastro de agua por la cocina y las escaleras de madera. Quería comprobar si Fiona estaba bien.

En lo alto de las escaleras vio que la lamparilla de noche estaba encendida y proyectaba un alargado haz de luz tenue a través de la puerta hasta un tramo del pasillo. No se oía nada. Caminó sin hacer ruido hasta la puerta y miró en el interior del dormitorio.

Fiona no estaba acostada, sino apoyada en el cabezal de la cama, desplomada, con la melena lacia, los brazos a los lados, las manos hacia arriba encima de las sábanas.

Ian notó un escalofrío en la columna.

—¿Fiona?

Ella no se movió.

Ian notó que el vómito le subía a la boca y se lo volvió a tragar. Dio un paso adelante.

—¿Fiona?

Ella levantó la cabeza y lo miró a través de su pelo.

—Si no fuera por ella, tú y yo estaríamos casados ahora. Con un niño pequeño.

Ian emitió un largo jadeo y sintió que se le torcían las piernas. Se aferró a la jamba de la puerta y balbució algo entre dientes.

—¿Qué? —preguntó ella—. ¿Qué? No te oigo.

—Nada, que acabo de esquivar una bala, ¿no?

Fiona se rio. Fue una risa que sonó a ladrido.

—Tú reza a Dios porque nunca le ponga las manos encima.

—Sí. Lo haré. Y mientras esté en ello, le daré las gracias por haberme dicho que te eche de mi casa de una patada en el culo y no vuelva a hablarte en la vida.

—Estupendo, Ian. ¿Sabes lo que te digo? Que podéis pudriros en el infierno, los dos juntitos.

221

Maddie

2010

*A*l final me reencontré con mi antiguo yo jovial. Dejé de dar clases particulares a estudiantes que eran un cero a la izquierda, a los que habían expulsado de la escuela temporal o definitivamente, y empecé a formar a niños del montón, tímidos y bobos. Tenía un nuevo objetivo, y me inscribí en el Hunter College para sacarme un máster de magisterio y poder optar a un empleo de jornada completa en el colegio del Upper East Side al que asistían la mayoría de mis alumnos. Finalmente, acepté sin reservas el papel que me estaba destinado en el mundo, o así lo veía yo: la extraña amiga soltera de las personas casadas, muy querida por sus hijos y muy cariñosa con ellos.

Fui a ver a una antigua amiga de la universidad que vivía allí. Era madre soltera y se quedó dormida cuando le leía un cuento en la cama a su hijita. Estaba exhausta. Me acomodé con una copa de vino en una *chaise longue* junto a la ventana. Sola.

El piso estaba en una antigua mansión que habían dividido en cuatro apartamentos de tres habitaciones. El de mi amiga daba al jardín de atrás con vistas al lago. Eran unas vistas que cortaban la respiración: hileras de cálidas esferas de luz alrededor de cada farol se reflejaban en el agua, y las ramas de los árboles se torcían hacia el suelo con el estallido de los colores del final del otoño. Sobre este cuadro, un cielo despejado negro. Era una noche en la que podía acontecer cualquier cosa, y sucedió lo inesperado.

Crucé el salón y me senté a la mesa para utilizar el ordenador de mi amiga. Tenía cinco correos electrónicos. Entonces sentí incredulidad y un frenesí que me recorrió el cuerpo. Uno de los correos era de Ian. Años de dolor se atoraron en mi garganta. La pantalla se nubló al tiempo que los ojos se me llenaban de lágrimas.

No pude leer el mensaje enseguida. Fui a la cocina y me refresqué la cara con agua. Me abracé el estómago y me dije: «Estoy bien, estoy bien». Al cabo de unos minutos, me enderecé y volví al ordenador. No me senté. Lo leí desde cierta distancia, con el brazo estirado para desplazar la pantalla, por si me sentía mal y necesitaba apartarme rápidamente.

De: Ian Wilson
A: Madeline Brandt
Enviado: Viernes 19 de noviembre de 2010
Asunto: Lo siento

Hola, Pétalo:

Espero que cuando recibas este mensaje estés bien y seas feliz. No puedo disculparme lo suficiente por haber estado tanto tiempo sin dar noticias. Basta decir que mi vida ha pasado volando todos estos años y no sé adónde ha ido a parar el tiempo, si no es al fondo de mi garganta en forma de vodka. Mi hermano y yo creamos nuestro propio negocio en Irak, y se convirtió en toda mi vida, pero ha llegado la hora de cerrarlo. Mi madre falleció y hace mucho tiempo que no veo a mi familia, por eso vuelvo a casa por vacaciones, pero después me queda algo de tiempo libre. No sé dónde estás ni cuál es tu situación, pero, si te apetece verme, haré que mis subordinados lo arreglen todo.

Con amor, Ian.

P. S.: Siento mucho, muchísimo, no haberte escrito antes. Si quieres verme, te lo explicaré. Quería escribirte el correo perfecto cuando, en realidad, lo único que debería haber hecho es escribirte para decirte que pensaba en ti.

Maddie, he pensado en ti. Todos estos años. X

Me levanté, me acerqué a la ventana que daba al lago y entrecrucé las manos. Había estado pensando en mí todos estos años, a pesar de que me había dejado. Dos veces.

Estaba enfadada. Pero también me sentía en el séptimo cielo. Ian seguía vivo. Si quería reprenderle por lo que había hecho, podría..., y luego podría perdonarle. Podría amarle, estar con él, podría hacer cualquier cosa, porque todo era posible. Susurré un gracias a la hermosa noche estrellada, una y otra vez, puede que cincuenta veces, hasta que me hundí en la *chaise longue* de nuevo, sonriendo tanto que me dolía la cara. Puede que consiguiera un final feliz, después de todo.

Dos días después de Navidad, salí del metro en Columbus Circle y caminé vacilante, nerviosa, por la calle Cincuenta y Ocho hacia el Hudson Hotel. ¿Lo reconocería después de tanto tiempo? El miedo me petrificaba mientras subía en el ascensor que conducía de la calle al vestíbulo acristalado. Caminé bajo la hiedra y los relucientes candelabros hacia el ala este del hotel. Más adelante, a mi derecha, se encontraba el salón con la biblioteca. Había un bar, pero era un espacio tranquilo para adultos, donde yo había quedado otras veces con amigos. Podías saborear una copa de vino mientras disfrutabas de la lectura. Había un tablero de ajedrez al fondo y una mesa de billar a un lado; se veían varias butacas tapizadas y cómodas en un rincón tipo sala de estar. Aquí es donde le había dicho que nos viésemos. Quería enviarle un mensaje: que ya era una mujer, no una chica impetuosa y temperamental.

Me detuve en el largo pasillo, a mitad de camino entre el vestíbulo y el salón junto a los ascensores. Necesitaba respirar profundamente. Dos veces.

Entré en el salón con lo que esperé que fuera una mirada luminosa y emocionada. Me volví hacia un lado y hacia el otro, esperando encontrarme con sus familiares ojos destellantes, ver su sonrisa de complacencia u oír que me saludaba con su «Hola, Pétalo». La atmósfera era austera y alarmantemente tranquila.

Una pareja de mediana edad jugaba al ajedrez, una mujer despampanante leía un periódico y un joven melenudo sorbía una cerveza mientras tecleaba en su teléfono. También había un hombre macilento sentado en una esquina sobre un banco, con los hombros apoyados en las rodillas, mirando el suelo. Tenía el cabello mal teñido, con puntos rubios que sobresalían del resto castaño aquí y allá. Desvié la mirada y repasé la sala de nuevo. Cuando mis ojos volvieron a dirigirse hacia el hombre cansado, me estaba mirando. Tenía negras ojeras bajo los hundidos ojos y la boca torcida hacia abajo en una especie de mueca. Jugaba con un encendedor Zippo entre las rodillas, pero sus manos parecían solas y desesperadas sin sus cigarrillos. Era Ian. De repente, sus labios se abrieron y sus ojos se ensancharon al reconocerme. Alzó levemente una mano, inseguro.

Me enderecé más. Lo saludé y forcé una sonrisa. Sus ojos buscaron mi rostro con inquietud, y deseé que no pudiera leerme el pensamiento. Demasiados años de separación. Nuestras experiencias durante estos años nos habían cambiado mucho.

Entonces se levantó despacio, desplegando el largo y poderoso cuerpo en toda su estatura. Sus rasgos pasaron de la sombra a la luz y pude ver que, si bien había envejecido mal, los chupados huecos debajo de los pómulos le dotaban de una rara y dura elegancia. Me miró con esa rígida mirada militar tan suya. Sus hombros eran inmensos. Tanto el camarero como el joven melenudo le lanzaron una mirada, apartando rápidamente la vista por algún instinto de deferencia urbana masculina. A sus cuarenta y pocos años, los ojos de Ian seguían conservando el destello de chico malo británico de *Trainspotting*. Seguía teniendo la sonrisa satisfecha que yo recordaba. Caminé hacia él como si caminara por el agua.

—Hola, Pétalo —dijo remetiéndome el pelo por detrás de la oreja como solía hacer en el Irish Pub—. Ha pasado mucho tiempo.

Volví a Macedonia, a la puerta de Jo, a la última vez que lo había visto. El día que se había acercado desde la ciudad a despedirse de mí como Dios mandaba, antes de que yo me subiera al autobús rumbo a Bulgaria. Ninguno de los dos había hecho un solo gesto por tocar al otro. Yo había reescrito aquel momento mil veces en mi cabeza. Ahora mis brazos se movieron sin mi permiso. Se levantaron. Mis manos descansaron en el dorso de sus hombros. Lo acerqué a mí y apoyé la cabeza en su pecho. Su corazón latía tan rápido como el mío.

Cruzamos en incómodo silencio la calle hasta el edificio Time Warner, con la pared de ventanales que daba a Central Park. Lo conduje a un bar que se llamaba Stone Rose, en la cuarta planta, con vistas a las copas de los árboles. A las dos de la tarde, apenas había un puñado de personas sentadas en los bancos corridos.

Ian tomó asiento en la barra y no en una de las mesas más íntimas, y yo me senté con rigidez a su lado, intentando no soltar la lengua como una quinceañera nerviosa. Se aclaró la garganta.

—Mi habitación no es tan grande como esto —dijo—. Si no, te habría invitado a subir a tomar algo.

—No pasa nada —dije—. Nueva York no es famosa por la amplitud de sus habitaciones de hotel. Son todas pequeñas.

—Se supone que es una maldita *suite* —dijo con una mirada de disculpa—. Me impresionó mucho cuando abrí la puerta y prácticamente choqué contra la cama.

—Es una isla abarrotada. La competencia por los inmuebles es enorme.

—Tengo que reconocer que ya no me gustan tanto las multitudes.

—Te prometo que no te llevaré a Times Square. —Me reí, pero él no pilló la broma.

Ian miró por la ventana la rotonda de Columbus Circle y sus autobuses, los taxis que daban bocinazos y el revuelo de transeúntes, con confusión y desaprobación.

—¿Por qué hay tanta gente que quiere vivir aquí?

Señalé la ventana panorámica que enmarcaba el laberinto de senderos, nevadas colinas y rutilantes árboles escarchados de Central Park que teníamos enfrente.

—¿No es obvio?

Lo meditó y dijo:

—Bueno, la verdad es que no. No es el primer parque que veo. Todos tienen árboles y bancos. He reservado una *suite* de lujo y me he encontrado con una habitación del tamaño de una caja de zapatos. De momento, esta ciudad es como Londres, y Londres tampoco me entusiasma. ¿No preferirías vivir en algún sitio bonito, tranquilo y seguro? ¿Con un montón de espacio y árboles y privacidad?

—He crecido en un sitio de esos. —Me miré las manos y contuve el impulso de empezar a mordisquearme las uñas.

Me tocó la barbilla y me levantó la cabeza.

—¿Estás bien?

—Eso creo. Sí.

—¿Te apetece tomar un poco de champán?

227

—Buena idea. Estamos de celebración, ¿no?

—Sí —confirmó, aunque sin el menor atisbo de alegría. Se inclinó hacia delante para hablar en voz baja con la camarera.

Ella le sonrió y asintió.

—Desde luego, señor. Vuelvo inmediatamente con una botella de Cristal.

La camarera me miró de una forma curiosa y me hizo un guiño que significaba «bien hecho».

—¿Te has vuelto loco? —dije—. Una botella de esas cuesta tanto como la *suite* de la que te estabas quejando.

—No tanto, en realidad.

—Equivale a dos semanas de alquiler.

—¡Qué dices! Bueno, gracias a Dios que no bebo champán.

—¿Qué quieres decir con que no bebes champán?

—Que no bebo champán. No me gusta. Voy a tomar vodka con naranja.

—¿Entonces voy a tomarme la botella yo solita?

—Tenía ganas de invitarte a algo especial, y ahora tengo la oportunidad. ¿Alguna queja? —sonrió, pero la pregunta dolía.

—No, ninguna.

—¿Entonces qué pasa? —preguntó sin sonreír esta vez.

—Nada.

Me miró fijamente. Yo hice lo mismo.

—Pareces enfadado —dije—. No te gusta tu habitación y no te gusta Nueva York, y tampoco pareces muy contento conmigo.

La camarera balbució una disculpa mientras nos servía incómodamente el destornillador de Ian y mi botella de champán de cuatrocientos dólares.

—¿Qué tal está? —preguntó Ian después de mi primer trago.

—Muy rico, gracias.

—Bien —dijo—. Eso está mejor.

Dejé mi copa en la barra.

—¿Por qué estás siendo tan borde?

—¿Borde? —preguntó sorprendido—. ¿Eso es lo que piensas? Nervioso puede, vale. Escucha. Si no te gusta esto, si no te gusto yo, no hay nada que pueda hacer al respecto, ¿verdad? Me he dicho: la vida es corta, ve a verla. Y aquí estoy, y esto es lo que hay. No puedo borrar los últimos nueve años. No puedo volver a Macedonia y decirte lo que siento por ti, en vez de largarme. No puedo regresar a Bosnia e ir a recogerte a la estación de autobuses con un ramo de flores como era mi intención. Y, desde luego, no puedo deshacer todas las cosas espantosas que he visto y que han hecho que me salgan canas. Nunca pensé que querrías estar conmigo, y sigo sin pensarlo, y ahí lo tienes. Estoy harto de preocuparme por eso de una manera o de otra. Lo que vaya a pasar, pasará, lo quiera yo o no. No estoy siendo borde, Maddie. Has venido a verme un rato y luego te irás sin la menor intención de volver a verme, eso es lo que espero. Entonces, subiré a mi habitación y me emborracharé.

Las dudas que vi en su cara le dieron un aspecto vulnerable, como el joven que era cuando nos conocimos. Quería algo, y ese algo era lo mismo que yo. Solo que él aún no lo sabía.

Le cogí la cara y noté su incipiente barba en mis manos. Lo atraje hacia mí, cubriendo sus labios con los míos, inhalando el tabaco y la naranja, inhalando quienes habíamos sido una vez. El tiempo no había cambiado nada. La estancia empezó a girar. Algo centelleó y cosquilleó en mi cabeza, como plumas y cohetes. Juro que casi me caigo del taburete de la barra. Ian me cogió y me pasó el pulgar por los labios, mirándolos fijamente. Luego levantó los ojos a la altura de los míos.

—¿Entonces volvemos a mi pequeña *suite*?

Asentí, incapaz de articular palabra. Apuró su destornillador y arrojó su tarjeta de crédito en la barra. Al cabo de unos minutos, nos tambaleábamos por la calle Cincuenta y Ocho

229

Oeste con una botella de Cristal abierta, no porque fuéramos borrachos, sino porque no podíamos quitarnos las manos de encima.

Dentro del Hudson, mientras esperábamos el ascensor, Ian sostuvo la botella con una mano y el pelo de mi nuca con la otra. Sus besos eran agresivos y exigentes. Me empujaba el cuerpo de cintura para abajo con el suyo hasta que me mareé y me deslicé por la pared enmoquetada. Fue implacable. No perdimos el tiempo en conversaciones. Daba órdenes breves, bruscas, fáciles, y yo hacía lo que me pedía. Quítate esto. Dios mío. Eres condenadamente sexi. Hermosa. Ven aquí. Eso es. Mírame. Eso es. Me corrí cuando me dijo que lo hiciera. Mírame. Mírame, Maddie, mírame ahora.

Lo hice. Una y otra vez, una y otra vez.

Nos pusimos los albornoces y nos sentamos uno sobre el otro en el minúsculo sofá de la minúscula *suite* mirando la carta del servicio de habitaciones. Nos dimos de comer el uno al otro. Nos dimos duchas largas, lujosas, y usamos demasiado jabón. Siempre había más postres y tablas de queso, películas de terror interminables y comedias insulsas bajo demanda, botellas de vino caro, y horas en la cama. Las sábanas estaban húmedas. Teníamos los labios agrietados y me dolía todo el cuerpo. Cojeaba de la cama al cuarto de baño y viceversa. Nunca me alejaba lo suficiente de la cama como para no estar a su alcance y que pudiera tumbarme.

No salimos de aquella minúscula *suite* de hotel que Ian despreciaba hasta al cabo de seis días.

Maddie

2010

*L*as cortinas de nuestra habitación de hotel estaban echadas para que el horizonte iluminado no perturbara su sueño. Los sonidos de la rotonda de Columbus Circle eran variados e intensos. Los camiones de basura daban marcha atrás emitiendo unos bip bip. Ian aspiró aire, contuvo la respiración, emitió un sonido áspero desde el fondo de la garganta que duró demasiado tiempo; luego soltó ruidosamente el aire. En las entrañas del hotel, se oía la música de un club de noche. Noté la leve vibración del bajo a través de las paredes y los pasillos. Las bandejas del servicio de habitaciones y un montón de botellas caras de vinos espumosos daban a nuestra *suite* un aire de *after*. El vino, al igual que el cenicero lleno de colillas, se había desparramado por las sábanas blancas y frescas. Daba a nuestra guarida un olor a exceso y vómito.

Ian dormía mientras yo veía películas. Todos mis estudiantes estaban fuera con sus familias, y yo no tenía trabajo del que preocuparme hasta bien pasado Año Nuevo.

Debería de haberme tendido junto a él. Debería de haberle acariciado la frente cuando se le arrugaba de pronto y besarle la mejilla cuando las explosiones y los disparos nocturnos le desencajaban la mandíbula. Tenía una zona rosada y rugosa en la piel, donde el cristal de seguridad de su coche le había dejado una cicatriz en la mejilla tras la explosión de una bomba casera en Irak. Me pregunté si por eso ya no se afeitaba por completo.

Una pareja que discutía en el pasillo se acercó a nuestra habitación. Ian se incorporó en la cama, atontado, con los ojos soñolientos. Estaba guapísimo.

—Ven aquí —dijo alargando la mano hacia mí.

Me acerqué, entre capas de ceniza, sudor nocturno y sábanas blancas teñidas de vino.

Durante los días que pasamos en el Hudson, empecé a preguntarme hasta qué punto había conocido a Ian en Macedonia. ¿Se había quitado la capa de oscuridad para sonreír y entretenerme en el Irish Pub? ¿O la capa siempre había estado ahí, echada sobre su hombro o remetida bajo el brazo, y yo sencillamente no la había visto?

En última instancia, nuestras conversaciones maratonianas alcanzaban el fondo de una botella, y a Ian le vencía el sueño. Algunas veces, yo también me quedaba dormida. Otras, me quedaba mirándolo roncar, crisparse y jadear con los ojos cerrados mientras veía una carretera iraquí, con las manos enroscadas a la culata de su rifle.

Ian se negaba a salir de la habitación del hotel. Sugerí que fuéramos al centro, a algunos de mis restaurantes y bares favoritos cerca de mi estudio en el Village. Él prefería no ir. Le señalé que Central Park solo estaba a cinco minutos andando y que el atardecer allí era romántico. Le «daba pereza». Le dije que tenía un poco de claustrofobia, que me sentía encerrada. ¿Podríamos bajar al vestíbulo a tomar algo? Una vez más, me dijo que no educadamente.

No le gustaba ir a dormir, pero era casi imposible despertarlo una vez que le vencía el sueño. A veces, en mitad de la noche, se sentaba en la cama, como si estuviera poseído.

Despertarme junto a Ian sentado en el borde de la cama era una experiencia que acabé temiendo. Me sentía indefensa, pero protectora. Hasta cierto punto, lo compadecía. Había algo antinatural en la visión de un hombre poderoso como él tan desmoronado, perdido e inerte. Juntaba las manos, apoyaba los codos en las rodillas y agachaba la cabeza casi hasta el regazo. A veces, cuando adoptaba esta postura, murmuraba cosas sin sentido un buen rato antes de volverse a tumbar en la cama.

Una mortaja gris de quedo silencio envolvía nuestra habitación. Se oía el zumbido del aire regular, el soniquete de los Snow Patrol que salía del ordenador de Ian, así como la inquietante sensación de que nos estábamos escondiendo. De pronto, me pregunté cuánto tiempo esperaba que durase este extraño capítulo de la vida.

Me serví un vaso de nuestra botella de agua de diseño de doce dólares, me tomé dos pastillas Advil para conjurar la resaca matutina y me acurruqué junto a él bajo las mantas. Me cogió la mano y susurró: «¿Estás calentita?». Luego me cubrió con todo su calor y le dije que sí.

Al día siguiente, me desperté antes que Ian. Me duché, me depilé las piernas, me maquillé y me vestí con otra cosa que no era el albornoz blanco del hotel. Cuando salí del cuarto de baño, Ian se entretenía con la rutina matinal de hojear la carta del servicio de habitaciones, dispuesto a pedir un desayuno decadente aderezado de *bloody marys* y mimosas. Las cortinas estaban ligeramente abiertas y volví a percibir aquellos extraños puntos naranja de leopardo en su cabello entrecano.

—Te has vestido —constató vivamente—. Estás muy guapa.

—Gracias —respondí—. Tú también lo estás, en cueros.

—Debo decir que me alivia que te guste.

Me acerqué a él y le peiné el pelo extrañamente teñido con los dedos. Le dije:

—No te ofendas, pero no lo aguanto más. ¿Qué ha pasado con el tinte?

Ian se sentó y se examinó en el espejo que había junto a la cama.

—¿Qué pasa? ¿No te gusta mi nuevo *look*? Es moderno.

Me reí. Tenía cuarenta y tres años.

—Habría sido más apropiado cuando te conocí, en tu época pop. No es que no me guste. Solo que me parece... curioso.

—Es lo que se lleva en Liverpool.

—¿Ahora?

—No —dijo, acostándose con las manos entrelazadas detrás de la cabeza y exhibiendo su definición muscular como un dibujo anatómico—. Fue idea de mi cuñada. Una de las muchas razones que me ponían nervioso sobre venir aquí era que me habían salido muchas canas desde la última vez que te había visto. No sabía si me reconocerías. Pensé que me verías y pensarías que me había convertido en un viejo. Entonces mi cuñada me dijo que si me hacía unas mechas rubias bonitas esconderían las canas. Al parecer, eso es lo que ella se hace en el pelo, solo que sus resultados nunca han sido tan extravagantes como los míos. Así pues, uno o dos días antes de mi vuelo, fui al centro de Birkenhead, que es un sitio cuyas peluquerías yo no recomendaría jamás, dicho sea de paso, y una *liverpuliana* rubia platino procedió a cubrirme la cabeza con algo asfixiante que olía a amoniaco.

—Oh, no.

—Oh, sí. Durante todo el tiempo que estuve allí sentado, mientras me envolvían la cabeza con papel de aluminio como si fuera una patata al horno gigante, esas chicas no dejaron de traerme copas. Con la distancia, creo que tendría que haber sospechado de una peluquería que siente la necesidad de emborracharte antes de mostrarte los resultados de su creación. Así pues, cuando destaparon mi nueva cabeza juvenil con reflejos y vi que parecía un leopardo sarnoso, ya iba medio cocido, así que no pude más que aplaudir el trabajo de esas chicas: «Buen trabajo. Desde luego, ¡dudo que nadie vaya a fijarse en las canas cuando pueden regalarse los ojos con este festín!».

—Es un festín —dije, montando a horcajadas sobre él.

Ian me plantó efusivamente las manos en las caderas.

—Y hablando del tema, ¿qué va a ser esta mañana? ¿Huevos escalfados? ¿Gofres con crema y jamón? ¿Mmm?

—Escucha —dije levantándome y cogiendo mi bolso—. ¿Sabes qué debería ser esta mañana? La especialidad de Nueva York: *bagels*, queso crema, salmón ahumado, un completo. Y café de la tienda de comestibles.

—Me parece que eso no está en la carta.

Me reí.

—Lo sé.

—¿Nada de mimosas o *bloody marys*?

—Voy a tener que empezar a desintoxicarme pronto. Tengo que volver al trabajo dentro de unos días.

—No tienes por qué volver al trabajo.

—Claro que sí, Ian.

—Adoro esto. Te adoro a ti. Quédate y sigamos haciendo lo que estamos haciendo.

—Aún nos queda algo de tiempo. Compraré un poco de champán y de zumo de naranja en la calle. Hay una licorería en la esquina. Y nos ahorraremos una buena pasta.

—¿Qué quieres decir? ¿En serio? ¿Vas a salir en serio?

—Pues sí, a la tienda a comprar *bagels* y un periódico. No tardaré, ¿vale?

—No. No vale.

Algo en su voz me detuvo. Me volví hacia él. Yo sabía que él no tenía el menor interés en salir de la habitación del hotel,

235

me lo había dejado claro desde el principio. Pero no se me había ocurrido que quisiera impedirme salir a mí también. Ian me miraba con una ira confusa y creciente.

—¿No vale? —pregunté intentando sonar liviana.

—No. No quiero que te vayas.

—Es solo media hora.

—No.

—¡Estamos gastando mucho dinero, Ian!

—Es mi dinero. Si quiero, me lo gasto y punto. ¿Por qué cojones quieres irte si tenemos todo lo que queremos aquí?

—Solo intentaba ayudar.

—¿En serio? ¡Pues esfuérzate más! Si quieres ayudar, no muevas el culo de esta habitación de hotel y quédate conmigo.

—¡Ian!

—¿Qué? —preguntó, sentándose recto—. No quiero que salgas ahí fuera. ¿Por qué ibas a querer salir cuando no existe una razón por la que no podamos quedarnos aquí, solos tú y yo, y que vengan ellos a nosotros?

—Solo…

—Debe de haber alguna razón por la que quieras vestirte y dar vueltas en la nieve por Nueva York, donde puede pasarte cualquier cosa. ¿Quieres que te peguen un tiro, o que te roben, o que te violen? ¿Cuál de las tres?

—Siempre he ido a cualquier sitio que me apeteciera a cualquier hora del día.

—Pues eso ha sido una estupidez muy gorda, ¿no crees? A lo mejor es que no eres tan lista como pensaba. ¡Te comportas como solía comportarse Joanna! Tomando riesgos innecesarios y creyendo que eres invencible. Es de locos. No vas a salir a la calle cuando está nevando, solo para comprar unos dichosos bocadillos. Te estoy ofreciendo un desayuno de verdad del servicio de habitaciones. ¡Y, ahora, siéntate!

Me quedé parada, intentando decidir si debía sentarme en el

borde de la cama como me pedía o coger mi abrigo y largarme y no volver a mirar atrás. Lo miré fijamente.

—Me estás asustando.

Me miró durante unos segundos más y luego bajó la vista.

—Lo siento. ¿Y si te pasa algo y yo no estoy ahí? Sería culpa mía. Y no puedo perderte.

El tiempo se detuvo mientras vacilé. Yo tenía mis límites. Estaba mi orgullo. Pero él era más importante. Al final, me senté a su lado y le rodeé el hombro con el brazo.

—De acuerdo, no pasa nada. Vamos a llamar al servicio de habitaciones. Me apetece una tortilla.

—Gracias a Dios —dijo, claramente aliviado—. ¿Con patatas o ensalada?

—Con patatas. No pretendía enfadarte.

—Y yo no quería gritarte, Maddie. Lo siento de veras.

—Está bien —dije, agradecida de que fuera lo que fuera que se hubiera apoderado de él hubiera desaparecido. No quería volver a ver esa mirada suya jamás—. Pero, en serio, crecí en el Medio Oeste. Mi madre y mi padre vivían holgadamente, sí, pero eran muy ahorradores. Creían firmemente que los niños mimados lo tienen crudo en el mundo real. Me cuesta disfrutar de todo este lujo.

Ian estiró los brazos y me arrimó a él. Me dio la vuelta para abrazarme desde atrás y apoyó la barbilla en mi hombro.

—Hay algo que no te he contado. Puedo pagar todo esto. Podemos quedarnos en esta *suite* todo el tiempo que queramos. Podemos llamar al servicio de habitaciones día y noche. No te lo he explicado todo, pero ¿la empresa que creamos mi hermano y yo? Ganamos un montón de dinero. Y ahora yo he terminado con todo eso. Ahora lo único que quiero es estar contigo. Y podemos hacer lo que tú quieras. Podemos vivir donde queramos. Y no tendrás que trabajar nunca más.

Me quedé perpleja. Tenía que volver a dar clases dentro de

pocos días. No podía seguir encerrada en la habitación ni un segundo más. Se suponía que mi disoluta juerga con Ian estaba tocando a su fin y que el regreso a la vida real estaba a la vuelta de la esquina.

—¿Lo dices en serio?

—Completamente.

—¿No tienes que volver a Irak para nada?

—John y yo hicimos un trato desde el principio. Cuando pensáramos que la única vía de seguir adelante con nuestra empresa en Irak pasaba por los sobornos, los negocios sucios y explotar y poner en peligro a nuestros equipos, tiraríamos la toalla. Tendríamos que haber sido asquerosamente ambiciosos e idiotas de remate para seguir. Sacamos una buena tajada y salimos. Vivos. Y ahora que estoy aquí contigo, tengo todo lo que quiero.

—Pensé que cuando se nos acabara el tiempo aquí te destinarían a Chechenia o a Somalia, o a saber dónde. Que yo iría a verte por todo el planeta y te esperaría en la habitación de algún hotelucho dejado de la mano de Dios cerca de la zona de seguridad de tu trabajo.

—Ya, pues eso no va a pasar. Pienso quedarme contigo hasta que me echen de una patada de este país. Sé lo que pasa cuando tú y yo estamos separados. No pienso perderte de vista. Nunca más. Y vas a tener que acostumbrarte a viajar en primera y a beber el mejor champán sin volver a acordarte de tu educación frugal del Medio Oeste y a complicar las cosas. Correr por la nieve en busca de bocadillos, por el amor de Dios. Por favor.

—¿Qué va a pasar con tu empresa?

—Quiero que se acabe. Quiero cerrarla. Estamos a la espera de un contrato muy gordo que nos dará millones, pero, ¿sabes?, espero que no lo ganemos. Lo único que quiero es cerrar la empresa.

—¿Por qué?

—Es complicado —respondió con un movimiento brusco. Al cabo de unos segundos, encendió un cigarrillo—. No quiero entrar en detalles. Es solo que no quiero volver a Irak en mi vida. Ni siquiera para una reunión. Ni siquiera un minuto. Nunca más.

El día antes de mi reincorporación a las clases, Ian y yo recogimos nuestros enseres y dejamos el hotel Hudson. Paramos un taxi y cruzamos el centro camino de Greenwich Village. El taxista de Oriente Medio, que conducía como un rayo por la ruidosa Séptima Avenida, esquivaba transeúntes y gritaba al teléfono móvil, pisando el acelerador a cada semáforo en verde y derrapando con un frenazo en cada cruce. Ian miraba al frente con los ojos entornados y apretaba la correa de su bolsa de lona con las dos manos.

—Te gustará el West Village —dije—. Es muy bonito y tranquilo. No es como esto, con tantas luces y bocinazos y bullicio.

No dijo nada.

—De hecho, mi piso está en una calle adoquinada. ¿Te imaginas eso en Nueva York? Ya no quedan muchas así. El piso es pequeño, pero muy mono. Es un ático, con tragaluz.

—Vale —dijo.

—¿Estás bien? —pregunté.

—Por favor, ¿puedes no hablarme ahora? —respondió.

Y nos quedamos callados.

El tamaño del piso dejó mudo a Ian. Para mí era un hueco pintoresco. Para él, un ataúd espacioso. Cuando entramos, la puerta se abrió hacia dentro y dio contra la parte trasera del futón. A unos centímetros del futón, había una mesita de centro con un viejo televisor apoyado en la pared del fondo. Ian miró el espacio y luego me miró a mí.

—Pensé que siendo escritora y todo eso tendrías un buen piso.

—Ahora soy profesora, sobre todo. Esto es lo que puedo permitirme. Cuesta mil dólares al mes.

—¿Qué?

—Sí. Para tener un «buen piso», tienes que ser gestor de fondos de cobertura o millonario puntocom.

—¿Qué tienen estas malditas ciudades grandes? —preguntó, tirando al suelo su bolsa de lona y la funda del ordenador.

Suspiré cansada, me abracé y me miré los pies.

—Ian —dije en voz baja—, si no estás contento aquí, no pasa nada. Puedes irte.

Se volvió hacia mí. Levanté la cabeza y lo miré a los ojos, reprimiendo las lágrimas.

Ian me tomó en brazos. Estaba temblando.

—Lo importante es que estoy contento contigo —me reconfortó—. He estado en sitios horribles y he visto cosas espantosas. Y sí, ando un poco encerrado en mí mismo. Pero cambiaré. Ya lo verás. Me haré a las cosas. De verdad. Solo dame un poco de tiempo. Eso es todo lo que te pido. No intentaré impedir que vuelvas a salir, te lo prometo. Haz las cosas que te guste hacer. Da paseos, ve al trabajo, queda con tus amigos. Uno de estos días seré capaz de salir contigo. Pero, por ahora, ¿tan malo es que cuando vuelvas a casa me encuentres aquí, esperándote? ¿Esperándote para que seamos felices?

Pensé en los muchos días y noches que había subido por las escaleras sombrías con olor a carne, cargada con un paquete de seis Coronas y un recipiente de plástico de alguna ensalada de pasta horrible de la tienda de comestibles de la esquina. Había pasado horas y horas con el ordenador en las rodillas viendo DVD de series de televisión. Y jamás olvidaba los cumpleaños de los hijos de mis amigos y familiares porque quería que me invitaran y tener niños en mi vida. Había estado días y días sola, pensando en los largos y solitarios años que estaban por venir.

Yo quería a Ian para bien o para mal. Me eché a llorar y él me secó las lágrimas con sus besos.

Se quedó conmigo y di gracias a Dios.

Maddie

Diez días antes

Skopie y Sophie están traumatizadas. A intervalos, durante dos días, es como si un tren pasara estrepitosamente por la casa, trayéndome a la memoria la noche en que los helicópteros cubrieron como un manto el cielo de Skopie. Las tormentas en Kansas son legendarias, y por una buena razón. Son de las más hermosas y aterradoras que he visto en mi vida. El cielo aparece fracturado por nubes que se entrelazan y se erizan. Primero descienden unas chimeneas en espiral, y luego aparecen las grietas y los estruendos eléctricos, que vienen de todas las direcciones y hacen temblar los postigos. Nuestras tormentas te lanzan de todo: lluvia, granizo, relámpagos, viento y nubarrones de tornado en remolinos más feroces que los que abaten la Torre Oscura de Sauron.

El cielo lleva tres días tronando, y las perritas no pueden dejar de temblar. Me siguen a todas partes. Si estoy vistiéndome en el guardarropa y Charlie está en la habitación contigua viendo la tele, se agazapan en los montones de ropa que Ian ha dejado en su lado. Supongo que la ropa interior, las camisetas y los calcetines deben de oler a Ian y que eso las reconforta. Ayer, Skopie encontró un rincón especialmente atractivo en una de las chaquetas de forro polar de acampada preferidas de Ian. Quizás ha estado esperando todo este tiempo a que yo revisara sus trastos. Y que los planchara, por supuesto... Como me queda tanto tiempo libre cuando no estoy pendiente de Charlie, ¿no? Pues que su ropa sea la cama del perro, por mí no hay problema.

Supongo que, cuando vuelva a casa, se enfadará.

Finalmente, hoy las lluvias torrenciales han cesado. El jardín está embarrado, los estanques a rebosar, y los canales, desbordados. Pero al menos ha parado de llover. Skopie y Sophie parecen recuperar la normalidad. A Camilla le viene bien que vaya a verla hoy. Ayer cancelé la sesión porque no quería dejar a los perros solos y asustados en casa durante las tormentas.

—¡Charlie, vístete, cariño! Tengo que dejarte unas horitas en el Club Infantil.

Charlie viene corriendo sobre sus piernas ligeramente inclinadas, la redonda tripa guiando el camino. Una entre el millón de cosas que me encanta de tenerlo para mí sola es que no debo oír a Ian llamarle «hijo de mamá». Cada vez que lo llamo, Charlie viene corriendo y me abraza, y eso, sencillamente, es lo que todos los niños hacen.

243

Mientras damos marcha atrás por el caminito de grava, veo que Wayne está en su jardín con una carretilla, contemplando su fortaleza en miniatura, compuesta por más de cincuenta bolsas de abono. Aparcó la faena durante los tres últimos días de lluvia, pero ya ha vuelto a retomarla. Viste un peto, una gorra de béisbol y guantes de trabajo. Caigo en la cuenta de que hace muchísimo tiempo que no he visto a su mujer entrar o salir, ni acercarse a la ventana o al porche en su silla de ruedas.

Paro el coche y bajo la ventanilla. Pongo mi mejor sonrisa.

—¡Hola, Wayne! ¿Cómo está mi vecino favorito?

Wayne se acerca trotando jovialmente.

—Buenas a los dos. —Se asoma a mi ventanilla y le sonríe a Charlie—. ¿Y cómo se encuentra mi pillín, eh? ¿Todo en regla, mozalbete? ¿Has *cuidao* de mami?

Charlie lo mira con recelo. Me pregunto si entenderá siquiera una palabra de lo que Wayne dice con su acento británico de caravanero.

—Estamos bien, Wayne. ¿Cómo están usted y Linda?

—Linda podría estar mejor, pero yo estoy bien. Tengo que poner otra capa de abono. —Señala las malas hierbas que crecen alrededor de los rosales y los árboles—. Si necesitas algo, Maddie, avísame. Puedo ayudarte con el jardín o lo que sea. ¿Lo sabes, verdad?

—¡Lo sé! Gracias. Pues sí que hay algo, ahora que lo pienso.

—¿Qué, encanto?

—Mi padre acaba de llamar y me ha dicho que hay otro aviso de inundación y me ha preguntado si me funciona la bomba del sumidero.

—Ah, eso es fácil. Me acercaré a echarle un vistazo cuando vuelvas a casa. Avísame.

—Gracias, Wayne.

—Todo en orden, encanto. —Vuelve a poner su acento y se quita la gorra con una floritura—. Wayne Randall, extraordinario manitas, para servirle a usted, señora mía.

Las tareas que me pone Camilla parece que cada vez son más específicas. A pesar de su conducta y aproximación nada convencionales, me doy cuenta de que es más lista, más receptiva y, en conjunto, más exigente de lo que había pensado. Debería de habérmelo esperado.

Esto me está costando.

No me gusta. No sé si puedo hacerlo. Es que, no lo recuerdo, de verdad.

Dejo el bolígrafo e, indefensa, miro a Camilla.

—Camilla —digo—, siempre me pides que hable de este tema, pero es algo que no me veo capaz de tratar y que empieza a frustrarme. Es como si no me creyeras o algo así.

Ella no oculta su irritación muy bien que digamos. Es un sentimiento que lleva formándose hace mucho tiempo. Lo que quiere saber es qué pasó la noche de Colorado exactamente.

—Lo siento —dice, exasperada—. Vale, mira. Estoy dando con algo. Si no te sientes capaz de escribirlo, hablemos.

—Está bien.

—Háblame de la acampada. ¿Eso lo puedes hacer?

—Hasta lo del accidente, supongo. Claro.

—¿Dónde fuisteis?

—A Estes Park. Yo solía hacer acampadas allí en la adolescencia. Me gustaba mucho. Elegí el *camping* de Jellystone porque Charlie todavía es muy pequeño. Y esa clase de sitios son divertidos. Hay otros niños. Tienen piscina y un campo de minigolf, baños normales, cosas así. Ian quería algo un poco más duro, pero...

—¿A qué te refieres con duro?

Se nos escapa una risita nerviosa, pero es que ya no estamos en nuestro lugar seguro, de humor pícaro y buen rollo. No estoy hablando de esa clase de dureza. Ella quiere respuestas.

—Pues que nos adentráramos más en el bosque, lejos de las caravanas y de la gente.

Camilla despega los labios una décima de segundo antes de cerrarlos otra vez. Su mirada es sarcástica e inquisidora, como si quisiera preguntar: «¿Para poder castigarte, porque habías planeado dejarle, con un pedrada a la cabeza sin testigos alrededor?».

No obstante, me dice:

—Para poder hacer todo eso de la supervivencia que le gusta a él.

—Para que fuera una acampada de verdad, supongo.

—Sin embargo, no supiste hasta dónde llegaba su obsesión

con el día del juicio final hasta mucho después, cuando descubriste lo del búnker.

—Sí. —Me río—. Pero creo que yo no hablaría de obsesión o de juicio final.

—¿Ah, no?

—Cuantas más vueltas le doy, más pienso que debería haberlo visto venir. Si lo piensas, el año pasado, de repente, se torcieron muchas cosas en el mundo. Corea del Norte, el ISIS, el Ébola, Siria cada vez peor... Y a Ian le preocupaba mucho la reacción de la OTAN ante la invasión rusa en Ucrania. También le inquietaba el saqueo después del huracán Katrina. Tenía sus razones. Pensaba que la tercera guerra mundial era una posibilidad real. Hizo lo que pensó que era... prudente.

—¿Prudente? —Camilla me mira fijamente.

—Vale, es una palabra rara. ¿Por qué me miras así?

—Nunca te has mostrado dispuesta a hablar abiertamente de tu relación con Ian.

—Bueno, es que desde que empecé a venir a tu consulta, él ha estado fuera del país.

—¿Cómo describirías la relación, entonces?

—La relación es tensa, pero funciona. Le quiero. Como es obvio, estoy disgustada por «el porno de Fiona en el pasado», pero...

De pronto, noto que Camilla se tensa.

—¡Lo ves! Me preocupa que trivialices algo tan perturbador echando mano del sarcasmo.

Empiezo a ponerme a la defensiva y no me gusta.

—Mira, es un hombre, y tiene algo de pornografía en el ordenador. Por supuesto, la idea no me entusiasma. Pero lo que quiero decir es que es posible que exagerara cuando descubrí la pared de agua y toda la comida y los suministros. No sé. No es necesariamente un pirado por haber apartado unas latas y un poco de agua en un rincón del sótano.

Me río, pero Camilla no. Juguetea con el bolígrafo.

—O sea, que ahora lo del búnker te parece bien.

—Le preguntaré a Ian cuando vuelva a casa. Pero no me preocupa tanto como cuando lo descubrí.

—¿Entonces ya no estás pensando en irte con Charlie?

—Es algo en lo que pienso de vez en cuando. Nunca ha sido más que eso, y sigue sin serlo.

—Vale, de acuerdo. Volviendo a la acampada. ¿A ti te gusta?

—Sí. Ian es muy bueno en eso. Es casi una acampada de lujo. Nuestra tienda es enorme y dormimos en catres. Cuelga lámparas de colores en los árboles. Hacemos una fogata y preparamos una buena cena, y Charlie y yo nos llevamos de paseo a los perros. Ian siempre trae algunos collares de esos que brillan en la oscuridad y linternas, y los otros chiquillos del *camping* juegan con ellos. Ponemos música. Bebemos vino. Cuando se aleja de las multitudes y del bullicio, Ian está radiante.

—Y eso es lo que estabais haciendo antes de caerte: beber vino y divertiros.

Algo no me gusta en su manera de formular esta pregunta. Quiero que vuelva mi Camilla, esa mujer cálida y tierna. Ahora parece enfadada. No parará de toquetear su condenado bolígrafo y de mirarme de soslayo.

Echo un vistazo al reloj. Es la primera vez desde que vengo a verla que me alivia que la sesión esté a punto de acabar.

—Vaya —digo—, hoy sí que ha pasado rápido.

—Espera —dice cuando empiezo a levantarme—. ¿Podemos probar algo distinto?

—Es una pena, pero nuestro tiempo se ha acabado.

Ella pestañea. Reconozco que he sonado un poco a presentadora de concurso televisivo.

—Seré rápida. Entiendo que no puedas escribir sobre un accidente aterrador si no lo recuerdas. Estoy intentando hacer algo con esto, Maddie. Confía en mí. Procuro entender cómo

247

procesas una experiencia traumática como individuo. Cuanto mejor comprenda tus pensamientos y tus sentimientos cuando te enfrentas al peligro o al dolor, mejor podré abordar la ansiedad y la negación posteriores…

—Pero ¿qué es lo que estoy negando? —pregunto, e, involuntariamente, muevo los brazos con desesperación. Me doy cuenta de que mi voz suena hostil.

—Vale. —Levanta la mano para calmarme—. Vale. Puede que no estés negando nada y que toda esa ansiedad que sientes tenga que ver directamente con el accidente y no con algo más general. En ese caso, lo que quiero que hagas será más útil si cabe. Escucha.

—Escucho.

—Si no puedes escribir sobre tu caída, ¿puedes escribir sobre otro momento de tu vida en que te asustaras mucho? Algo que te pasó y con lo que tuviste que enfrentarte, a eso y a sus consecuencias. ¿Podrías hacer eso por mí?

—Tuve una accidente importante en lancha cuando era pequeña. Creo que lo he mencionado.

—Podría funcionar. Me gustaría probar esto contigo, a través de tus palabras. Qué pasó antes, en el momento y después. Y explícame cómo te sentiste.

Vuelvo a mirar el reloj.

—El único problema es que eso me llevará un rato.

—Es otra tarea para casa, Maddie. Escribe sobre tu experiencia y me lo traes la semana que viene.

—Vale —digo, aliviada de poder irme y ante la perspectiva de, finalmente, tener que escribir sobre esa historia.

La he revivido casi todos los días de mi vida.

Maddie

2011-2012

*I*an era una persona nocturna. Le bastó el primer mes de sentarse silenciosamente a mi lado en el futón viendo la tele con el volumen bajo durante toda la noche, mientras yo dormía, para empezar a insistirme en que nos mudáramos a un piso más grande. Empaquetamos las cosas de mi pequeño estudio, nos despedimos de las preciosas y arboladas calles de adoquines del Village y nos instalamos en un piso más grande, de dos habitaciones, en el Upper East Side.

A Ian le gustaban las anchas y regulares calles, los altos edificios y el frío acero del centro. El piso estaba cerca del colegio al que asistían la mayoría de mis alumnos, así como del Hunter College, donde yo iba a clase por la tarde para sacarme el máster de magisterio que me permitiría enseñar a tiempo completo. Ian estaba contento de que no tuviera que viajar más en metro, al que siempre se había negado a bajar rotundamente, por la razón que fuera.

Echaba de menos el Village, pero el nuevo piso era espacioso, luminoso y tenía hasta cocina. Y, sí, corría a cuenta de Ian. Podía quedarse hasta bien entrada la noche en el salón y beber, fumar y reír en voz alta mientras parloteaba incesantemente con sus hermanos y su gremio del videojuego World of Warcraft. Y yo podía dormir en paz en una habitación tranquila y oscura para mí sola. Aunque deseaba que viniera a la cama conmigo, entendía que yo trabajaba y él no. Ian estaba de vacaciones, básicamente, y a mí no me hacía falta pincharle para que saliera a buscar trabajo. Él se encargaba de todo. Me proporcionaba todo lo que yo quería sin tener que mover un dedo. A veces tenía que recordarme a mí misma que Ian había hecho enormes sacrificios para que pudiéramos tener una vida tan desahogada.

Yo lo adoraba, por muy desquiciado que estuviera. Y le encontraba más fascinante por aquellos trozos de su alma que parecía que había perdido en el camino. Me dije que, aunque no pudiera cambiarlo, jamás lo abandonaría.

Ian visitaba su país durante una o dos semanas cada noventa días, para mantener el visado en orden. Llevaba conmigo un año en Estados Unidos cuando iba a realizar su cuarta visita a Inglaterra. Hizo planes para dividir su tiempo entre sus hermanos y sus hermanas en Birkenhead, durante dos semanas. Prometió que me llamaría todas las noches.

A los diez días de su partida, me desperté y vi que eran las tres de la madrugada. Había estado esperando su llamada hacía cinco horas.

Esa noche no paré de moverme y revolverme con un nudo en el estómago. El sábado por la mañana, Ian seguía sin llamarme; decidí localizarlo. Sabía que había ido a las carreras en Chester con algunos hermanos y cuñados, y pensé que, de todos ellos, Robbie sería el más dispuesto a responder sinceramente a mis preguntas, eso si conseguía dar con él.

—*Alò?* —Robbie era guarda en una de las peores prisiones del norte de Inglaterra; a veces me costaba entender su acento de Liverpool.

—Robbie, soy Madeline.

—Huy, amor —dijo, y fue como si ya me lo hubiera dicho todo.

Pasara lo que pasara, era malo.

—¿Y bien? ¿Le ha pasado algo a Ian?

—Sí, amor, está bien, pero está detenido y ha pasado la noche en el trullo. Iba a llamarte, pero pensé que ahí sería de madrugada. Escucha. La cosa se lio un poco después de las carreras.

—Oh, no. —Se me encogió el estómago.

—Nuestro Ian no tuvo la culpa. Después de las carreras, cerraron todas las calles del centro de Chester a los coches, y nuestro grupo se dio una vuelta por ahí, de pub en pub. En cualquier caso, como iba diciendo, las calles estaban cerradas a los coches, pero entonces apareció un cretino por detrás y se puso a rugir el motor de su coche. Nosotros, Ian, Barry, nuestro Chris y yo, pasamos de él. Pero a aquel tipo no se le ocurrió otra cosa que chocar contra nosotros.

251

No necesité saber más. Durante un año había visto el efecto que la ciudad tenía en Ian. Se retraía ante las bocinas, las sirenas y las luces parpadeantes. Procuraba permanecer lejos de las multitudes y hacía cuanto podía por no meterse en líos. Sabía que era irascible y que se esforzaba por controlarse. Intentaba ser responsable. No quería ni imaginarme la negra ira que se habría apoderado de él al oír el rugido de las revoluciones del motor a su espalda.

—¿Qué hizo?

Robbie se rio.

—Cagarse en los pantalones, como el resto. Pero luego Ian se acercó a la ventanilla del conductor y la atravesó directamente con el puño.

—Estás de broma.

—No. Y eso que llevaba cristal de seguridad. Si no lo hubiera visto con mis propios ojos, no lo hubiera creído. Pero ahí estaba, alargando la mano a través del cristal roto para agarrar al tipo del cuello. Finalmente, sin más, le soltó. Cuando se acercó a un agente de policía, se entregó.

—¿Está bien?

—Sí, amor, está bien. Le han dado unos puntos. Lo único que le preocupa ahora mismo es no poder volver contigo por culpa de esto. No sabe cómo ha dejado que pasara una estupidez así. Ay, amor, no sabes lo triste que está. Lo siente en el alma.

Ian estaba en el trullo. Bonita palabra, trullo. Yo lo llamaba cárcel. Mi novio estaba en la cárcel.

Como Ian se había entregado voluntariamente, había pagado enseguida los desperfectos por la ventana del conductor y había presentado una denuncia, al final retiraron los cargos contra él.

Una semana más tarde, la víspera a su viaje de vuelta a Nueva York, Ian estaba extrañamente animado cuando me llamó por teléfono.

—Esto ha sido un aviso. Ahora lo veo claro, Maddie. Tengo que tranquilizarme, recuperarme y dejar el alcohol. ¿Te parece?

—Me parece.

—Por un segundo, pensé que quizá no pudiera volver a Nueva York contigo. Dependiendo de los cargos, si los había, la cosa podría haberse puesto mal, pero no hay peligro. Todo esto me ha hecho comprender que perderte es la mayor estupidez que habría cometido en mi vida. Tú me has salvado la vida, Pétalo. No sé dónde estaría sin ti.

Todo aquello sonaba muy bien, pero quien salvaba vidas era él, no yo. No se lo dije, pero no parecía que hiciera falta.

—Y para demostrarte que no voy a volver a ser un dolor de muelas, creo que deberíamos hacer un viajecito.

Empecé a imaginarme haciendo *topless* en playas de España o Grecia.

—¡Vamos a Kansas! —dijo.

—¿A Kansas?

—¿Cuándo empiezan tus estudiantes las vacaciones de primavera? —preguntó.

—El 12 de abril. Dentro de una semana ya.

—Alquilemos un coche y viajemos a Kansas, al campo. Será divertido. Podrás enseñarme tu tierra. Además, quiero conocer a tu familia.

No era lo que me esperaba… Sin embargo, echaba de menos a mis padres, y ya era hora de que conocieran al hombre con el que llevaba viviendo casi un año. Tardé tanto en responderle que me preguntó si seguía ahí.

—Sí, Ian —dije—. Sigo aquí.

Dos semanas más tarde, nos despertamos en mi antiguo dormitorio en la finca de mis padres, en Meadowlark.

Cuando abrí los ojos, estábamos entrelazados en la misma cama en la que yo había pasado largas horas soñando con países lejanos, castillos, clubes nocturnos, chicos extranjeros y varias maneras de huir del campo.

El cuerpo de Ian perfectamente enroscado con el mío; su oscura barba rasposa descansando en la recatada almohada de encaje; los tatuajes extrañamente vibrantes y hermosos contra las sábanas de color cáscara de huevo. Sentí un amor puro y profundo por él mientras lo observaba roncar rodeado de la pintoresca decoración del gusto de mi madre, que incluía numerosos jarrones de cerámica rebosantes de coloridas flores falsas, ninguno de ellos sin su inútil platillo de cerámica dispuesto sobre el clásico tapete de encaje. Yo siempre había querido algo diferente. Y había traído a casa a alguien que cumplía los requisitos.

Me deslicé de la cama sin despertarlo. Bajé en silencio las escaleras, deseando tomarme una taza de café con mi padre an-

ANNIE WARD

tes de que saliera a correr como cada mañana, pero llegué tarde. Una tenue niebla se cernía sobre el suelo hacia el fondo de la finca; tres ciervos pacían al pie de la loma, donde el prado cedía al bosque. Los arrendajos azules y los cardenales se arremolinaban alrededor del comedero de pájaros junto a la hamaca, y los dos más viejos de los cuatro setters irlandeses de mis padres dormían en sus camas en la cocina, mientras los otros dos andaban buscando escurridizos topos en el jardín.

Salí con mi taza de café al porche cubierto y me quedé mirando la tierra donde había jugado a pillar cuando era pequeña. Allí estaban esparcidas las cenizas de mis abuelos. Aquí es donde mis hermanas y yo habíamos cazado luciérnagas y donde habíamos tirado cohetes, donde habíamos pasado la noche con un alijo de cervezas robadas del garaje y traído a nuestros ligues para darnos largos revolcones de calificación X en los bosques.

Mis padres habían vendido unos veinticinco acres, pero la finca era lo bastante grande como para no seguir viendo más que árboles, colinas, verjas y cielo.

Me sobresalté cuando Ian apareció por detrás y me rodeó la cintura con el brazo. Se había preparado café y fumaba el primer cigarrillo del día. Estaba feliz y relajado, tranquilo y contento como nunca lo había visto. Su hastío parecía haberse disipado. Tenías los ojos más brillantes y claros, y había tomado algo de color en la piel, como cuando nos conocimos.

—¿Cómo has dormido? —pregunté.

—Qué silencio —dijo—. Ni ruidos ni pitidos de camiones de la basura, ni gritos de borrachos a las tres de la mañana.

—Bien —dije, apoyándome en él.

Se pasó una mano por el cabello.

—Esta mañana he oído a los pájaros cantando. En Irak, donde vivía, Saddam ordenó cortar todos los árboles para que los kurdos no tuvieran dónde esconderse, aparte de las montañas. Hacía mucho tiempo que no oía trinos.

254

—Y grillos también, ¿verdad? ¿Los has oído?

—Sííí. Al principio, no estaba seguro, pero…, un momento, mira eso. —Su brazo me ceñía con más fuerza la cintura, y abrió la boca. Apuntó hacia la pantalla de niebla con el dedo, embobado—. ¿Qué es eso? ¡Dios santo!

—¿Qué?

—¿Son ciervos? ¡Son ciervos!

—¡Sí! —Me contagió su entusiasmo.

—Justo ahí, ¡comiéndose los árboles de tu madre!

—¡Lo sé! La pobre lo odia.

Finalmente, los perros vieron a los ciervos y empezaron a ladrar. Los ciervos estaban demasiado lejos como para correr peligro, pero ellos se pusieron a dar brincos por la finca después de que los ciervos se hubieran alejado con paso largo y perezoso hacia el interior del bosque.

—Ya se han ido. ¡Una madre y dos crías pequeñas! —exclamó Ian. En este punto, tuve que volverme y estudiarle para asegurarme de que no había sufrido algún tipo de derrame cerebral, provocado por todo el alcohol y el tabaco, que le hubiera alterado la personalidad mientras dormía—. ¿Qué crees? —me preguntó jovialmente—. ¿Crees que eran una madre y dos crías?

—Sí.

Ian me atrajo hacia él para darme un largo abrazo. Al final retrocedió para verme la cara. Me sorprendió comprobar que le relucían los ojos.

—Qué lugar tan hermoso y apacible.

—Es apacible —respondí—. Bonito y tranquilo.

Él se rio y contempló el jardín con admiración.

—Es muy relajante —prosiguió, girando en círculo y mirando la extensión de acres del terreno de mis padres—. Es tan verde… y montañoso. Nunca pensé que Kansas fuera tan verde y montañoso. Eso es un puto colibrí, ¿no?

—Sí. Eso es un puto colibrí.

—De todos los sitios en los que he estado, este es el mejor —dijo cruzando los brazos delante del pecho y mirando atentamente los alrededores, como si acabara de descubrir Kansas y hubiera plantado la bandera del Imperio británico.

Dejé caer la mandíbula hacia delante.

—¿De todos los sitios?

—Te lo aseguro. He estado sobre todo en países del tercer mundo devastados por la guerra y el terrorismo.

—Vale, entonces ya entiendo por qué esto te parece mejor.

—Maddie. —Los ojos relucientes habían vuelto. Parecía casi abrumado. Me cogió la mano—. Aquí seríamos felices.

—¿Aquí? ¿A qué te refieres con aquí?

—Aquí la vida sería mucho más barata que en Nueva York. Imagina todo el dinero que podríamos ahorrar. Lo emplearíamos en viajar.

Me quedé callada. Él se lanzó de cabeza.

—Te he dicho que quiero que estemos juntos y te he dicho que te quiero. Pero lo que nunca te he dicho es que deseo que sea para siempre. La vida entera, tú y yo juntos. Quiero darte una vida completa. Todas las cosas que las personas normales quieren, las cosas que les hacen felices. Una casa. Niños. Maddie, vengámonos a este lugar tranquilo y seguro, y casémonos y seamos una familia.

No podía respirar.

De pronto, hincó una rodilla y dijo:

—Lo siento mucho, no tengo un anillo. Es que todo esto acaba de caerme encima como una tonelada de ladrillos y tenía que decírtelo.

—No, no es eso —logré decir.

El anillo me daba igual. De repente, comprendí que durante todo este tiempo yo había vivido asustada. Ian se había alejado de mí en Macedonia. No estaba cuando fui a Bosnia para reunirme con él. Durante todo este tiempo, había sabido secretamente, en lo más profundo de mi ser, que terminaría sola, pero ahora él me decía las palabras que yo necesitaba oír: «para siempre». Había dicho para siempre. Iba a quedarse conmigo y prepararía panqueques y se quedaría dormido en el sofá y haría chapuzas en el garaje y pasaríamos unas vacaciones deliciosas en la playa y seríamos normales. Imaginé a Ian con un crío aupado sobre sus fuertes y anchos hombros, los dos viendo fuegos artificiales sobre los campos de mis padres. Cuando me fui, la finca era un lugar solitario. Mis hermanas se habían ido muchos años antes que yo. Pero antes de eso, habíamos sido una familia numerosa, y la finca había sido el escenario de pícnics y fiestas, de paseos en carros de heno y de búsquedas de huevos de Pascua.

Ian me estaba ofreciendo permanencia. Aunque sabía que lo quería, no me había hecho una idea de lo maravilloso que podía ser sentirse segura en ese amor.

Le dije que sí.

Nos besamos como si fuera la primera vez y terminamos volviendo de puntillas a mi habitación, donde caímos como lobos el uno sobre el otro. Luego, Ian se quedó dormitando.

Era estupendo remolonear en la cama sin más. Las sábanas olían al suavizante de lavanda de mi madre. Con los ojos cerrados, fingí que estaba dormida durante una hora. Tendría que dejar Hunter College y a mis estudiantes, pero siempre podría reengancharme a mi máster de magisterio en otro lugar. ¿Por qué no probar este sitio tranquilo donde los pájaros cantores piaban e Ian dormía y sonreía? Tendida allí junto al hombre al que amaba, me hice a la idea de volver al lugar donde me había jurado que jamás volvería. Tenía lo que tanto había deseado durante largo tiempo: un amor incondicional y un aliado en la larga contienda. Me traería el ancho mundo a casa. Ian había pasado por demasiadas cosas. Haría todo lo que fuera necesario para ayudarle a curarse.

257

Maddie

2012

$\mathcal{A}$l otoño siguiente, poco menos de dos años después de que nos reencontráramos en Nueva York, Ian y yo nos casamos en el porche de mis padres, que daba a las inclinadas tierras de cultivo que yo había abandonado y que Ian había adorado al instante. Mi madre y mi padre se cogieron de la mano como adolescentes cuando el juez de paz nos declaró marido y mujer, y mi hermana Sara se rio y se enjugó las lágrimas con el pulgar, debajo de cada ojo.

Fue una celebración de último minuto para que Ian obtuviera la residencia, y los vuelos eran demasiado caros para que su familia al completo pudiera venir. Mi otra hermana, Julia, vino con su marido y sus dos hijos, lo mismo que Jimmy, el hermano de Ian. John estaba en una misión de seguridad para ExxonMobil en algún desierto sofocante y peligroso, mientras que Robbie no pudo obtener un permiso del trabajo. Sin embargo, Jimmy sí que había venido de Inglaterra en el último momento y se movía inquieto en el traje que le habíamos comprado en el centro comercial de Oak Park unos días antes.

El encanto de Ian, su sentido del humor, su falta de pretensiones, su buena planta y su acento «mejor que el de Sean Connery» se ganaron a mi madre inmediatamente. En la cena de ensayo, bajo la andanada de preguntas de mi madre y mis hermanas sobre los amantes de la princesa Diana y la boda de Kate Middleton con el príncipe Guillermo, Ian dijo:

—¿Saben qué, señoritas? ¿Quieren saber quién es de verdad el mejor de la pandilla? Les diré quién es una persona encantadora, ¡el príncipe Carlos!

Esa historia no me la sabía.

—¡Estoy segura de que si hubieras escoltado al príncipe Carlos yo lo sabría!

Mi madre y mis hermanas parecían tres estatuas, todas inclinadas hacia Ian con la barbilla apoyada sobre los puños. Estábamos en una sala privada del Capitale Grille, un asador de lujo en el Plaza. Ian se levantó de la mesa, se acercó al otro extremo y se sirvió una rodaja de pan recién cortado de una cesta.

—Yo estaba escoltando al médico de la familia real, lo seguía a todas partes con la mochila roja gigante donde guardaba todos los suministros médicos. Había sido un día largo, y el príncipe Carlos había asistido a varios eventos y ceremonias. Y había comida y champán y un montón de gente.

Ian volvió a su asiento, cogió el vodka y se inclinó hacia mi madre y mis hermanas.

—En algún momento del día, el príncipe Carlos tuvo que reparar en mi persona y preguntarse qué narices pintaba yo allí. Al final cumplimos el programa y volvimos al castillo. El médico y yo entramos en una salita aparte, los dos solos, dispuestos a relajarnos. No habrían transcurrido ni treinta segundos cuando la puerta de la salita se abrió y el mismísimo príncipe Carlos entró, solo. —Ian prosiguió con un acento nasal más regio—: «Siento molestarles, pero he visto que han estado siguiéndome, cargando con una... ¡mochila roja enorme!».

»Entonces —dijo Ian—, el médico se puso en pie: «Soy el capitán tal y cual. Soy médico militar, y este señor es el cabo

Wilson. Su trabajo es asistirme y transportar el equipo médico que pueda resultar necesario en una emergencia».

Ian dio un buen trago a su copa.

—El príncipe Carlos dijo: «¡Ooohhhh! ¡Fascinante! ¿Le importa si echo un vistazo a la clase de equipo que lleva ahí dentro?». El médico palideció como un muerto; no dejaba de mirar a un lado y al otro, como si quisiera salir corriendo. Abrió la mochila tan despacio que el príncipe Carlos y yo no pudimos evitar intercambiar una mirada. Y, entonces, encima de todos los suministros aparecen claramente dos botellas de champán muy caro que el bueno del viejo doctor Cleptómano se había agenciado en un compromiso previo.

Ian se metió la mano en el bolsillo para sacar los cigarrillos.

—¡El doctor se puso rojo como un tomate! Y yo pensé que mi carrera militar tocaba a su fin. Lógico, ¿no? ¡Habíamos robado el maldito champán real! ¡Pero no! —Ian movió un dedo hacia todos nosotros—. El príncipe Carlos miró dentro de la mochila y luego nos miró a nosotros. Tenía las manos cruzadas detrás de le espalda. Al cabo de un segundo, asintió con la cabeza y dijo: «Muy bien, caballeros. Imagino que esto puede venir muy bien en una emergencia médica. Gracias y que pasen buena noche».

Mis hermanas prorrumpieron en risitas infantiles. Por su parte, mi madre no podía dejar de darse golpecitos en los ojos con la servilleta, enjugándose lágrimas de risa.

Ian le dijo:

—Judy, ¿le importaría salir conmigo a fumar un pitillo?

Mientras ella lo acompañaba y se alejaban de la mesa, se volvió a mirarme por encima del hombro con orgullo, sonriente, como si yo fuera la mujer más afortunada del planeta.

Mi padre, Jack, antiguo piloto de las fuerzas aéreas, aceptó a Ian con la calidez y la gravedad de un nuevo hijo. Ambos daban largas caminatas por la finca para hablar de viejas batallas,

célebres comandantes militares, guerras lejanas, armas y el trabajo de guardaespaldas. Una vez al mes iban a la cordillera para
medir amistosamente su puntería. Luego se desplazaban a Pa-
nera, donde mi padre solía invitar a Ian a un almuerzo de tenedor y cuchillo. Ian, que había perdido a su padre demasiado joven, y cuya madre había fallecido justo antes de marcharse de
Irak, parecía haber ganado a dos padres, además de una esposa.

Ian lanzaba su discurso con convicción. Decía que Kansas
era el mejor lugar del mundo con la firmeza y la devoción que
la mayoría de la gente reserva a su lugar natal. Cualquiera que
conociera a Ian en Meadowlark, cualquiera que se abrasara y
se congelara en las estaciones extremas y que se hubiera pasado la vida oyendo que vivía en un lugar famoso por ser uno de
los más aburridos que existían, se marchaba reconciliado con la
vida después de una charla con mi marido. Ese ingenioso joven
británico, que había viajado por todo el planeta, le confirmaba
a su interlocutor que su Meadowlark natal (del que siempre se
había avergonzado un poco, aunque fuera secretamente), era,
de largo, el mejor lugar que había visitado nunca.

261

Ian y yo nos trasladamos a una casa situada a diez minutos al oeste de la finca de mis padres, en una urbanización de Meadowlark completamente nueva llamada Sweet
Water Creek, construida en medio de antiguos pastos donde antaño yo asistía a fiestas de la cerveza del instituto, cuando aquello era una zona aislada. Habíamos visto
treinta casas posiblemente, pero Ian sabía lo que buscaba. Eligió una poco común, con una inmensa planta baja
abierta, porque le recordaba a un viejo granero inglés res-
taurado que una vez había soñado comprar. Desde la ven-

tana de la planta superior podían verse los rebaños de vacas angus y un estanque piscícola cubierto de algas, donde una garza bajaba en picado y se posaba sobre una pata, descansando a la sombra de un sicomoro gigante. Detrás había algunas casas de madera, grandes pero deslucidas, que se parecían más o menos a la nuestra, además de un establo, un silo de grano, un despliegue de cerros modestos y el horizonte del Oeste. Eran el espacio y la privacidad que Ian necesitaba.

Fue amor a primera vista.

Le gustaba especialmente que todas las casas de la zona de tornados tuvieran sótano, algo bastante desconocido en Inglaterra. En el nuestro instaló un pequeño bar que construyó al fondo, una pantalla de cine y un proyector, un billar y una mesa de escritorio con forma de L en un rincón, donde colocó sus ordenadores. El sótano siempre estaba oscuro, fresco y tranquilo. Para Ian era un espacio seguro. Olía a cigarrillos, a regaliz, a Coca-Cola y a licor derramado en las sillas.

Me dijo que las cosas iban a ser distintas en Kansas. Él tendría una casa en la que trabajar y a la que cuidar. Además, lo pintoresco del lugar y su calma lo sacarían al mundo, a dar paseos, a conversar, a salir a cenar y quedar con los vecinos, alejado de los pensamientos y los recuerdos recurrentes que lo encerraban en sí mismo.

Las cosas no cambiaron como él me había dicho. Equipó nuestra casa de cuatro habitaciones con la seguridad que correspondía a un palacio en Beverly Hills. La casa se convirtió en un auténtico santuario fortificado, donde Ian se sentía cómodo y satisfecho. Se pasaba casi todo el tiempo en el sótano, feliz, rodeado de maquinaria, tecnología, figuras de acción y distracciones.

Compró seiscientos modelos de miniaturas «Warhammer» para pintar. Cuando lo veía encorvado sobre su mesa de trabajo, sentía mucho amor, pero también una mezcla de pesar e ira. Con las manos temblorosas y los ojos entornados, reunía las minúsculas partes de estos soldados desmembrados y las pegaba con esmero. Los días y las noches avanzaban con parsimonia mientras él unía sus piezas de plástico gris y las pintaba con colores vivos para darles vida.

Y luego las salpicaba de sangre.

Tengo que reconocerlo: lo intentó. Lo intentó con todas sus fuerzas.

El primer año transcurrió lentamente con algunos vaivenes, pero pasamos buenos momentos. Mientras yo me conformara con quedarme en casa, preparar comidas cuyo ingrediente principal fuera la carne, ver películas y hacer el amor, Ian sería feliz. Uno de sus pasatiempos favoritos consistía en ir a la finca de mis padres y comer pollo frito con ensalada de patata en el jardín trasero, mientras las luciérnagas salían centelleando al atardecer. Aquella fascinación que sintió la primera vez que vio a esos ciervos no disminuyó; además, mis padres jamás se cansaban de sus relatos bélicos, sus opiniones sobre la Unión Europea, el terrorismo mundial y, cómo no, los vástagos de la familia real británica.

Nos sentábamos en el jardín y pasábamos horas hablando con ellos. Los setters irlandeses se acercaban para mendigarnos comida. Luego se alejaban al trote para jugar y cazar topos en la ladera. Una noche me volví hacia Ian y le dije:

—Ya estamos bien asentados, ¿no crees? Deberíamos tener un perro.

Se inclinó hacia mí y me cogió de la mano.

—Tengamos dos, así nunca estarán solos —me dijo con una sonrisa.

Unos días antes habían hecho una redada en un criadero de

perros en Misuri, y el refugio de nuestra zona había asumido muchos de los rescates. Yo sabía que a Ian le gustaban sobre todo los perros grandes, pero, una vez más, vi que se esforzaba. Localizó inmediatamente a las hermanas que me robarían el corazón y nos llevamos a casa dos cachorros blanquinegros de ojos grandes. Las llamamos Skopie y Sophie en honor a la vida que habíamos llevado antes de conocernos. Yo las adoraba, y era yo quien las paseaba y les daba de comer; no obstante, sospechaba que Ian las quería tanto como yo, puede que más. Se tumbaba en el sofá y dejaba que se subieran encima de él como si fuera una estructura de juegos gigante. Dejaba que le lamieran la cara y que se durmieran con la panza estirada sobre su cuello o con la diminuta cabeza acurrucada debajo de sus hombros.

264 Ian llamó a eso el año en que «vivimos el uno metido en el bolsillo del otro». En Nueva York habíamos estado apretados, pero yo salía de casa todos los días para ir al trabajo. En Kansas, disponía de todo el tiempo libre para estar con Ian. Mis padres nos invitaban a utilizar su tienda de sobra para que acampásemos con ellos en su lugar preferido, a las afueras de Eureka Springs, en Arkansas. Ian adoraba locamente el bosque tranquilo y frondoso, los senderos a pie, los puentes de piedra y el agua cristalina.

—Algún día me gustaría tener una cabaña en un lugar tan bonito como este —le dijo a mi padre.

Entre tanto, se había transformado en un amante de la naturaleza y se gastó una pequeña fortuna en artículos de REI para iniciar su nuevo *hobby* con equipos de alta calidad.

—Nunca habría imaginado que acampar en el bosque pudiera ser algo tan increíble —dijo.

Se pasaba horas buceando en Internet y buscando fotografías de los parques nacionales de Estados Unidos. Cuando le entraban ganas, lo que sucedía con frecuencia, preparábamos el coche y nos echábamos a la carretera. Era una vida de ensueño.

Hasta una noche de primavera. El fuerte viento y los truenos me despertaron. Fue uno de esos días largos que nunca tendría que haber empezado como lo hizo. Uno de mis antiguos amigos del instituto organizó un *brunch* de domingo con toneladas de deliciosa comida y una mesa entera cubierta de mezclas para mimosas y *bloody marys*. Ian se preparó su primer cóctel de vodka con naranja a las once. A eso de las cuatro, lo convencí para que volviera conmigo a casa, pero cuando sugerí que diésemos un paseo con las perras para despejarnos, lo desestimó con la mano y se sirvió otra copa.

Lo observé mientras bailaba felizmente en la cocina al son de una canción que solo estaba en su cabeza. Tuve claro que no quería estar cerca cuando su fiesta privada se volviera contra sí mismo. En los últimos meses, Ian se burlaba de mí de vez en cuando por haber crecido en un lugar protegido y privilegiado. Era como si le diera rabia que me hubiera criado en el sitio donde le hubiera gustado hacerlo a él. En ocasiones, cuando bebía, me ridiculizaba como a una niña mimada e ingenua.

Cuando la tormenta me despertó, estaba en el sillón reclinable de mi dormitorio. Me había quedado dormida leyendo. Miré el reloj, eran poco más de las diez de la noche. Me levanté, recorrí el pasillo y bajé las escaleras. Desde la otra punta de la casa, vi que Ian estaba en la cocina, rebuscando en la despensa. Me acerqué con sigilo. Lo observé: estaba luchando con un paquete de caramelos y parece que el paquete se resistía.

—Hola, cariño —dije en voz baja. Quería llevarlo arriba, a la cama. Cuando se volvió y vi sus ojos, supe que eso no iba a suceder. Cuando me miró, fue como si no me viera—. ¿Te encuentras bien? —pregunté.

265

—Creí que te habías ido a la cama hace siglos —dijo con un tono que insinuaba que me había hecho una vieja aburrida y una aguafiestas puritana, todo junto.

—No he dicho nada. Ya veo que no estás bien.

—¿Por qué? ¿Por qué no he querido salir a pasear contigo y las perras antes?

—Solo quería tu compañía —dije, retrocediendo—. Los vecinos nunca nos ven juntos. Nunca te ven.

—¿Y a quién le importa? ¡Tú y tus dichosos paseos! No tienes ni idea. No puedo ir a «dar un paseo» sin más. No puedo «charlar» con los vecinos. No puedo mirarme los pies, dando un paso tras otro, cuando no estoy intentando llegar a alguna parte. Oigo los huesos que crujen bajo mis botas. Aquella pobre gente. Tenían una vida de mierda, y luego los masacraron. ¿Y qué es lo que hago yo? Pisotear sus huesos. Helena y yo, los dos.

266

—¿De qué estás hablando?

—Estoy hablando de Ruanda. Estoy hablando de la iglesia que nos encargaron visitar.

—¿Qué sucedió allí? —pregunté, asustada.

Tenía un recuerdo muy vago de Ian empezando a contarme esta historia en Skopie, pero no había podido terminarla.

—Tomamos un atajo por el bosque. No comprendimos que estábamos andando sobre huesos hasta que estuvimos en medio del prado. Estábamos encima de una familia. Había un bebé. El mono de su pijama y un vaso de destete. —La mirada de Ian parece perderse aún más lejos—. ¡Es la razón por la que ella se quitó la vida y por la que yo no consigo dormir! ¡No puedes ni imaginártelo! ¿Cómo ibas a saberlo?

—Ian. —Di otro paso atrás, pisándome los pantalones del pijama mientras me alejaba torpemente de él—. Por favor, cálmate. No pasa nada.

—Sí que pasa… Y no me digas que me calme. ¿Que me

calme? ¡Que me calme! Dile eso a la gente de Belfast, Bosnia, Ruanda e Irak —gritó, contando con los dedos—, antes de que los descuarticen. Supongo que tampoco has oído hablar de la segunda guerra mundial. ¿Crees que no puede ocurrir aquí? ¡Puede ocurrir en cualquier sitio! Incluso a ti, princesa. A la mierda los paseos, a la mierda los vecinos y a la mierda tú.

Aparte de Wayne y de su esposa, una pobre mujer discapacitada y recluida, nuestros vecinos eran la madre viuda de uno de mis antiguos compañeros de clase y unos recién casados que tenían un gato. Intenté contenerme, pero no pude.

—Tendría que haberle hecho caso a Joanna.

—¿Qué? —Sus desquiciados ojos me perforaron.

—Quizá… —dijo con voz temblorosa—, quizá tenía razón en lo que decía de ti.

—¿Ah sí? ¿En qué?

—Dijo que no eras como nosotras. Que me harías daño.

—Me gustaría hacerte daño ahora mismo.

Yo empecé a llorar y a recular hacia las escaleras.

—Te llamó loco y despiadado.

Nada parecía afectarle nunca, pero esto pudo con él.

—¿Despiadado? —dijo, completamente ajeno a su locura. Cruzó la habitación con un par de zancadas largas—. ¿Qué? ¿Dijo que era despiadado?

—Sí.

—La muy zorra. Tendría que haber dejado morir a sus crías.

—¿Cómo?

Dejé de llorar. Dejé de retroceder.

—Salvé a sus putas crías. Se las llevé a la novia de Jason. Joanna había intentado que me despidieran, pero, aun así, me llevé a las crías de su gata para que ella no tuviera que verlas morir tras todo por lo que había pasado. ¡Yo despiadado…!

Empecé a entender.

—¿Y por qué había pasado Joanna?

267

—No te lo contó, ¿eh? ¿No eras su mejor amiga del mundo mundial? Pensaba que te lo contaba todo.

—Cuéntamelo. ¿Por qué había pasado?

—Joanna perdió a un hijo en Skopie. Tuvo un aborto.

Me rechinaban los dientes.

—Y te lo contó a ti y a mí no.

Ian movía los ojos. Parecía fuera de sí y angustiado.

—Tú ya te habías vuelto a casa —farfulló, alejándose.

Creo que comprendió que había cruzado una línea.

—No, no había vuelto.

Estaba completamente segura. Finalmente, entendí qué hacía una toalla ensangrentada debajo de la pila del cuarto de baño de Joanna. Por fin comprendí por qué no había ido a buscarme a la estación de autobuses por primera y única vez en su vida. Había estado varios días enferma. Dios mío. Joanna.

Ian intentaba pensar.

—Está bien. Puede que no. Entonces supongo que estarías trabajando en Sofía.

—Aun así, me cuesta mucho creer que confiara en ti antes que en otras personas.

—No olvides que una vez fuimos íntimos. Tampoco es que tuviera a mucha gente con la que sincerarse, estaba prácticamente sola. Y vosotras dos ya os habíais distanciado.

—Por tu culpa. La única vez que nos peleamos fue por ti.

—¿Debería sentirme apenado u honrado?

—Es la verdad. Jamás habíamos tenido una sola pelea. En diez años. Y entonces llegaste tú, y ella intentó contarme cosas de ti, pero yo no la escuché.

—¡Gracias a Dios que no la escuchaste! Jamás habríamos estado juntos si lo hubieras hecho. De todas maneras, es una mentirosa. Lo era entonces y seguramente lo seguirá siendo. Una mentirosa despechada y egoísta.

—¿Por qué iba a mentir?

—Porque quería que me odiaras.

—¿Por qué?

—Tenía sus razones.

—¿Cuáles?

—No vas a dejarlo, ¿verdad?

—No. ¿Qué razones?

—Seguramente, no quería que supieras que habíamos follado.

Ahí lo tenía. De pronto, fui consciente de lo ciega que había estado. Pero ahora lo veía todo más claro, y era capaz de entender qué implicaba lo que me estaba confesando. Ian, el padre del bebé de Joanna. Ian, la razón por la que Joanna me había dicho: «Pasó algo que me habría obligado a dejar mi trabajo. Intenté convencerme de que era para bien. Pero al final, en realidad, no pasó nada».

¿Cómo se habría sentido cuando Ian había vuelto con Fiona mientras su bebé crecía dentro de ella? Me dio vergüenza lo mal que me había portado con Joanna. Me sentí fatal conmigo misma. La sangre me subió al cerebro. Yo había intentado seducir a Ian por todos los medios.

—En aquel momento, no quisiste tocarme, y dijiste que era por Fiona.

—¡No quería cagarla contigo! Nunca quise que pensaras que era infiel. Me importaba un comino lo que pensara Joanna.

—Pero eres infiel.

—¡Dios!

—¡Y tuviste una aventura con una mujer a la que dijiste despreciar! Eso me hace pensar que también eres un mentiroso.

—¿Lo ves? Por eso nunca te lo había contado. Jamás me pareciste el tipo de chica que entendería que me la follé por despecho.

—Estás peor de lo que pensaba.

—¿En serio? Creía que ya me habías diagnosticado. ¡Te

crees que no he descubierto tu pequeña biblioteca sobre el trastorno de estrés postraumático?

Era cierto. Había leído un libro tras otro sobre el tema, para buscar soluciones, pero solo había encontrado advertencias y tragedias, acusaciones e injusticias. No había relatos con final feliz. Solo horror.

—Estoy enfermo, ¿es eso? ¿A que sí? —dijo, golpeándose el pecho—. Tengo todas las papeletas, ¿verdad? Sí, he perdido amigos. Marca esa casilla. Sí, casi muero. También puedes marcar esa. No solo una vez, sino muchas. Muchas veces me libré por los pelos, y en mi lugar murió otra gente. ¡Muchas! Marca la casilla, márcala. Sí, me sentí traicionado. Y, sí, me siento como si mereciera estar muerto. Marca, marca, marca.

A pesar de estar enfadada con él, intenté abrazarlo, pero Ian me soltó un manotazo.

—Siempre me estás preguntando qué me pasa. ¡Oh! ¿Estás de mal humor? ¡Otra vez no! No tiene gracia. —Me imitó con voz burlona, antes de echarse a reír—. ¿Quieres saber por qué cerré una empresa que me daba millones? Te lo diré. ¿Aquellos seis tipos? ¿Dónde estaba yo cuando los ejecutaron? ¿Quieres saberlo?

Era la primera vez que oía nada que tuviera que ver con seis hombres muertos. Me tapé la boca con las manos y esperé.

—Pregúntame. Estaba en Chipre. En la piscina. Tumbado en un flotador con un vodka con naranja, fumando un cigarrillo y escuchando música. Estaba esperando a que la barbacoa se calentara. Y nunca respondí a las llamadas de John porque ni siquiera me molesté en mirar el móvil. Tendría que haber ido yo a contárselo a las familias y a pedirles disculpas. Tendría que haber estado allí, llorando con ellos la pérdida de sus hijos, maridos y padres. Tendría que haber sido yo quien les diera la noticia, quien llamara a su puerta y les dijera lo mucho que lo sentía. ¡Pero estaba en la piscina! ¿Te imaginas la indignación de esas mujeres e hijos si me hubieran visto? ¿Tomando el sol mientras se llevaban a mis muchachos para ejecutarlos?

—Ian —dije, intentando tocarlo. Él me rechazó de nuevo—. ¿Por qué no me lo habías contado?

Se apoyó en la pared y se dejó caer sentado.

—Hay tanto que no te he contado, Maddie. Tanto.

No nos dirigimos la palabra durante días. Yo me movía por la casa como un ratón y andaba con pies de plomo para no cruzármelo. Me escabullía a nuestro dormitorio cuando oía sus pisadas subiendo por las escaleras del sótano. Pasé largos períodos de tiempo en casa de mis padres. Finalmente, una mañana temprano apareció junto a la cabecera de mi cama.

—Voy a volver a trabajar —me dijo.

Atlas le había ofrecido un puesto de contratista independiente para llevar a cabo evaluaciones de seguridad en recintos de empresas por todo el mundo. En el espacio de unas semanas, le adjudicaron una misión de dos meses para revisar la seguridad de varias refinerías de petróleo en Kazajistán.

271

Ian se me acercó cierta noche, poco antes de su partida, y me rodeó la cintura con los brazos. Me besó el cogote.

—Pétalo —dijo—. Podemos superar esto. Superamos que yo me marchara de Macedonia y que te dejara plantada en Bosnia, ¿o no? Esto no es para tanto.

Pensé en decirle: «Sí, mira cómo he dejado que me trataras y aquí sigo. Mira cuántas veces te he perdonado». Pero no lo hice. Seguía queriéndolo y solo llevábamos casados un año. Era demasiado pronto para admitir el fracaso.

Nos quedamos despiertos hasta tarde la víspera de su partida. Le gustaba decirme una y otra vez que se había enamorado de mí nada más verme, pero que pensó que yo era demasiado buena para él. Yo siempre le correspondía con mi relato, que lo había deseado desesperadamente todos los años que habíamos estado separados. Aquello se convirtió en nuestra rutina, y revivíamos con orgullo el papel que cada uno había tenido en nuestro mágico romance. La víspera de su partida recreamos los primeros días en el hotel Hudson con un maratón de *Juego de tronos* aderezado de vino, vodka, cigarros y combates de sexo circense en el sofá. Descubrí que estaba embarazada antes de volver a verlo.

Y entonces… nació Charlie.

Después de dar a luz, me sumí en un sueño exhausto. Al despertar, Ian y una enfermera estaban gritándose a la cara. Recuerdo pensar: «¡Oh, Dios mío, Ian se está peleando con ella!».

Intenté sentarme y tuve la sensación de que se me abrían los puntos de la cesárea. Debí de emitir un quejido horroroso, porque Ian y la enfermera se quedaron helados y se volvieron hacia mí. Comprendí cuál era la causa de su pelea: una tarjeta blanca pequeña, la clase de tarjeta que acompaña a un ramo de flores.

Pero nadie me había dado ningún ramo.

Ian cogió la tarjeta y dijo suave pero firmemente:

—No quiero disgustarla.

La enfermera, una mujer pelirroja imponente, que parecía deseosa de vérselas con Ian en la calle para arreglar el asunto, respondió:

—Tiene derecho a saber que alguien ha amenazado al bebé. ¡Deberíamos llamar a la policía!

Yo estaba dolorida. Veía puntitos blancos flotando delante de mis ojos. Era como si me hubieran apuñalado. El suelo era un caos. Confuso. Mirara donde mirara, veía trozos de cristal, musgo artificial y pétalos negros. Ian agarraba la mano de la enfermera. Por un segundo, a través de las estrellas titilantes y la agonía, me pareció verlo llorar.

No. Ian no llora.

Después de despertarme en mi habitación de hospital y descubrir que Ian y una enfermera estaban peleándose por la tarjeta de un arreglo floral negro aplastado que alguien me había enviado, me sentí muy enferma, triste y asustada. Estaba muy medicada y débil; sinceramente, no tenía ganas de discutir con Ian por la dichosa tarjeta. Me ahorré hablar en el camino a casa. Alterné miradas de soslayo a los maizales a través de la ventanilla con miradas (cada pocos segundos) al respaldo gris del asiento del bebé. Como estaba orientado hacia atrás, no podía verlo, para mi frustración. Estaba desesperada por llegar a casa y verle la cara a mi bebé.

Ian parloteaba sin cesar.

—No hay nada de lo que preocuparse, Maddie. Esa tarjeta es cosa de un graciosillo. Seguramente será alguien a quien no le caigo bien y que ha querido arruinar un momento tan especial para nosotros. Pero no le vamos a dejar, ¿a que no, Pétalo? No vamos a permitir que nadie nos haga esto.

—¿Qué ponía?

—¿En la tarjeta?

—¡Sí, en la puta tarjeta!

—Algo como «espero que tu estúpido bebé no te deje dormir por la noche». Algo así.

«Espero que tu estúpido bebé no te deje dormir por la noche.»

—Estás mintiendo. Eso es ridículo.

—No, no te estoy mintiendo. Era algo así.

—Ha sido Fiona —dije—. ¿Ha sido Fiona?

—No. Ha sido un graciosillo. Olvídalo.

Sin embargo, era obvio que a él también le había afectado.

273

Υ

Ian rechazó una oferta de noventa días de trabajo en Arabia Saudí para estar conmigo en el parto. Fue una buena idea, porque después del incidente en la habitación del hospital, no me encontraba mejor. A los tres días de salir del hospital tuve fiebre y alterné el Tylenol con el Advil. Supuse que la incisión de la cesárea había pasado de estar infectada a estar muy infectada. No estaba segura de tener la paciencia de esperar tanto.

Cuando desperté, alargué al brazo hacia Ian sabiendo que no estaría en la cama. Mi mano recorrió las sábanas bajo las cuales él había intentado quedarse mínimamente; noté el sudor transpirado después de su fugaz descanso junto a mí. Me había subido la fiebre. Charlie no estaba en su capazo, junto a mi cama. Se habían ido los dos. Sentí un subidón de adrenalina. Y pánico. Intenté razonar. Seguro que Charlie estaba con Ian. Y, sin embargo, este pensamiento no me reconfortó lo más mínimo.

En el pasado, antes de la llegada de Charlie, a veces me levantaba de la cama e iba a buscar a Ian. Por lo general, lo encontraba en el sótano, sentado allí solo, con un cigarro entre los dientes, los ojos clavados en el techo, observando la nada. Alguna vez me acercaba a él y apoyaba la barbilla en su hombro para besar la aspereza de su mandíbula, llena de cicatrices. Otras veces prefería dejarlo estar, me volvía en silencio a la cama, sin molestarle.

Aquella noche, ardiendo de fiebre y con una necesidad acuciante y sobrecogedora de encontrar a Charlie, bajé de puntillas la mitad de las escaleras. Oí a Ian en la cocina, canturreando. Oí el leve silbido de la tetera. Seguí bajando hasta el pie de las escaleras y vi a Ian junto al frigorífico. Charlie estaba en su capazo encima del sofá y decía «bua-bua», moviendo el puñito cerrado adelante y atrás en el aire. Suspiré aliviada. Ian estaba preparándole un biberón.

La cabeza me dolía tanto que lo único que quise fue volver a la cama. Me apoyé en la barandilla un segundo antes de recomponerme y subir las escaleras. Una ola de náuseas y vértigo estuvo a punto de derribarme; apoyé las manos en las escaleras. Me agaché como un gato, a cuatro patas, con la cabeza inclinada. Permanecí así, temblando en el suelo, hasta que se me pasó el mareo. Cuando por fin me enderecé en la febril niebla, lo que recuerdo es algo como un sueño lúcido, o una vívida alucinación. Mientras regresaba a mi hueco ardiente y vacío en la cama, la casa rebrilló como si la estuviera viendo a través de un cristal esmerilado. Durante esos efímeros minutos en los que subí las escaleras y recorrí el largo pasillo, pude ver a través de los ojos de Ian.

Nuestra preciosa casa era también la casa de los horrores. ¿Cómo no iba a serlo? Mira quién ha seguido a mi marido a casa. Ahí, en el hueco del balcón, vi una silueta encorvada. Un joven soldado ruandés, con la ropa hecha jirones, agitaba una granada arriba y abajo, arriba y abajo, y me miraba a los ojos con una sonrisa torva amenazante.

A través de las puertas dobles, bajo la luz de la farola, donde unas sombras monstruosas se apretujaban desde los árboles suspendidos, percibí un coche aparcado delante de casa de Wayne. Apenas adiviné la tenue silueta de dos cuerpos que descansaban el uno contra el otro. El abuelo y la niñita iraquíes se fundían con forma de corazón en un abrazo ceniciento, fortuito pero íntimo, y se entremezclaban en un sueño eterno.

El silencio planeaba amenazador como la gigantesca luna dorada en el cielo. Esta casa infinita era un laberinto y, al mismo tiempo, una vía muerta. Vi una rendija de luz al final del vestíbulo. Al fondo del pasillo de la primera planta, en el baño intacto del dormitorio sin usar, habría un estropicio. Sabía lo que encontraría dentro si alcanzaba a tocar la puerta y la abría unos centímetros. Un suelo de baldosas manchado por círculos de sangre como nubes y la huella del dedo de un bebé; la toalla usada para limpiar el estropicio; y, en algún lugar oculto a la vista, lo que quedara del niño.

Antes de regresar a mi habitación, me paré junto a la puerta que daba al lavadero. Vi un par de petos de pijama azul clarito de Charlie arrugados en el suelo; me alegré de haberlos encontrado yo primero, porque Ian seguramente se vendría abajo si los veía. Balbuceos. Pasos. La iglesia, el vaso de destete, el coche de juguete. Helena y el prado de huesos.

Me metí en la cama, me tomé otros dos Advil y pensé en los seis empleados asesinados. No podía dejar de imaginar que estaban en el sótano de Ian, que tenían las manos atadas a la espalda y los ojos vendados. Me los imaginé a sus veintitantos años, guapos y morenos, la tez aceitunada, ahora curtida y parcialmente corroída, con limpios agujeros de bala, redondos, en el cogote. Yacían en la semioscuridad, en fila, con zapatillas de tenis, alianzas de oro y rígidas camisas de frac incrustadas de sangre. En la base del cuello, llevaban cinta adhesiva pegada al pelo corto. Aguardaban, como yo, a que Ian los enterrara de una vez por todas.

Dios mío, las cosas que había visto Ian. Por fin lo entendí: jamás se recuperaría.

Cuando volvía de sus misiones, siempre se alegraba de vernos a mí y a Charlie los primeros días.

—Estoy mejor, ¿no te parece? —me decía, abrazándome por detrás, tocándome el pelo con la boca—. Somos felices, ¿verdad, Pétalo?

Yo siempre le respondía que sí, porque lo éramos, pero las cosas no eran tan sencillas. Una maldición se cernía sobre nuestra felicidad. El oscuro bastardo del desastre inminente que había seguido a Ian desde Irak se había instalado en nuestro hogar, y dejaba pistas crípticas para mí: una botella de vodka de dos litros, vacía y escondida debajo de una docena de latas de Coca-Cola estrujadas; un vaso roto junto a su ordenador; una enorme cantidad de colillas flotando en los ceniceros del sótano; apuntes furiosos, casi ilegibles, en recibos y notas adhesivas; la maleza salvaje de nuestro jardín frente al de Wayne, que era de postal..., y telarañas. Auténticas telarañas en la oscuridad, formando bucles, meciéndose y colgando como cortinas espectaculares por todo el sótano, salpicadas de bichos muertos. Yo jamás bajaba al sótano.

Estas pistas me decían que el desastre inminente planearía sobre nosotros durante un tiempo. Me avisaban de que no estaba haciendo todo lo posible por mantener a mi hijo a salvo. ¿Cómo reaccionaría Ian si le decía que esta no era la vida que yo quería?

Cuando Charlie tenía nueve meses, Ian volvió de Somalia y se mostró muy emocionado al vernos. Hicimos el amor en cuanto entró por la puerta; luego se fue a recoger a Charlie al centro de actividades infantiles y le dio un abrazo enorme y un beso. Al día siguiente, Charlie empezó a tener fiebre. Por la noche, alcanzó los treinta y ocho grados. A la mañana siguiente, había subido a treinta y nueve y medio. Éramos padres novatos y no sabíamos qué hacer. Ian nos llevó en coche al hospital infantil. Una amable doctora, cuyo rostro no recuerdo por el disgusto que me atenazaba, atendió a Charlie. De esa visita, apenas recuerdo la piel caliente de Charlie contra la mía y lo flojo que me pareció su cuerpo al cogerlo en brazos. El miedo y una histeria creciente hicieron que la habitación se fundiera en negro junto con las palabras de la doctora.

—Puede que esta pregunta suene un poco tonta, pero ¿han viajado a África recientemente? Es nuestra obligación preguntar.

Recuerdo pensar que Ian había traído la muerte a nuestro bebé.

Al final, Charlie se recuperó. En realidad, la fiebre no tuvo
nada que ver con Ian. Pero me decía a mí misma que tal vez
no hubiera traído un virus tropical a casa, pero sí otros peli-
gros. Seguía viendo cosas que deseaba no haber visto. Fantasmas. Cada vez pasaba más tiempo en el sótano. Las cosas entre
nosotros empeoraban y luego mejoraban. Peor y luego mejor.
Y luego peor.

Hasta que Charlie cumplió los dos años, siempre que Ian estaba en casa entrábamos juntos en su cuarto todas las noches
para ver si dormía en la cuna. En la estantería había una pirámide de cojines de tonos pastel y, en la pared, un colorido mu-
ral de un árbol mecido por el viento. El cuarto olía a loción de
bebé y a esperanza, y nosotros nos cogíamos de la mano. Luego cruzábamos el pasillo y entrábamos en la habitación donde
yo dormía. Nos dábamos un beso de buenas noches y nos de-
cíamos que nos queríamos, porque nos queríamos de verdad.
A continuación, me deslizaba bajo el edredón, en el gigantesco y frío dormitorio principal; me sentía minúscula en nuestra
enorme cama tamaño *California King*. Por su parte, Ian se re-
tiraba, tranquilamente, al sótano.

Maddie

Ocho días antes

*A*ñado una toallita aromática a su ropa de cama limpia, en la secadora. Pliego y vuelvo a plegar sus toallas. Flores frescas. Un ramo pequeño, en un jarrón junto a la ventana. Dejo una botella de Aquafina y una bonita taza de cristal en su mesilla de noche, junto a una caja de pañuelos y el mando del televisor. Movida por la nostalgia, coloco un merlot de buena calidad y un abridor, dos copas de vino y un Toblerone gigante en una bandeja en el centro de su cama. Esta visita va a cambiarlo todo.

Entre limpiar la casa, preparar el cuarto de invitados para la visita de Joanna y procurar actividades divertidas (televisión básicamente) a Charlie, por fin tengo un momento libre para hacer los deberes que me ha pedido Camilla. Estoy preparada. Charlie acaba de dormirse. Con suerte, dispongo de una hora.

Deberes para la doctora Camilla Jones

El accidente grave

Por Madeline Wilson

Mamá, papá, mi hermana Julia y yo fuimos a ver al abuelo Carl y a su nueva esposa, Vickie, a la casita que tienen junto al lago Tapawingo en Misuri. Julia era nueve años mayor que yo. Había vuelto por vacaciones de la Brown University, donde estaba dejando de ser mi reservada y dulce hermana mayor para transformarse discretamente en una doctora muy flaca especialista en enfermedades infecciosas y en una corredora de maratón semiprofesional.

Vickie coleccionaba perros de cerámica. Yo me estaba poniendo mi bañador rosa, con la arruga sobre mi inexistente pecho de niña de diez años, rodeada de shih tzus, caniches y yorkshires de ojos inánimes. Su dormitorio olía a rosas y mentol. Había una caja abierta de chocolate con cerezas Russell Stover en su mesilla de noche, que había adoptado un color blanco grisáceo después de llevar varios días ahí. Al otro lado de la ventana, unas campanillas de viento tintineaban con frenesí. Yo fui la primera de la familia en salir, descalza por la colina, en medio del bochorno pegajoso y maloliente que se cernía sobre el fétido lago.

Los demás seguían en casa poniéndose los bañadores. Esperé en el muelle mientras mi frágil y atrevido abuelo sacaba de culo la lancha; con su casco gris deslucido, parecía contemporánea suya. La barca había pertenecido al primer marido de Vickie, y dudaba de que la hubieran usado mucho, si es que la habían usado siquiera, desde que había muerto, hacía cinco años. Mi abuelo frunció el ceño con una mueca amenazante mientras miraba por encima del hombro la templequeante popa de la vieja y tozuda lancha, sus nudosas y pecosas manos forcejeando con los controles.

—Vamos, el agua está buena —les gritó mi abuelo a mis padres y a Julia, que ya se abrían paso por la gravilla, bordeando las espiguillas con púas, por la vereda que descendía hasta nosotros.

Las cabañas de madera podrida se hundían en el agua y arrastraban a su paso atrapasueños, patos decorativos de jardín, sillas de mimbre, comederos de colibríes y tortugas de terracota. Latas de Coors aplastadas flotaban entre las algas y los hierbajos.

Julia fue la primera en hacer esquí. Volaba a ras del lago con sus fuertes piernas juntas con elegancia, el pelo revuelto locamente al viento y la espuma. Yo fui la siguiente. Yo era una esquiadora acuática decente, pero me llevó un par de intentos salir del agua porque la conducción de mi abuelo era agitada. Esperé a que trajera la lancha para recogerme mientras observaba las anticuadas hélices que revolvían saliva lacustre como un molinillo amenazador, cada aspa erosionada, completamente marrón de la herrumbre.

Mi madre me sonreía desde la lancha y mi padre asentía con la cabeza para darme ánimos, subiendo y bajando la barbilla. Julia tenía levantada la cabeza y estaba tomando el sol. Mi abuelo me indicó con los dedos que estaba listo y después dirigió la lancha hacia mí y aceleró.

Tenía demencia. Para ser sincera, no sé si se acordaba siquiera de mi nombre. Nadie se explica por qué mi madre dejó que se pusiera al timón de aquella lancha, y probablemente esta es la razón principal por la que nunca superó el accidente.

Me atropelló. Me dio en el hombro, y me dolió, aunque no mucho. Solté la cuerda y salí a la superficie, aliviada. En ese momento, es cuando vi las aspas de las hélices fueraborda girando hacia mí. Estaba siendo arrastrada hacia lo que de pronto me parecieron los dientes de un monstruo; la cuerda fue aspirada como un espagueti.

—¡Detén la lancha! —gritó alguien, probablemente mi madre, aunque con una voz que no parecía la suya.

—Ya está —ladró mi abuelo.

Pero estaba equivocado. Lo que había hecho era dar marcha atrás; por eso yo estaba siendo aspirada hacia la boca del monstruo.

Mi padre gritó mi nombre. Vi cómo el terror lo transfiguraba antes de tirarse al agua. Mi padre saltó desde la popa y se lanzó entre mi cuerpo y la hélice, pero se hundió. Quiso cambiar su vida por la mía, pero él pesaba mucho; yo era muy poca cosa. Justo cuando el cuerpo de mi padre se sumergía entre el mío y el agua, fui aspirada hacia las aspas y arrastrada hacia delante y hacia atrás hasta que

281

algo me retuvo. Llevaba la cuerda ceñida a la cintura. Cuando mi padre emergió a la superficie, ya era demasiado tarde. No me había hecho cortes, pero la cuerda se había enrollado muchas veces a mi cuerpo y tiraba de mí hacia la hélice y la lancha.

Tenía la cabeza hundida solo quince centímetros bajo la superficie. Mi madre se inclinaba sobre la popa, mirando hacia abajo. Yo le veía la cara del revés y hacia atrás. Chillaba y me señalaba con el dedo. No sé si fue el efecto de la distorsión del agua o su expresión real, pero recuerdo que su rostro se fundió y su boca se abrió en una O, como en *El grito*, de Edvard Munch.

Mi padre estaba a mi lado, revolviéndose y tragando agua también, tirando de mi chaleco salvavidas con las manos. Mi hermana también estaba allí, y sus ojos abiertos bajo el agua se encontraron con los míos, su silueta respaldada por el sol, un oro ondulante a través de la mugre.

Yo esperaba que me rescataran. Tenía diez años. Mi madre, mi padre y mi hermana, que tanto me querían, estaban conmigo; pues claro que esperaba que me rescataran.

Cuando mi desesperada madre tiró de mis brazos para intentar sacarme del agua, comprendí lo mal que pintaba la situación.

Doce años después, el fin de semana que celebramos el funeral de mi abuelo, mi madre y mi hermana desenterraron el recuerdo de aquel accidente. Empezaron a hablar de ello. Mi padre se quitó el audífono y farfulló algo de unos coyotes y una verja rota. Salió como un perro herido y avergonzado de la casa, con un cinturón de herramientas en una mano y un martillo en la otra, dispuesto a arreglar o salvar algo.

Julia se sentó en la cocina con una Coca-Cola *light*. Yo tenía veintidós años y estaba bebiendo vino por la tarde, porque en aquella época era aceptable hacerlo en la familia. Alguien había muerto.

Julia relató de manera distante y técnica cómo me había rescatado exactamente.

—Papá no pudo sacarte. Supongo que yo asumí que él te rescataría. Pero yo había hecho esquí acuático antes, y tenía la ventaja de haber utilizado ese chaleco salvavidas en particular, así que pude soltarte.

Julia hablaba clínicamente, pero yo sabía que me quería. No era indiferente, tan solo resignada. Se hizo patóloga y examinaba partes del cuerpo humano a diario. Conocía a fondo la carnicería de nuestro destino colectivo.

—Cuando te sacamos, vi que no estabas destripada. —Hizo una pausa para dar un sorbo a su bebida—. Así que… eso fue un alivio. Esperé que no hubieras sufrido una muerte cerebral.

—Nunca se disculpó —dijo mi madre en voz baja y con convicción, sin venir a cuento. Estaba preparando la casa para los asistentes al funeral, y se agachaba para recoger cualquier cosa del suelo que hubiese quedado después de pasar la aspiradora—. Nunca se disculpó —dijo en voz más alta, como esperando una respuesta—. Y nunca se ofreció a ayudar con las facturas del médico.

—Vamos, mamá —dije yo—. Yo he perdonado al abuelo. Tú también deberías hacerlo. No pasa nada.

—¿Eso es lo que piensas? —preguntó, con los ojos como platos y levantando la cabeza para mirarme mientras recogía con los dedos un mechón de pelo de perro castaño rojizo—. ¿No pasa nada, Maddie? ¿De verdad? ¡Nunca has vuelto a ser la misma!

Supongo que tiene razón. Estuve dos minutos pataleando y revolviéndome, y otros cuatro minutos sin respirar y colgada hasta que mi hermana cumplió el metódico y lento acto de desenredar la cuerda de la hélice. Solo entonces pudo abrir el chaleco para acercarme a sus brazos.

Algo cambió debajo del agua. Algo profundo me sucedió justo antes de perder la conciencia. En el segundo exacto en que abandoné toda esperanza de supervivencia, una euforia desquiciada, extática y desbocada se apoderó de mi mente, una dicha de tal magnitud que me cautivó al instante, algo de una imbarcable y ardiente sensualidad tan irresistible que abrí la boca para recibirla más profundamente. Lo supe con certeza, como que dos y dos son cuatro o que el cielo es azul, que no tenía nada que temer.

Entonces llegó el rescate. Cuando desperté en el muelle, mi traje de baño rosa estaba hecho jirones. Vi las caras angustiadas de mi familia, así como la mirada patidifusa de media docena de mirones canosos con camisetas de Tommy Bahama. Mi padre dejó de golpearme el pecho y su cara era una mezcla de asombro e incredulidad. Se oyeron sirenas. Yo estaba desnuda y conmocionada. Mientras vomitaba el agua del lago, recuerdo tener un pensamiento recurrente: soy libre. Un sabor horrible en la boca, a arenilla y lodo. Soy libre.

Luego vino el hospital, los susurros de los médicos y el goteo de sedantes seguidos de una sensación misteriosamente similar al arrobamiento que había sentido debajo del agua. Finalmente, me venció un sueño profundo mientras oía el quieto runrún de las rítmicas máquinas de metal. Pasé seis días en una unidad de cuidados intensivos con un tubo insertado en el cuello, que bajaba hasta los pulmones, encharcados del agua asquerosa del lago Tapawingo.

Por supuesto, mi madre tenía razón. Cambié, y fue solo entonces cuando mi excéntrica abuela empezó a sentir un interés tan entusiasta hacia mí. A partir de mi recuperación, yo quería absorber el mundo, el mundo entero, con la misma desesperación que cuando cedí y me dejé aspirar por aquel miserable lago lleno de mierda. Quería vivir. Quería vivir como si yo hubiese inventado la palabra y significase diez veces más de lo que significa. VIVIR.

Reconozco que me sentí invencible después del accidente. Si ahí fuera, en el más allá desconocido, existía un libro mayor cósmico que nos vigilaba, a mí me habían tachado, me habían liberado. Soy libre. Libre de saltar, libre de volar cerca de la llama, libre de arriesgarme, libre de cometer errores, libre de ir temerariamente a lugares de los cuales otros no regresarían.

Quería vivir a toda costa. ¡Tenía que vivir! Tenía que correr en la oscuridad. Eso es lo que estaba haciendo: correr en la oscuridad del *camping*. Tenía que huir. Si no lo hacía, ¿qué le pasaría a Charlie?

284

Así que eso es. Eso es, Camilla. Oh, Dios mío. Me estaban persiguiendo. Y a lo mejor no me caí.

Concluyo con un jadeo y un estremecimiento. Tardo un segundo en darme cuenta de que Charlie ya se ha despertado de la siesta. Está en las escaleras; apoyado en la barandilla, baja los escalones uno a uno mientras se frota los soñolientos ojos.

—¿Mami? ¿Mami?

—Estoy aquí, Charlie.

Intento respirar y dejar que mi corazón se desacelere. Lo he hecho, pienso. Acabo de hacerlo ahora. He escrito la parte más importante.

—¿Puedo comer algo?

Con manos temblorosas, le preparo su plato favorito de macarrones Kraft con queso y un perrito caliente, en forma de ojos y una boca sonriente. También le sirvo rodajas de manzana y judías verdes, consciente de que seguramente no se las coma. Le pongo en la tele el *Jack's Big Music Show*, pues ahora necesito llamar a Wayne por lo de la bomba del sumidero.

Justo cuando estoy marcando el número, suena el timbre de casa. Mi fiel vecino.

Abro la puerta y pongo mi cara de mamá suburbana. Ojos brillantes y sonrisa de mejillas sonrosadas.

—¡Sí! —digo aplaudiendo—. Wayne al rescate.

—Sabía que estabas en casa, te he visto llegar con el coche.

Wayne se quita los zapatos educadamente al entrar y saluda a Charlie.

—¡Chau, jovencito!

Charlie lo saluda con la mano y dice:

—Chau significa adiós.

Luego se mete un trozo de perrito caliente en la boca.

—¡Tienes que venir a casa y ver lo que estoy construyendo en el garaje!

Charlie asiente con la boca llena.

Wayne se vuelve hacia mí con una mirada de emoción exagerada, dando una palmada con sus nudosas manos. Es un anciano chapado a la antigua, gracioso.

—Apuesto a que le gustaría ayudarme a construir una pajarera. ¿No sería divertido?

—Mucho —digo—. ¡Qué buena idea! Se lo agradezco mucho, ¿sabe? Gracias, Wayne.

—Ah, no es nada, Maddie. Veamos, la bomba del sumidero tiene que estar en el sótano.

—Charlie —digo desde la otra punta de la habitación—, acábate la cena y quédate viendo tu programa. Y no le abras la puerta a nadie, ¿estamos? Voy a bajar con Wayne un ratito.

Charlie parece preocupado, y Wayne, encantado.

Bajamos las escaleras hasta la parte terminada del sótano, donde están los ordenadores de Ian, la mesa de billar y el bar. Llevo a Wayne hasta la puerta del fondo.

—No estoy cien por cien segura, pero creo que la bomba del sumidero está aquí.

—¡*Cooorrectooo*! Aquí es donde debería de estar —responde Wayne, que intenta abrir la puerta.

Está cerrada con llave.

—Qué raro —digo—, no creí que estuviera cerrada. No bajo mucho, la verdad.

Wayne se lamenta mientras pone los brazos en jarras y observa la puerta con el labio inferior hacia fuera. Luego se pone de puntillas, estira el brazo por encima del vano de la puerta y saca una llave que estaba ahí escondida. Parece satisfecho de sí mismo.

—Cosas de hombres.

—Menos mal.

La llave encaja y Wayne abre la puerta. La parte fea del sótano está oscura. Wayne encuentra el interruptor de la luz.

La bomba del sumidero está al fondo, en medio del suelo de cemento. Está un poco inundada de agua, pero no parece en mal estado. A dos pasos de la bomba, a la izquierda, hay una enorme bolsa negra. De ella sobresalen una docena de botellas de vodka Stolichnaya de dos litros. Wayne me mira para ver si he visto lo que él ha visto; para ver si entiendo lo que significa. Lo miro. Tengo los ojos tan abiertos que noto que la cicatriz me estira la piel.

—Ju..., justo antes de marcharse —tartamudea Wayne, salpicando saliva por todas partes—, Ian vino a verme para que le ayudara a cortar la acacia de tres espinas y me dijo... —Se atasca al hablar—. Me dijo que llevaba un año sin beber vodka. Me aseguró que quería ser mejor padre.

Miro las botellas. Me tapo la cara con las manos para ocultar mi vergüenza.

—Maddie —dice, horrorizado.

—A mí me dijo lo mismo, Wayne.

Levanto los ojos, suplicantes, pero Wayne no me está mirando. Me esquiva con miedo para ver algo en la pared del fondo, con la mandíbula desencajada y señalando con su nudoso dedo.

Levanto la vista y allí están la pared de agua y los barriles de comida del día del juicio final. Las armas de Ian cuelgan artísticamente detrás de la estantería: cuchillos, espadas de todo el mundo, un hacha y un pico. Tres máscaras de gas. Una de ellas para niños. Al otro lado hay un armero enorme de puertas dobles. En su mesa de trabajo descansan tres arcos y cientos de flechas. Resulta siniestro.

Wayne se vuelve hacia mí, conmocionado.

—¡Maddie! —exclama de nuevo—. Pero ¿qué rayos? ¡Tenemos que hacer algo! ¡Está fuera de control! ¡No estás a salvo! ¡Ni Charlie! ¿Qué pasa con Charlie?

Es una acusación y una pregunta al mismo tiempo.

—Oh, Dios mío —digo, intentando contener las lágrimas—. ¿Qué debo hacer? ¡Ayúdeme! ¡Por favor!

Por favor, Wayne. Por favor.

Wayne me pasa un delgado brazo por los hombros y me arrima a él. Huelo el abono de césped, el tabaco de mascar y ese olor indescriptible que emana de las personas mayores: un tufillo a mortalidad. Es un leve aroma a aliento rancio que me recuerda lo inminente de nuestra muerte.

El día del asesinato

A Diane le salió una voz que no era la suya. Volvió a gritarle a la desaliñada sombra en la puerta, con más apremio:

—¡Tire el arma! —El bate de béisbol seguía en alto, preparado para golpear. Diane empuñó con más fuerza su pistola y empezó a acariciar el gatillo con el dedo—. ¡Tírela! ¡Ahora!

La figura se acercó un paso más. Era una mujer. Parte de su cara era un caos inconexo, como un rompecabezas hecho de piezas que apenas encajaban. Era espantoso, como un cadáver viviente.

Diane vio el miedo en el ojo sano de la mujer. Miedo, agotamiento y alivio. La mujer soltó el bate y cayó de rodillas.

—Gracias a Dios —dijo con voz temblorosa—. Sabíamos que estaban aquí. Oímos el timbre, pero teníamos miedo de salir. Nos habíamos escondido, pero entonces tuve que ir a buscar a Charlie, que había salido corriendo. ¿Sabe dónde está Charlie?

Charlie, pensó Diane. No le había preguntado su nombre. Charlie era un nombre que le pegaba. Charlie con los ojos de chocolate.

—¿Es la madre de Charlie? —preguntó Diane con dulzura.

—Sí, soy Maddie.

—Charlie está bien, Maddie. Está a salvo. Está con uno de nuestros agentes.

La mujer entrelazó las manos a modo de oración y murmuró algo.

En ese momento, Shipps apareció por la puerta de la habitación, arma en mano.

—Está bien, Shipps.

El agente encendió la luz de la habitación y vio, alarmado, a la mujer herida de mirada huraña. Bajó la pistola y dijo:

—Dios bendito.

—Necesitamos atención médica para ella —dijo Diane, señalando a la mujer que seguía amedrentada en el rincón.

Maddie, la del ojo repugnante, dijo:

—Es mi amiga Joanna.

Diane se quedó boquiabierta.

—¿Es su amiga? —preguntó—. ¿Ella es el invitado que «tenía cuando papi volvió a casa»?

Shipps vio la cara de confusión de Diane y le dijo a Maddie:

—Hay un hombre en el sótano. Su carné de conducir dice que se llama Ian Wilson. ¿Es su marido?

Maddie intentó hablar.

—¿Es Ian Wilson su marido? —volvió a preguntar Shipps.

—Sí…, sí —farfulló—. ¿Está? ¿Está…? —No estaba claro si le suplicaba o estaba petrificada.

—Ya no supone una amenaza —respondió Shipps observando la habitación.

—¿Qué ha pasado? —le preguntó Diane a Maddie.

—Mi marido se volvió loco. Él…, él… —No pudo continuar. Corrieron lágrimas por sus mejillas. Lo intentó de nuevo—: Él…, él…

Pero se quedaba sin aliento.

Estaba en *shock*. Diane pensó que lo que había sucedido era evidente.

—Intente tranquilizarse. Llegaremos al fondo de todo esto. —Se dirigió a Joanna—: ¿Puede caminar? Podemos llamar a los paramédicos para que vengan a buscarla, pero es más conveniente que no haya nadie entrando y saliendo de la escena.

Jo pestañeó y asintió. Luego levantó un brazo para pedir ayuda.

Mientras Diane ayudaba a Joanna a bajar las escaleras, sonó el teléfono móvil de Shipps.

—Es el coronel. Adelantaos vosotras.

Cuando Diane, Maddie y Joanna salieron de la casa, se encontraron con un auténtico desmadre. Todo el vecindario estaba iluminado como las atracciones de feria del condado. Habían llegado dos coches más de policía y estaban aparcados más abajo en la misma calle, con las luces intermitentes encendidas. Los nuevos agentes se paseaban por el perímetro de la residencia sin dejar de hablar por sus teléfonos y radios. Una ambulancia, cuya luz roja dibujaba grandes arcos en la calle, había estacionado en la entrada de la casa.

Mientras Diane escoltaba a Maddie y a Joanna hacia la ambulancia, vio en el asiento trasero del coche-patrulla de Bill a un anciano con una gorra de béisbol John Deere que miraba por la ventanilla la residencia de los Wilson, con una aprensión evidente. Sus miradas se cruzaron brevemente. Diane lo reconoció; era el hombre que había salido corriendo en el jardín.

Maddie no lo vio; andaba ocupada buscando a Charlie. Finalmente, lo localizó en el fondo de la ambulancia; cuando intentó trepar hasta el niño, dio un traspié. El niño saltó con tanta fuerza sobre ella que casi la tiró al suelo.

—¡Cariño! —exclamó, abrazándolo—. ¡Estás bien! Oh, Dios mío. Estás bien. Vas a estar bien.

Le besó el cogote y lo apretó con fuerza. Los brazos del niño le rodearon la cintura.

Uno de los paramédicos sonrió.

—Tiene un chico estupendo. —Dio una palmadita a un banco desplegable acolchado—. ¿Le importaría sentarse aquí para poder examinarla?

—Voy —dijo liberándose de Charlie y acercándose al fondo del vehículo—. Pero estoy bien. Me tiró al suelo y me golpeé la cabeza, pero no estoy herida. Mi amiga es la que se ha llevado la peor parte.

Diane ayudó a Joanna a subir a la ambulancia; el segundo paramédico la condujo a una asiento reclinable.

—Charlie, hay sitio aquí —dijo Maddie—. Ven, siéntate a mi lado. —Le lanzó una mirada rápida al paramédico que tomaba notas—. ¿Le parece bien?

—Sí —respondió él.

Charlie fue junto a su madre y se apoyó en su cuerpo, cabizbajo. Los dedos de Maddie se hundieron en sus rizos y se puso a peinarlos. Diane vio que ella, al igual que Joanna, llevaban las uñas pintadas de un color poco habitual. Tenían el mismo color gris helado que sus ojos, pero las llevaba increíblemente cortas, cortadas a ras de las yemas.

—¿Le importa si saco algunas fotos? —preguntó, deslizándose al otro lado de Maddie—. Me ha parecido oír antes que la habían tirado al suelo.

Maddie asintió.

—¿Puede apartarse el pelo, Maddie? Ha dicho que se llamaba Maddie cuando estábamos arriba, ¿cierto?

—Sí —respondió, y se apartó el pelo, mostrando su ojo y la cicatriz.

Diane se aclaró la garganta.

—Me gustaría ver la otra parte. Lo más seguro es que le salga un buen cardenal mañana. Supongo que ahí es donde se golpeó contra el suelo.

Otra lágrima corrió por la cara de Maddie mientras se colocaba el pelo detrás de la oreja, en el lado bueno de su cara. Charlie dijo:

—No llores, mami.

Los hombros de Maddie se estremecieron en silencio, en un

esfuerzo por dejar de llorar. Todo el mundo estaba siendo muy amable.

—¿Agente? —dijo el paramédico de la barba—. ¿Podemos hablar un segundo?

Diane fue junto a él. El paramédico señaló con la cabeza a Joanna y dijo en voz baja:

—Tiene tres uñas rotas. Probablemente, heridas defensivas.

—De acuerdo. —Diane dijo en su micro—: ¿Detective Shipps? Hay que traer un botiquín de pruebas a la ambulancia. Necesitamos un raspado de uñas cuando tenga un minuto.

—Además —prosiguió el paramédico—, los capilares de los ojos le han estallado. El cuello ya lo tiene mal, pero el cardenal no tomará color hasta mañana. Las marcas rojas son coherentes con el estrangulamiento. Apenas puede hablar.

«Pero gritar sí que puede», recordó con un estremecimiento el instante en que la mujer había abierto los ojos y había intentado cogerle la mano.

—Gracias. Me encargo yo ahora, si no te importa.

Diane ofreció a Jo una sonrisa compasiva.

—En la casa, Maddie me ha dicho que era su amiga Joanna.

Jo intentó asentir y se encogió.

—No voy a hacerle preguntas ahora mismo. Tiene que reposar la voz. Déjeme sacarle algunas fotos solamente, ¿vale?

La mirada de Jo estaba fija en el techo de la ambulancia. Mientras Diane le fotografiaba el cuello y los ojos, a Jo le temblaba el labio inferior. Cuando Diane le pidió que se levantara el pelo para poder fotografiarle detrás de las orejas, Jo soltó un grito agudo de dolor al bajar la barbilla.

—Lo siento —dijo Diane—. Ya es suficiente por ahora. Le sacaré más fotos mañana, cuando se vean los cardenales.

—¿Vamos al hospital? —preguntó Maddie—. ¿O a la comisaría?

—A los dos sitios. Me temo que tendremos que separarlas. Primero tendrá que verla un médico. Un poco más tarde, cuando hayamos terminado con esto, la verá mi jefe, el detective Shipps. Tenemos que seguir un protocolo. Joanna, como ha resultado la más herida, irá con estos muchachos tan simpáticos al centro médico del condado. —Los paramédicos sonrieron—. A usted y a su hijo los llevará en coche otro de los agentes y seguirán a la ambulancia.

—¿Usted no? —preguntó Maddie, mirándola con cierta decepción.

Diane se sintió extrañamente halagada.

—Lo más probable es que no. Yo fui la primera agente en responder a la llamada y lo más seguro es que me pidan que me quede hasta que llegue criminalística. El detective, que también es muy amable, dicho sea de paso, le hará algunas preguntas en comisaría.

—¿Y luego volveremos aquí?

—No inmediatamente. Primero tenemos que hacer nuestro trabajo y echarle un ojo a todo. El detective Shipps determinará cuándo cree que la casa ha sido suficientemente examinada. Unas veces lleva un par de días; otras, pueden ser semanas. Pero yo no me preocuparía por eso. Tengo el presentimiento de que barrerán la casa pronto. Y cuando eso esté hecho… —Diane miró de reojo a Charlie, acurrucado bajo el brazo de Maddie. Tenía los ojos cerrados. Diane bajó la voz—. Tendrá que organizarse para tener las cosas solucionadas. Probablemente, uno de los agentes tenga una tarjeta para un servicio que pueda usar. Preguntaré. No querrá que él vuelva a casa y se encuentre… —buscó otra forma de decirlo, pero no encontró algo más compasivo—… con un desastre.

Maddie respiró con fuerza y se secó la nariz en el dorso de la manga.

—Tengo dos perritas. Skopie y Sophie. Sophie se pone nerviosa y araña la puerta cuando Ian grita, así que las dejé fuera cuando empezó a enfadarse. Luego ya no las dejé entrar.

—Las he visto. Están bien, pero me temo que no podemos dejar a dos perros corretear por la escena de un crimen.

Maddie asintió desesperanzada y abrazó más a Charlie.

—Llamaré a mis padres para que vengan a buscarlas.

—Lo siento —dijo Diane, y lo sentía.

Shipps apareció en la puerta de la ambulancia.

—Me han dicho que tengo que hacer un raspado de uñas.

No le llevó mucho tiempo. En cuanto Shipps hubo guardado en una bolsa el palillo de madera y el bastoncillo, les dijo a los paramédicos:

—Ya he terminado. ¿Y vosotros, muchachos?

Ambos asintieron.

—De acuerdo. ¿Puede acompañarme uno de los dos dentro de la casa para la declaración oficial?

—Por supuesto, señor —dijo el paramédico de la barba tupida, y saltó a la calzada.

Shipps se inclinó para hablar con Diane:

—Quédate con ellas hasta que yo haya terminado; luego nos vemos todos aquí en el césped.

Shipps y el paramédico desparecieron por la puerta principal de la casa. Pocos minutos después, C. J. y Bill, el policía bajito y musculoso con cara de bebé que había atrapado al intruso en el jardín trasero, se acercó a Diane.

C. J. silbó.

—Todo hijo de vecino ha salido a ver el espectáculo esta noche, ¿eh?

Bill asintió.

—Y Shipps ha dicho que el jefe viene de camino.

—Bueno, espero que, por una vez, no sea para echarnos la bronca —dijo Diane—. Creo que esta noche la cosa podría haber ido mucho peor.

Shipps y el paramédico volvieron.

—Vale —dijo Shipps haciendo una seña a los agentes para que se reunieran con él a unos metros de la ambulancia—. El paramédico ha certificado fundido en negro a... —miró el reloj— las veintidós cincuenta. Bill, ponnos al día del tercer tipo.

Bill se sacó un pequeño cuaderno del bolsillo.

—Wayne Randall, varón blanco, metro ochenta, unos setenta y cinco kilos, nacido en...

Shipps lo interrumpió.

—Valoro tu atención a los detalles, pero es tarde y nos queda mucho por hacer. Así pues, al grano.

Bill cerró el cuaderno.

—Es el vecino de la casa de enfrente. Dice que vio llegar a Diane. Estaba preocupado porque siempre ha pensado que su marido era un capullo y que podía suponer una amenaza para la mujer y el hijo. Se acercó por si podía ser de ayuda, vio que la puerta del jardín trasero estaba abierta y decidió asomarse por la ventana de atrás.

Shipps cruzó los brazos en el pecho.

—¿Por qué salió corriendo?

Bill se rio y luego recuperó el semblante serio.

—Tiene muchas multas de tráfico por pagar.

—Estás de coña —dijo Diane—. ¡Podía haberse llevado una bala!

—Sí. Es verdad —respondió Bill—, pero no miente sobre lo de las multas.

—Esperad —dijo Shipps—. No os mováis de aquí.

Se acercó a la ambulancia. Un segundo después, estaba ayudando a Maddie a apearse. Hizo un gesto hacia la patrulla de Bill. Era fácil ver al anciano con la gorra John Deere, pues destellos de luz bañaban su rostro. Un segundo después, Shipps volvió junto a los agentes.

—Ha confirmado que es el vecino. Dice que no tiene nada

que ver con lo que ha pasado en la casa. Bill, tómale declaración de todas formas.

—Pero, entonces —dijo Diane—, ¿cuál es la conclusión de la historia? La mujer ha dicho que el marido se volvió loco. Que la tiró al suelo. Que intentó estrangular a su amiga. ¿Y después?

Shipps dio una palmada.

—Correcto —dijo—. Deja que lo averigüe. Me voy a la comisaría a preparar los interrogatorios. Bill, llévate al vecino con poco seso a la comisaría. C. J., tú te llevas a la mujer y al niño; seguid a la ambulancia con la mujer herida al centro médico del condado. Diane, quiero que esperes a criminalística. Saca algunas fotos de paso.

Mientras sus colegas se dispersaban en distintas direcciones, Diane se estremeció con el viento de la noche, a pesar de que era cálido y húmedo. Uno a uno, los vehículos fueron saliendo, rumbo a sus diversos destinos. El agente asignado de turno en la escena del crimen aún no había llegado. El coche de Diane estaba oscuro. La casa tenía el mismo aspecto de cuando había llegado. Segura. Incluso pudo oír el canto de un grillo. ¿O era un sapo? No lo tenía claro. Pero sí que sabía de luciérnagas, y allí estaban; habían regresado después de asustarse. Allí estaban: alegres chispas de luz en la noche.

El más ruidoso de los dos perros reanudó sus indignados ladridos en el jardín trasero. Había pasado página.

La vida seguía su curso.

El día del asesinato

Diane fue a su coche-patrulla para sacar unos guantes de látex. Respiró hondo al entrar en la casa por tercera vez esa noche, infundiéndose ánimo para las fotografías y los vídeos que tenía que sacar. Podría soportarlo. No se había encontrado con lo peor: lo que más había temido después de ver la mesa de juegos de agua y el cajón de arena. Alguien había muerto, sí, pero no era un niño.

Decidió que empezaría por el sótano.

Cuando empezó a bajar vio una preciosa tela de batik africana roja y amarilla, colgada en la pared, con una franja de árboles negros como un elegante paraguas sobre un paisaje de elefantes y jirafas. Era igualito al que colgaba en el salón de la casa de su infancia. Su padre lo había traído de Liberia cuando ella era pequeña. Esta casa, con la máscara africana en la primera planta y las altas botas militares junto a la entrada, le trajo recuerdos. A los soldados les gustaban estos suvenires. La tela de batik le hizo añorar a su padre. Estaba prácticamente segura de que la casa pertenecía a un soldado.

Las escaleras del sótano, que se parecían a las que conducían a la planta superior, eran sinuosas y alfombradas. Las huellas de sangre eran como las de una casa encantada de Halloween. Las fotografió y siguió el reguero de sangre, cada vez más nerviosa, pese a que no había razón para ello. El agresor estaba muerto. No, se corrigió. El hombre estaba muerto. Podía haber sido el agresor, pero también estaba claro que era una víctima. Se recordó que aún no sabía lo que había ocurrido.

Lo primero que vio fueron sus piernas. Notó un aleteo de compasión en el corazón. Estaba sentado. Por un intenso momento, Diane pensó que tal vez no estuviera del todo muerto. Parecía que se había dejado caer a la posición de sentado para apoyar la cabeza en un rincón. Estaba de espaldas a la pared, con las piernas estiradas y abiertas, sobre la moqueta, en un charco de sangre. Tenía un brazo caído a un costado y un cigarrillo partido y sin encender entre los dedos.

Vestía una camiseta de manga corta. Sus brazos eran atractivos, musculosos y bronceados. Sin embargo, los cubría una zarza espinosa de marcas rojas de arañazos. Heridas defensivas infligidas por su víctima. También tenía el rostro arañado, con largos cortes profundos en las mejillas.

Diane grabó un vídeo y sacó numerosas fotos. Constató que el hombre se había mordido las uñas de las manos como un colegial nervioso, uniformemente y hasta dejárselas como muñones. Diane se lo imaginó sacando un cigarrillo y comprobando que no tenía mechero, frustrado por no poder culminar esta última acción instintiva antes de que se le consumiera la vida.

Diane terminó de fotografiarlo y comenzó la inspección del sótano. A unos pasos del cuerpo del hombre había una mesa de escritorio, una silla giratoria y dos ordenadores. La pantalla de uno de los ordenadores mostraba filas de caramelos de colores brillantes. En algún momento antes de su muerte, alguien había estado jugando al Candy Crush. En el segundo ordenador, el salvapantallas mostraba fotografías en bucle. El hombre con Charlie en brazos. El hombre tumbado en el sofá y riendo mientras los dos Boston terrier le lamían la cara. El hombre y Maddie disfrazados de vikingos, con cascos gigantescos con cuernos, posiblemente en Halloween.

Diane se volvió a mirarlo. Era como si, simplemente, hubiera elegido un mal lugar para dormir. Se acercó para observarlo mejor: era más guapo de lo que solía verse por Meadowlark; rasgos marcados, atractivos, y ojos sinceros, oscuros y tristes. Los ojos del niño. Era un hombre grande. No solo grande, sino poderoso. Sólido. Podía resultar intimidante. Sin embargo, mientras el caprichoso silbido del Candy Crush sonaba bajito como la melodía de fondo de su muerte, pensó que no tenía pinta de ser un chico malo.

De repente, se oyó un portazo en la planta de arriba. A Diane se le encogió el estómago. No pasa nada, pensó. Es Seth. Seth el roquero alternativo del Laboratorio de Criminalística del Departamento de Investigaciones de Kansas. Solo había coincidido con él en un par de escenas de crimen, pero si alguna vez iba al Crooked Crown una soleada tarde de domingo, él estaba allí sin falta, luciendo una camiseta de Beck o de Sonic Youth, y tomándose una pinta de cerveza en la terraza.

En vez de subir a saludar a Seth, decidió quedarse en el sótano un poco más. Se le había pasado el nerviosismo. El hombre parecía dormido, y ella prefería el silencio. Era como tomarse un momento de descanso de las chanzas policiales y de su dosis diaria de pequeñas decepciones. Aunque la sangre era repugnante, le pareció que no era tan difícil mirar hacia otro lado. Mirar más allá. Puede que incluso cerrar los ojos y no ver nada. Había algo relajante y reconfortante en la privacidad y la seguridad de esa caverna. De repente y de todo corazón, deseó que esta casa hubiera sido una casa segura para el hombre y su familia.

Pero no: aquello era una cripta.

Diane siguió la dirección de la última mirada de Ian. Entre la puerta entreabierta de una parte aislada del sótano se filtraba una delgada estela de luz en la oscuridad. Ajustó el flash de la cámara y echó un vistazo.

ϒ

El tiempo corría. Seth, que estaba irreconocible con el mono, la máscara, los guantes y los botines, se desplazaba discretamente por la casa de los Wilson. Diane había terminado de sacar las fotos; incluso había tomado algunos vídeos de más y había recorrido la casa por tercera o cuarta vez. Salió y habló un rato con Mark Harrison, el agente de turno, que por fin había llegado a la escena del crimen y que pasaría la noche en la casa. Un agente debía permanecer en la casa hasta que Shipps decidiera que habían recabado todas las pruebas y la familia pudiera volver si ese era su deseo.

El coronel apenas había hecho acto de presencia. Era un hombre desagradable. A Diane le alivió que no entablara conversación con ella. Tan pronto como se hubo ido, supo que «la tripulación» no tardaría en llegar. Entrarían en la casa, meterían el cuerpo en una bolsa, lo etiquetarían, le sacarían fotos y se lo llevarían en un furgón. Entonces el hombre, ahora desplomado contra la pared del sótano, dejaría de existir oficialmente. No volvería a casa jamás.

Diane bostezó y se dio cuenta de que estaba hambrienta, agotada y muy triste. Ya no era necesaria. Había llegado la hora de volver a casa. El suelo de la planta principal estaba salpicado de letreros numerados. Seth se movía sin descanso con su enorme cámara y su gigantesco flash. Diane se acercó a él y le preguntó:

—¿Cómo va la cosa?

Él se quitó la máscara.

—Bien, gracias.

Era enjuto y tenía retazos ridículamente desaliñados de vello facial ralo, pero unos ojos verdes bonitos, la nariz chata y orejas que recordaban un poco a las de un elfo.

—Estoy a punto de pirarme —dijo ella.

—Bien, eso está bien. —Él hizo un gesto abarcando la casa—. Yo ni siquiera he terminado con la planta baja. Me quedan otras cuatro o cinco horas más.

—Te espera una noche larga.

Él sonrió.

—Mis noches son más largas cuando no trabajo.

Diane se rio.

—Apuesto a que sí. ¿Hay algo interesante que puedas decirme ya?

—Sí, claro. Pero, ya sabes, yo soy el técnico de pruebas y Matt es el técnico de laboratorio, así que oficialmente yo solo recopilo y él analiza. Pero si quieres saber mi opinión, sin problema.

—Sí, eso estaría bien.

Seth pareció emocionado de poder compartir sus conclusiones. Aunque era inteligente se expresaba como un quinceañero *skater*, cosa que seguramente fuera diez años atrás.

Diane le sonrió mientras él le hacía una seña de que le siguiera, entusiasmado.

—Pues aquí tenemos un cuchillo grande manchado de sangre. Es el que hizo el trabajo sucio. ¿Y qué es lo que tenemos por aquí? Un cuchillo pequeño limpio. El hermanito del grande manchado de sangre. En este no se ve nada, pero eso no quiere decir que no lo haya. ¿Y debajo del frigorífico? Pues hay un bolígrafo partido al que le han quitado la tinta. La gente los usa para esnifar todo tipo de drogas, desde oxicodona hasta cocaína, así que lo analizaremos y nos enteraremos de la clase de fiestón que se estaban montando. Hay alcohol a tutiplén, vasos rotos por el suelo y lo que te puedas imaginar. Tiene toda la pinta de que la liaron parda. No soy especialista en sangre, pero puedo asegurarte de que a nuestro hombre lo asesinaron aquí en la cocina, y luego míster Chorritos llegó hasta el centro del salón, donde se cayó en su propia sangre, en plan: «¡Oh, no, me he caído y no puedo levantarme!». Durante un rato, se retorció en el suelo como un escarabajo, de espaldas, pero luego se levantó, porque la sangre siguió chorreando por las escaleras que dan al sótano, que es donde voy a pasar un ratillo dentro de nada. El sótano sangriento. —Le guiñó un ojo a Diane, levantando los pulgares.

—Muy bien —dijo Diane, que asintió divertida—. Has sido de gran ayuda. —Supuso que para ese tipo de trabajo hacía falta una buena dosis de humor—. Muchísimas gracias. Buenas noches, Seth.

—Buenas noches, Diane. Espero verte en el Crooked Crow algún fin de semana.

—Yo también —respondió amablemente mientras se alejaba.

Al este, el cielo era gris. Cuando Diane, entró en su aparcamiento, el gris había adquirido un aspecto plumoso con las primeras nubes de la mañana. Una vez en su piso, llenó una botella de agua, se quitó la ropa y se metió en la cama. Antes de apagar la luz, llamó un momento a Shipps.

—¿Ya en casa? —preguntó.

—Ahora mismo.

—¿Dónde has estado?

—En casa de los padres de Madeline Wilson. Una finca en Ridgeview Road.

—¿Y cómo han ido los interrogatorios?

Shipps se rio y dijo:

—*Fua*, ni te cuento. Interesantes como mínimo. Al parecer, Joanna Jasinski fue marinero en otra vida. Me daban ganas de decirle: «¿Y con esa boquita que tienes besas a tu madre?». Pero luego pensé que no tiene pinta de ser de las que besan a su madre.

—¿Cuál es el resultado?

—Ambas dicen que estaban cien por cien seguras de que el señor Wilson iba a matar a la señorita Jasinski.

—Así que tenemos a Jasinski afirmando que mató a Wilson en defensa propia.

303

—¡Pues no! Lo que tenemos es a Madeline Wilson clavándole un cuchillo a su marido para salvar a su amiga.

—¿Qué? —A Diane casi se le cae el teléfono—. Te estás quedando conmigo. Pero si parecía un cervatillo tembloroso delante de los faros de un tren de carga.

—Lo sé. Yo mismo no me lo creía.

—Te aseguro que, entre las lágrimas incontrolables, el niño allí delante y la urgencia de asistencia médica, no hablé con ellas tanto como habría querido. Pero, desde luego, no era esto lo que me esperaba.

—Sí. Me abochorna decirlo, pero los interrogatorios son de lo más entretenido. En la escena del crimen, tú hablaste con ellas más que yo. ¿Puedes ver los interrogatorios mañana y me dices si hay algo que no te cuadre? Estate atenta por si hay discrepancias.

—Desde luego, Shipps.

—Pero ahora acuéstate.

—Vale. Tú también.

—Duerme unas horas, Di.

—Lo intentaré.

En lugar de irse a dormir, Diane se levantó, se puso un batín y fue a su pequeño salón. Abrió su cuenta de Facebook y buscó a Madeline Wilson. Tuvo suerte, porque la cuenta de Madeline era pública. Su foto de perfil era muy dulce: Maddie dándole un beso en la mejilla a Charlie, y la de portada era una de Maddie e Ian vestidos de excursionistas en lo alto de una montaña con los brazos levantados en señal de triunfo. Las dos fotos eran anteriores a su cicatriz.

Diane fue bajando por la página y vio que los post más recientes eran de hacía seis días. Había un *selfie* de Maddie y Joanna. Parecía tomado fuera del aeropuerto de Kansas. Ambas llevaban grandes gafas de sol oscurecidas por toneladas de cabello castaño, enmarañado y revuelto. Tenían unas sonrisas enormes y felices. Una de las manos de Maddie estaba en el hombro de Joanna, apretándolo con unas uñas grises, largas y afiladas como tacones. La foto rezaba: «¡Mirad quién ha venido a verme! ¡La mujer que habla ocho lenguas y no sabe decir que no en ninguna de ellas! ¡Que empiece el cachondeo!».

Diane se preguntó sobre esas mujeres y acerca de su pasado. Se sintió mal. Fue bajando más por la página. La siguiente foto era de un par de meses antes: Ian durante una puesta de sol, arrodillado en una roca con un brazo alrededor de Charlie y con el otro señalando las constelaciones que apenas eran visibles en el cielo color lavanda. Charlie miraba el cielo con un asombro inocente y boquiabierto. El brazo de Ian lo rodeaba tan protectoramente que Diane se sintió como una horrible *voyeur* intentando encontrar algo malo en una situación que parecía hermosísima.

305

Durmió demasiado. Cuando se despertó, ya había salido el sol. Aquel nuevo día prometía ser desagradablemente caluroso. Llegaba tardísimo al trabajo, pero entonces lo recordó: no era un día como los demás. Había muerto un hombre. Su mujer lo había asesinado.

El día después del asesinato

$\mathcal{A}$ Diana, Sweet Water Creek le venía de camino de su casa a la comisaría. Giró en la urbanización. Para su asombro había mucho movimiento. Vio a una mujer joven empujando un carrito. Había unos cuantos obreros reunidos en torno a un agujero en el suelo y un hombre en chándal que corría con un pastor alemán. Diane pasó por delante de la casa de Ian y Maddie, y comprobó que la cinta policial amarilla que había puesto en la puerta de la entrada seguía intacta. Saludó con la mano a Lacey Freemont, la única agente mujer de Meadowlark, aparte de ella. Lacey había sustituido al agente de noche y estaba sentada fuera de la casa de los Wilson, en su coche. Lacey no le devolvió el saludo; estaba muy concentrada en su teléfono.

Diane entró en la vereda que conducía a la casa de Wayne Randall. Antes de poder abrir siquiera la puerta del coche, vio que el hombre se acercaba a ella trotando sobre sus larguiruchas piernas desde el jardín lateral.

Diane, de pie junto al coche-patrulla, le ofreció la más amable de sus sonrisas:

—¡Buenos días!

Cuando Wayne la alcanzó, estaba sin aliento; tenía la cara cubierta de un polvo grisáceo. Llevaba una paleta de albañil y tenía las rodillas de los vaqueros embarradas. Habría estado arrancando hierbajos.

—¿Qué les ha pasado? —preguntó—. Nadie me ha dicho nada. ¿Qué ha pasado?

—Ahora mismo le pongo al día, señor Randall —asintió Diane para reconfortarlo—. Porque se llama usted Randall, ¿verdad?

—Sí. Wayne Randall. Vivo aquí. —Sorbió aire rápidamente y se aclaró la garganta—. ¿Ella está bien? ¿Y Charlie? —La cara se le arrugó en un pequeño nudo cuando pronunció el nombre del niño. Se le escapó un resoplido de emoción—. ¿Y Charlie?

—Madeline y Charlie Wilson se encuentran bien.

Wayne miró hacia arriba, con los ojos acuosos y enrojecidos.

—Los vi salir anoche, por eso sé que no los mató. Yo solo quería saber qué les había hecho.

—¿Por eso estaba en el jardín trasero? ¿Porque quería saber qué había ocurrido?

—Sí, señora. Estaba preocupado por ella y por el chico.

Diane estudió cuidadosamente a Wayne.

—¿Cree que Ian Wilson era un hombre peligroso? ¿Alguien que podía hacer daño a su familia?

—¿Ha estado usted en el fondo del sótano?

—Sí.

—Ese hombre tiene un arsenal ahí abajo.

—Hay mucha gente apocalíptica en la zona.

—¿Y el vodka? ¿Qué me dice de todas esas botellas de vodka? Tenía que haber visto la cara que puso ella. Yo estaba a su lado cuando las encontramos.

—No pinta bien, tiene razón. Pero beber mucho y no molestarse en sacar la basura no es un crimen.

—Bueno, pero se ha cometido un crimen, ¿no? Por eso estuvieron aquí toda la noche y hoy otra vez. ¿Qué ha hecho? —Wayne dio un pisotón en el suelo. Se le soltaron unos mechones del cabello peinado en cortinilla, que danzaron con la brisa—. ¿Y bien? Me dijo… Bueno, le dijo a ella, que es lo más importante, que había terminado con el vodka. ¡Pobre Charlie! ¿Qué les ha hecho? ¡Dígamelo! ¿Qué les ha hecho ese bala perdida, ese hijo de la gran perra?

Media hora después, Diane estaba parada delante del pasillo de refrescos de la gasolinera, mirando el surtido. Tenía las manos metidas en los bolsillos y se balanceaba hacia delante y atrás, del tacón a la punta del pie y viceversa. Al final, la cajera adolescente se acercó a ella y le dijo:

—Eh, agente.

Diane salió de su trance.

—Oh, ¿qué tal, Emily?

—Hay mucho donde elegir. A mí me gusta Dr. Pepper.

—¿Cómo? —Diane ni siquiera había estado mirando los refrescos. Había estado absorta pensando en la fotografía que Maddie había subido a Facebook. La de ella y su amiga. Había algo que no le cuadraba, pero ¿qué era?—. Sí, claro —dijo riendo—. Dios. Es que no he dormido casi nada. ¿Cuánto tiempo llevo aquí parada?

—Un buen rato.

Diane sonrió a la chica y le dijo:

—¿Y sabes qué es lo peor de todo? ¡Que he venido por una chocolatina!

De vuelta en la comisaría, Diane se sentó a su mesa delante del ordenador. Accedió al archivo compartido con los vídeos y se dispuso a ver el interrogatorio de Shipps a Maddie. Partió la mitad de una barra de KitKat y pulsó el «play». Shipps estaba poniendo a Maddie al corriente del procedimiento: «Este interrogatorio va a ser grabado. Tiene derecho a…». Diane apretó el botón de pausa.

La cámara estaba montada en la esquina superior derecha de la minúscula sala de interrogatorios, de modo que Diane veía a Maddie y a Shipps desde arriba. Podía verles la cara, pero solo parcialmente, por lo que era difícil leer sus expresiones. Pasó la cinta unos minutos hacia delante y pulsó el «play».

Maddie le estaba proporcionando su información personal a Shipps:

—Madeline Elaine Wilson, apellido de soltera Brandt. Mi fecha de nacimiento es el 1 de diciembre...

Diane apretó el botón de avance rápido otra vez. Maddie seguía hablando:

—Mi padre estaba en las fuerzas armadas, pero luego se hizo contable público. Mi madre vendía inmuebles residenciales. Están los dos jubilados...

Diane buscó más adelante. Cuando detuvo el vídeo, le pareció que Maddie estaba llorando. Diane partió otra pieza de KitKat y subió el volumen.

Shipps decía:

—Tranquila. Está haciéndolo muy bien.

Maddie se secó la nariz con el dorso de la mano.

—Joanna llegó el fin de semana pasado. Ayer, viernes, ¿no?, Ian me llamó al móvil y me preguntó qué hacía. Era raro, porque normalmente hablamos por Skype. Habíamos estado en la piscina, lo recuerdo. Pero cuando me llamó, Joanna y yo habíamos llevado a Charlie y a las perras al parque canino de Heritage Park. No le dije que estaba con Jo ni que había venido de visita. Nada de eso. Solo le dije dónde estaba y que volvería pronto a casa. Él parecía más contento de lo normal. Emocionado, me dijo: «Date prisa, cariño, y llámame por Skype». Al parecer, tenía una sorpresa para mí.

Maddie se inclinó hacia delante en su silla plegable y murmuró:

—Ay, Dios mío.

En la grabación, Shipps dijo:

—Lo está haciendo muy bien. Respire hondo.

Maddie se arrellanó y empezó a morderse el pulgar.

—Y, bueno, *emmm*… Cuando llegamos a casa, resultó que Ian estaba…, que estaba… allí. Estaba literalmente allí. Había vuelto antes de tiempo. Esa era la sorpresa. Yo pensé: ¡joder!, mal asunto. Bueno, él y Jo se quedaron pasmados al verse. Normal. Pasmadísimos. Había tensión y yo estaba inquieta.

—¿Qué es lo que más le inquietaba? —preguntó Shipps.

—Los dos. Juntos. Su historia.

—¿Qué historia?

Maddie habló muy despacio.

—No se caen bien.

—¿Por qué?

—No sé si hay una explicación razonable —dijo Maddie con un gesto fútil de la mano—. Algunas personas no se caen bien sin más.

—Vale. ¿Qué pasó después?

—Ian charló un rato con nosotras y jugó con Charlie unos veinte minutos; luego bajó al sótano. Ya sabe, el sótano. Adonde él va. En fin.

Shipps anotó algo.

—¿Qué hay en el sótano?

—Sus cosas. Sus ordenadores y demás.

—Mire, Maddie —dijo Shipps—. He estado en el sótano.

—¡Pues entonces ya sabe lo que he tenido que soportar! —respondió, con una voz más estridente de la que Diane habría esperado.

—¿Para qué se estaba preparando?

—No lo sé. A eso no puedo responder. No estoy segura de lo que hacía. Ya ni siquiera estoy segura de saber quién era.

—¿Y qué hicieron usted y la señorita Jasinski mientras él estaba en el sótano?

—¿Que qué hicimos? —preguntó Maddie con la mirada perdida—. Nos quedamos en la cocina y le preparé una salchicha empanada a Charlie. Luego empecé a preparar la cena para los adultos. Ian subió y dijo: «Voy a acercarme al centro», y se fue. Estuvo fuera mucho rato. Di de cenar a Charlie. Como Ian no volvía, al final Joanna y yo comimos y acosté temprano a Charlie. Más tarde, Ian volvió con vino y vodka, y algo de queso. Era raro, pero así es Ian. Impredecible. Pero estaba contento. Pensé: «Vaya, a lo mejor se porta bien».

Shipps esperó que siguiera hablando, pero, como no lo hizo, la animó.

—Ajá. ¿Y luego?

—Me pidió que preparara algo, una tabla de quesos. Dijo: «¡Tenemos una invitada y yo he salido sano y salvo de Nigeria! ¡Vamos a celebrarlo!». Me pareció que estaba siendo sarcástico, pero no quise complicar las cosas. Me limité a sacar el queso y unos saladitos, deseando que no se alterara. Habíamos tenido broncas en el último par de años. A veces me asusta, y eso es lo que estaba pasando. Empecé a tener miedo.

—¿De qué exactamente?

—De que se enfadara y se pusiera a gritar.

Shipps extendió el brazo y apoyó una tímida mano en su muñeca.

—¿Le ha hecho daño alguna vez, Maddie?

—No. —Hizo una pausa—. No que yo sepa.

Se hizo el silencio.

—¿Qué le pasó en el ojo?

—Me caí. En una acampada. Fue un accidente. Eso es lo que Ian dice que sucedió, pero yo no recuerdo nada. Sufrí una conmoción cerebral. Cuando me dieron los puntos, había dos agentes de policía que dijeron que mi herida no cuadraba con una caída. Pero yo creí la versión de Ian, que me dijo que había sido una caída, siempre le he creído. Sin embargo, hace poco empecé a hacerme preguntas sobre aquella noche, pero nunca…, nunca… Digamos que siempre, *umm*, he mantenido que me caí.

—De acuerdo. ¿Y dónde la trataron?

—En el Glen Haven Hospital. Cerca de Estes Park.

Shipps lo escribió.

—Glen. Haven.

—Sí.

—Vale. Así pues, sirvió algo de comer y, después, ¿qué pasó?

—Nos sentamos a la mesa de la cocina. Ian bebía vodka y quiso que nosotras también bebiéramos, pero no lo hicimos. Tomamos vino. Durante un rato, pareció que las aguas estaban tranquilas: solo hablamos de Ohrid y del Irish Pub. De Buck Bobilisto y Milosevic en Macedonia. Nos echamos unas risas hablando del club Lipstick y de los chicos de Vengante. Sin embargo, ya llevábamos un rato bebiendo, y Joanna puede ser, bueno, puede ser un poco bocazas. Mencionó que Ian creyó que ella había intentado que lo despidieran en aquella época, cuando nos conocimos. Dijo algo así como: «No puedo creer que pensaras que había sido yo». Él dijo: «Fuiste tú. Mentiste entonces y estás mintiendo ahora». Estaba muy enfadado.

Diane paró la grabación. Se levantó de la silla y se acercó al despacho de Shipps. Dio un golpecito en la puerta de cristal. Él le hizo una seña para que entrara.

Ella asomó la cabeza.

—¿Qué son todas esas palabras extranjeras que utiliza todo el tiempo?

Shipps se rio.

—¿Estás disfrutando del interrogatorio? Es una lengua del Este de Europa. Ambas la hablan. Dice que son «multilingües».

—Así dicho, parece una guarrada. Ya me entiendes...

—Pues espera a conocer a Wayne —replicó Shipps con una sonrisa de oreja a oreja.

—¡Uy, ya lo he conocido! Wayne. Wayne Randall. Wayne Randall no tiene ninguna duda de que ese horrible hombre se ha llevado su merecido.

—A mí me dijo lo mismo. Lo llamó desgraciado, pirado, embustero y perdedor.

—Eso no es nada. A mí me ha dicho que Ian era un bala perdida e hijo de la gran perra, como si estuviéramos en un *western* de los de antes.

—¡Ja! Wayne no es fan de Ian Wilson.

Diane hizo un mohín.

—*Mmm*. Puede que Wayne Randall sea un gran fan de Maddie.

—Un poco vejete como para enamorarse, ¿no? —Shipps rio entre dientes y suspiró—. Es una mujer despampanante, eso está claro. ¿En mis tiempos? No la habría echado de mi cama por comer galletas.

—Por favor. Ya estoy obligada a escuchar las suficientes cosas escabrosas. No hace falta que añadas nada de tu cosecha.

—Perdona.

—Pero sus ojos… —sugirió Diane—, ¿no te parecen raros?

—Mucho. Lástima lo de… —Se señaló la parte izquierda de la cara con disgusto.

—¿Crees que se lo hizo él?

—Conozco a la policía de Glen Haven, en Colorado. Sí, eso creen, que fue cosa de su marido.

Diane se quedó pensando.

—Vale, voy a ver si termino de verlo.

Volvió a su mesa, se sentó delante del ordenador y pulsó el «play».

En la pantalla, Shipps se inclinaba hacia Maddie.

—¿Qué quiere decir? ¿Fue eso lo que pasó?

—Eso lo sacó de quicio. Ian soltó una carcajada, apuró su vaso de vodka y lo estampó contra el suelo. Le gritó a Jo: «No puedo creer que sigas mintiendo sobre eso». Y luego ella se puso a chillar y a decir que el mentiroso era él y que iba a contarme…

313

—¿Contarle qué?

—Pues que habían tenido un lío, o algo así. Hace mucho tiempo. Ian se echó a reír otra vez y dijo: «Ya le he contado que te follé por despecho». Ahí es cuando Jo se levantó y lo abofeteó.

—¿La señorita Jasinski lo abofeteó? —preguntó Shipps, que se reclinó, como si aquello le asombrara.

—Sí. —Maddie se puso a llorar con violencia. Tardó un rato en recuperar el control—. Y entonces él se volvió loco. Empezó a tirar cosas. Al final decidí que era mejor hacer algo. Cogí el teléfono de casa, decidida a llamar al 911, pero entonces Charlie dijo: «¿Mami?». Dios mío, fue horrible. Charlie estaba bajando las escaleras. El ruido lo había despertado. Ian le gritó: «¡Vuelve a la cama! ¡Ve a la cama o te juro que te mato!». Yo corrí junto a Charlie. Lo alcancé al pie de las escaleras y le dije que subiera corriendo, muy rápido, y volviera a la cama. Creo que apreté el botón de llamada en el teléfono, pues había alguien en la línea. Sin embargo, en ese momento, miré hacia la cocina y Joanna estaba en el suelo. Ian estaba encima de ella. Solté el teléfono y volví a la cocina para ayudarla. No sabía qué hacer. Vi un cuchillo en el fregadero.

Aunque la cámara estaba colocada bien alto, Diane distinguió que Maddie estaba temblando.

—Tómese su tiempo —dijo Shipps con voz preocupada.

A Diane le costó discernir lo que Maddie dijo después, porque hablaba sollozando. Le pareció entender:

—Le clavé el cuchillo en la espalda. ¡Lo hice! Dios mío, lo hice. Apuñalé a Ian y entonces, y entonces… Como no dejó de estrangularla después de eso, lo hice otra vez. Y al final la soltó. Cayó rodando y la ayudé a levantarse. Nos miró y nos dijo lo mismo que le había dicho a Charlie: «Os juro que voy a mataros»… Así que salimos corriendo. Jo estaba muy débil y tuve que ayudarla. Teníamos que ir a buscar a Charlie. Y una vez arriba, decidimos escondernos. Joanna apenas se sostenía en pie; yo tenía a Charlie conmigo. Creí que Ian vendría a por nosotras. ¿Qué iba a hacer? ¿Intentar sacar a una mujer herida y a un crío de casa? Nos escondimos. Y luego, poco después, apareció la agente de policía.

—Muy bien, Madeline. Creo que es suficiente de momento. ¿Hay algo más que le gustaría añadir? —preguntó Shipps.

—No. Solo que lo siento. —Maddie dejó caer la cabeza entre las manos—. No quería matarlo, solo pretendía que no le hiciera daño. Yo lo quería. Oh, Dios mío, lo quería mucho. No era mi intención. Que Dios me perdone.

—Eh, Diane.

A Diane casi se le sale el corazón por la boca. C. J. estaba a su lado y ella ni se había dado cuenta, completamente concentrada en Madeline Wilson.

—¡Me has dado un susto de muerte, C. J.!

Él se rio y dejó una lata de Budweiser en la mesa, junto a la alfombrilla del ratón.

—Shipps me ha pedido que te trajera esto.

—¿Cómo? —dijo Diane—. No son ni las tres.

—¿Estás viendo el interrogatorio de Joanna Jasinski?

—Me iba a poner a ello ahora.

—Pues me ha dicho que necesitarás un trago.

Diane se reclinó en su silla y soltó una carcajada.

—Vale, vale, ¡gracias!

Le dio al «play». Shipps estaba poniendo a Joanna al corriente del procedimiento:

—Es mi responsabilidad hacerle saber que este interrogatorio está siendo grabado. Cualquier cosa que diga podrá…

Adelante. *Play.*

Joanna hablaba con monotonía:

—Joanna Marie Jasinski, Richmond, Virginia.

Diane pasó la cinta hacia delante. Joanna estaba enumerando cosas con los dedos:

—Amnistía Internacional, un breve paso por Médicos sin Fronteras, varias organizaciones de ayuda a los refugiados. Mujer y niños principalmente. Fui la directora de proyectos de Enfoque a la Familia, que opera bajo el paraguas de….

Diane pasó la cinta hacia delante otra vez.

Shipps parecía estar buscando algo que había escrito en su cuaderno.

—Si me permite un segundo…

—¡Un segundo! —exclamó Joanna, indignada—. ¿Un segundo? Llevamos una hora andándonos por las ramas. ¿Podemos entrar ya en los putos detalles?

Diane levantó la anilla de la Budweiser.

Shipps respiró lo bastante alto como para que Diane pudiera oír su exasperación.

—Es una información que necesitamos, señorita Jasinski. Entiendo su frustración.

—¿Ah, sí? ¿De verdad? Ian Wilson casi me mata. Ha sido lo que yo llamo «una noche de mierda».

—¿Por qué piensa que lo hizo?

—Porque era un alcohólico de mierda con un trastorno de estrés postraumático que estaba cayendo en picado en la psicosis.

Diane dio un trago de cerveza y se limpió la barbilla.

Shipps jugueteaba con un bolígrafo.

—¿Lo abofeteó?

—Sí, le di una buena hostia.

—¿Por qué?

Joanna se reclinó en su silla y cruzó las manos sobre el pecho.

—Dijo algo que me pareció ofensivo.

—¿Qué fue? —Shipps esperó un buen rato, pero no obtenía respuesta. Prosiguió—: Ustedes dos tenían una relación complicada, ¿sí? ¿No? —Volvió a esperar y nada—. Mantuvieron una relación sexual, ¿verdad? Hace tiempo.

Joanna cedió.

—*Puff*. Sí. Unas cuantas veces. Hasta que descubrí que me había dado una puñalada trapera por la espalda.

Shipps la miró boquiabierto durante un segundo y luego dijo:

—¿Una puñalada?

Joanna se quedó pensando y estalló en carcajadas.

—No. ¡Oh! Joder. Lo siento. Hasta que me dio una puñalada… —No podía parar de reírse literalmente. Se abrazó el estómago con la boca abierta, pero sin emitir ningún sonido. Por fin se recompuso—. Ay, Dios mío —dijo, secándose los ojos—. Uy, eso ha estado fatal. Ha sido completamente involuntario.

Shipps intentó avanzar.

—De acuerdo. ¿Qué quería decir con eso?

—Cuando nos conocimos, yo trabajaba en una parte del mundo donde a veces tienes que saltarte un poco las reglas para que las cosas funcionen. Yo intentaba que unos suministros llegaran a un campo de refugiados, y pagué a algunas personas para que me ayudaran a cumplir el objetivo. Ian se enteró. Estaba convencido de que yo había intentado que lo despidieran de su trabajo, así que quiso pagarme con la misma moneda. Fue diciendo por ahí que yo andaba metida en algo ilegal, y funcionó. Me largaron. Se portó como un capullo. Le dije a Maddie que se olvidara de él. Le advertí que no saliera con él, desde luego, no digamos ya que se casara con él y tuviera un hijo suyo. Siempre supe que la relación terminaría de esta forma. Para serle sincera, creo que todos lo supimos siempre.

—¿De esta forma? ¿Con él apuñalado por la espalda en su propia casa? —preguntó Shipps, inexpresivo.

—Con uno de los dos muerto. Mejor él que ella. ¡Él es un monstruo! ¿No ha visto lo que le hizo en la cara?

—¿Está segura de que fue Ian Wilson?

—¡Más claro, agua! ¡Qué coño! Ella no está completamen-

317

te segura de lo que pasó porque le aplastaron la cabeza. No recuerda esa noche. Así pues, Ian, siempre tan servicial, la ayudó a reconstruir todas las piezas. ¿Y usted se lo cree? Se cayó, pobrecita, ¡mire si se cayó que dos polis de Colorado la retuvieron toda la noche para intentar que reconociera que su marido la había machacado con la rama de un árbol! Pero Maddie solo decía: «No, sería incapaz. No, no lo hizo». Menuda estupidez.

—Comprobaré eso.

Joanna puso los ojos en blanco como una quinceañera.

—¡En serio! Vaya, pues enhorabuena. ¿Quiere una medalla? Es usted agente de policía.

—Está fuera de sus casillas. Eso me da que pensar —dijo Shipps con calma.

—¿Eso le da que «pensar»? ¿Qué es usted, un crío de seis años? Estoy cabreada porque casi me asesinan. La garganta me está matando y sigo aquí sentada, hablando con usted, cuando lo que quiero es un ibuprofeno, un whisky e irme a la cama.

—Lo entiendo. Cuénteme su versión de los hechos y dejaré que se marche ¿de acuerdo?

Joanna se inclinó hacia él.

—Volvimos del parque de perros e Ian estaba en casa. No se alegró mucho de verme, ¿vale? Se puso a beber. Maddie estaba asustada y nerviosa. Él se marchó un rato de casa y volvió con bolsas de priva y algo de queso y saladitos. Entonces dijo: «Vale, vamos a llevarnos bien. Vamos a ser amigos». Pero no duró mucho. Hizo llorar a Maddie con historias de cuando él y yo salíamos juntos. Maravilloso, ¿a que sí? Muy guay todo. Se estaba portando como un capullo y se lo dije. Empezó a gritarme y a mover el dedo delante de mi cara. Y no, yo no le tolero esa mierda a nadie. Le di un bofetón. Entonces vino por mí y empezamos a pelearnos. Maddie cogió el teléfono. Me alegré. Era hora de llamar al 911. Pero entonces oyó a Charlie llorando. El pobrecito se había despertado y estaba al pie de las escaleras. Maddie fue junto a él. Ian le gritó. Creo que Charlie decía: «Papi, lo siento». Ian le respondió: «Yo sí que voy a hacer que lo sientas». Fue horrible, en serio. Lo siguiente soy yo, en el suelo, boca arriba. Él se sienta cómodamente encima de mi estómago, me pone las manos al cuello y empieza a apretar. Estoy segura de que habría terminado conmigo de no haber sido por Maddie. Él debe de pesar noventa kilos. Empecé a perder el conocimiento. —Joanna se puso a llorar, y Diane se quedó momentáneamente conmocionada. Aquella mujer parecía intocable—. Creí que iba a morir.

—¿Se encuentra bien? —preguntó Shipps, que pareció sincero.

Y entonces Joanna empezó a reírse otra vez. Diane le dio varios tragos largos a la cerveza.

—¡De la hostia! —dijo, moviendo un brazo frenéticamente—. Me encuentro bien. Me encuentro mejor que bien. ¡Viva! Gracias a Maddie. Porque, en vez de rematar el asunto, él... pues como que paró. Y luego me soltó. Pero entonces volvió a agarrarme de la garganta. Me apretaba y rechinaba los dientes, mirándome a los ojos. Y entonces me soltó otra vez. No sabía que ella tenía un cuchillo. Él cayó a un lado y vi a Maddie. Dios, parecía un fantasma, estaba muy pálida. Me ayudó a levantarme. Él nos miró y dijo: «Voy a mataros», o «acabar con vosotras», algo de eso. Maddie me cogió y me llevó casi a rastras por el salón. No habría podido subir sola las escaleras. Creo que ella me sujetaba. No sé cómo lo hizo, pero consiguió subirme por las escaleras y coger a Charlie. Nos escondimos de Ian. Y eso es todo. Ya sabe el resto.

Shipps pareció aliviado y cerró su cuaderno.

—Está bien. Imagino que ya hemos terminado. ¿Desea añadir algo más a su declaración?

Joanna pareció pensárselo, con la mano cerrada infantilmente bajo la barbilla.

—Uy, no, lo siento. Es que no le estaba prestando atención. ¿Podemos repetirlo todo una vez más, por favor?

Después de revisar los dos interrogatorios un par de veces mientras apuraba su cerveza, Diane volvió al despacho de Shipps y llamó a la puerta.

Volvió a hacerle una seña para que entrara, le guiñó un ojo y le dijo:

—¿Ha estado usted bebiendo, señora?

Diane se sonrojó a su pesar.

—Así que Joanna Jasinski es un buen elemento.

—De aquí te espero —respondió Shipps—. Ya lo creo.

—A ver —dijo Diane, confusa—. ¿Dónde estamos? ¿Qué estamos pensando?

Shipps giró en su silla y se alejó del ordenador para mirarla de frente.

—Bill ha hablado con la familia en Inglaterra. Ahora mismo, estoy esperando saber algo del Departamento de Antecedentes Penales de Liverpool. Además, tengo una llamada a las tres en punto con dos detectives de Homicidios de Kansas; puede que se presenten mañana para los interrogatorios. Después de los interrogatorios, tendremos una reunión.

Diane asintió con la cabeza, pero no se movió. Miró a Shipps con semblante avergonzado. Shipps sonrió fraternalmente, ladeando la cabeza.

—¿Me estás preguntando qué pienso yo?

—Sí.

—Creo que es un caso de legítima defensa de terceros. Al igual que la defensa propia, es un homicidio justificable y no un delito. Sin delito, no hay arresto. Punto.

Diane pareció confusa.

—¿En serio?

—En serio —respondió Shipps—. ¿Has encontrado contradicciones en sus relatos? ¿Algo que te contaran en la casa que no coincidiera con lo que acabas de oír en los interrogatorios?

—No, pero...

—Pero ¿qué?

—Tengo un presentimiento. Aunque no estoy segura de qué es.

—Bueno, nadie está seguro todavía —dijo Shipps, volviendo a su ordenador—. Y por eso estamos tratando de poner los puntos sobre las íes. ¿Correcto? Antes muertos que cansados.

A la mañana siguiente, Diane se maquilló ligeramente y se puso pendientes, algo poco habitual en ella. Los pendientes eran clavitos de plata; la única joya bonita que tenía. No le permitían llevar muchas joyas en el trabajo. Clavos y un anillo de boda, algo esto último que no se daba en su caso. Con un poco de colorete y brillo de labios, Diane se sintió mucho más segura. Shipps la había llamado temprano y le había pedido que estuviera presente en los interrogatorios que los detectives de Homicidios de Kansas City iban a hacerles a Maddie y a Jo. Por alguna razón, no se sentía segura.

Cuando llegó a la comisaría, solo estaba Bill, que la miró un par de veces:

—Hoy estás muy guapa —dijo.

Bill se dio cuenta de que se había quedado boquiabierto y apartó rápidamente la mirada, hundiendo las manos en los bolsillos como un estudiante de séptimo grado.

Diane se sentó a su mesa y empezó a teclear una lista de preguntas para el interrogatorio.

321

1. ¿Por qué encontraron un bolígrafo roto en el suelo de la cocina?
2. La misma pregunta: hallaron un cuchillo pequeño de pelar en el mismo sitio. ¿Por qué?
3. ¿Por qué había una manta de bebé manchada de sangre en las escaleras si no había nadie herido en la planta de arriba? (Pregunta complementaria: suponiendo que Madeline la utilizara para quitarse la sangre de la cara, ¿por qué una mujer que teme por su vida y por la vida de su hijo dejaría de huir de una amenaza para limpiarse?)
4. «Me has hecho daño.» ¿Quién hizo daño a Charlie? ¿Cuándo, dónde y por qué? Nadie ha hablado de que Ian le hiciera daño.

Diane no había llegado al asunto de las uñas de Maddie; seguía tecleando cuando Leslie, la jovencísima y dulce rubia auxiliar de administración de la oficina, le tocó el hombro.

—¿Agente Varga? —preguntó, claramente emocionada—. Las mujeres están aquí.

Diane se puso en pie y respiró hondo.

—¿Y los detectives de Homicidios de Kansas? ¿Ya han llegado?

—No van a venir —respondió Leslie con cara larga—. ¿No recibió el correo electrónico? Lo han revisado todo y no les interesa. No van a venir.

—¿Que no les interesa? Entonces, ¿solo estamos yo y el detective Shipps?

—El detective Shipps tiene una llamada muy importante con la Fiscalía. Quiere que empiece sin él.

—Oh —dijo Diane, que sintió vergüenza porque su voz había sonado miedosa.

Ella era una agente de patrulla. Se suponía que no era la persona indicada para llevar un interrogatorio.

—No se preocupe. Vendrá enseguida.

—Está bien —dijo Diane mientras recogía sus notas y se alisaba el pelo del moño—. Sin problema.

Caminó bastante rígida hasta la entrada de la comisaría, donde Maddie y Jo esperaban. Charlie no estaba. Diane se mantuvo muy recta. ¿Por qué esas mujeres resultaban tan intimidantes? Con su condición de gente de mundo, sus grandes palabras y esa aura de desdén que desprendían parecían dominar cualquier espacio. A Diane le hacían sentirse aún más pequeña de lo que ya era.

Jo llevaba alrededor del cuello un pañuelo con flecos, brillante y bohemio. Diane miró la mano de Maddie, que estaba peinándose la oscura melena detrás de la sien. Había algo de sus uñas gris metálicas muy cortas, casi mordidas, pero rectas y limpias, que le llamaba la atención.

Maddie percibió la mirada fija de Diane y cerró las manos en un puño. Diane se obligó a desviar la mirada y dijo:

—Muy bien, ¿les parece si empezamos?

Jo se rio con una voz aún más ronca que el día anterior.

—Adelante, Mads. He traído un libro.

—Lo cierto es que quiero empezar por usted, Joanna. ¿Puedo llamarla Joanna?

—Llámeme Jo.

—Vale. Empezaremos por usted, si le parece bien.

Ambas mujeres se miraron y Jo se encogió de hombros.

—Sin problema.

—Maddie, estaré con usted enseguida. ¿Jo? Si quiere seguirme, por favor.

Diane condujo a Jo a la minúscula sala de interrogatorios, tras pasar por delante de la máquina de café y del cuarto de baño.

—¿Las mismas instalaciones adorables de anoche? —dijo Jo—. La sala chiquitaja. ¿No podemos hablar en otro sitio en el que se pueda respirar?

—Lo siento —se excusó Diane mientras usaba el control

remoto para encender la cámara—. Aquí es donde hacemos las grabaciones.

Dentro había una mesa de juegos, dos sillas plegables y un ventilador de suelo en un rincón, que zumbaba silenciosamente. Diane cambió el ventilador a velocidad media y dijo:

—El verano en Kansas. Perdón.

Jo se encogió de hombros.

—Quien suele hacer estos interrogatorios es mi superior. Vendrá en breve.

—¿Así lo llama? ¿«Mi superior»?

—A veces sí. Supongo. Va a ser grabada y es mi obligación decirle que tiene derecho a permanecer en silencio…

—Ya, ya, ya —dijo Joanna.

—A ver —empezó Diane—, sé que ha sido cooperante la mayor parte de su vida. Eso es realmente admirable.

—Vale, gracias, agente.

324

—Pero ahora, sin embargo, ¿está en paro?

Joanna miró a Diane con la intensidad de una adolescente a la que acaban de insultar.

—En este momento.

—¿Y dónde vive, Joanna?

—Voy y vengo entre Estados Unidos y Europa. Ahora mismo estoy en Virginia.

—Eso suena bien. Siempre he querido viajar. Siempre he querido ir a Italia y probarlo todo.

Jo pareció divertida y sofocó una risa.

—Genial, debería hacerlo. Seguro que le encanta.

—¿Le gusta ir de aquí para allá?

—No siempre, pero sí, no está mal.

—¿Es su primera vez en Kansas?

—No, tengo una multipropiedad vacacional en Wichita.

—¿Qué? ¡Está de guasa, ¿no?!

—Pero ¿quién coño tiene una multipropiedad en Wichita?

Claro que estoy de guasa. Pero estuve allí como unas cinco veces a principios de los noventa, visitando a Maddie y a su familia.

—Eso suena bien.

Joanna se rio, incrédula.

—Bueno, antes que nada, vamos a echarle otro vistazo a su cardenal.

Mientras Jo empezaba a soltarse el pañuelo, Diane dijo:

—La verdadera razón por la que quería hablar con usted primero es porque lleva mucho tiempo sin ver a Maddie, y de pronto le hace una visita larga, muy íntima, justo antes de lo sucedido. ¿Ha observado algo raro? ¿Ha dicho o ha hecho Maddie algo en la última semana que le haya hecho pensar que estaba enfadada con Ian?

—Sí. Ian le prometió el mundo y luego la metió en un suburbio en tierra de nadie, la dejó preñada. Entonces, cuando llegó un bebé chillón para empeorar las cosas, el tipo se las piró.

—¿Eso se lo ha dicho ella o es su versión?

—Es mi versión.

—¿Cree que eso podría haberla enfadado lo suficiente como para querer matarlo?

Joanna hizo una pausa, con los dedos aún sujetando su pañuelo. Le sostuvo la mirada a Diane con desagrado e incredulidad.

—Maddie quería a Ian. Lo quiso desde el primer minuto que lo conoció. Era como una enfermedad. ¿Tengo alguna razón para pensar que Maddie estaba lo bastante enfadada con Ian como para querer matarlo? Le daré una buena razón de por qué Maddie podría haber estado enfadada con Ian.

Jo se quitó el pañuelo y reveló el cuello cubierto de marcas rojas y parduscas. Unas cuantas huellas de color morado oscuro surcaban la piel a la altura de la nuca, donde la fuerza había sido mayor.

325

—¿Por qué no escribe eso? Según Joanna Jasinski, Madeline Wilson estaba cabreadísima con su marido porque intentó matar a su mejor amiga. ¿Lo pilla?

Diane tragó saliva y asintió. A continuación, levantó la cámara digital y sacó fotos en silencio.

—Si quiere, ya puede ponerse el pañuelo —dijo.

Jo se movió despacio, concentrada en su pensamiento.

—¿Sabe qué?

Diane levantó la vista.

—¿Qué?

—Maddie los llamó. Llamó al 911 antes de que nadie saliera herido. Intentó frenar lo que estaba pasando. Debería darles vergüenza ir detrás de ella. Los llamó para pedirles ayuda y no llegaron a tiempo. Esto, agente Varga, es culpa suya.

Detrás de Diane se abrió la puerta. Era Shipps.

—Señorita Jasinski —dijo afablemente—, hemos terminado por hoy. Ya puede irse.

Diane se volvió, boquiabierta.

—¿Cómo?

—Sí. Lo siento, Diane. Ahora te pongo al corriente, pero estas señoritas pueden irse. Las dos.

Joanna se puso en pie y siguió atándose el pañuelo. Mientras pasaba por delante de Diane, la miró de soslayo con ojos triunfales.

Cuando se hubo marchado, Diane miró a Shipps con decepción e impotencia.

—¡Había hecho una lista! —exclamó—. Ni siquiera me ha dado tiempo de empezar a leerla.

Shipps le dio una palmadita en la espalda.

—Ven al comedor para la reunión. Creo que lo entenderás.

Diane siguió a Shipps al comedor, la única sala de la comisaría lo bastante grande como para albergar una reunión de equipo. C. J., Bill y Leslie ya estaban sentados, esperando.

Shipps sacó una silla para Diane y ella se sentó. Shipps empezó a caminar arriba y abajo.

—A ver —dijo, mirando una copia impresa que sostenía en una mano—. Esto es lo que he obtenido de antecedentes penales en Liverpool. Cuando Ian Wilson era policía militar en Alemania, le investigaron por lesiones corporales graves después de atropellar a un soldado con su coche de policía durante un arresto. Ha viajado por Ruanda, Bosnia, Irak e Irlanda del Norte, por mencionar algunos lugares. Al menos un psicólogo militar pensó que era lo bastante peligroso como para negarle la autorización para seguir en el servicio. Lo arrestaron en Chester, Inglaterra, hace cinco años, por atravesar la ventanilla de un coche con el puño y agarrar al conductor por la garganta. C. J., cuéntale a todos lo que me has dicho antes. Todo lo que has recabado de la familia.

C. J. se levantó como si fuera un estudiante de instituto a punto de soltar su discurso en medio de un debate.

—Ian Wilson tenía nueve hermanos y hermanas, siete de los cuales siguen vivos. Su padre y su madre fallecieron. A su hermana Lynn no le ha sorprendido lo ocurrido. Dijo que era un «niño adorable», pero que tenía toneladas de problemas, como alcoholismo y trastorno de estrés postraumático. Su hermano John se ha quedado destrozado. Confirmó el trastorno de estrés postraumático y su debilidad por el vodka. Los demás dijeron más o menos lo mismo: un buen hombre destruido por la guerra y el alcohol.

Shipps apoyó una mano en el hombro de Bill.

—Hijo, oigamos lo que me has contado de Madeline Wilson y Joanna Jasinski, por favor.

Bill solo tenía una nota adhesiva entre el anular y el pulgar.

—De Madeline no hay nada. Joanna tiene una falta menor por utilizar una identidad falsa.

—¿Eso es todo? —preguntó Shipps.

327

Leslie soltó una risita y luego se calló.

—Nada más —repitió Bill—. Nada más que eso.

Shipps señaló a Diane.

—¿Vecinos?

Diane se secó el repentino sudor de las manos en los pantalones, como si estuviera pensando cómo actuar.

—No es un tipo muy querido. Eso está claro, pero…

—«No es un tipo muy querido» no es una descripción muy precisa, Diane. Su propia familia ha reconocido que no era trigo limpio. Anoche, su vecino le dijo a Bill que Ian era sarcástico, rudo y antisocial. También dijo que era un preparacionista del juicio final, psicótico y alcohólico. Afirmó que parecía la clase de tipo que podía atacar a su familia.

—No estoy segura de que Wayne Randall sea una persona creíble…

—Y, por último —la interrumpió Shipps—, Mike, del Laboratorio de Criminalística del Departamento de Investigaciones de Kansas, ha tenido la amabilidad de ofrecer algunas conclusiones tempranas y oficiosas. Las salpicaduras de sangre parecen confirmar que apuñalaron a Ian Wilson por la espalda mientras se inclinaba sobre el cuerpo de Joanna Jasinski. El cuchillo usado es el que Madeline dice que usó. El teléfono roto al pie de las escaleras coincide con la llamada al 911 que creemos que pretendía detener esa escalada de violencia. Las raspaduras debajo de las uñas de Joanna son piel. Estamos esperando los resultados del ADN, pero dado que la cara y los brazos de Ian Wilson están arañados, podemos concluir razonablemente que la piel de debajo de las uñas será suya. A Joanna Jasinski la estrangularon casi hasta matarla. Eso está confirmado. Todos hemos visto el sótano. La mujer estaba viendo a una terapeuta, que corrobora el relato de que el difunto era un hombre roto, reservado, delirante y peligroso.

Diane se encorvó y apoyó la cabeza en las manos.

—¿Diane? —dijo Shipps.

—Nada —dijo ella—. No tengo nada.

—También tenemos bastantes cosas que Madeline Wilson escribió para su psicóloga y que, en mi opinión, sellan el caso.

—¿Y cómo has conseguido ese material de la psicóloga? —preguntó Diane sin molestarse en ocultar su escepticismo.

—No he tenido que hacer nada. Cuando pregunté, la señorita Wilson me dio voluntariamente copias de los documentos. Te digo que este tipo daba miedo. Era como un personaje salido de una película de Guy Ritchie. Era una maldita bomba de relojería.

—¿Y entonces por qué no lo dejó y punto?

—Muchas mujeres no lo hacen, Diane. Y eso no las convierte en mentirosas. He interrumpido tu interrogatorio porque acababa de hablar con la fiscal del distrito, quiero que lo sepas. Piensa, como yo, que estamos ante un homicidio justificable. No lo aprobará hasta que vuelvan los de criminalística, pero ambos pensamos que es obvio.

Diane comprendió que Shipps tenía razón. La fiscal local, Elizabeth Monroe, había empezado su carrera en San Luis como voluntaria en casas-refugio y abriendo causas de violencia doméstica.

—Así que no hay detenciones —dijo Diane, tratando de hacerse a la idea de la velocidad y lo irreversible de la decisión.

—No hay delito.

—Correcto.

—Sin delito, no hay arresto. Homicidio justificable.

Shipps se puso en pie y se estiró, indicando de aquella manera el final de la reunión del equipo. Mientras C. J., Bill y Leslie salían del comedor, Shipps ofreció a Diane una sonrisa compasiva.

—El caso más evidente de mi carrera.

Diane intentó tristemente hacer un chiste para volver a sintonizar con él.

329

—¿O el único?

—Ya había visto un cuerpo antes.

—El de tu mujer, querrás decir.

—Le voy a decir a Megan lo que acabas de decir —dijo Shipps, tocándole el hombro—. Ah, y una cosita, Diane.

Ella lo miró, esperando otro chiste.

Sin embargo, la expresión de su rostro fue como recibir una bofetada inesperada. Vio en él una máscara de rabia controlada.

—Como vuelvas a entrar tú sola en la escena activa de un crimen, haya un niño o no de por medio, no voy a guardarte el puto secreto. ¿Estamos? Informaré al jefe. No me tienes nada contento ahora mismo.

El rubor recorrió el cuerpo de Diane como si la hubieran rociado con agua caliente. Se mordió el labio y se alejó tan rápido como pudo para que Shipps no viera que la había hecho llorar.

Cuando Diane volvió a sentarse a su mesa, estaba temblando y considerando la idea de dejar su empleo y mudarse a Alaska. O a Costa Rica. A cualquier lugar. Odiaba a Shipps. No, no odiaba a Shipps, odiaba que le echaran la bronca. Pero sabía que eso es lo que pasaría, y lo había hecho de todas formas. Y volvería a hacerlo.

Como una bofetada en la cara, las fotocopias de la escritura terapéutica de Maddie Wilson estaban esperándola en su mesa. Contuvo el impulso de barrerlas de un manotazo, junto con el teléfono, la grapadora y los archivos en curso. Miró de reojo y se agachó para leer la nota adhesiva que Leslie había pegado en lo alto. Maldita sea, por si fuera poco, también necesitaba gafas para leer.

La nota decía: «No ha habido suerte y no hemos conseguido nada de la psicóloga *hippie*, pero resulta que Madeline Wilson tenía fotocopias de todo el trabajo que habían hecho juntas.

Shipps me ha pedido que lo dejara en tu mesa. Aquí está. (¡Menudo caso perdido!)».

Diane empezó a leer las hojas fotocopiadas y su mirada recorrió aquellas desgarradas confesiones:

> Cuando Charlie llora. Cualquier cosa que le pase a Charlie.
> Cuando Ian bebe vodka en el sótano. O cuando no hay manera de que se despierte.
> Cuando Ian se enfada con Charlie.
> Cuando tengo que dejar a Charlie con Ian.

> Jo, esto duele. Espero que no sigas pensando que lo preferí a él antes que a ti. No fue así. Juro por Dios que no fue eso lo que pasó. Fue solo un error, eso es todo. Cometí un error y lo siento. Me encantaría volver a verte.

> Quería vivir a toda costa. ¡Tenía que vivir! Tenía que correr en la oscuridad. Eso es lo que estaba haciendo: correr en la oscuridad del *camping*. Tenía que huir. Si no lo hacía, ¿qué le pasaría a Charlie?
> Así que eso es. Eso es, Camilla. Oh, Dios mío. Me estaban persiguiendo. Y a lo mejor no me caí.

Diane hizo una mueca y se sintió avergonzada. ¿Por qué? ¿Por qué en el fondo de sus entrañas seguía dudando de esta madre tímida, ansiosa, asustadiza y adorable? ¿Le venían las dudas (y sí, también una pequeña indignación justificada) porque Ian era un soldado, como su padre?

Sí, probablemente fuera eso.

Tenía que aprender a ser más objetiva. Estaba claro. Las entradas del diario ayudaban a confirmar todo lo que el detective Shipps creía; Maddie había vivido aterrorizada por un hombre que estaba tocando fondo, bebía como un poseso y era un preparacionista del fin del mundo. Había pasado por lo peor en los lugares más terroríficos del mundo, había visto la muerte de cerca y se había desquiciado lo suficiente como para ser capaz de intentar matar también él.

A Diane no le cuadraba que, si bien ambas mujeres afirmaban que Ian Wilson había amenazado al niño, ninguna de las dos hubiera dicho que lo había lastimado físicamente. Y, sin embargo, el crío estaba conmocionado, repitiendo «me has hecho daño» cuando Diane lo encontró. Tampoco le cuadraban la manta de bebé ensangrentada, las uñas raras, el cuchillo pequeño y el bolígrafo roto. No podía parar de darle vueltas al Candy Crush y a las fotos de la familia feliz en las pantallas de los ordenadores, al jardín trasero lleno de juguetes para perros y niños, así como a los dos pequeños Boston terrier que parecían ansiosos por volver con un hombre tan espantoso. Un hombre tan espantoso con unos ojos entrecerrados, amables y tristes, que buscaba algo o a alguien en los rincones oscuros.

En fin. Caso cerrado.

Ian

El día del asesinato

*I*an vislumbró su reflejo en el espejo retrovisor, junto con la mirada curiosa de su joven conductor de Uber, que parecía estar reuniendo el valor de iniciar una conversación. Qué dirá Maddie, se preguntó. No solo estaba bronceado por el sol nigeriano, con un tono de avellana tostada, sino que también había estado enfermo y había perdido algo de peso. Siendo optimista, tal vez la combinación le proporcionaría un aspecto más joven y saludable, y que a ella le gustaría. En cualquier caso, ni siquiera su bronceado George Hamilton podría ser más divertido que cuando apareció en Nueva York con el pelo teñido como una hiena. Se rio en voz alta.

El chico le sonrió por el espejo retrovisor.

—Parece de buen humor.

—Estoy a cuarenta minutos de casa y llevo tres meses sin ver a mi mujer y a mi hijo. Estoy de un buen humor de la hostia. Si pudiera sacarme de la nariz el olor del hollín y la ceniza, ya sería perfecto.

—¿Disculpe?

—Nada, chaval. No te preocupes. Tú llévame a casa.

—Sin duda, señor.

Ian se frotó la nariz y empezó a considerar si realmente el olor de los incendios en las petroleras nigerianas se le quedaría pegado para siempre. Pero ¿qué importaba eso ahora? En breve estaría en el sofá haciéndole cosquillas a Charlie y jugueteando con las perras, y lo más seguro es que Maddie le cocinara su plato favorito, una gran cazuela de chili con carne.

Sonrió por la ventana. La vegetación pasaba a toda velocidad por la autovía mientras circulaban hacia el sur desde el aeropuerto. El verano era seco, y los campos amarilleaban, raquíticos, pero a Ian le reconfortaba la simple belleza del tranquilo hogar que le esperaba.

Sacó el teléfono y llamó a Maddie.

—¿Ian?

—¡Hola, Pétalo! ¿Qué haces, cariño?

—Estoy en el parque de perros. —Pausa—. Con Charlie. ¿Dónde estás? Esto no es Skype.

—Estoy llegando a casa. ¡Mueve el culo y vuelve a casa, que quiero cogerte en brazos, cielo!

—Ha habido un malentendido, Ian.

—¿De qué hablas?

—Creí que no volvías hasta dentro de una semana.

—Estoy seguro de que te dije que volvía esta semana.

—¡Qué va!

—Bueno, no pasa nada, cielo. ¡Tampoco es que me vaya a enfadar contigo porque la casa no esté limpia, por el amor de Dios! Solo quiero veros a ti y a Charlie. Podemos pedir una pizza si no hay comida. Es más, me gusta la idea de pedir la especial de jalapeño de Sarpino's. Podemos hacer eso.

—¿Ian?

—¿Sí?

—Te veo en casa, ¿vale? Intenta no enfadarte cuando nos veamos. Ahora ya no puedo hacer nada para cambiarlo.

—Venga, Maddie, ¿se puede saber qué está pasando?

—Voy a buscar a Charlie y a las perras, y vamos para casa, ¿vale? Te veo allí dentro de nada.

—¡Maddie, estás mosqueándome!

—Lo sé. Lo siento. Lo sé. Te veo en casa.

—Está bien.

Ian colgó y aplastó el puño contra el asiento del coche.

Tras constatar que el humor de Ian había dado un giro radical a peor después de la llamada, el joven conductor de Uber guardó silencio mientras rodeaban Kansas City y se dirigían a los barrios residenciales del sur. Ian tenía el ceño fruncido y se preguntaba qué le esperaba en casa. Maddie se había comportado distinta en verano. Sus llamadas por Skype desde el recinto petrolero habían recibido una acogida más fría que en otros viajes. Sospechaba que ella estaba disgustada por su lesión, pero él había visto toda clase de accidentes, mucho más feos, en el transcurso de los años: su desfiguramiento no era nada que un buen cirujano plástico y un presupuesto decente no pudieran arreglar.

Lo que más le preocupaba era lo furiosa que se había puesto cuando discutieron la noche del accidente. ¿De verdad pensaba que él planeaba dejarla a ella y a Charlie tirados en Kansas para el resto de sus «años buenos», mientras él se dedicaba a dar saltos de Azerbaiyán a Túnez y de Túnez a Yemen? ¡Ojalá pudiera cambiarle el sitio! Ojalá fuera ella la que se pasara todo el tiempo en salas de aeropuertos y en complejos de seguridad tercermundistas, todo el tiempo que ella creía precioso y adorable y dedicado a sí mismo, y ojalá fuera él quien se quedara en casa viendo dibujos y comiendo patatas y galletas con Charlie.

¿Qué le parecería? Para ella, viajar era chardonnay y una terraza; para él era olor corporal y bombas. Aun así, susurró una vocecilla. Aun así. Ella había soportado mucho durante años. Como él le había confesado una vez, sabía que era melancólico, irritable y paranoico. Y, aun así, ella le rascaba la cabeza y le acariciaba la cara cuando él se tumbaba en su regazo y veían películas de terror que él prefería a las comedias o los

335

dramas de ella. Dios sabía que había sido una madre entregada con Charlie. Y lo mejor de todo era que a Ian le seguía gustando emborracharse con ella y hacer un refrito de las historias de siempre sobre los Balcanes; la banda de heavy-metal cutre, las bragas con apertura de la camarera de la pizzería, la cena de la «caspa y el cagón» y la noche que se quemó la montaña.

Los dos últimos años habían sido duros. Ian supo que no sacaría buenas notas como padre primerizo. Se lo advirtió a Maddie. Y luego, además, llegó toda esa mierda del Ébola. ¡Verlo para creerlo! Los putos trabajadores sanitarios, que no tenían ni dos dedos de frente, subiéndose con fiebre a los aviones. ¿Y Maddie quería llevarse al niño a España? Claro. ¡Ni en sueños!

No sé qué se esperaba ella, pensó, con cierta tristeza. Él había cambiado unos cuantos pañales, administrado un biberón de vez en cuando y había supervisado uno o dos baños. Solo necesitaba que esperara un poco más, que fuera paciente con él. Los niños se hacen mayores y luego juegan a los videojuegos, hacen deporte y se van de acampada. Aprenden a usar armas y hablan de batallas famosas y de historia, y todo iría sobre ruedas, ¿a que sí? Sí.

Así pues, no le habían dado ninguna medalla por cuidar a un niño pequeño. Y no había querido viajar con ella y con Charlie, todos achicharrados, en un avión llenísimo hasta algún destino ridículo que el niño gritón jamás recordaría, porque todo el trayecto habría sido una tortura, con él de un humor de perros y a la defensiva. ¿Por qué someter a ninguno de los tres a ese horror? No quería regañar a Maddie. De momento, lo mejor era hacer cosas sencillas. Nada de irse de vacaciones a Bulgaria, como ella quería. O a Tailandia. O a Nueva Zelanda. Por Dios bendito, ¿por qué no podía relajarse un poco y disfrutar de no tener que trabajar y de poder quedarse en casa hasta que Charlie creciera un poco? ¿Tenía la menor idea de la cantidad de escalas que tendrían que hacer para llegar a Nueva Zelanda? Charlie se habría vuelto loco. Pero Maddie quería algo más que ir solo de acampada. En el fondo, lo comprendía. Al fin y al cabo, era una maldita mujer.

Había decidido no aceptar otra misión durante seis semanas, como mínimo. Se llevaría a Maddie y a Charlie a algún sitio sin complicaciones, como un retiro vacacional con todo incluido y con guardería. A México. Era el extranjero y hablaban otra lengua. Eso apaciguaría a Maddie. Sabía que había un vuelo directo desde Kansas City. Era factible. Jugar con Charlie la mitad del día, dejarlo en la guardería la otra mitad y beber vino y remolonear juntos en la cama o en la piscina. Se lo diría en cuanto llegara a casa y, con suerte, se pondría contenta.

Ian utilizó su llave para entrar en casa. Sophie y Skopie bajaron de un bote del sofá y corrieron hacia él, tan emocionadas que perdieron pie en el reluciente suelo de madera noble y estamparon sus patas en las espinillas de Ian. Él cayó al suelo sobre una rodilla y dejó que se subieran encima de él, gimiendo y saboreando el sabor de sus dedos mientras sus achaparradas colas se meneaban de un lado a otro como impulsadas por un motor.

Al cabo de un rato, se puso en pie y miró a su alrededor. Qué raro. Esperó. Por lo general, Maddie y Charlie aparecían corriendo desde la cocina o las escaleras.

Maddie salió discretamente del cuarto de baño en el otro extremo del salón y se quedó mirándolo, inmóvil.

Ian soltó su bolsa y caminó hacia ella, con los brazos abiertos para abrazarla. Maddie tenía los ojos llorosos, como si tuviera fiebre.

—Hola —dijo ella, dándole un abrazo débil.

Luego inclinó la cabeza hacia la silla del rincón.

Ian miró. Joanna estaba hundida en la silla sin moverse, con las manos metidas en los bolsillos, el cabello asilvestrado por todas partes. Ian dejó caer la mandíbula hacia delante. No la había visto. La adrenalina hizo que la habitación le diera vueltas.

—¿Qué hay? —dijo Joanna—. Sorpresa.

—Hostia puta. Estáis de coña. Creí que el infierno del petróleo nigeriano era lo peor, pero está claro que no era nada. ¡Muy bien! ¡Me piro! —Les dio la espalda y comenzó a irse hacia la puerta.

Maddie corrió y se plantó delante de él. Si él había perdido peso, ella había perdido aún más. Tenía la tez muy pálida y los ojos hinchados, como de haber llorado. Además, Ian vio claramente que estaba completamente aterrorizada y temblaba, como si fuera a desmayarse de un momento a otro.

—Estaba sola, Ian —dijo—. La echaba de menos. Me equivoqué de fecha sobre tu vuelta. He cometido un montón de equivocaciones desde el accidente. He ido a ver a otro médico y me ha dicho que puede que tenga alguna lesión cerebral. Lo siento. Lo siento muchísimo.

—¿Qué clase de lesión cerebral? ¿Por qué no me lo habías contado?

—No sé, no quería preocuparte. Sé que tus misiones son muy estresantes y no quería complicarte más las cosas. Odias estar lejos de mí y de Charlie, y si llegas a enterarte de que yo podía estar... enferma..., seguro que habrías dejado el trabajo para volver a casa. No quería arruinarte el trabajo.

—Oh, Maddie. El trabajo me habría dado igual. —Se volvió y observó a Joanna con una mirada cargada de odio.

—Mi psicóloga pensó que era buena idea que volviera a tener contacto con Jo. Y tenía razón. Hemos solucionado nuestras diferencias. Me ha ayudado muchísimo en esta última semana. Me he sentido mucho mejor, y es gracias a ella. Por favor, intentemos llevar esta situación como adultos.

Ian se frotó la barbilla mientras él y Joanna se miraban. Ella se puso en pie y caminó hacia él con su dulzura habitual. Ian miró a Maddie y vio una ingenua esperanza... y ese horrible ojo con la cicatriz.

—Vale, Pétalo —dijo.

Extendió el brazo.

—¿Tregua?

Joanna lo miró sombríamente por debajo de la cortina de su pelo y, con una sonrisa falsa, apretó la mano que le ofrecían. De todos modos, la incomodidad se desvaneció cuando Charlie apareció en la escalera y gritó:

—¡Papi!

Charlie bajó con alborozo las escaleras y corrió por la casa, completamente emocionado. Ian lo aupó y el niño le rodeó la cintura con sus pequeñas piernas. Dios mío, cuánto había crecido, pensó Ian mientras le sonreía. Charlie se lo comía y se puso a chillar cuando Ian empezó a dar saltitos por el salón durante un minuto mientras le cantaba una cancioncilla de su infancia en Inglaterra. «¡Fui a ver a la abuela, y a la abuela yo no vi, en su silla me senté y de su silla me caí!». Cada vez que se caía de la silla, Ian arrastraba a Charlie en volandas por el suelo y volvía a auparlo en brazos. Charlie reía en un delirio de felicidad. Skopie y Sophie comprendieron que era la hora del recreo y los rodearon en círculo, ladrando y saltando a las piernas de Ian.

—Más, papi. ¡Más! ¡Más!

Era la primera vez que Ian oía: «Papi, más, más», y le encantó. Durante su ausencia, su hijo había pasado de ser un bebé a ser un niño.

—¡Fui a ver a la abuela, y a la abuela yo no vi, en su silla me senté y de su silla me caí!

Joanna pasó por delante de Maddie y le susurró:

—Me voy a mi habitación. Avísame cuando haya acabado el numerito.

339

—¿Y eso? —dijo Ian, mirándolas a las dos—. ¿Pasa algo?

—Joanna se sube un rato —respondió Maddie, arrastrando los ojos por el suelo.

—No tiene por qué. Puede quedarse aquí perfectamente.

Joanna subió al trote las escaleras sin mediar palabra.

Ian se acercó a Maddie con Charlie aferrado a él como una cría de mono.

—No pasa nada, Maddie. No estoy enfadado. No voy a decir una palabra, salvo…

Maddie ladeó la cabeza con interés, como retándolo.

—¿Salvo?

—Desde ayer por la mañana —dijo en voz baja como una advertencia—, solo he tenido que pasar por tres aeropuertos de mierda.

Maddie alargó el brazo y cogió delicadamente a Charlie.

—Cariño, ¿te acuerdas de esos dibujos que hiciste para papi? ¿Los que están en el cuarto de juegos? ¡Ve a buscarlos y se los enseñas!

Charlie salió corriendo. Maddie desvió la mirada hacia Ian.

—Tres aeropuertos de mierda —repitió para provocarle, poniendo la cara de lástima que solía reservar para Charlie.

Ian respiró por la nariz y se acercó mucho a ella, rozándole prácticamente la cara.

—Sí. A reventar de empleados del transporte en quienes no puedes confiar y de gente que no tiene la menor idea de hacer cola. Sacaron a varios hombres de la cola y los aporrearon. En dos de los tres aeropuertos en los que he estado hoy, la mitad de la gente me miraba porque soy blanco, y un buen porcentaje seguramente estaba deseando que me sacaran de la cola a rastras para cortarme la cabeza. Habría sido todo un detalle por tu parte tener la decencia de informarme de que iban a tenderme una emboscada en mi propia casa.

Maddie desvió la mirada hacia el vacío y murmuró:

—No he sido yo misma últimamente. Me hice un lío con las fechas. Lo siento.

Ian no sabía qué decir. Lo que deseaba, por encima de todo, era que Joanna desapareciera, pedir pizza y que él y Maddie jugaran con Charlie y las perras. Pero eso no iba a suceder. De repente, sintió la urgencia de fumarse un cigarro en el sótano.

—Me voy abajo.

—Charlie ha ido a buscar unos dibujos que quiere enseñarte. Lo mando abajo, ¿te parece?

—¡No! No quiero que esté abajo cuando estoy fumando. Dile que no tardo en subir.

Ian se plantó delante de sus ordenadores, encendió un cigarro y empezó a jugar al Candy Crush, en lugar de a uno de sus juegos de estrategia bélica. Quería hacer algo mecánico. Pasado un rato, se sintió mejor. Tenía que subir a ver a Charlie y sus dibujos. Hacerle más cosquillas. Pero Joanna ya estaba en el salón. La había oído bajar media hora antes.

A la mierda. Subió como pudo las escaleras y se quedó mirando desde el salón a la cocina como un extraño en su propia casa. Charlie estaba sentado delante de la tele con algún refrigerio en un plato de papel, Maddie vaciaba el lavavajillas detrás de la barra de la cocina y Joanna bebía vino y miraba su teléfono.

Ian respiró hondo y se acercó a ellas, esquivando los juguetes de Charlie, que estaban esparcidos por el suelo. Su sonrisa conciliadora era una bandera blanca.

—Vale —dijo, mirando primero a Joanna y luego a Maddie—. No voy a hacer como si esto no fuera un poco incómodo, pero ¿qué narices? Acabo de volver a casa y estoy de humor para echarme unas risas, en vista de que, una vez más, esos cabrones no han conseguido matarme. Estoy hambriento y necesito un trago. ¿Alguien más quiere una copa?

Joanna dio un sorbo a su copa de vino intencionadamente.

—Joanna, veo que estás bebiendo algo. Bien. Voy a salir un momento por algo de queso y saladitos y más vino. Señoritas, les gusta el vino, ¿no? Es broma. Vamos a pasar una buena noche, como solíamos hacer en Skopie. Maddie, ¿necesitas algo de la tienda? ¿Algo para la cena?

—Tengo sobras para más tarde, si te parece bien. ¿Pollo y arroz?

Ian había estado alimentándose a base de arroz y carne fibrosa; literalmente, eso era lo último que le apetecía.

—Perfecto, Mads. Vuelvo enseguida con algo de picoteo y vino. Joanna. ¡Tenemos que ponernos al día!

Después de salir de la vereda de la casa como si acabara de cometer un saqueo, golpeó el volante del coche varias veces. Noventa días bajo un sol de justicia para encontrarse con semejante mierda en casa. Tardó menos de un segundo en decidir que se desviaría a Gambino's para tomarse una copa antes de ir al Walmart.

Terminaron siendo dos copas de vino blanco, la bebida que había elegido a regañadientes desde que había jurado que no volvería a probar el vodka; la bebida que lo había convertido en un insomne malhumorado y que casi arruina su matrimonio. No levantó la vista de la barra más que para pedir y pagar. La camarera, una chica bastante guapa que le atendió tras la barra, apoyó los codos frente a él y le preguntó:

—¿Un mal día?

—Ni te lo imaginas.

Salió del bar y fue a la tienda. Recorrió los pasillos gigantes a toda pastilla. Se había demorado más de la cuenta en su parada en Gambino's. Compró una *baguette* francesa. Queso suave. Queso curado. Salami. Aceitunas. Uva. Listo.

La de Nigeria había sido una misión en la que no había probado una gota de alcohol. Así pues, después de tres meses sin beber, notó el efecto del vino. Cruzó las provincianas calles desde Walmart hasta Premium Stock entrecerrando los ojos. Eligió dos buenas botellas de chardonnay para ellas y luego se descubrió mirando con anhelo su vodka favorito, Stoli elit. Después de pensarlo un segundo, se alejó, eligió una botella de pinot grigio (su inofensiva alternativa al vodka) y la pagó junto al chardonnay. Sintió un nudo en el estómago mientras conducía a casa.

Entró en la cocina con las bolsas y un grito.

—¡Ha llegado la fiesta!

Maddie salió del cuarto de baño de abajo con el dedo en los labios.

—Vamos a bajar la voz unos veinte minutos. Acabo de acostar a Charlie.

Ian asintió.

—Voy a subir a darle un beso de buenas noches.

—Lo despertarás —dijo Maddie.

Ian se quedó pensativo y contestó:

—Hace siglos que no lo veo. Voy a ir a darle un beso de buenas noches. Sin quejas, si puede ser.

Ian fue al cuarto de Charlie, el cuarto donde él y Maddie solían darse la mano y se sentaban en la cama para contemplarlo en su cuna. En la mesilla de noche de Charlie había una tacita de plástico con agua y el teléfono cuya base de carga estaba en el dormitorio principal. Charlie nunca había tenido vaso de destete. La primera vez que Maddie había llevado uno a casa, Ian le dijo que lo tirara, no soportaba ni verlo. Ian sabía que estaba desquiciado. Muchas veces se había dicho que nunca tendría que haber tenido un hijo.

Pero era inmensamente feliz de tenerlo.

Charlie estaba dormido y emitía suaves gemidos al respirar. Ian sonrió. A pesar de sus primeras dudas, aquel niño era lo mejor que le había pasado. Se sacó una pulsera de cuerda verde y negra del bolsillo y se la ciñó a la muñeca.

—Te he hecho una cuando estaba de viaje, hijo. Esta se llama «víbora».

Le acarició el pelo hacia atrás y le dio un beso en la frente. Como le sucedía a veces, sintió un inmenso amor por aquel crío y una gran necesidad de protegerlo. Vivían en un mundo enfermo, sin duda, pero no le importaba. Cuando estaba en Irak, soñaba despierto con vivir en una cabaña en el bosque con Maddie. Ahora lo deseaba más que nunca, pero por Charlie. Los tres juntos, a salvo, desconectados, a gusto y calentitos, con una buena antena parabólica para ver películas en Internet. Idealmente, tendría un búnker subterráneo en el jardín por si se daba el «peor de los escenarios». Si unos salvajes tenían la intención de aterrorizar el mundo, y unos brutos, de gobernarlo, ellos lo dejarían atrás. Así de simple.

—Te quiero —susurró Ian.

Durante un segundo, los párpados de Charlie se despegaron y vio a su padre. El niño levantó su nueva vaca de peluche, que Ian no había visto, y dijo:

—Dale un beso a Mu-Mu.

Él obedeció y Charlie sonrió y se ovilló en su almohada, de nuevo adormecido y contento.

—Te quiero y siempre te querré —volvió a decir Ian.

Tres, acaso cuatro años más de ahorros, eso es lo único que necesitaba. Aún le quedaba tiempo para dejar atrás el mundo.

Ian cogió el teléfono de la mesilla y lo devolvió a la base de carga en el dormitorio. No quería que despertara a Charlie si sonaba.

Abajo, Maddie y Joanna parecían haber entrado en razón. Incluso había una botella de Stoli elit en la barra de granito que separaba la cocina del resto del salón.

—¿Qué está pasando? —preguntó, cogiendo alegremente la botella y volviéndose hacia Maddie con una sonrisa.

—La compré hace unas semanas —respondió ella—. Pensé que cuando volvieras te apetecería beber algo de verdad.

—¿Y qué hay de nuestro pacto?

—No pasa nada por darse un gusto una noche.

—¿Solo esta noche? —preguntó él.

—Solo esta noche —asintió Maddie.

Joanna se rio en voz alta al oírlo y siguió buceando en su teléfono.

Ian fue a la mesa del desayuno junto a Joanna, con una sonrisa amable, aunque algo forzada. Tamborileó los dedos en lo alto de la copa mientras Maddie preparaba las bebidas.

—Así que acabas de volver de Nigeria —dijo Joanna, que por fin dejó tranquilo el teléfono.

—Sí. De Port Harcourt. He estado trabajando en la protección de un grupo de bomberos de la empresa Boots & Coots que estaban allí para extinguir un incendio en una petrolera estatal.

Maddie trajo el vodka con hielo para Ian, y el vino para ella y Joanna. Ian dio una palmadita a la silla más próxima a él y ella se sentó.

—¿Y eso te ha llevado tres meses? —preguntó Joanna.

—No me tires de la lengua. Ha llevado una eternidad, entre todos los preparativos y después sacar toda la maquinaria fundida del maldito boquete abierto en el suelo. ¡Y el olor! En fin, no me quejo.

—Sí que te quejas —dijo Maddie con una carcajada.

—Claro que lo hago.

—Por lo menos, te sacas una pasta con esos trabajos —dijo Joanna antes de morder una aceituna.

—No tanto como en los primeros tiempos de la guerra de Irak.

—He oído que triunfaste.

—Al final, Joanna, nadie triunfó mucho que digamos. Mira

345

cómo está la cosa ahora. La coalición fue un maldito chiste. Nadie compartía información. Y fueron incapaces de encontrar las putas armas de destrucción masiva.

—Hablando de armas de destrucción masiva... —Joanna lo miró fijamente y mordisqueó un trozo de queso—. He visto tu arsenal apocalíptico en el sótano. Impresionante.

—¡Ah! ¿Lo has visto? Bien hecho, Mads, le has hecho el recorrido de palacio completo. ¡Incluido el sótano! Genial.

Maddie bajó la vista y plegó y desplegó lentamente su servilleta de papel.

—Genial —continuó Joanna—. Pareces dispuesto a rematar la faena inacabada de Unabomber.

Ian se reclinó y se rio con ganas.

—¡Tiene narices la cosa! Llevo dos días viajando. A buen seguro que tengo pinta de que me han arrastrado por unos matorrales, pero ¿Unabomber? Venga ya, Jo. La barba de Ted tenía mucho mejor aspecto que la mía.

Los tres guardaron un incómodo silencio durante un segundo. Maddie se quedó mirando fijamente su copa de vino.

—¿Y tú? —dijo Ian finalmente—. ¿Ya no suministras pañales y Tampax a los necesitados?

—¡Ian! —exclamó Maddie secamente.

—No pasa nada, Maddie —dijo Joanna levantando una mano—. Qué va. Ya no. —Lo fulminó con la mirada.

Ian jugueteó con su mechero Zippo, volteándolo entre los dedos.

—¿Y qué has estado haciendo?

—Preparando mi próximo movimiento.

—Bueno, eso es muy profundo y muy guay.

—Estoy esforzándome todo lo que puedo por impresionarte, así que gracias por el comentario.

Ian dio un buen trago a su vodka, dio una palmada y le ofreció a Maddie una falsa sonrisa.

—Voy a bajar a fumarme un cigarro. Vuelvo en un tris.

—Tómate tu tiempo —dijo Joanna, arrastrando hacía sí su copa de vino con las dos manos.

Ian miró a Maddie antes de irse y observó que tenía la cara sudada, como si aquella conversación estuviera poniéndola enferma. Apoyó una mano en su hombro antes de irse y dijo:

—Tranquila, Pétalo. Relájate.

Ella lo miró con un ojo de animal salvaje asustado. El otro, el echado a perder, se abatía de una manera que le produjo tristeza.

—Tranquila —repitió, un poco incómodo.

Ella asintió, dio un trago y se quedó mirando la copa de vino.

Ian suspiró aliviado al bajar a su lugar preferido. Reanudó el juego de Candy Crush y encendió un cigarro. Se había traído el vodka y se sintió bastante satisfecho.

Pero entonces echó un vistazo a la mesa de billar y vio la funda del ordenador portátil que usaba para los videojuegos. Estaba en el centro de la mesa, pero el ordenador no estaba dentro. Cuando se iba, siempre metía el portátil en la funda y lo guardaba debajo de su escritorio.

Sintió miedo. Luego tuvo una desgarradora sensación de *déjà vu*: una noche en Chipre, hacía años, cuando comprendió que habían leído su correo electrónico personal. En aquel momento, Fiona había visto viejos borradores de cartas extrañas que nunca le había enviado a Maddie. Ahora lo más seguro es que su mujer hubiese visto las fotos que Fiona le había enviado. Que Maddie le hubiera dejado siquiera cruzar la puerta de casa era un misterio. Él estaría furioso. De todos modos, el ordenador estaba protegido por una contraseña; no creía que Maddie pudiera recordar su número del ejército. Así pues, cabía la posibilidad de que no los hubiera visto.

En los tres últimos años, los problemas con Fiona habían ido

347

a más. La cosa se había salido de madre. Era una carga constante. No sabía cómo manejarla. No había querido contarle a Maddie toda la historia. Como sucedió en el hospital, cuando les mandaron aquellas rosas negras, no había querido preocuparla. La tarde después del nacimiento de Charlie, Ian se abalanzó sobre la enfermera que iba de un lado a otro con el ramo nada habitual y le dijo: «¡Eh, eh, eh!».

Para empezar, las rosas eran falsas, hechas de poliéster o un tejido similar. Y el tinte violáceo negruzco no estaba pensado para alegrarle el día a nadie. No era la primera vez que alguien le mandaba rosas negras, y ese alguien había sido Fiona. Era mala, macabra. Ian intentó arrancar la tarjeta y entonces el jarrón cayó al suelo. La enfermera logró quitársela de las manos y soltó un grito ahogado después de leerla:

No te encariñes mucho, Maddie. Me has robado lo que más quería. Igual te pago con la misma moneda.

Se pasó una tarde localizando antiguos contactos militares hasta que descubrió que Fiona había manipulado a uno de sus amigos del ejército en Facebook para conseguir su nuevo número de teléfono y su dirección en Estados Unidos. El mismo amigo también le había dicho a Fiona que Ian y Maddie esperaban un hijo.

El primer impulso de Ian había sido llamarla para echarle la bronca y amenazarla con hacer que la arrestaran. Pero cuanto más pensaba en la situación, y en los despiadados vaivenes de la personalidad bipolar de Fiona, más temía cómo podía reaccionar una personalidad impulsiva como la suya. Se decidió, en cambio, por el control de daños. La vigilaría. Aunque dudaba de que Fiona se subiera a un avión con destino a Kansas, no cabía descartarlo totalmente. No sería la primera vez que se presentara sin avisar en lugares donde no era bienvenida.

Finalmente, la llamó para disculparse porque las cosas se hubieran torcido entre ellos. Dijo que entendía que estuviera enfadada y herida. La trató con respeto. Pensó que, si se mostraba amable con ella, mitigaría su dolor y su odio. Lo único que quería era asegurarse de que el rencor no la hiciese aparecer en la puerta de casa un día de esos.

Le salió el tiro por la culata. En los dos últimos años, sus ocasionales cartas por Navidad y por su cumpleaños para felicitarla habían sido malinterpretadas. Seis meses antes, ella había empezado a enviarle fotografías y mensajes explícitos. Ian guardó todos los correos por si alguna vez necesitaba pruebas para conseguir una orden de alejamiento. Archivó el conjunto de mensajes desagradables en una carpeta que llamó «Atracción fatal». Pasado el tiempo, justo en ese momento, no le pareció tan gracioso.

Había querido llamarla y explicarle cuánto la odiaba. Pero eso hubiera complicado las cosas; le habría costado conciliar el sueño cuando estaba en Pakistán y Maddie y Charlie seguían en su casa de Meadowlark, solos.

Fiona sabía dónde vivía.

Ojalá se lo hubiera contado todo a Maddie, pero no lo había hecho. Le dijo que no era nada. No había querido preocuparla. Obviamente, había sido un error. «No quería preocuparla.» Sonaba bastante estúpido. Ahora Maddie había cogido el ordenador que contenía aquellos archivos X y estaba preocupado.

De repente, oyó ruidos en el primer piso. Al parecer, las chicas estaban riñendo. Sintió cierta satisfacción. Tal vez Maddie estuviera regañando a Joanna por ser una repelente y por su pésimo carácter. Ojalá. Disfrutó de los ruidos de la refriega hasta que le pareció que la cosa estaba durando demasiado. ¿Y por qué las chicas no se estaban lanzando obscenidades como hacían en sus peleas en Skopie? Empezaba a sentir curiosidad. Entonces oyó lo que le pareció un vaso estrellándose contra el suelo.

—¿Qué está pasando? —gritó, alargando el cuello en busca de una respuesta.

Ninguna de las dos respondió, pero oyó que arrastraban una silla por el suelo; luego un golpe, como si la volcaran. Apagó el cigarro y subió deprisa las escaleras.

—He dicho que qué está…

Maddie fue a su encuentro en lo alto de las escaleras del sótano, con los ojos húmedos y febriles, gritando.

—¡Se ha comido el queso que has traído! ¡Tenía nueces! ¡Le ha dado un ataque! Es alérgica a los frutos secos, ¿recuerdas? ¡Un ataque anafiláctico! ¡No puede respirar!

El primer pensamiento de Ian fue que nunca habría comprado queso con nueces; sonaba repugnante. Su segundo pensamiento, que debía de haberlo comprado sin darse cuenta y que ahora tenía que resolver el problema.

Joanna estaba tendida entre la puerta del frigorífico y el fregadero, boca arriba, agarrándose el cuello. Tenía la cara roja y con manchas. No respiraba. Si Maddie estaba en lo cierto y era un ataque anafiláctico, no tenía sentido darle palmadas en la espalda o intentar la maniobra de Heimlich.

—Ian —dijo Maddie, con las mejillas surcadas de lágrimas—. No tenemos un autoinyector. Tú lo has hecho antes. Me lo contaste. Se lo hiciste a un soldado en Chipre que era alérgico al marisco.

—Lo sé.

—¿Puedes ayudarla? ¿Por favor? Por favor, hazle lo que le hiciste al hombre. Sálvala, Ian.

A la derecha del frigorífico, Ian vio el teléfono, el calendario y un bolígrafo. Cogió el bolígrafo, le quitó la punta con los dientes y tiró el tubo de tinta. Alcanzó el taco de cuchillos de Cuisinart a la izquierda del frigorífico y cogió el cuchillo pequeño para pelar. Su idea era acceder a la tráquea de Joanna debajo de la inflamación de la garganta e insertar el tubo del bolígrafo en el agujero para permitir que entrara algo de oxígeno hasta que llegaran los paramédicos. Se sentó a horcajadas sobre ella con las rodillas a ambos lados del estómago. Se inclinó sobre su cuerpo y le palpó la garganta hasta encontrar el punto adecuado.

Para su sorpresa, Joanna alargó las dos manos de pronto y le rastrilló los brazos con las uñas.

—¡Cálmate, mujer! —gritó Ian—. ¡Estoy intentando ayudarte!

Ella le respondió arañándole la cara.

—¡Por el amor de Dios, Joanna! ¡Para!

Ella paró. Ian respiró hondo. Cuando estaba a punto de hacerle una incisión en el hueco de la garganta para practicarle esa traqueotomía de urgencia, ella, inexplicablemente, lo atrajo y lo abrazó con fuerza. Enlazó los brazos a su nuca y lo sostuvo en esa posición. Con una voz amortiguada contra el hombro de Joanna, Ian dijo:

—¡Suéltame! ¡¿Qué estás haciendo?! ¡Te digo que me sueltes!

Joanna mantuvo los brazos cerrados alrededor de su cuello y él sintió un dolor extremo y cegador en la espalda, seguido de un frío que se extendió por todo el cuerpo. Un segundo más tarde, le sobrevinieron náuseas. Soltó el tubo y el cuchillo de pelar. Algo se había aflojado en sus pulmones. Intentó apartarse, pero los brazos de Joanna eran fuertes y le apretaban el cuello con firmeza. Cada vez que intentaba levantarse, Ian tiraba del cuerpo de Joanna con todo su peso. Era demasiado, y ella lo tenía bien sujeto e inmovilizado.

Hubo un momento de alivio en que ese profundo dolor disminuyó, pero luego volvió a sentirlo, más agudo y más fuerte. Fue diez veces peor que recibir un golpe de viento. Fue como si lo hubieran drogado. Empezó a sentirse más débil. Finalmente, ella lo soltó y él cayó de lado.

Tumbada, Joanna respiraba con frenéticas bocanadas.

351

—¿Maddie? —preguntó Ian, mirándola—. ¿Qué ha pasado?

No tenía sentido. En el fondo de su túnel de visión, Maddie se movía borrosa, como desvaneciéndose, pero Ian comprendió que estaba asustada, más asustada de lo que la había visto jamás. Ian vio un débil reguero de sangre sobre Maddie, sobre el frigorífico, allá donde mirase.

«Ayúdame, cariño», quiso decir, pero las palabras no salieron de su boca.

Maddie estaba horrorizada, completamente. ¿Qué había pasado? ¿Un ataque al corazón? No, había sangre por todas partes. Alargó una mano hacia ella, queriendo reconfortarla con su presencia. Él seguía ahí. Todo tenía arreglo, como lo de su ojo. Maddie retrocedió un paso. Estaba enfadada con él porque había visto los correos electrónicos. O quizás fuera porque no había tenido ocasión de decirle que se la llevaría lejos, fuera de Kansas, a pasar unas hermosas vacaciones. Los enfados nunca le duraban demasiado. Era incapaz de enfadarse con él. Sintió que empequeñecía más y más.

Maddie cogió el teléfono fijo de la base de carga en la encimera de la cocina.

—¿Ahora?

—Aún no —respondió Joanna, poniéndose en pie—. Espera unos minutos más para estar seguras.

Ian se movió un poco en el suelo emitiendo un gorjeo. Le brotaba sangre de la boca.

Las mujeres permanecieron quietas y en silencio. Al cabo de un minuto, Joanna dijo:

—Sí. Ahora. Vamos bien.

Maddie

El día del asesinato

Corrimos juntas al vestíbulo. Cuando llegamos al pie de las escaleras, levanté el teléfono sobre mi cabeza y lo estampé contra el suelo. Se rompió en pedazos y las pilas salieron rodando.

—Ahora deprisa —dijo Joanna, y empezamos a subir las escaleras.

Había una manta de Charlie en el suelo, esperando a que la llevara al cuarto de la colada. La cogí, me limpié la cara con ella (tenía sangre en los ojos), y la volví a dejar en el escalón.

Entramos en el dormitorio de Charlie, que seguía durmiendo.

—¿Dónde está el teléfono? —susurró Joanna.

—¡Estaba aquí! —respondí.

—Maddie, vamos, no me jodas. ¡No tenemos tiempo!

—¡Estaba aquí!

—¡Bueno, pues ahora no está! ¡Ve a buscarlo!

Diez segundos más tarde, volví con el teléfono.

—¿Llamo ahora?

—Sí.

Marqué el 911.

En ese momento exacto, Joanna despertó a Charlie con un pellizco brutal en el brazo.

Mientras Charlie aullaba, yo susurré en el teléfono:

—Vuelve arriba, cariño, por favor.

Mi voz sonaba urgente. Bien.

—¡Por favor! ¡Ve! ¡Ve ahora!

Y luego grité de pronto:

¡Oh, Dios mío! ¡Corre! ¡Por favor, ayúdennos! ¡Deprisa! ¡No!

El corazón me latía como si todo aquello estuviera pasando realmente.

Luego cogí el teléfono, lo golpeé una vez contra el somier de madera y lo apagué.

Miré a Charlie. Tenía los ojos cerrados muy apretados y la boca como un óvalo abierto mientras las lágrimas rodaban por sus rojas mejillas. Estaba histérico. Fui a cogerle y Joanna dijo:

—Ve y deja el teléfono cargando en el dormitorio como habíamos dicho.

—Vale.

Pero no me moví. No podía contener las lágrimas. No podía hablar.

—Está bien, Maddie —dijo Jo—. Ha tenido una pesadilla, nada más. ¿A que sí, Charlie? Solo ha sido una pesadilla.

—¡Me has hecho daño! —balbució entre sollozos.

—Lo siento, cariño —dije con voz desesperada e histérica—. Mami no tendría que haber dejado...

—Dame el teléfono —estalló Joanna—. Lo dejaré yo. ¡Cógelo e id a esconderos! Subimos a buscar a Charlie. Nos pareció oír a Ian y decidimos escondernos, en vez de ir abajo, con un loco borracho suelto por la casa. Te acuerdas de lo que tenemos que decir, ¿verdad?

Lo único que podía hacer era mirar boquiabierta a mi hijo, como si estuviera catatónica. ¿Qué me pasaba? Le moqueaba la nariz y un moco le manchaba el labio superior. Me palpitaba el pecho. Podía oír mi propia respiración. Mis jadeos.

—¿Puedes controlarte? —exigió Jo.

—Sí —respondí, pestañeando y sacudiendo la cabeza—. Ya estoy bien. Vamos, Charlie. Quiero que vengas conmigo.

Charlie llevaba su pañal de noche y una camiseta de Thomas y sus amigos. Me cogió de la mano y, todavía desconsolado y secándose la nariz, me siguió fuera del dormitorio por el oscuro pasillo.

Ian

El día del asesinato

*C*uando Ian abrió los ojos, pudo ver el cielo nocturno. La estrella ardiente lo sobrevoló, aterrizó y sacudió el desierto. Detrás de los hangares atisbó una esfera roja inflamada, seguida de una explosión de infarto. Gráciles arcos de luz multicolor dejaban un rastro aquí y allá en la tenebrosa distancia. De pronto, Ian supo dónde estaba: en Irak, en aquel aeropuerto de Kirkuk dejado de la mano de Dios.

—Vale —dijo finalmente, tambaleándose con torpeza sobre unas piernas que apenas lo sostenían.

Dio un pesado y esforzado paso tras otro, deteniéndose con frecuencia, para poder cruzar el campo. Aunque estaba oscuro, pensó que podría encontrar el *jeep* abandonado que había visto antes. Las explosiones despedían columnas de tierra roja, amarilla y naranja en derredor. Se tiró al suelo, por instinto, para huir.

Cayó contra algo sólido y le alivió haber encontrado el todoterreno. Se deslizó hasta sentarse sobre el agrietado barro, y le resultó más cómodo de lo que había pensado. Se sentía relativamente a salvo, aunque empezaba a comprender que lo habían herido en la espalda y necesitaba ayuda. El aullido de una sirena le zumbaba en los oídos. De repente, se sintió más acongojado y desesperado que nunca. Algo malo estaba sucediendo. Algo jodidamente malo.

Era neurosis de guerra, se dijo. Miró a su alrededor y solo vio negrura, a excepción de aquel extraño espectáculo de luces. Nada tenía sentido.

—Estoy bien —murmuró. Solo es el cansancio, se dijo.

En Chipre se había sentido tan cansado que no quería despertarse, y ahora recordó esa sensación. Maldita sea. No había tenido una noche de sueño decente desde Ruanda y el prado de huesos. Nunca había podido salir de allí, alejarse de allí.

Oyó pisadas. Firmes, como de botas militares. Alguien corría hacia él. Ahí, en la oscuridad sin luna, vio explosiones naranjas detrás de una silueta que se acercaba.

Intentó inclinarse hacia delante porque tenía la espalda empapada. El puto calor del desierto y el sudor torrencial. Fue mala idea. El movimiento le hizo escupir sangre, y ahora tenía también la camisa mojada por delante. Hizo ademán de coger la culata de su rifle y descubrió que no estaba ahí.

Sí, alguien se acercaba. Alguien perfilado sobre un brillo naranja. En ese momento, una bengala en el horizonte iluminó la noche en destellos de una luz blanca reluciente, y todo se hizo visible, incluido Peter. Oh, Peter, condenado Peter. Nunca había sido el más avispado, pero ¿en serio? ¿Ponerse a correr campo a través?

Ian se estremeció y cerró los ojos, armándose de valor para lo que sabía que vendría a continuación. Sin embargo, cuando volvió a abrirlos, vio que Peter estaba bien y de pie frente a él. Peter, que se suponía iba a ser el blanco del puto francotirador más afortunado que el mundo había conocido. Ian le hizo un débil gesto de que se agachara para ponerse a cubierto y luego cerró los ojos. No quería volver a ver lo que le había ocurrido a Peter.

No pasó nada. Ian abrió los ojos. Peter se estaba agachando para sentarse a su lado. Sonreía. Tenía mejor aspecto del que recordaba. Rizos rubios y ojos redondos azules y risueños. Un hombre-niño. El personaje de un cuento de hadas. Ian rio con desquiciada alegría, pero la risa nunca salió de su cuerpo.

—Pete, ¿estás bien?

—¡Estoy bien, colega! De lujo. —Peter se metió la mano en el bolsillo de la camisa—. ¿Recuerdas aquel último cigarro que te dije que guardaba? Es para ti.

Ian intentó responder, pero no salió nada de su boca, excepto un borboteo de sangre que le manchó toda la camisa.

—Tengo. —Vomitó más sangre—. Que llamar. —Otra vez—. Para pedir ayuda, Pete. —Paseó las manos por su cuerpo, tratando de presionar las heridas, aunque era inútil—. No quiero morir aún. —Ian se toqueteó los bolsillos en busca de su radio, la encontró y apretó el botón de transmisión—. ¿Alfa?

—Eso no es tu radio. —Ian miró el teléfono móvil que tenía en la mano. De nuevo, Peter le tendió aquel último cigarrillo. Lo movió seductoramente—. Venga, sabes que te apetece.

Parecía tan definitivo que Ian no estaba preparado para aceptarlo. Le sobrevino una tos seca. Notó que se estaba ahogando. Quiso escupir, pero echó más espumarajos, y comprendió que por lo menos uno de sus pulmones estaba acabado.

—Pete —logró decir—. Tengo… Tengo.

—¿Qué es Ian? ¿Qué intentas decir?

—Un parche torácico. Está en mi botiquín de primeros auxilios. Estaba aquí —dijo, tocándose la pierna—. ¿Lo buscamos?

Ambos usaron las manos para rebuscar por el negro suelo, pero el botiquín no apareció por ninguna parte. ¿Dónde narices estaba? ¿Y por qué llevaba pantalones vaqueros? Hacía un calor sofocante como para llevar vaqueros.

—Te vas a poner bien —dijo Peter.

Por primera vez, la mente de Ian decidió proteger a una persona nueva: a sí mismo. Ian no era un llorón, pero notó un sollozo en su pecho que le salió por la boca descontrolado.

—Cabrón mentiroso —susurró Ian, intentando sonreír a través de las lágrimas—. Tengo metralla en los pulmones.

—Piensa en tu familia. Eso es lo que me dijiste a mí. ¡Y a ti, Ian, te tocó la lotería, tío! Tienes una esposa y un chiquillo adorables que te tienen en un pedestal.

Ian lo miró, perplejo.

—Yo no tengo familia. El que tiene familia eres tú.

—Yo tenía a Ashley y a Polly, y a otro que venía de camino. Tú tenías a Maddie y a Charlie.

—¿Fue real?

—No seas tonto, Ian. ¡Pues claro que sí!

—¿Charlie? Dios, ¿Charlie y Maddie? ¡Oh, gracias a Dios! —Ian miró el teléfono que llevaba en la mano e intentó llamar a Maddie. Los números bailaban en sus ojos y los dedos le resbalaban—. Una vez —farfulló, imaginando que estaba hablando. No le salían las palabras, pero estaban en su cabeza—. Una vez en Irak intenté llamarla con el mando del televisor. John se cabreó muchísimo. Mi hermano. Lo conoces. Yo iba borracho. Una vez… Esto tampoco funciona. —No podía hacer nada—. La cagué, Pete.

Súbitamente, la cara angelical de Peter se transformó en ira.

—No la cagaste. No la cagaste, Ian. Tú les has asegurado el porvenir. No habrá guerras para tu hijo. Y has querido a Maddie, ¿verdad?

—Siempre. La sigo queriendo.

—Pues quédate con eso.

—¿Puedo despedirme de ellos?

—No, colega. Me temo que no. —A Peter se le iluminaron los ojos—. Pero le diste un beso de buenas noches a Charlie y le dijiste que lo querías. Eso es mejor que una despedida.

—¡Lo hice! Sí, lo hice. Entonces no estoy en Kirkuk, ¿verdad?

—No.

—¿Me estoy muriendo y estoy en mi sótano?

—Esa es la situación, me temo.

—¿Cómo he llegado aquí?

Peter se rio.

—Te has tambaleado, colega. Igual que en nuestros días de juerga. —Le ofreció el cigarro de nuevo, y esta vez lo aceptó. Peter lo ayudó a ponerse en pie y dijo—: Vamos a intentar llegar a la zona segura, ¿qué dices?

Ian asintió.

Empezaron a caminar. Peter rodeaba a Ian con el brazo. Pasaron por delante de sus queridos ordenadores. Intentó acercarse a ellos porque estaban llenos de fotos en bucle; Ian con su gorra de béisbol en un sillón, con Charlie recién nacido en sus brazos; él y Maddie en el porche de sus suegros el día de su boda; y una foto preciosa de los tres y las perras cuando fueron de *camping*, con las Montañas Rocosas de fondo, la tarde antes de que Maddie se lastimara.

Con un tirón suave de Peter, Ian se alejó de estas imágenes y pasó por delante del *home cinema*, donde nunca podría hacer esa maratón de *Star Wars* con su hijo que había previsto. Después, todo se acabó. Ian descansó los ojos y la oscuridad se hizo absoluta, salvo por la rendija de luz que brillaba en el suelo de cemento como la luna sobre el agua. Él y Peter siguieron el haz de luz, a través de la puerta de madera, hasta el refugio, hasta su último bastión de seguridad.

Maddie

Cinco meses después

$\mathcal{M}$i madre tenía razón. No volví a ser la misma después del accidente de la barca. El tiempo que estuve ingresada en la unidad de cuidados intensivos, dormida y soñando profundamente, no paré de dar vueltas en mi cabeza. Era como si inspeccionara una mansión laberíntica. Encontraba una estancia donde podía descansar, localizaba las luces y, como una criada eficiente, las iba apagando una a una. El lugar se transformaba en una cueva. Luego encontraba un punto blando, escarbaba como un perro entre las mantas y me acomodaba. Me hacía un ovillo, como un animal en alerta, y observaba el mundo con ojos brillantes, desde la oscuridad hacia la luz. Estaba a salvo. Escondida.

Era fácil trasladarse a España o Bulgaria, o subirse a un avión con destino a Croacia. No era un problema cruzar las sucias fronteras balcánicas en autobús en lo más profundo de la noche, y no pasaba nada por dormir con extraños del Corner Bistro ni por trabar amistad con camellos, borrachos o mercenarios.

Ian no me habría cuidado tanto como lo hizo si yo nunca hubiera tenido el accidente. Él sabía que yo no estaba bien, y eso le gustaba. Necesitaba a alguien a quien poder salvar. Valoraba mi fascinación por el peligro porque ahí estaba la raíz de mi fascinación por él. Mi experiencia cercana a la muerte debajo de la lancha me había llevado a buscar a otras personas familiarizadas con ese momento de dichosa supervivencia, e Ian lo sabía mejor que nadie que yo hubiera conocido jamás. Yo lo quería de verdad. Sigo queriendo al Ian que fue una vez.

Muchas veces me he despertado en el apartamento de una habitación que comparto con Charlie en Las Pampas creyendo que estoy en mi estudio de Nueva York, esperando que Ian me llame en cualquier momento, que me escriba, que aparezca, que me haga saber que está vivo. Entonces me llega el perfume de las hermosas flores de mayo que flotan en la brisa y se filtran por la mosquitera de la ventana. Recuerdo dónde estoy y no puedo soportarlo. Tengo que pensar en cualquier otra cosa. ¿Qué vamos a desayunar? ¿Dónde jugaremos hoy? Cuando miro a Charlie dormido a mi lado, sé que tomé la única decisión que podía tomar. Tengo la sensación de no poder soportarlo, pero puedo. Tengo que hacerlo, por Charlie. La tristeza se puede sobrellevar. He superado el tormento. Lo mejor que puedo hacer es sentir arrepentimiento y consolarme con la verdad. Ian consiguió lo que quería. A mí, a Charlie y, finalmente, la paz.

Ojalá las cosas hubieran sido distintas. Ojalá Ian no hubiera sucumbido al peso de sus experiencias y no me hubiera dibujado la imagen de un futuro que probablemente sabía que era incapaz de vivir. Sin embargo, lo que más deseaba justo en estos momentos era que John, el hermano de Ian, se fuera a tomar por culo y nos dejara tranquilos a mí y a Charlie.

Leo's Cyber Café está a medio camino entre nuestro apartamento y la playa. Charlie y yo solemos venir aquí una o dos veces a la semana, por la mañana. Yo pido un capuchino y él juega a Crossy Road con su nuevo iPad (ahora que el dinero ya no es un gran problema para nosotros), mientras yo compruebo mi correo. Hace dos semanas recibí un mensaje de John Wilson. Solo lo he visto una vez en mi vida, cuando le tiré el teléfono en Bosnia, pero he oído hablar mucho de él, durante años. Sabía que era tan inteligente como Ian, si no más. También sabía que lo quería y que había sido él quien había organizado el homenaje que la familia Wilson había rendido a Ian en su casa de Inglaterra.

De: John Wilson
A: Madeline Wilson
Enviado: Viernes 6 de enero de 2017
Asunto: Hola

Queridos Madeline y Charlie:

Os escribo en nombre de la familia. Debería de haberos escrito antes, pero es muy duro expresar nuestros pensamientos y sentimientos sobre la muerte de Ian. Lo más importante es que tú y Charlie nos importáis muchísimo.

Éramos conscientes de que Ian tenía sus cosas, pero nunca imaginamos que llegaría a tanto. De haber sabido que sus problemas eran tan graves, quizá podríamos haber hecho algo, y las cosas hubieran terminado de otra manera. Yo, por mi parte, le creí cuando me dijo que había dejado el vodka. Discutimos varias veces por el mismo asunto a lo largo de los años.

A nosotros (mis hermanos, hermanas y yo) nos gustaría verte y dejaros claro que tú y Charlie tenéis una familia grande y cariñosa en Inglaterra que está deseando conoceros.

Entiendo que no hayas estado en contacto con nosotros. Quizás esperabas un recibimiento frío por nuestra parte después de lo sucedido, pero no es el caso.

Tengo seis semanas libres antes de volver a Afganistán. Me encantaría ir a Kansas lo antes posible con mi familia para que mi esposa, Monica, y yo podamos veros a ti y a nuestro sobrino. Nuestro hijo Sam está deseando conocer a su primo. Ya va siendo hora.

No queremos que la tragedia que hemos vivido provoque más ira o distanciamiento. Por favor, piensa lo mucho que significaría para todos nosotros teneros a ti y a Charlie en nuestras vidas.

Con todo nuestro amor,

JOHN

No le respondí y deseé que se hubiera marchado a Afganistán. Pero no fue así. El correo que me envió la semana pasada ya tenía un tono diferente.

De: John Wilson
A: Madeline Wilson
Enviado: Viernes 13 de enero de 2017
Asunto: Hola de nuevo

Querida Madeline:

No es mi intención acosarte. Soy totalmente consciente de que, ahora mismo, tú y Charlie estáis pasando por mucho. Me queda poco tiempo antes de volver a Afganistán. En caso de que estés dispuesta a verme, me gustaría hacer los preparativos para el viaje. No iré con Monica y Sam. Me he dado cuenta de que seguramente eso era pedirte demasiado, dadas las delicadas circunstancias.

No pensaba mencionar esto hasta que te viera, pero Ian y yo éramos copropietarios de una propiedad bastante grande en Caldy, el cincuenta por ciento de la cual ahora os pertenece a ti y a Charlie. Aunque mi deseo de verte solo obedece a mis ganas de estrechar los lazos familiares, tengo algunos documentos que debes firmar. Puedo llegar a Kansas City el miércoles mismo. Por favor, esta vez, contéstame.

Atentamente,

JOHN

No me conoce. No sabe que soy lo bastante lista como para saber cuándo me ponen un cebo.

Y entonces ocurre lo de hoy. Charlie y yo acabamos de llegar a Leo's Cyber Café. Mi capuchino todavía quema demasiado como para bebérmelo. La galletita con chips de chocolate de Charlie está intacta. Llevamos aquí menos de cinco minutos. En ese tiempo, mi mundo entero ha dado un vuelco. Apenas puedo ver la pantalla que tengo delante. El corazón se me sale del pecho y late con tanta fuerza que miro a mi alrededor por si alguien más en el café puede oírlo. Sí, todo el mundo me está mirando. Me pitan los oídos. Siento la garganta llena de algas. No puedo tragar. Ni siquiera puedo respirar. Hundo la cabeza entre las piernas y cuento hasta veinte. Es como si estuviera en una barca, dando bandazos sobre las olas.

—Mami, ¿qué te pasa? —pregunta Charlie, que ladea la cabeza con preocupación y me pone una mano en el hombro como un adulto.

El suelo está hecho una porquería, con sobres de azúcar arrugados, ceniza de cigarro y pelusas. Me entran arcadas y balbuceo:

—Se me ha caído algo, cariño.

De pronto, el propietario del local, un tipo de anchas patillas y demasiado amigable, me está frotando la espalda.

—¿Señora? ¿Señora? ¿Se encuentra bien?

Tengo que recomponerme. Me enderezo con un gran suspiro y una sonrisa.

—¡Estoy bien!

Sonríe y se aleja. Le doy al botón de imprimir las siete veces que lleva imprimir mis siete putos correos y apago el ordenador. Después de retirar las hojas de la impresora, pago la cuenta, envuelvo la galleta de Charlie en una servilleta y lo meto todo en mi bolsa grande de la playa. Cojo a mi hijo de la mano y camino por Paseo Del Rey bajo un sol abrasador. Caigo en la cuenta de que he olvidado taparme la cicatriz con las gafas de sol. La gente me está mirando. Me paro y me arreglo. Sombrero, gafas, sonrisa. Una señora muy mona.

Charlie enfila directo hacia el mar, pero le digo:

—Espera, amor. Ven conmigo.

En el mismo paseo está el Iguana Bar. Es la clase de sitio donde nadie prestará atención a una madre que pide un Macuá a las diez de la mañana. Estas cosas pasan. Gracias a Dios que ya no estamos en Kansas.

No hay ningún camarero detrás de la barra. Dos viejos juegan al ajedrez en la terraza, y un par de chicos estadounidenses borrachos con camisetas de una fraternidad se balancean en sus taburetes mientras ven el fútbol en la tele, pero no hay ningún camarero a la vista. Charlie está espiando una estantería con patatas y chicharrones que cuelga detrás del bar. Parece un adorable cachorro muerto de hambre. Lo traje a Nicaragua y ahora adora la piel de cerdo frita crujiente y achicharrada.

—¡Mami, quiero chicharrones!

—Vale —digo, esperando a ver si aparece un maldito camarero. Doy un golpe con la mano en la barra—. ¿Hola?

Una mujer sale de la cocina y pasa por delante de mí sin mirarme a los ojos. Coge algunos productos de limpieza y un trapo. Se marcha en silencio.

—¿Perdón? —le grité a la espalda.

Nada.

Charlie trepa al taburete y se queda mirando los chicharrones, luego a mí y después otra vez los chicharrones. Por fin, un joven muy atractivo, con barba y el pelo recogido en un moño, cruza silbando la puerta, guardándose su paquete nuevo de cigarrillos.

—¿Qué quiere, señora? —pregunta alegremente.

—*Una chingada bebida* —respondo con irritación y lamentándolo de inmediato.

Sé dulce, me digo. No hay necesidad de reclamar una maldita copa.

El joven enarca una ceja. Mientras se mete detrás de la barra, dice en un inglés perfecto:

—¿Así es como habla delante de su hijo?

—No habla español.

Charlie dice:

—Sí que lo hablo.

—¿Puede ponerme un Macuá, por favor? —le digo educadamente.

El camarero es lento, probablemente va fumado; los vaqueros le caen de la cintura. Puedo verle la ropa interior y el vello de los sobacos mientras mezcla la bebida. Lleva unos aretes gigantes en los lóbulos de las orejas. Estoy a punto de disculparme cuando Charlie, que está estirando el brazo hacia los chicharrones, hace volcar el taburete.

Me agacho para ayudarlo, pero está bien, despatarrado en el suelo sucio, riéndose.

—¡Dios mío, Charlie! ¡Pórtate bien!

El camarero está molesto conmigo.

—Aquí tiene su bebida.

Mientras revuelvo en la bolsa de la playa con la galleta de Charlie envuelta en una servilleta, las hojas impresas con los correos, un iPad, sandalias, porquería y botellas de agua, el camarero dice:

—Invita la casa.

Pongo mi cara triste, amable y desastrosa; finalmente, localizo el dinero.

—Lo siento. Lo siento de verdad. Nos han dado malas noticias esta mañana. ¿Puedes darme el paquete de chicharrones para él, por favor? Charlie, no tenía que haberte gritado. Voy a comprarte lo que querías, cielo.

El camarero me reconsidera y me da una bolsa de chicharrones. Charlie está eufórico, casi riéndose por lo que están a punto de servirle.

—Todos tenemos malos días —dice. Me da un repaso con los ojos—. Vuelva a vernos cuando esté de mejor humor.

Paseamos por la arena. Charlie se mete un puñado de chicharrones en la boca. Lo oigo masticar. Me tiembla la mano y

367

voy dejando gotitas de alcohol a mi paso como un caminito de migas de pan.

—Vale, aquí estamos muy bien —digo cuando alcanzamos una sombrilla con dos hamacas de alquiler junto a la orilla.

Clavo el vaso en la arena y revuelvo en la bolsa, tirando juguetes de playa aquí y allá. Me hundo en la hamaca.

El miedo y lo nervios me atenazan. Miro a Charlie, con su trío de camiones de plástico, levantando arena y haciendo charcos en la orilla del mar.

Había hecho lo que era mejor para Charlie. Con tanta violencia y horror en el mundo, todos y cada uno de los días —disparos, bombardeos, decapitaciones, matanzas—, ¿qué problema había en sacrificar al padre para salvar al hijo? Si Ian quería creer que Dios había muerto y que lo mejor era escondernos, yo pensaba lo contrario. Todo era posible, todo estaba permitido, si eras inteligente y lo bastante fuerte. Si Ian hubiese querido vivir, estaría vivo.

Empecé a pensar hacia dónde se encaminaban nuestras vidas, la de Charlie y la mía, casi inmediatamente después del día en que me caí. Sentada en la camilla, con una camiseta de Target ensangrentada y los pantalones del pijama, pensé una y otra vez en la discusión que había tenido con Ian.

Charlie estaba en la tienda dormido junto con las perras, e Ian y yo estaríamos a unos seis metros, en la mesa de pícnic, junto a una fogata, bebiendo vino en caja.

—Creo que deberíamos llevar a Charlie a ver a tu familia de Liverpool —dije—. Así conocerá a todas sus tías y tíos locos, y podrá jugar con sus primos.

—Lo pensaré —respondió.

—¿Qué es lo que hay que pensar? Vamos a hacer planes. Llevamos cuatro años casados y solo conozco a John y a Jimmy. Quiero ir a Inglaterra y conocer al resto de tu familia.

—Charlie es muy pequeño, y estoy harto de aeropuertos,

Maddie. Cuando no tengo que trabajar, lo único que quiero es estar contigo y con Charlie y relajarme. Lejos de todos y de todo. Como ahora.

—Tú estás harto de viajar, pero yo no he estado en ningún sitio más allá de la casa y los *campings* desde que me quedé embarazada de Charlie.

—Es una buena casa, no veo nada malo en eso. Es mejor que pasarlas canutas en Yemen, como yo.

—Dijiste que, si nos mudábamos a Kansas, ahorraríamos tanto dinero que podríamos viajar más. Lo dijiste.

—¡Y lo haremos! Cuando Charlie crezca un poco. No pienso dar la puta vuelta al mundo en avión con un maldito crío de tres años, Maddie. Ya sabes lo que pienso.

—Si tú y John tenéis realmente un pastón en esa cuenta bancaria sobre la que sois tan reservados, podríamos contratar a una niñera para que se quede con él e irnos nosotros a algún sitio.

—Vaya, ahora quieres contratar a una extraña para que críe a Charlie por nosotros. ¿Con quién narices me he casado?

Lo miré, furiosa. Jugué mi mejor carta.

—Pues yo me he casado con alguien que me esconde un enorme secreto.

Seguramente pensó que habría encontrado aquel estúpido porno fetichista que Fiona le enviaba.

—Sé lo del sitio en Montana, Ian. —Capté su atención—. Te llegó una carta de Refugios de Supervivencia y la abrí. Te daban las gracias por tu consulta. Decían que construir el refugio de supervivencia que tú quieres, con generadores de oxígeno, en tus tierras de Montana, costaría sesenta y cinco mil dólares. ¿Desde cuándo tenemos tierras en Montana?

—Maddie…

—¿Generadores de oxígeno?

—Estaba esperando el momento adecuado para contártelo.

369

—¿Antes o después de mandar construir un búnker y encerrarnos a mí y a Charlie dentro?

—Eso es ridículo. Yo nunca haría eso.

—¡No me dejaste salir del hotel Hudson! ¿Recuerdas aquel primer invierno? Me dijiste: «¡No menees el culo de esta habitación de hotel y quédate conmigo! ¡No quiero que salgas ahí fuera! ¿Por qué ibas a querer salir cuando podemos quedarnos aquí y pedir todo lo que necesitemos?». A lo mejor también quieres que Charlie y yo vivamos encerrados. Es algo que hacen los hombres, ¿no? ¿Construir pequeñas cárceles en sus jardines traseros y meter dentro a sus mujeres e hijos?

—Maddie, por favor.

—Explícamelo.

—En el hotel Hudson, me porté fatal. Acababa de salir de Irak. Sé que fue una locura. Mira, no quiero encerrarte. Solo deseaba construir una cabaña en el bosque para nosotros algún día de estos.

Captó mi mirada.

—No solo una cabaña. ¡Una casa bonita de verdad! Calculé que, si trabajaba unos años más, tendríamos suficientes ahorros para poder retirarme pronto y poder simplemente…, simplemente… escapar.

—Vale. ¿Quieres saber con quién narices te casaste? Yo te lo diré. Con alguien que no quiere escapar. Nunca he pedido vivir como en *El río de la vida*, Ian. Me dijiste que si, en contra de mis deseos, aceptaba que nos instaláramos en Kansas, viajaríamos a los sitios adonde quiero ir. España o Bulgaria. Portugal o Croacia. No me dijiste que terminaríamos en un rancho más aislado aún, donde la educación de Charlie corra a cargo de su mami amargada y alcohólica para que acabe siendo un bicho raro dedicado a la taxidermia y a hacer su propia mantequilla. ¿Con quién narices te casaste? ¡Con alguien que no piensa aguantar esta mierda ni un minuto más!

—¡Claro, tu vida es tan dura! Menuda putilla malcriada estás hecha. Deja de beber y vete a dormir.

Me puse en pie y me fui hecha una furia al cuarto de baño de ladrillo que había más arriba en la carretera. Lo odiaba. A cada paso que daba, pensaba: «Lo odio». Lo odio. Lo odio.

Para qué andarse con medias tintas: iba ciega. Entonces, sin venir a cuento, el suelo subió volando a mi encuentro. Mis manos no sirvieron de nada; el golpe que me di en la cara fue asombroso. Tortazo. Suelo. Asombroso. Oscuridad y estrellas. Suelo. Perdí el conocimiento. Volvía a ahogarme y a nadar en mi turbia muerte. Negro consuelo. Turbulento silencio.

Cuando desperté, eso fue todo. Jadeo. Como salir de un sueño, salvo que el sueño era mi vida. Estrellas y polvo descendieron a mi alrededor. Una bola de demolición acababa de golpear mi casa y había derribado la pared de mi escondite secreto. Mi habitación con las luces apagadas había dejado de ser una habitación. La habían arrasado. Humo y vacío. Y pasillos. Nuevos pasillos que ni siquiera yo sabía que existían. Puertas y pasadizos secretos que habían estado cerrados. Imaginé que sangraba tinta negra por los ojos, era como si echaran una cortina. Mi mente era como una toalla de papel. La sensación, que se filtraba y tomaba el control, fue la de treinta segundos de lujo en un viaje tras ingerir el mejor éxtasis del mundo. Y, a continuación, como cuando había estado en un tris de ahogarme, llegó la belleza. Era increíble que no lo hubiera visto antes.

371

Charlie tenía que vivir. Tenía que alejarme de Ian antes de que nos cogiera de las manos y nos metiera en la tumba que estaba cavando. Iba a encarcelarnos bajo tierra, en su búnker de miseria e ira.

¿Y si lo dejaba sin más?, me preguntó una vocecilla, mi antiguo yo. ¡Déjalo! Si eso es lo que debes hacer.

Y otra voz contestó: Sí. Y pierde. Piérdelo todo. Pero, aun así, Charlie tendría que seguir pasando la mitad de su tiempo con un hombre que trae a casa virus mortales de África, que hace que su hijo pequeño vea películas de terror, que lo atiborra de caramelos y que un día se lo llevaría a Inglaterra y le hablaría de lo maravilloso que es emborracharse con los colegas, y que luego se pondría a hablarle sobre qué tatuajes son los mejores y dónde podía hacérselos. Tendría que haber pensado en el hijo cuando elegí al padre. Pero es que no solo me habían enamorado, es que también me habían conquistado. Y yo no era quien soy ahora. Ahora todo lo hago por mi hijo.

De repente, Ian era el enemigo. Era mi botín de guerra. Si tenía dinero suficiente para retirarse, ese dinero nos bastaría para procurarnos un futuro brillante a mí y a Charlie. Sin él.

En cuanto aquellos dos agentes de policía llegaron, se sentaron frente a mí y empezaron a hacerme preguntas sobre Ian, supe que yo era la buena y que él era el malo. Nadie me culparía jamás de nada. No tenía antecedentes penales. Ni siquiera me habían puesto una multa de tráfico. ¿Ian? Joder. Aquellos policías desconfiaron de él desde el primer momento en que dije «británico». Desde el momento en que dije «militar». «Seguridad.» «Contratista privado.» «Irak.» «Agresivo.» «Enfadado.» «Trastorno de estrés postraumático.» «Un arresto», que yo supiera. Puedo asegurar que echaban espuma por la boca. Y cuando les conté lo bien que le había ido, lo odiaron aún más.

¿Qué podía hacer yo con mi marido? Ian no viajaría conmigo. No dejaría de beber durante toda la noche mientras miraba el coño afeitado de Fiona. No se pondría a cortar el césped. No llevaría a Charlie a Inglaterra, ni siquiera a Chuck E. Cheese. No. Ian se limitaría a reunir viejos y polvorientos cables de alimentación en cajas por todo el sótano. Se dedicaría a comprar en Internet máscaras antivirales, machetes y equipos de pesca. Se dedicaría a amasar cada vez más chismes de supervivencia, nos llevaría a la naturaleza salvaje y nos haría rastrear heces, alimentarnos a base de hierbas comestibles y cazar animales.

Seguiría roto por dentro, encerrado en su asqueroso sótano de enfermo. No nos mudaríamos a un bungaló en una playa de Marbella, sino a una subterránea caja metálica en Montana, con un generador de oxígeno incluido.

¿Y saben qué? Esa parte de mí que siempre terminaba sintiéndose mal por él había desaparecido. Había huido cuando cayó la pared. Como murciélagos, toda mi lástima se había reunido y se había dispersado por el cielo, batiendo las negras alas. El pobre soldado ha visto cosas tan horribles que necesita, más que nada, sentarse a fumar y rumiarlo todo, en vez de mover el culo y sacar la puta basura. No. Se acabó. Ian y yo presentamos batalla, pero el mundo nos venció. Pero yo no iba a caer, no con Charlie. Limitaríamos las pérdidas y pasaríamos página. Charlie y yo teníamos todo un mundo por delante, y eso no iba a ocurrir en Kansas, y tampoco con Ian.

Yo sabía lo que tenía que pasar. Ya había decidido lo que iba a hacer y cómo iba a hacerlo cuando el doctor Roberts, como por arte de magia, sin darse cuenta y con su eterna amabilidad, me explicó algo que yo no sabía. ¿Por qué? ¿Por qué de repente yo era capaz de manipular mi mente de formas hasta entonces inimaginables? Aquel día en su despacho, me dijo que no era extraño que una lesión cerebral traumática alterara la personalidad de un individuo. No es que me sorprendiera, pero me interesó mucho cuando me dijo que había un caso de un hombre que, tras darse un golpe en la cabeza y entrar en coma, había despertado sabiendo tocar el piano. Yo también había ganado una nueva habilidad. La habilidad de defender con uñas y garras mi futuro y el de Charlie de una posible fuente de peligro. Decidí que tenía suerte de sufrir una alteración tan ventajosa. Me habían dado unos ojos nuevos. Podía ver el futuro y más allá. Podía ver muy lejos y con mucha claridad.

Una única lesión raramente se traduce en una transformación irreversible. Pero cuantas más veces sufres una lesión en la cabeza, como en los casos de los jugadores de fútbol y los boxeadores, más corres el riesgo de cambiar como persona. Le dije al doctor Roberts que nunca había tenido una lesión cerebral, pero no era cierto. Cuando estuve amarrada a la barca de mi abuelo, una parte de mi cerebro se quedó sin oxígeno el tiempo suficiente como para que la electricidad parpadeara y se apagara. Irónicamente, aquella experiencia de cautiverio me liberó de las cadenas humanas.

En cierto modo, mi abuelo es el responsable de la muerte de Ian. De no haber sido por la transformación bajo el agua, yo no habría ido detrás de un hombre como Ian. De hecho, aunque nos hubiésemos conocido de todas formas, mi yo normal lo hubiera rechazado. Ian era un yonqui de la autodestrucción, y le ponía que yo estuviera tan rota por dentro. Así pues, bien mirado, también es culpa de Ian. El abuelo Carl e Ian. No yo. Eso es lo que me digo cuando me despierto gritando después del sueño recurrente en el que mi abuela Audrey me susurra: «¿La gente como nosotras? No nos regimos por las normas».

También es culpa suya.

—¡Mira, mami! —me llama Charlie.

Está increíblemente orgulloso de su hoyo en la arena. Levanto los pulgares y le pego un trago al Macuá. Me encantaría poder compartir este nuevo cambio con Joanna. Sé que ella podría tranquilizarme, pues lo ha hecho decenas de veces. En Meadowlark, antes de estar seguras de que todo había acabado, acurrucadas en el dormitorio, me dijo:

—No te preocupes. ¿Estás de broma? Nadie pensará jamás que has sido tú la que me ha estrangulado.

—Esa policía se quedó mirándome las uñas en la comisaría —le dije.

—Sí, te cortaste las uñas, pero, si no lo hubieras hecho, me habrías dejado marcas en el cuello —me respondió, con el mismo tono de voz que yo suelo poner cuando le explico algo a

Charlie—. En este sentido, hicimos bien. Es mejor que faltaran pruebas.

—¿Y las botellas de vodka? —pregunté, pues necesitaba que todas las respuestas nos favorecieran.

—Deja ya lo de las botellas. Nadie toma huellas de botellas si no se ha cometido un crimen. Nadie sabrá jamás que vaciaste el vodka por el desagüe. En serio, Mad. Tienes cosas mejores que hacer que pensar en un caso cerrado. No se tomarán la molestia.

Unas semanas más tarde, tras haber puesto en venta la casa y alojados en el Holiday Inn Express de Raleigh, estábamos tomando vino en nuestro pequeño salón mientras veíamos a Charlie jugar en la bañera por la puerta abierta del cuarto de baño. Tuve arcadas un par de veces. Joanna quiso saber qué me ocurría.

—Tengo miedo —dije—. Tengo miedo de que alguien asocie el bolígrafo y el cuchillo, y tenga alguna idea de urgencias médicas. Descubrirán cómo conseguimos colocar a Ian en la postura conveniente. —Me invadió el pánico—. ¿Por qué no los recogí? Los dejé allí, el bolígrafo y el cuchillo pequeño. ¿Por qué no los recogí y los guardé? ¿Por qué? ¡Era parte del plan! ¡Jo! Escúchame.

—Maddie —dijo, los ojos como grandes almendras lastimosas—. A mí, que tengo un coeficiente intelectual de ciento sesenta, jamás se me ocurriría lo de la traqueotomía de emergencia. Nadie asociará esas dos cosas. Jamás. En la vida.

Cuando nos marchamos de Estados Unidos, pasamos por Fráncfort y seguimos hasta un precioso Flip Key en una playa de Bulgaria, donde había una piscina infinita que daba al mar Negro. Allí es donde celebramos finalmente nuestra libertad.

—Se acabó —dijo Joanna, chocando su copa de Bulgariana Cabernet contra la mía.

Pero para mí no se había acabado. Yo pensaba en mi plan

obsesivamente, rebuscando detalles que se me hubieran escapado. No podía compartirlo todo con Joanna, porque el plan había empezado mucho antes de que ella llegara. Siempre había pormenores que se burlaban de mí, que me decían que debía permanecer atenta.

—Jo —dije—, ¿y si revisan la grabación al 911 y se dan cuenta de que el horario no cuadra? Tardamos demasiado en llamar porque tuve que ir a buscar el teléfono.

A veces, cuando miro los ojazos marrones de Charlie, vuelvo a verlo todo otra vez. Veo a mi hijo durmiendo dulcemente en su cama. Lo veo despertando ante la oscura silueta de Joanna, encorvada sobre él, con los dedos hundidos en su brazo. Apretándole. Pellizcándole.

—Olvídalo. Escúchame, Maddie. Ian se llevó su merecido. No mires atrás. Se acabó.

Pues claro que Joanna pensaba que se había llevado su merecido. No solo le conté que me había hecho lo de la cara, sino que también le dije que sabía lo de su bebé.

Fue la noche que llegó a Kansas City, antes de haberle confesado mis planes. Mamá y papá cuidaban de Charlie, y yo me la llevé a cenar a Louie's Wine Dive. Estábamos tomando martini. Ella casi tira el suyo de la impresión.

—¿Ian te lo contó?

Asentí solemnemente.

—Lo siento mucho.

Joanna empezó a trenzarse el pelo nerviosamente. Me recordó a aquella vez en la taberna de pescado en el lago Ohrid. La noche en que todo cambió.

—Fue una época horrible para mí. Me pongo enferma solo de recordarlo.

Le sostuve la mano y la mirada.

—¿Por qué no me lo habías contado?

—Quise hacerlo. ¿El momento en que oriné en ese palo y vi las líneas dobles? Dios mío. Menuda movida. Me sentí estúpida. A ver, que hablo ocho lenguas. Pensarás que podía cambiar de marca de píldora sin quedarme embarazada. Al principio, no sabía muy bien qué hacer. O sea, que no es que hubiera podido conservar mi empleo y ser madre soltera. No quería contártelo hasta tener claros mis planes. Finalmente, cuando decidí que quería dejar mi trabajo y volver a casa y, no sé, hacerme paseadora de perros o algo así, tú y yo empezamos a pelearnos todo el tiempo. Y luego pasó lo que pasó, y no quise hablar de ello. Más tarde, te fuiste.

¿Era eso una lágrima? No. Quizá.

Asentí compasivamente y esperé un momento antes de atacar.

—¿Ian era el padre?

Joanna me fulminó con la mirada, sacando la afilada barbilla y echando chispas por los ojos. La vena en su frente. Era como un corazón latiendo.

—¿Qué?

—Sé lo vuestro. —Por una vez se quedó muda—. No lo entiendo, Jo. ¿Por qué no me lo contaste? Tú lo sabías todo sobre mí. Creí que tú también me lo contabas todo. ¿Por qué te lo callaste?

Aspiró aire rápidamente y levantó los ojos, intentando no llorar.

—Pensaba contártelo. Nos liamos justo después de que todos nos conociéramos. Tú te habías vuelto a Sofía. Pensaba contártelo en tu siguiente visita pero entonces…, entonces…

—¿Qué?

—Viniste y, antes de poder contártelo, él empezó a tontear contigo.

Ahí estaba: una única lágrima rodó por su mejilla. Se la secó rápidamente. Era una experta en ocultar su dolor.

—Y fue humillante, así que al final no te lo conté. ¿Qué te habría dicho? «Eh, adivina qué, me he estado tirando a este tío un mes y ahora, mira, resulta que tú le gustas más.» No reuní el ánimo para hacerlo. Lo intenté. ¿Te acuerdas de cuando estábamos en el baño del club Lipstick? Ya lo habíamos dejado. Te llevé allí para contarte toda la historia, pero te mentí. Me salió solo. Así pues, seguiste sin saberlo. Y luego te marchaste.

—Lo siento mucho, Joanna. Lo siento en el alma. Él era el padre, ¿verdad?

Me quedé callada. Tenía que investigar un poco más.

—Vino a verme después —dijo tras quedarse en blanco durante un segundo—. Me trajo medicinas y sopa. Yo ni siquiera le dije de quién era el niño. Él no tenía manera de saberlo. Jamás hemos pretendido ser puras como la nieve. Supongo que pensó que había estado con todo quisque.

—Pero no fue así.

—¿Aquella primavera? No. Solo con el chico de los Vengante, y eso fue después.

—Pero sabías que era de Ian —presioné, solo para tener la confirmación antes de soltarle el resto.

—Sí, lo sabía.

—Joanna, Ian lo sabía. Me dijo que estaba seguro de que era suyo. Me habló del gran alivio que sintió cuando lo perdiste. Porque, después de que lo perdieras, pensó que no pasaría nada si iba detrás de mí. «No tan embarazoso», creo que dijo. Dios mío, Jo. Es horrible.

—¿No tan embarazoso? —repitió, perdiendo el color.

Hundió las manos en su cabello. Sus ojos pestañeaban tan rápido que, por un momento, me pareció que sus párpados eran las negras alas batientes de una polilla moribunda.

—No sabía nada hasta antes de este último viaje. Iba borracho. Si lo hubiera sabido, nunca habría... —Se me fue apagando la voz tristemente.

Al final, Jo emitió un sonido inhumano. Agarró los bordes de nuestra pequeña mesa doble y agachó la cabeza.

—Tengo ganas de matarlo —dijo.

—Y yo.

La buena de Jo.

Por supuesto, Ian no sabía que era el padre, y nunca dijo que se alegraba de la pérdida del bebé ni ninguna de esas cosas tan desagradables.

Me lo había inventado todo.

Se había acostado con ella. Y luego había vuelto con Fiona. Joanna estaba herida y furiosa, y terminó teniendo un aborto. Sin embargo, por lo que Ian sabía, Jo se había acostado con toda la península balcánica, además de con el rey albanés del mercado negro de tampones y con cada uno de sus subalternos. Imagino que un hombre como él habría considerado al menos la posibilidad de poder haber sido el padre, y no me sorprendió mucho que se mostrara amable con ella posteriormente. Sintió pena por ella. Le llevó algunos analgésicos y sopa, y se ocupó de unos gatitos. Fin de la historia. Salvo que...

Yo necesitaba que fuera mucho peor que eso.

Es importante saber dónde están tus límites. En realidad, es bastante simple: no podría haberlo hecho sin la ayuda de Joanna. Necesitaba echar mano de sus antiguos pero leales contactos en el mercado negro albanés, y necesitaba un testigo. Había hecho mis averiguaciones, y la verdad es que la mayoría de las mujeres que asesinan a sus maridos van a la cárcel hayan sufrido abusos o no. Si a una mujer la han zurrado durante dos años, se supone que debe divorciarse de ese capullo, pero no matarlo. En este escenario, lo más probable es que pierda la custodia de sus hijos. Había considerado fingir una historia de abusos, pero mis pesquisas me hicieron cambiar de idea. Eso me daría un móvil para el asesinato, y me arrestarían. Lo que necesitaba era que no hubiera muchos antecedentes de abuso, o ninguno,

379

aparte del muy vago incidente durante un viaje de acampada que la pobrecilla de la mujercita ni siquiera era capaz de recordar. Los indicios de que Ian se estaba desbocando y perdiendo la cabeza antes de que —sin venir a cuento— nos atacase a mí y a mi mejor amiga, jugaron a mi favor. Sin premeditación. Claramente, sería defensa propia.

No obstante, nuestro plan tenía sus fisuras. Una mujer solo puede defenderse a sí misma o a otra hasta que el atacante deja de ser una amenaza. Yo no podía apuñalarlo diez veces para asegurarme. Solo dos. Solo dos profundas y buenas puñaladas. Con la hoja del cuchillo inclinada hacia abajo, tal y como Ian me había enseñado la noche del club Lipstick después de la pelea con aquel zopenco que no sabía usar un cuchillo. «Tienes que sujetarlo así —me explicó— si quieres herir a alguien, si quieres hundirle la hoja entre las costillas y perforarle los pulmones.»

No es la clase de conversación que olvidas.

Joanna y yo nos peleamos como habíamos convenido. Yo no quería que pellizcara a Charlie. Le dije: «Llamaremos al 911 cuando Ian esté muerto. No hace falta que Charlie llore».

Ella fue inflexible: «No. Tenemos que fingir que la llamada fue antes. ¡Corran! ¡Ayuda! ¡Antes de que ocurra algo! ¡Ayuda, por favor! ¡Vamos! Han tardado mucho. Nos vimos obligadas a hacer lo que hicimos y a escondernos. Está muerto. La culpa es suya».

Nos quedamos francamente pasmadas cuando supimos que habían encontrado el cadáver de Ian en el sótano. Habíamos supuesto que moriría en el acto en la cocina. Fue cosa de la fortuna, y algo maravilloso, que caminara por toda la casa y bajara a su caverna. Aquello dio crédito a nuestra versión de que nos quedamos arriba por miedo al hombre que iba tambaleándose por la planta baja. Aún me cuesta creer que cruzara la casa entera sangrando como un cerdo. Físicamente era muy fuerte.

Mentalmente, muy débil. Al verlo, jamás habrías sospechado que la visión de un corriente vaso de destete pudiera dejarlo tocado y deprimido durante una semana.

Desde luego, era necesario crear un motivo válido que explicara la reaparición de Joanna en mi vida una semana antes de la muerte de Ian; de ahí todas las cartas cursis que yo había escrito en el despacho de Camilla. «Querida Jo: Me ha ocurrido algo muy traumático, que me ha hecho replantearme mis decisiones. Quiero volver a tenerte en mi vida. Te echo mucho de menos. Bla, bla, bla. Me equivoqué dejándote marchar.»

Desde que se me ocurrió trabajar con una especialista en escritura terapéutica, supe que esa era la mejor manera de hilar mi relato. Una vez que encontré a Camilla, la psicóloga menos profesional del mundo, tuve que prestar mucha atención a mis tareas. Debía parecer indefensa e irritable, al tiempo que retrataba a Ian como una figura amenazante, no solo trágica. Gracias a Dios que, justo a tiempo, recordé que no debía escribir sobre el búnker de Ian antes de orquestar la gran revelación ante Wayne, con el señuelo de la bomba del sumidero. Y, por supuesto, estaba aquella enorme mentira de la persecución la noche en que me caí.

Oh, Joanna era perfecta. Sin los «amigos» albaneses de Joanna, no habría sido capaz de conseguir nuevos documentos de viaje para mí y para Charlie, o hacer que el dinero de Ian se desvaneciera mediante una transferencia Hawala vía Dubái.

Ahora no la tengo a mi lado para calmarme con la voz de la razón, y mis miedos se están desbocando. ¿Y si Camilla decide que vale la pena llamar a la policía para contarles que fui a verla dos semanas después de la muerte de Ian y le dije que habíamos terminado porque ya no la necesitaba?

—¡Que hemos terminado! ¿Que no necesitas más sesiones? Pero si ahora, ahora es cuando más las necesitas —dijo suplicante, cogiéndome la mano—. Estábamos haciendo progresos.

Me zafé de ella y me fui. Una auténtica estupidez por mi parte, lo reconozco, pero fue muy liberador deshacerme de ella y de su ridícula y sensiblera fe en la confección de cestas y en la cría de peces para sanar el alma. Tenía que librarme de todas esas tareas para entrar en contacto con mis emociones, para crecer y sentir la realidad. ¿Qué te enfada? ¿Qué te entristece? ¿Qué te asusta? Dios santo, hasta Charlie podría haber soltado esas gilipolleces. Debo reconocer, no obstante, que a veces Camilla me gustaba. Era fácil y útil. E incluso más predecible que Wayne.

Un adolescente ha venido a recaudar el dinero de la sombrilla y las hamacas. Mientras se lo guarda en la riñonera, veo que Charlie ha reclutado a una niñita con barriguita y que va medio desnuda, en braguitas, para la construcción de su castillo. Echo un vistazo hacia los aseos públicos y me digo que no. No puedo dejarlo solo, pero tengo ganas de vomitar. Me obligo a tragarme el regusto a agua lacustre y el creciente terror por lo que podrían descubrir. Me encierro en mi dolor, le doy un trago al Macuá y me seco el sudor de una ceja.

El panorama en casa no pinta bien. Me pregunto si alguien habrá hablado con la mujer del gimnasio a la que lesioné en clase de *kickboxing*. Ahora mismo, su cara debe de parecerse a la mía. También me interesaría saber si hay alguna grabación de vídeo de mi pelea con el guarda de seguridad del Plaza, después de hacer trizas el vestido de campesina en Anthropologie y de decirle a esa maleducada vendedora que se podía limpiar el culo con él.

Mi ansiedad era y sigue siendo real, pero antes había empleado mi terror como un impulso para hacer lo que fuera necesario por vivir más y vivir ahora. Antes de lo inevitable. Quise darle a Charlie una existencia extraordinaria todos y cada uno de los días, pues sabía que cualquiera día podría ser el último. Cualquier día puede ser la excursión al lago de una familia radiante que termina torciéndose de la manera más horrible. Yo solo quería estar viva y con Charlie, lo único bueno que había salido de todo este despropósito. A veces, siento que es lo único que he querido siempre.

No hay más que verlo. Dan ganas de comérselo. Está moreno, con un tono caramelo a juego con sus ojos color chocolate. Se parece a Ian, pero con mi pelo indomable. Muero de amor mientras lo veo abandonar sus camiones de plástico para construir torres en su castillo de arena. Para ello usa dos tazas rotas de plástico claro que los del Iguana Bar iban a tirar.

La madre de la niñita la llama para que vuelva a la toalla a comerse una banana. Charlie se acerca a mí.

—Mami —dice radiante—, ¡ayúdame a buscar conchas para adornar las paredes!

—Sí, cariño —respondo—. Dos minutos. Deja que me acabe lo que estoy bebiendo.

No me pregunta mucho por Ian. Tiré sus pulseras de superhéroe a la basura y le dije con pena que se habían perdido. De todos modos, Ian se pasaba fuera la mitad de su vida. Charlie me pregunta mucho cuándo vamos a ir a ver a los abuelos. Y justo anoche me preguntó por Joanna.

—Se fue a nadar y nunca volvió —dije.

—¿Por qué? —preguntó.

—Porque se alejó demasiado de la barca —respondí—. No tendría que haberlo hecho, ¿a que no?

—No, era mala.

Charlie adoptó un semblante atormentado y pensativo durante un segundo. Sin duda, recordaba aquel pellizco.

Y era así. Había sido mala. La suma de dinero que Ian pensó que sería suficiente para retirarse era irrisoria. ¿Cómo se supone que íbamos a vivir los próximos treinta o cuarenta años con unos pocos millones de dólares? Oh, claro, cultivaríamos nuestras propias hortalizas y las guisaríamos con los conejos que cazáramos en Montana.

383

Jo nunca lo hizo por dinero. No lo hizo porque su carrera se hubiera torcido y ella estuviera destrozada. Lo hizo porque le dije que Ian nos hacía daño y por esa gran mentira: que Ian se llevó una alegría cuando tuvo el aborto.

Aunque no fuera la razón por la que quiso ayudarme, Jo no le hacía ascos al lujo. En cuanto quedamos libres de toda sospecha, en cuanto tuvimos nuevas identidades y una casa de alquiler en la costa de San Juan del Sur, en Nicaragua, le pudo la codicia. Quiso quedarse.

Pero hizo algo peor. Hizo algo aún más imperdonable que obligarme a ver cómo pellizcaba a mi hijo. Empezó a preocuparse por mí.

La vez que me encontró en el cuarto de baño mirándome en el espejo con rayones, me dijo: «Maddie, ¿te encuentras bien? Estás abriendo y cerrando los puños, y tienes una mirada rara».

Y la vez que me encontró con la pila llena de agua y a mí con la cara sumergida dentro, intentando recordar la sensación del agua encharcada en los pulmones, me dijo: «Vamos a buscarte algo de ayuda, ¿vale?».

Empezó a preguntar si no debía pasar más tiempo con Charlie para que yo pudiera descansar.

Comenzó a querer ser su madre.

—Tú descansa, Maddie. Me lo llevo a la playa un rato. ¿Por qué no te echas una siesta y Charlie y yo vamos a ver a su amigo Pedro al parque de juegos? ¡El padre de Pedro es un bombón! ¿Qué te parece si le compro una pelota de fútbol y empiezo a enseñarle a Charlie a dar puntapiés?

Ni de coña. Además, los ahorros que teníamos eran para mí y para Charlie; no para las vacaciones en Nicaragua que Joanna se había montado en su cabeza y que requerían un gasto diario en caros trajes de buzo, gafas de buceo y equipo de submarinismo, masajes de aromaterapia, toda la parafernalia nueva para la escalada en roca y «clases de salsa con Enrique».

Supongo que pensó que era su indemnización por ser cómplice de asesinato.

Error, zorra. Es mi dinero. Es mi hijo. No apareces en el último minuto como un buitre y te quedas con todo. Sé lo que quieres después de todo este tiempo: al bebé de Ian, ese que perdiste.

Joanna siempre ha sido una nadadora excelente. Charlie y yo estábamos acostumbrados a que despareciera en el mar durante un buen rato. Un día alquilamos una barquita pesquera para sacar a Charlie a tomar un poco el sol. Cuando Jo fue a darse su baño, le di a Charlie una dosis de Benadryl y lo acomodé encima de un montoncito de chalecos salvavidas y de toallas. Resulta casi imposible que alguien pueda subir a una barca de pesca desde el agua si no bajas la escalera de mano. Y más difícil aún, salir del agua si alguien de la barca tiene un remo que puede usar para alejarse. Y aún resulta más fácil sumergir a una persona en el agua cuando empieza a gritar y a llamarte zorra. Te entran ganas de darle golpes en la cabeza que tiñen el agua de sangre. ¿Hay tiburones en la costa de Nicaragua? Eso sería de lo más conveniente. La peor parte viene al final, cuando alargan el brazo, llorando y suplicando, una maraña de sangre y pelos. Pero, aun así, lo hice. Charlie necesitaba que lo hiciera por él, y mi chiquitín, mi mocoso dulce y bueno, durmió durante todo el trance.

Lo observo. Muy serio y concentrado, busca las conchas onduladas más raras y exquisitas para adornar la fachada de su castillo de cuento de hadas.

Está en su pequeño mundo. Él y yo nos parecemos mucho.

Todo lo que he hecho ha sido por Charlie. Por eso los siete correos electrónicos que me esperaban esta mañana son tan exasperantes y no me dejan ver con claridad. Primero he leído los mensajes de mi padre.

De: Jack Brandt
A: Madeline Wilson
Enviado: Martes 17 de enero de 2017
Asunto: Hola de papá

Maddie, escucha, el hermano de Ian acaba de marcharse de casa y tu madre está muy disgustada. John está aquí en Meadowlark, buscándote. No tenía ni idea de que tú y Charlie estabais en Bulgaria. ¿Puedes llamarnos en cuanto recibas esto, por favor?

De: Jack Brandt
A: Madeline Wilson
Enviado: Miércoles 18 de enero de 2017
Asunto: Nuevo intento

Maddie. John está otra vez en casa. Estamos todos esperando tener noticias tuyas.

Luego estaban los correos del propio John.

De: John Wilson
A: Madeline Wilson
Enviado: Miércoles 18 de enero de 2017
Asunto: Mensaje urgente de John

Hola, soy John. Necesito hablar contigo. Por favor, ponte en contacto conmigo lo antes posible.

Por supuesto, mi madre no iba a ser menos.

De: Judy Brandt
A: Madeline Wilson
Enviado: Jueves 19 de enero de 2017
Asunto: Soy mamá, escribe o llama cuanto antes

Tu padre y yo empezamos a estar muy preocupados. El hermano de Ian nos hace toda clase de preguntas. ¿Por qué no respondes cuando llamamos al número que nos diste? ¡Te he llamado veinte veces! He hablado con la señora del alquiler en Bulgaria. Dicen que te fuiste del piso hace siglos. ¿Sigues en Bulgaria siquiera? ¿Por qué no contestas a nuestros correos? El hermano de John se está poniendo muy furioso y me está asustando, y creo que a papá también. Queremos hablar con Charlie. Quiero que me llames por teléfono. Llámanos en cuanto recibas este mensaje.

De: Jack Brandt
A: Madeline Wilson
Enviado: Viernes 20 de enero de 2017
Asunto: Problema serio

Bueno, ¿sabes qué?, John, el hermano de Ian, ha ido a la comisaría de policía. La amiga de mamá, Kathy, del club de lectura, cuyo marido es dueño de la licorería, dice que Diane Varga ha estado allí preguntando si un inglés estuvo por allí la última primavera comprando cantidades ingentes de vodka. Cuando el marido de Kathy le dijo que no, ella le enseñó tu foto. Dice que te conoce. Quiero saber qué diablos está pasando. Si no me llamas HOY vas a tener un problema GORDO.

De: Judy Brandt
A: Madeline Wilson
Enviado: Viernes 20 de enero de 2017
Asunto: ¡Dónde estás! ¡Dónde está Charlie!

Maddie, ¿qué está pasando? Estoy al borde de un ataque de nervios. No puedo comer. No puedo dormir. ¿Dónde estás? ¿Te encuentras bien? Me estás rompiendo el corazón. Necesito saber que tú y Charlie estáis bien. Es superior a mis fuerzas. Por favor, llama o escribe una palabra. Esto es muy doloroso. Te quiero, cariño, y lo que haya pasado, sea lo que sea, tiene solución. No sé dónde estáis ni si estáis bien o en peligro. Te ayudaré pase lo que pase. Por favor, dime qué está sucediendo. Siempre has salido corriendo, pero nunca te habías llevado a mi precioso nieto contigo. Piensa en cómo nos sentimos. Estamos muy asustados, Maddie. Por favor, cielo, por favor. No me separo del teléfono.

De: John Wilson
A: Madeline Wilson
Enviado: Sábado 21 de enero de 2017
Asunto: Último mensaje

Madeline, este es el último mensaje que voy a escribirte. Quiero saber el paradero de mi sobrino. Ahora, oficialmente, me preocupa su seguridad. Tienes que traerlo con sus abuelos. Hacer lo que es mejor para Charlie. Si no tengo noticias tuyas, la próxima vez que nos comuniquemos será en persona, y no saldrás bien parada. Tómatelo como una advertencia.

¿Cómo podían dudar de mí? Pues claro que haría lo que fuera mejor para Charlie. Jamás le haría daño.

Me levanto y me acerco a mi pequeño. Lo cojo en brazos y

lo abrazo muy fuerte. Con que John anda detrás de mí ahora y aquella hermosa policía de ojos negros ha descubierto algunas lagunas en mi relato. Solo es cuestión de tiempo que pase de las botellas de vodka a las uñas y el teléfono, el bolígrafo, el cuchillo, el teléfono. Uñas, bolígrafo, cuchillo, teléfono, barca, asesinato. Asesinatos.

Al fin y al cabo, por eso estamos aquí, ¿verdad? Escondidos. Por si acaso.

¿Debería ver a un terapeuta?

«A veces tengo la sensación de que otra persona o criatura posee mi mente.»

Parece que de ese cuestionario hace una eternidad.

Pues a partir de ahora estamos los dos solos. Muy bien. Llevaré a Charlie a ver el mundo entero y le enseñaré todas las lenguas, y ninguno de los nuestros volverá a vernos jamás. De todas formas, esta es la vida que quería para nosotros.

No os preocupéis por Charlie.

Estamos bien.

389

Agradecimientos

Vaya mi especial agradecimiento a mi agente Madeleine Milburn. Su entrada por sorpresa en mi mundo fue un milagro y un momento de cambio en mi vida. Gracias también a Anna, Alice, Hayley y Giles, de la Madeleine Milburn Agency, por creer en este proyecto y trabajar tan duro por hacerlo realidad.

Erika Kahn Imranyi, no sabes lo increíblemente agradecida que te estoy por sostener la antorcha mientras buscaba mi camino. Muchísimas gracias. Tu aliento y tu consejo han sido fundamentales. Stefanie Bierwerth y Jennifer Lambert, soy muy afortunada por haber encontrado un hogar con vosotras. Gracias por vuestra bondad y apoyo.

Mamá y papá, todo lo que he logrado en esta vida ha sido sencillamente gracias a vosotros y a vuestra infinita capacidad de ofrecer amor y apoyo. Russ, Wendy, Laura y sus familias: gracias por no daros nunca por vencidos conmigo. Sois los mejores. Gracias también al círculo íntimo de amigos que han estado ahí conmigo a las duras y a las maduras, en los triunfos y en los fracasos, y en algún que otro día negro en el camino. Sabéis que también sois mi familia, y yo le digo a toda mi familia: «¿Existe una palabra más grande que amor?».

Gracias a los agentes de policía locales que me escucharon pacientemente y respondieron a todas mis preguntas, os debo muchísimo. Fuisteis unos caballeros, muy cercanos y encantadores. Gracias por vuestro tiempo y sinceridad para ayudarme a encontrar maneras de hacer posible lo imposible.

Caidan y Jude, me distéis la felicidad y los abrazos que necesitaba cuando escribir a solas se me hizo muy duro. Todo lo que hago es por vosotros dos.

Por último, gracias a Jos… Nadie, aparte de ti, leyó el libro tantas veces como yo. Te quedaste despierto innumerables noches para ayudarme con los diálogos, teniendo ideas para la trama, editando páginas nuevas y haciendo buena parte de mi investigación. Terminaste siendo no solo mi compañero de vida, sino también mi compañero de escritura. Sin ti no existiría *La belleza del mal*. (Siento que al final Maddie asesinara a Ian de esa forma, pero ¿no fue idea «tuya»?)

392

Este libro utiliza el tipo Aldus, que toma su nombre
del vanguardista impresor del Renacimiento
italiano, Aldus Manutius. Hermann Zapf
diseñó el tipo Aldus para la imprenta
Stempel en 1954, como una réplica
más ligera y elegante del
popular tipo
Palatino

La belleza del mal se acabó de imprimir
en un día de invierno de 2020,
en los talleres gráficos
de Liberdúplex, S. L.
Crta. BV 2241, km 7,4
Polígono Torrentfondo
08791 Sant Llorenç d'Hortons
(Barcelona)